내 마음에 꽃 한 송이 심고

내 마음에

꽃

한 송이 심고

이한순

북스코프

| 일러두기 |

1. 이 책은 저자의 40년(1966~2006)에 걸친 일기장 총 30권(양면 괘지 약 3,500매 분량) 중에
   서 주요 부분을 발췌하여 구성한 것입니다.
2. 일기의 특성상 시대에 따라 변화한 어휘나 저자가 일상적으로 사용한 특유의 표현, 방언 등
   은 저자의 표기 그대로 따랐음을 밝혀둡니다.
3. 본문의 (   )는 편집자 주입니다.

차 례

저는 우울하기보다 늘 밝게 살려고 노력해왔습니다.
청청한 세상 속으로 파고들어가 세상 소리를 듣고
호흡을 함께하고 싶었습니다.

행복은 스스로 일구어가는 것

저는 올해로 나이 일흔이 된 할머니입니다. 이만큼 살아온 사람치고 사연 하나 없는 이는 없겠지요. 하지만 이렇게 제 이야기를 풀어놓으려고 지난 세월들을 생각하니 말로는 다 못할 감정들이 밀려듭니다. 어떻게 살아가 나 싶었던 하루하루가 지금 돌아보니 어떻게 살아왔나 싶은 이내 인생으 로 켜켜이 쌓여 있습니다. 그 삶의 기록들을 조심스레 들춰봅니다. 이 못 난 늙은이의 삶이 다른 누군가에게 조금이나마 도움이 될 수 있기를 바라 며……

50여 년 전 우리나라에는 전기가 부족해 가정이나 기업에서 주로 석탄을 땔감으로 사용했습니다. 그래서 석탄을 실은 화물차가 집 뜰이나 골목 길로 사람들과 뒤섞여 지나다니기가 일쑤였습니다.

1959년 11월 16일 밤 10시경 퇴근길이었습니다. 갑자기 검은 물체가 저의 이마를 탁 치고 지나가는 것이었습니다. 차가운 느낌과 함께 눈을 떠보니 온몸은 피투성이가 되어 있고 양팔과 다리에 아무런 느낌이 없었습니다. 어둠 속에서 저를 미처 보지 못한 석탄 화물차가 저를 덮친 것이었습니다. 병원으로 급히 옮겨진 저는 결국 오른쪽 손목과 왼쪽 팔, 왼쪽 다리를 절단해야 했습니다. 왼쪽 팔은 겨우 6센티미터, 왼쪽 다리는 15센티미터 정도만 남겨졌고, 사지 중 온전하게 남은 것이라고는 오른쪽 다리뿐이었습니다.

한순간에 팔다리를 잃어버린 저는 울다 울다 지쳐갔습니다. 사고 후 처음에는 스스로 일어나 앉지도 못했습니다. 세상은 물론 사람들과도 만남을 끊고 살다 보니 식구들의 얼굴을 쳐다보아도 저를 달가워하지 않는 것처럼 느껴지기 일쑤였습니다. 혼자 힘으로는 아무것도 할 수 없고 한순간에 가족들의 짐이 되어버린 이 몸뚱이가 원망스럽고 분해도 그저 주는 대로 먹고 입고 다른 사람의 손을 의지할 수밖에 없었습니다. 그렇게 이불

8

속에 나를 꽁꽁 숨긴 채 기약 없는 방황으로 숱한 날을 지새웠습니다. 그런데 세월이 어떻게 가는지도 모르고 방황의 늪에 빠져 있던 어느 날 불현듯 이런 생각이 들었습니다. '내가 왜 이렇게 삶을 낭비해야 하는가! 사고를 당한 것만 해도 억울한데 이렇게 내 삶을 마냥 허비할 수는 없지 않은가!' 그 순간 저는 밝은 세상을 향해 아주 어렵게 어렵게 새로운 눈을 뜨게 되었고, 바로 그날부터 일상생활을 익히려는 지루하고 힘겨운 싸움을 시작했습니다.

처음에는 자고 난 이부자리를 개는 것부터 시작했습니다. 혼자 힘으로 세수와 양치질을 하고, 보드라운 끈을 이용해 오른쪽 손목에 빗을 묶으니 머리를 빗을 수 있었습니다. 마찬가지로 숟가락을 손목에 묶고 혼자 힘으로 밥을 먹었습니다. 손목만 남은 오른손으로 걸레를 문지르며 집안 청소를 했고, 유일하게 온전히 남은 오른발 발가락에 가위를 끼고 천을 재단해 미싱을 돌려 옷을 해 입었습니다. 세탁기가 없던 시절, 손목만 남은 오른팔로 광목 이부자리 홑청을 삶아 빨아 풀을 먹였습니다. 그리고 촉촉이 마른 홑이불을 판판하게 밟아 다림질을 한 뒤 이부자리를 꿰맸습니다. 손이 없는데 바느질을 어떻게 했느냐고요? 오른쪽 다리 무릎을 세우고 앉아서 옷이 덮인 무릎 위에 바늘을 올려놓은 뒤 입으로 실을 물어 바늘귀에 꿰면 됩니다. 그리고 역시 손 대신 입으로 바늘을 움직여 이불을 꿰매었지요. 가로 세로 길이가 1미터 70센티미터인 흰 광목에 십자수를 놓아 벽걸이를 만들기도 했습니다. 뿐만 아니라 오른발로 깨금발을 하고 서서 뽐뿌(펌프)질을 해 물을 받아다가 무쇠 솥에 붓고 나무를 때서 데운 물로 목욕을 하기도 했습니다.

물론 말로는 간단한 일처럼 들리지만 제게는 피눈물 나는 노력이 필요한 일들이었습니다. 하지만 이 모든 것이 팔다리를 잃고 살아가는 제 삶에 주어진 운명이자 숙제 같은 일이었고, 그렇기 때문에 살아남기 위해서는 꼭 해야만 하는 일들이었습니다.

남아 있는 오른발과 오른쪽 손목으로 일상생활이 어느 정도 가능해지자 저는 살림에 보탬이 되는 일들을 조금씩 찾아 하기 시작했습니다. 화단을 가꾸고 오이, 가지, 호박, 토마토 등을 심어 거뒀습니다. 호박은 아침마다 거르지 않고 암꽃과 수꽃을 교배해주었더니 7월 장마에도 주렁주렁 열려 어머니가 애호박을 장에 내다 파시기도 했습니다. 농사 일로 바쁜 오빠 내외를 도와 하루에 고추 꼭지 50근은 너끈히 땄습니다.

오빠 댁의 조카 다섯과 1969년에 낳은 제 딸아이에 이어 셋째 질녀의 두 딸까지, 아기도 여럿 키웠습니다. 요즘이야 일회용 종이 기저귀를 쓰지만 딸아이와 조카들을 키우던 60~70년대에는 소창 기저귀를 사용했습니다. 빠듯한 살림살이에 기저귀를 자주 갈아주지 못하다 보니 치마폭이 아기들의 기저귀를 대신할 때도 있었습니다. 아이들의 조석 식사와 빨래는 올케가 알아서 했지만, 오빠 내외가 농사 일로 집을 비운 사이 조카들을 봐주고 공부시키는 것은 제 담당이었습니다. 저마다 훌륭하게 자라난 조카들과 딸아이가 이제는 시집, 장가를 가서 잘 살고 있으니 무엇보다 마음이 흡족하고 감사할 따름입니다.

그중에서도 셋째 질녀의 두 딸 주희와 재희를 키우면서는 재미있는 일들도 참 많았습니다. 한 놈은 걸음마를 하고 한 놈은 아직 기어 다닐 때, 두 녀석의 손이 닿는 곳에는 아무것도 놔둘 수가 없었습니다. 한번은 두 아이에게 분유를 먹이기 위해 가스 불을 켜서 주전자의 물을 데우고 있을 때였습니다. 분유통을 식탁 위에 놔두었는데, 두 놈이 식탁 의자를 타고 기어올라가 분유통에 달려드는 것이었습니다. 식탁과 주방 바닥으로 분유가 쏟아졌고 두 아이는 하얀 분유 가루를 뒤집어쓴 채 식탁 위에 앉아 있었습니다. 두 아이를 씻기고 식탁과 바닥을 죄다 닦은 뒤에야 겨우 우유를 먹일 수 있었습니다. 또 한번은 걸음마를 하는 큰아이가 저도 모르게 바닥에 누워 있던 작은아이의 얼굴을 깔고 앉는 일이 있었습니다. 눈 깜짝할 사이에 일어난 일이라 깜짝 놀라 아이를 밀쳤는데, 그만 큰아이가 꼬꾸라지며 방바닥에 얼굴을 부딪혀 울음을 터뜨리고 말았습니다. 그러더니 "꼬마이(고모할머니)! 방바닥이 나를 꽝 하고 때려서 아파!" 하고 말하는 것이었습니다. 그 모습이 하도 귀여워서 저는 "왜 우리 아기를 아프게 했어!" 하면서 방바닥을 때리는 시늉으로 답했습니다.

아마도 혈육이 아니었다면, 사랑으로 하는 일이 아니었다면, 순한 성정의 아이들이 아니었다면, 당해내지 못할 일이었을 것입니다. 주희와 재희는 어느새 초등학교 3학년과 1학년이 되었습니다. 요즘도 두 아이는 학교에서 돌아오면 제 방에 들러 학교에서 있었던 일들을 재잘대며 들려주고, 이 '꼬마이'가 그림을 그릴 수 있도록 사인펜이나 물감도 빌려주곤 합니다.

제가 하는 여러 가지 일들 중에 제일 어렵고 힘이 드는 것은 바로 글씨를 쓰는 것입니다. 사지(四肢)가 온전치 못한 까닭에 온몸을 움직여 글을 쓰기 때문입니다. 사실 팔다리를 잃은 제가 다시 글을 쓰게 되리라고는 정말 상상도 못했습니다. 하지만 필요하니까 손목만 남은 오른손만으로 밥을 먹고 머리를 빗듯이, 마찬가지로 필요하니까 글도 쓰게 되었습니다. 이제 와 돌아보면, 밥을 먹고 세수를 하고 옷을 해 입는 일처럼, 글쓰기 역시 제가 하나의 생명으로 존재하고 살아가는 데에 꼭 필요한 일, 없어서는 안 될 일이었습니다.

2남 3녀, 5남매 중 막내인 남동생이 군에 입대해 처음으로 편지를 보내왔을 때였습니다. 저는 반가운 마음에 어머니께 편지를 읽어드렸습니다. 하지만 반가움과 기쁨도 잠시, 답장을 써 보낼 일이 막막했습니다. 어머니는 글을 쓸 줄도 읽을 줄도 모르시고, 제게는 이미 사지 가운데 손이란 게 남아 있지 않았기 때문입니다. 남의 집에 부탁을 하려 해도 보리타작이 한창이던 때라 쉽지 않았습니다. 농번기에는 부지깽이도 일손이 되어 돕는다는 말이 있을 정도니 말입니다. 며칠을 망설인 끝에 어머니가 뒷집에 부탁을 하셨는데 꼭 세 줄을 써 왔습니다. 세 줄짜리 답장에 어머니는 무척 속상해하셨고, 저 역시 가슴이 너무 아팠습니다. 누나가 되어서 군에서 고생하고 있는 동생에게 편지 한 장 못 써주다니요…….

사고 후 9년이 지나도록 책은 계속 읽었지만 글을 쓴다는 것은 생각도
못하고 있었습니다. 하지만 언제까지나 마냥 그렇게 있을 수만은 없었습
니다. 그러던 차에 우연히 어느 잡지에서 소아마비로 양손을 못 쓰는데 발
로 글씨를 쓰고 공부를 하며 중학교를 다니는 남학생에 관한 기사를 보게
되었습니다. 문득 '나라고 못할 이유가 없다'는 생각이 들었습니다. 그리
하여 저는 9년 만에 처음으로 절단된 왼팔 어깨와 턱 사이에 펜을
끼우고, 손목만 남은 오른팔로 펜을 옮기면서 잃어버렸던 글
을 다시 쓰기 시작했습니다. 처음에는 쓴다기보다 그렸다고
하는 게 맞겠지요. 펜대가 제 맘대로 사방으로 향하면서 얼
기설기 이상한 그림 같은 편지가 되어버렸지만, 어쨌든 동생
에게 답장을 써 보냈습니다. 그러자 계속해서 글을 쓰고 싶은 생각
이 들었습니다. 하지만 어떻게 해야 쉬지 않고 지속적으로 글을 쓸 수 있
을지 몰라 잠시 눈앞이 캄캄했습니다. 궁리 끝에 한 가지 생각이 떠올랐습
니다. 바로 일기를 쓰는 것이었습니다. 매일 매일 일기를 쓰다 보면 글솜
씨도 늘고 글씨 모양도 제대로 잡힐 것 같았습니다.

14

처음에는 한 글자를 쓰는 데 몇 분씩 걸렸습니다. 어깨와 턱 사이에 끼운 펜대에 온몸의 힘을 실어 쓰다 보니 금세 지쳐 떨어져 구들장을 데굴데굴 구르며 몸부림치기도 했습니다. 누구도 알 수 없는 고통이었습니다. '내게 한쪽 손만이라도 남아 있었다면 이렇게 힘이 들지는 않을 텐데…… 내 마음속에 있는 말들 시원스레 쭉쭉 써내려갈 수 있으련만…….' 글씨를 쓰는 일이 힘들게 느껴질수록 사고로 망가진 저의 몸이 더 원망스러웠습니다. 그러다 지쳐 자리에 누워 며칠씩, 때로는 몇 달씩 앓기도 했습니다. 그러다 가 또 자리를 털고 일어나 펜을 들고 일기를 썼습니다.

이렇게 일기 쓰기로 시작된 글쓰기는 가계부와 편지로 이어졌습니다. 1969년 딸아이를 낳은 뒤에는 한동안 딸아이의 예방 접종 기록이며 하루 하루 커가는 모습을 육아일기로 이어나갔습니다. 없는 살림이지만 규모 있는 생활을 위해 콩나물과 볼펜 한 자루까지 가계부에 기록하기도 했습니다. 또 누군가에게 제 마음속의 생각들을 의논하고 싶어도 말이나 전화 로는 잘 전달되지 않아 속이 상할 때가 많았는데, 편지로 대신하자 고맙게 도 상대방에게 제 마음이 있는 그대로 전달되었고, 누군가 제가 편지에 쓴 부탁을 흔쾌히 들어줄 때 그 기쁨이란 이루 말할 수 없었습니다.

게다가 9년 만에 다시 펜을 잡고 글을 쓰기 시작하자 저를 필요로 하는 사람들도 하나둘 생겼습니다. 이웃의 노인들께서 외지에 나가 사는 자손들이 보내온 편지를 들고 오셔서 읽어달라고도 하시고 답장도 써달라고 하신 것입니다. 편지를 읽어드리고 이어서 답장도 써드리면 "아이고, 어떻게 내 마음속에 들어갔다 나온 것처럼 내 마음을 헤아려 썼을까!" 하며 어린 아이처럼 좋아하셨습니다. 그 모습을 지켜보는 제 마음 역시 기껍고 뿌듯했습니다. "손이 저러니…… 배고프지……?"라며 주머니에서 주섬주섬 먹을 것을 꺼내 제 입에 넣어주시는 어르신들의 인정에 감격해 눈물을 글썽인 적도 있습니다. 그런 어르신들이 한 분, 두 분 해가 가면서 타계하셔서 이제는 몸과 마음이 허전할 때가 많습니다.

이제까지 인생의 반이 넘는 시간을 두 평 남짓한 방 안에서 바깥세상을 그리워하며 살아온 저에게 일기 쓰기는 고락을 같이한 동반자이자 친구였습니다. 부모 형제에게도 다 털어놓지 못할 말들을 눈물 펑펑 쏟으며 백지 위에 풀어놓다 보면, 가슴 한 편을 꾹 누르고 있던 응어리들도 봄눈처럼 스르르 녹아내렸습니다. 방바닥에 엎드려 일기를 한 장 쓰고 나면 온몸이 땀에 흠뻑 젖는 저를 보고 "그렇게 힘든 걸 왜 계속 쓰느냐?"고 묻는 사람들도 있습니다. 몸을 혹사시키면서 글을 쓴다고 누가 상을 주는 것도 아니

고 알아주는 것도 아닙니다. 하지만 제 앞에 놓인 하얀 종이
는 결코 찡그리거나 나무라는 일 없이 묵묵히 나를 받아주
니 참 고마운 노릇이고, 지루하기만 한 시간을 메워주니
즐겁고, 절망의 나락으로 떨어질 때마다 다시 살아갈 힘
을 얻게 해주었으니…… 이만한 동반자가 없다는 생
각이 듭니다.

　매일같이 방바닥에 엎드려 백지 위에 나의 삶을 적어나가다 보니, 눈물
도 한숨도 어느새 다 말라버렸습니다. 1966년부터 40년 넘게 이어져 온 일
기책들은 비록 용렬(庸劣)한 글이지만 제 혼신이 담긴 결과물이며, 그런
까닭에 제 영혼이라고 해도 과언이 아닐 것입니다. 이제는 고령으로 두뇌
가 녹이 슬어 머리 회전이 우둔하지만, 40년 전이나 지금이나 매일 일기를
쓰면 쓸수록 맛이 들고 재미가 있습니다. 이 생명이 다하는 그날까지 저는
제 앞의 백지 위에 제 인생과 운명의 일대기를 계속해서 그려가려고 합니
다. 굳은 의지만 있다면 불가능은 없다고 생각합니다. 이것은 다른 누구의
가르침이나 강요가 아닌 저 자신이 직접 경험한 삶의 나날들을 통해 내린
결론입니다.

저는 세상 밖을 잘 모르지만 텔레비전 뉴스와 각종 프로그램들을 통해 세상 돌아가는 소식을 접합니다. 아침 6시 뉴스를 시작으로 오전 9시경까지 계속되는 시사 정보 프로그램과 연예계 소식, 아침 드라마 등을 즐겨 보고 저녁에도 뉴스와 시사 프로그램, 〈불멸의 이순신〉이나 〈대조영〉 같은 역사 드라마를 잘 봅니다. 그렇게 텔레비전을 통해 접하는 세상에는 참 훌륭한 분들도 많고 기분 좋은 소식도 많지만, 한편으로 안타까운 사연도 많고 슬프고 겁이 나는 소식도 많습니다.

　어느 날 저는 이처럼 희망과 절망이 섞여 있는 이 세상에 제 자신의 특별한 삶을 공개하고 싶은 생각이 들었습니다. 팔다리를 잃고 나서 제가 직접 겪은 삶에서 배운 '노력하는 사람에게 불가능은 없다'라는 교훈을 이야기하고 싶었기 때문입니다. 처음에는 '내가 왜 이런 일을 당해야 하나?'라고 매일 매일 울부짖으며 억울함과 분노를 호소하던 저였습니다. 혼자 힘으로 앉아 있지도 못할 만큼 제 몸은 산산이 부서졌었지요. 하지만 꼭꼭 숨어 지내던 이불 속에서 나와 하나씩 차근차근 생활을 익히고 지혜를 배우니, 팔다리가 없는 몸이라고 못할 일은 전혀 없다는 걸 알게 되었습니다. 비록 느리지만 하나씩 차곡차곡 노력의 결과들이 쌓여갈 때마다 가슴이 뿌듯하고 자신감도 생겼습니다. 그리고 문득 이런 생각이 들었습니다.

'만약 이 세상 어딘가에 나와 같은 처지의 사람이 있다면, 또는 나보다 더 한 고통을 겪는 사람이 있다면, 내가 지나온 날들의 이야기가 조금이라도 힘이 되지 않을까?' 그런 생각 끝에 저는 SBS 방송국의 〈순간포착 세상에 이런 일이〉라는 프로그램에 편지를 보냈습니다. 제작진의 검토와 회의를 거쳐 프로그램에서는 저를 소개하기로 결정을 내렸고, 2006년 11월 30일 방송에 제 사연이 소개되었습니다.

촬영하는 동안 PD님과의 만남을 통해 또 다른 세상의 많은 것들을 배울 수 있었고, 무엇보다도 방송이 나간 뒤 제 생활을 보고 힘과 용기를 얻었다는 시청자들의 반응이 이어졌다는 소식에 제 마음이 흡족하고 감사했습니다. 뿐만 아니라 방송에 소개된 것을 계기로 좋은 출판사와 연결되어 이렇게 지난 40년 세월의 기록을 많은 분들과 나눌 수 있게 되었습니다.

제가 사고를 당했던 예전과 달리 요즘은 장애인들에 대한 정부의 배려나 사회의 인식이 많이 향상되었습니다. 저 역시 모 기관의 도움으로 전동 휠체어를 기증받아 사용하고 있습니다. 기증받은 뒤 한동안은 집 앞의 길이 흙길이어서 그저 마당 한쪽에 모셔두기만 했었는데, 올해 초 역시 면의 도움으로 울퉁불퉁하던 흙길이 시멘트로 고르게 덮여 요즘은 전동 휠체어를 타고 집 앞 저수지로 산책도 나가고 윗동네로 마실도 다닙니다. 조카 손녀 주희와 재희는 전동 휠체어 뒤에 올라타기도 하고 휠체어를 따라 함께 달리기도 하며 저의 친구가 되어줍니다.

저는 이 사회로부터 받은 은혜를 만 분의 일이라도 갚을 수 있다면 하는 심정으로 이 책을 펴냅니다. 현재 절망의 늪에 빠져 있는 분이 계시다면 저의 일상생활을 보시고 참고 삼아 극복하시기를 기원합니다.

행복은 자신이 스스로 일구어가는 것이라고 생각합니다. 제가 살아 숨쉬는 공간은 두 평 남짓한 작은 방입니다. 그 작은 방의 구들 위에 흉한 몸을 얹고 암흑과 같은 시간을 보낼 때도 있지만, 장독대를 향해 빠끔히 나 있는 창으로는 해가 뜨면 언제나 밝은 빛이 드리워집니다. 꼭꼭 닫혀 있던 마음의 문을 다소곳 열고 살며시 웃으면 눈과 마음이 동시에 밝은 햇빛과 대화를 시작하게 됩니다. 저는 우울하기보다 늘 밝게 살려고 노력해왔습니다. 청청한 세상 속으로 파고들어가 세상 소리를 듣고 호흡을 함께하고 싶었습니다.

비록 불구의 몸이지만 저를 지켜보는 사람들에게 불편을 주기보다 위안

이 되고 싶고, 노소를 막론하고 때에 따라 친구가 되고 싶습니다. 그것이
이 책을 펴내는 지금 이 늙은이의 간절한 바람입니다.

2007년 여름
충남 당진에서
이한순(李漢順) 드림

제1부

자기 앞의 생生

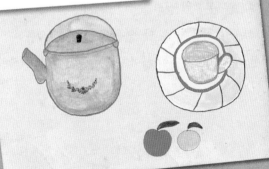

2007. 3. 26. 저의 집에 방문하시는 귀빈께서
서의 마음에 잔을 드시고 가시옵소서
빈입으로 보내실 때마다 송구하와
빈잔을 그리며 마음을 드립니다

요즘은 제가 쓰는 이 글이 저에게 큰 도움이 된답니다. 제 생전 영영 글이라는 걸 다시는 못 쓸 줄 알았는데 피나는 노력 끝에 이렇게 글씨를 쓰게 되니 말입니다.

오라버니께

오라버니, 그간 안녕하셨습니까. 오랫동안 소식을 전하지 못해 죄송합니다. 오라버니 댁내 모두 무고하십니까. 이곳 저의 집도 어머니를 비롯해온 가족이 다 무고합니다. 저의 불미스러운 사고로 인해 집안 대소 어른들께 많은 노고와 심려를 끼쳐드렸는데 저는 그 은덕의 보답을 드리지 못해 죄송한 마음 이를 데 없군요. 제가 자유롭게 다닐 수 있었다면 집안 친척 어른들을 일일이 찾아가 뵙고 사과의 인사라도 올려야 될 줄 알면서도 부자유한 몸이기에 인사도 드리지 못한 채 고향으로 내려왔습니다. 제대로 인사도 드리지 못한 저는 이렇게 늦게나마 이 편지로 오라버니와 집안 어른들께 용서를 빌고자 합니다. 또한 실례를 무릅쓰고 저의 괴로운 넋두리를 풀어놓고 싶습니다. 저의 울고 싶은 심정, 그 누구에게도 표현하기 힘든 이 안타까운 심정을 오라버니께서는 이해해주시리라 믿고 저의 지난날들을 이 미욱한 글로 그려보고자 합니다.

오라버니, 저는 저의 훗날을 생각하면 오던 잠도 멀리 도망가버립니다. 너무나도 무섭고 가혹한 형벌과 같은 삶입니다. 매일 매일 이어지는 이 고독한 생활은 누구든지 당해보지 않고는 저의 심정을 이해하지 못할 것입니다. 마치 꾸어다 놓은 보릿자루처럼 하루 종일 눈만 멀뚱멀뚱 뜨고 앉아, 식구들이 부지런히 손을 움직여 일하는 모습을 지켜보고 있자니 마음이 답답하고 가슴이 터질 것만 같습니다. 허공을 향해 큰 소리로 외치고 싶은 마음을 도저히 달랠 길 없었는데…… 요즘은 제가 쓰는 이 글이 저에게 큰 도움이 된답니다. 1분에 겨우 한 글자 쓸까 말까 한 글씨, 어디가 머리고 꼬리인지 분간하기 힘든 받침, 순서와 사연이 뒤바뀌기 일쑤인 못난 글이지만 이렇게 펜대를 잡고 넋두리라도 써볼 수 있으니 좋습니다. 제 생전 영영 글이라는 걸 다시는 못 쓸 줄 알았는데 피나는 노력 끝에 이렇게 글씨를 쓰게 되니 말입니다.

제가 이 몸으로 이 못난 글씨를 쓰게 된 것은 1년 전 어느 잡지에 실린 기사 덕분입니다. 한 남학생이 어려서 소아마비로 인해 양손이 다 마비되었는데, 몸에 붙어 있어도 손 역할을 못하는 그 손으로 공부를 해 어엿한 중학교 졸업반이 되었더군요. 그 기사에서 힘을 얻어 저도 어떻게 해서든지 다시 글씨를 써보아야겠다는 욕심이 생겼고 1, 2, 3, 4부터 한 글자씩 되풀이해 쓰기 시작했습니다. 잃어버린 저의 글씨를 되찾으려고 어려운 글자들과 쌍받침을 종이에 적어 벽에 붙여놓고 영어 단어 외우듯 공부하고 매일 복습을 해도 예전처럼 쉽게 익혀지지는 않았습니다. 저의 가슴에 맺힌 사연을 글로나마 풀어보려고 펜대를 잡고 옮겨 쓰다 보면 한 글자 쓰려는 순간에 머리에 떠올랐던 글귀가 어디로 몽땅 사라져버리고, 한 글자 쓰는 데 시간도 너무 많이 걸리기 때문에 처음에 생각했던 글의 사연이 모두 도망가버려요.

못난 글씨고 서툰 글이다 보니 제 마음의 괴로운 상처만 흉하게 드러나지 않을까 염려가 되는군요. 오라버니, 제 글이 국민학교 1학년 실력만큼도 못하다고 웃지는 말아주세요. 지금은 이렇게 서툰 글일망정 자꾸 쓰고 배우면 언젠가는 제대로 된 글을 쓸 날이 있겠지요. 넓은 아량으로 끝까지 읽어주시고 앞으로도 제가 글을 배울 수 있는 길을 가르쳐주십시오. 그리고 오라버니의 먼 동생 한순이가 인생의 극심한 풍파 속에서도 눈물과 한숨을 씹어가며 꿋꿋이 한 생명으로 살아가고 있노라고 생각해주십시오.

오라버니의 건강과 가정에 많은 행운이 깃들기를 이 미약한 동생이 멀
리서나마 두 손 모아 빕니다. 안녕히 계십시오.

1967년 10월 12일
동생 한순 드림

고달픈 날의
위로가 되어주었던 학교

나는 1937년 음력 6월 23일 충남 당진군 신평면 상오리에서 태어났다. 위로는 오빠와 언니가 있었고 아래로는 여동생과 남동생이 하나씩, 우리는 모두 5남매였다. 할아버지, 할머니로부터 아무것도 물려받은 게 없으신 우리 부모님은 찢어지는 가난 속에서 생활을 이어가셨고 우리 5남매는 끼니를 굶기가 다반사였다. 그 옛날은 누구나 가난한 시대였다.

6.25 전쟁 통에 아버지가 돌아가시고 혼자되신 어머니는 광주리를 머리에 이고 다니며 장사를 하셔서 우리 5남매를 먹이고 키우셨다. 연약한 여자 몸으로 가정을 꾸려 나가시려니 고생이 이만저만이 아니었을 것이다. 하루 종일 광주리를 이고 돌아다니다가 집에 돌아오시면 또 살림을 챙기느라 피로에 지쳐 자리에 누우시는 날도 많았다.

나는 해방되던 해에 국민학교에 입학했다. 그러다가 6.25 전쟁이 터졌는데, 전쟁 중에 나는 물론 전교 아이들은 뙤약볕이 내려쪼이는 운동장에 모여 앉아 '붉은 사상' 교육을 받았다. 아이들은 붉은 사상의 노래와 '반동' '동무' 등에 대해 배웠고 어른들은 어른들대로 밤마다 마을에 모여 교육을 받았다. 그러다가 서울이 수복되자 다시 청년들이 창을 들고 뒷산과 마을 곳곳을 휘젓고 다니며 '공산 괴뢰군'을 찾아 나섰다. 이듬해 1.4 후퇴 때 마을 청년들은 봇짐을 싸 짊어지고 집을 떠나 후퇴하는 국군을 따라 나섰다. 우리 오빠도 그 대열에 합류했는데, 공산당한테 시달리느니 죽더라도 나라를 지키다 죽겠다는 일념이었다. 10여 일이 지난 뒤 오빠는 집으로 돌아왔고 마을 아이들은 학교에 복귀했다.

　그런데 다시 나간 학교에는 전체 아이들의 3분의 1밖에 나오지 않았다. 우리 마을만 해도 서른 명쯤 되는 아이들 가운데 여자는 나 하나, 남자는 서너 명뿐이었다. 나는 흐린 날이나 갠 날이나 꾸준히 학교에 나갔다. 하지만 내가 아무리 배움에 애착을 느껴도 마냥 마음 편하게 배울 수 없었다. 가난에 쪼들리던 우리 집은 공납금조차 낼 수 없는 형편이었다. 학교에서는 독촉을 해도 집에만 오면 입 안에 뱅뱅 도는 말을 꺼내지도 못하고 어머니 눈치만 살피기 일쑤였다.

아무리 가난하고, 식구들의 반대가 아무리 심해도 학교에 가야겠다는
내 생각에는 변함이 없었다. 그렇다고 학업을 중단할 내가 아니었다. 피
곤하고 고달픈 날들에 내게는 학교에 나가는 것만이 큰 낙이었다.

그러던 어느 날 어머니가 나를 조용히 부르셨다. "한순아, 네가 그렇게 배우고 싶어 하는 심정은 이 어미도 잘 알고 있다마는 내 힘으로는 공납금을 장만해줄 재주가 없으니 학교에 그만 다니거라. 응, 한순아. 제발 학교에 나가라고 성화를 해도 안 가는 부잣집 아이들도 있는데, 너는 왜 학교에 못 가게 해도 자꾸만 가려고 하니. 네가 공부 배워 무엇에 쓰려고 그러니……."

말씀을 끝내자마자 어머니는 눈물을 주루룩 흘리셨다. 나도 어머니 옆에 앉아 울었다. 나는 가난이 한없이 원망스러웠다. 가난 때문에 제대로 먹지 못하고 입지 못했는데 이제 배우지도 못하다니.

한번은 가을 운동회 때 졸업반 여자 아이들이 운동장에 나가서 부채춤을 추며 무용하는 모습을 본 큰 형부가 "학교에서 공부는 안 가르치고 기생 춤만 가르친다"고 화를 내면서 어머니에게 나도 학교에 가면 기생이 될 터이니 학교에 보내지 말라고 하는 것이었다. 하지만 아무리 가난하고, 식구들의 반대가 아무리 심해도 학교에 가야겠다는 내 생각에는 변함이 없었다. 그렇다고 학업을 중단할 내가 아니었다. 한편으로 나는 형편이 되는데도 학교에 나가지 않는 아이들이 원망스러웠다. '배움의 기쁨도 모르는 것들이 무슨 사람이야'라는 생각이 들기까지 했다.

어려운 형편과 식구들의 반대뿐 아니라 나는 비가 오는 날이면 근심이 되어 잠을 이루지 못했다. 비옷은 구경도 못해볼 때였으니, 책을 보자기에 싸가지고 십 오 리나 되는 학교를 가느라면 앞가슴에 품고 간 책이 빗물에 흠뻑 젖었다. 장마라도 지면 냇물이 무섭게 불어나 외나무다리를 건너는 게 여간 위험한 일이 아니었다. 외나무다리를 건너다 물속에 빠진 아이들을 다리 주위에 사는 어른들이 몸에 밧줄을 묶고 들어가 구해내기도 했다. 비만 오면 이렇게 위험천만한 통학 길이었으므로 어른들은 아예 비가 오는 날에는 학교를 가지 못하게 하셨다.

한겨울 몹시 추운 날에도 학교에 가는 아이들이 가물에 콩 나듯 하기는 마찬가지였다. 나는 어머니 몰래 책보를 뒤꼍에 숨겨 놓았다가 슬쩍 나와 책보를 허리에 두르고 달려나가곤 했다. 홑껍데기 저고리 바람으로 허허 벌판을 마구 달리노라면 매서운 겨울바람이 온몸을 따갑게 때렸다. 나는 찔끔찔끔 비어져 나오는 눈물을 손등으로 훔치면서 여전히 달렸다. 때로는 집으로 돌아오는 길에 양지바른 둑 밑에 웅크리고 앉아 몸을 녹였다.

오빠가 군대에 간 뒤로 어머니는 우리 식구의 생활비를 버시느라 어깨가 더욱 무거워지셨고 집안 살림에는 전혀 손을 못 대셨다. 하여 세 살 위인 언니가 살림을 도맡다시피 했다. 나 역시 어머니 심부름으로 몇십 리

길을 왔다갔다 했고 시간이 날 때마다 지게를 지고 산에 올라가 날이 어두워지도록 나무를 하고 뚝에 나가 풀을 베다가 퇴비를 만들었다. 피곤하고 고달픈 날들에 내게는 학교에 나가는 것만이 큰 낙이었다.

가난은 죄가 아니다

우리 학교에서는 여름방학을 이용해 퇴비 증산을 위한 풀 베기 대회를 열었다. 나는 평소 실력을 발휘해 특상을 받기도 했다. 상이래야 겨우 공책 몇 권이지만 그래도 나는 마음이 흡족해 웃었다. 집에서 평소에 원 없이 나무를 한 덕에 낫질은 누구에게도 빠지지 않게 잘했다. 물론 남자들에게는 상대가 안 되겠지만 여자들 축에서는 어른에게도 이길 자신이 있었다. 비록 풀 베기 대회이긴 했지만 꾸준한 노력의 대가로 상을 받으니 앞으로 무슨 일이든 더 열심히 노력해야겠다는 생각이 들었다.

6학년 여름방학이 끝난 뒤 어느 날 선생님이 산수 응용문제를 숙제로 내주시며 집에 가서 풀어 오라고 하셨다. 나는 집에 돌아와 저녁상을 물리고 호롱불 밑에 혼자 앉아 곰곰이 생각해가며 문제를 풀었다. 이튿날 학교에서 아이들이 답을 발표하는데 60~70여 명 되는 아이들이 모두 다 참고서를 보고 풀어 와서 답이 똑같았다. 선생님은 화가 나서 아이들을 모두 교실 밖으로 내쫓고 한 시간 동안 벌을 주셨다. 교실에 남은 아이들은 나까지 겨우 네 명이었다. 참고서를 보지 않고 혼자 힘으로 문제를 풀어 맞힌 아이들은 우리들뿐이었다. 가난이 오히려 덕이 된 순간이었다. 가난한 탓에 참고서 없이 공부를 하느라 내 노력으로만 문제를 풀었는데 다행히 벌을 받지 않았다. 못 사는 것이 죄는 아니다.

공납금을 다 내지 못한 채 졸업할 날이 가까워지면서 나는 밥 먹는 것조차 살로 가지 않을 지경이었다. 자나 깨나 밀린 학비 걱정에 머리가 무거워졌다. 내 좁은 소견으로는 아무리 궁리를 해도 돈이 나올 구멍이 없었다. 논에 다니며 벼이삭을 주워봐야 별 소득이 안 되었다. 그렇게 한동안 고민하던 끝에 언뜻 떠오르는 것이 있었다. 바로 눈만 돌리면 산에 널려 있는 솔잎이었다. 나는 1952년 9월부터 산에 올라가서 낙엽으로 떨어진 솔잎들을 갈퀴로 그러모아 내다 팔기 시작했다.

솔잎을 구럭(새끼를 드물게 떠서 만든 물건)에 꼭꼭 눌러 담으려니까 자연히 솔잎에 손을 찔렸고, 송진이 묻은 손등이 터져서 피가 나기 일쑤였다. 때로는 바람이 세게 불어와 기껏 모아놓은 솔잎이 다 날아가곤 했다. 나는 그 빈자리를 물끄러미 쳐다만 보고 서 있다가 다시 바람을 원망하며 일을 시작했다. 구름이라도 끼는 날이면 안 그래도 어두운 산 속이 더 어둡고 추워져서 눈에서는 눈물이 나고 코에서는 콧물이 줄줄 흘러내렸다. 그렇게 낙엽과 나뭇가지를 긁어모아 한 구럭 무겁게 머리에 이고 산을 내려와 집으로 돌아오는 나의 발걸음은 마냥 가볍기만 했다. 때로는 사방 공사 판에 나가서 하루 종일 흙과 뗏장을 머리에 이고 나르면서 그 삯으로 밀가루를 받아다 밀가루 죽을 쑤어 먹으며 연명하기도 했다. 일하고 노력하는 사람에게 성공은 꼭 오고야 만다. 나의 경우도 그러했다.

나는 열여섯 살이 되던 1953년 4월에 국민학교를 졸업했다. 선생님으로부터 졸업장을 받아드니 하염없이 눈물이 흘렀다. 졸업장을 받기까지 겪었던 숱한 고생과 고난이 떠올랐다. 어머니의 만류와 형제들의 곱지 않은 시선을 무릅쓰고 나는 나의 미래를 위해 모든 슬픔을 꾹꾹 참았다.

그해에는 극심한 가뭄으로 흉년이 들어서 거의 집집마다 쑥과 나물로 끼니를 이어가는 형편이었다. 어머니 한 분만 바라보고 살아가는 우리 집 역시 처참하기 그지없었다. 고생하시는 어머니의 이마에 하나둘 늘어가는 잔주름, 파리하게 야윈 어머니의 얼굴을 볼 때마다 나는 어떻게 해서든지 어머니께 도움이 되어드리고 싶은 마음이 간절했다.

꿈을 안고 서울로

1954년 4월에 나는 어머니와 함께 영등포구 오류동에 있는 외가댁에 다녀오면서 처음으로 서울 구경을 했다. 교과서에서 그림으로만 보던 기차가 검고 긴 연기를 내뿜으며 달리는 모습, 전쟁 뒤 폐허가 된 한강 인도교를 수리 중이던 코가 큰 미군들…… 나는 무엇보다도 길고 긴 한강 다리가 무척 신기했다. 전쟁으로 파괴된 건물이 아직 채 수리되지 않은 곳들도 있었지만, 우뚝 서 있는 건물들과 서울 사람들의 화려한 옷차림, 네온사인 불빛 사이를 오가는 인파 등 서울의 모든 환경이 내게는 신비롭고 새롭게만 느껴졌다. 나도 그 속에 끼어 생활해보고 싶었다.

말쑥한 교복 차림으로 가슴에 교표를 달고 다니는 내 친구들이 나는 한없이 부러워 어떻게 하면 돈을 벌어서 하고 싶은 공부를 할까, 늘 그 생각뿐이었다. 그러던 차에 기회가 찾아왔다. 1955년 봄, 이웃집 할머니의 따님이 서울서 친정에 다니러 내려왔다. 그 아주머니의 말이 자기네 친척이 서울의 어느 회사 간부인데, 그 집에 가서 1년만 집안일을 해주면 취직을 시켜준다는 것이었다. 나는 '옳지! 잘 됐구나!' 하는 생각이 들어 그 얘기를 듣는 즉시 내가 가겠노라고 아주머니에게 의사 표시를 했다. 한편으로는 몹시 기대되고 기뻤지만, 태어나서 열여덟 살이 되도록 어머니 곁을 떠나본 적이 없던 터라 낯선 곳으로 갈 생각을 하니 어쩐지 마음이 서글펐다.

그러나 서글픔도 잠시, 나는 내일에 대한 큰 기대와 꿈으로 두근거리는 가슴을 누르며 고향을 등지고 서울로 향했다. 사람도 물도 낯설기만 한 타향에서 내 생전 해본 적이 없는 이불 빨래며 구공탄 갈아 넣기 등 모든 일이 서툴기만 했다. 처음에는 일이 손에 익지 않아 애를 퍽 많이 먹었다. 게다가 주인은 무슨 일이든 눈치 주기 전에 알아서 먼저 해놓아야 웃음을 지으며 좋아하지, 안 그러면 싫어하는 눈치였다. 그래서 나는 매일 잠들기 전에 반드시 다음날 할 일이 무엇 무엇인지 미리 머릿속으로 정리해두곤 했다. 비록 식모살이일 망정 나는 모든 일을 성심껏 충실하게 하면서 칭찬을 들었다. 이렇게 일은 얼마 안 가서 능숙해졌지만 충청도 사투리만은 하루 이틀에 고쳐지지 않았다. 서울 사람들은 내 사투리를 듣기만 하면 허리를 잡고 웃으면서 내 흉내를 내기도 했다. 그렇게 충청도 사투리가 우스운

그러나 서글픔도 잠시, 나는 내일에 대한 큰 기대와 꿈으로 두근거리는 가슴을
누르며 고향을 등지고 서울로 향했다. 사람도 물도 낯설기만 한 타향에서 내 생
전 해본 적이 없는 이불 빨래며 구공탄 갈아 넣기 등 모든 일이 서툴기만 했다.

지, 나는 그런 사람들이 얄미웠다. 나중에는 무안해 얼굴이 빨갛게 달아오르며 눈물이 핑 돌기까지 했다. 그렇다고 벙어리 행세를 할 수도 없고, 나는 입을 가지고도 말하기가 참 거북했다. 그럴 때마다 떠나 온 고향 생각이 더욱 절실했지만, 나의 꿈과 미래에 대한 생각으로 슬픔도 괴로움도 굳게 참고 견디었다.

1956년 6월 이웃집 할머니의 칠순 잔치가 있었다. 할머니는 언제나 나를 보기만 하시면 "한순아, 고생 끝에는 낙이 있단다. 사람은 누구든 고생을 해봐야만 훌륭한 사람이 되는 거야"라며 위로해주시곤 했다. 할머니의 따뜻한 관심을 늘 감사하게 생각하고 있던 나는 잔칫날 할머니 댁에 가서 일을 도와드렸다. 부엌에 들어가 앉아 일을 하고 있는데 갑자기 발이 저리면서 무릎이 쑤시고 아프기 시작했다. 몸도 마음도 피로해진 상태로 집에 돌아와 한숨 자고 일어나니 무릎과 어깨 관절마다 똥똥 붓고 뼈 속이 쏙쏙 쑤시며 아파서 걸음을 걷기가 힘들었다. 병원에 가보니 관절염이라고 했다. 제때에 치료하지 않으면 뼈 속에 물이 생기고 뼈가 굳어서 나중에는 걸을 수 없게 될지도 모른다는 것이었다. 청천벽력 같은 소식이었다. 어머니와 어린 동생들, 군에서 당한 부상으로 삶의 갈피를 잃고 방황하는 오빠의 모습이 눈앞에 아른거렸다. 발을 동동 구르며 실컷 울고 싶었지만 운다고 문제가 해결될 일은 아니었기에 나는 억지로 눈물을 참았다. 주사를 몇

대 맞자 부기가 일단 가라앉았다. 하지만 맨주먹뿐인 빈털터리 신세로 계속 치료를 받는다는 건 꿈도 못 꿀 일이었다.

　17개월의 무급 식모살이에 대한 대가로 드디어 기다리고 기다리던 경성방직에 취직이 되어 입사할 날을 며칠 앞두고 있던 어느 날 주인 아주머니가 나를 조용히 부르셨다. 그러고는 하시는 말씀이 "한순아, 너 회사 출근하기 전에 고향집에 내려가서 치료를 좀 받고 올라오지" 하시는 것이었다. 하지만 나는 그럴 수 없다고 하면서 그냥 아주머니 댁에 머물다가 회사에 나가겠다고 했다. 그 말에 아주머니는 화를 내시면서, 하늘의 별 따기보다 어려운 취직이 되었는데 며칠 다니다가 병 때문에 중단하는 일은 없어야 할 것 아니겠느냐고, 괜한 고집 부리지 말라고 하셨다. 아주머니는 남의 속을 모르니 그런 말씀을 하셨겠지만, 나는 고향집에 내려가도 관절염 치료는 고사하고 조석으로 끼니조차 잇기 어려운 형편이었다. 게다가 괜히 어머니 가슴만 아프게 해드리고 싶지 않아서 나는 주인 아주머니의 말씀을 차마 따를 수가 없었다. 사실 고향에 내려가 부드러운 어머니의 손길로 보살핌을 받으며 치료하고 싶은 마음은 제삼자인 주인 아주머니보다도 아픈 내가 더 절실했지만, 할 수 없는 일이었다. 뜻대로 되지 않는 인생이 서글펐다.

첫 월급 7,500환과 다다미방

1956년 7월 28일 입사해 첫 월급으로 구화 7,500환을 받았다. 10,000환짜리 곗돈으로 3,700환을 내고 쌀값, 장작값, 반찬값, 방세 등 생활비를 치르고 보니 약값이 한 푼도 남지 않았다. 게다가 하루 종일 무섭게 돌아가는 공장 기계 앞에 앉아 있다 보면 정말이지 몸이 무너져 내리는 느낌이었다. 공장 안은 항상 수십 대의 기계가 돌아가면서 먼지와 기름 냄새, 뜨거운 수증기가 가득했다. 숨이 턱턱 막히고 땀이 비 오듯 쏟아지는 그 속에서 밤새워 야간 근무를 하다가 고개를 들어 천장 유리창을 올려다 보면 어느새 지루하고 긴 밤의 어둠이 걷히고 새벽빛이 서서히 창밖을 밝히고 있었다. 그렇게 작업을 마치고 집으로 돌아와 몸을 누이면 나도 모르게 끙끙 신음 소리가 나왔다.

나는 회사 바로 앞에 조그마한 다다미방을 사글세로 얻어 동갑내기 동료 네 명과 함께 자취를 했다. 아침이면 풍로 위에 양은솥을 하나 올려놓고 밥을 지었다. 풍로 앞에 네 명이 나란히 쪼그리고 앉아 불을 피우며 도란도란 이야기를 나누다 보면 불기운에 다들 얼굴이 발그레해졌고 그 모습을 서로 들여다보며 히죽히죽 농담을 주고받았다. 그렇게 시간 가는 줄 모르다가 출근을 알리는 회사 종소리가 울리면 깜짝 놀라 몸을 일으켜 양은솥을 번쩍 들어 내려놓은 뒤 서둘러 밥을 먹었다. 우선 저녁에 먹을 밥을 한 사발 퍼놓고, 나머지는 솥째 방에 들여다놓고 다 같이 급하게 퍼먹었다. 그러고는 출근 카드를 손에 쥐고 회사로 달려갔다. 오전 작업 후 점심 식사가 끝나면 낮잠을 자는 동료들도 있었는데, 우리 네 명은 둥그렇게 모여 앉아 돌아가며 노래도 부르고 옛날 이야기, 수수께끼, 뉴스거리 등을 이야기하며 즐거운 시간을 보냈다.

하루 일을 마치고 집으로 돌아오면 세 명은 부엌에 선 채로 서둘러 찬밥을 퍼먹은 뒤 부랴부랴 머리를 매만지고 옷을 갈아입고 급하게 대문 밖을 나가 어디론가 사라졌다. 세 친구들이 왁자하게 나가고 나면 나는 홀로 방에 누워 깊은 공상에 빠지곤 했다. 밤이 늦도록 몸을 뒤척이노라면 빈대란 놈이 배가 고픈지 몸 여기저기를 따끔하게 깨물었다. 그 녀석들과 싸우다가 간신히 잠이 들려는 찰나, 외출을 나갔던 세 친구들이 자정이 넘은 시간에 늦은 귀가를 하는 날이면, 단잠을 방해받은 나와 친구들 사이에 가벼운 말다툼이 일어나기도 했다.

그해 10월 나는 새로운 친구 두 명과 다른 방을 얻어 나왔다. 나는 키가 작다고 '충청도 꼬마'라고 불렸고, 다른 두 친구는 각각 '경상도 뚱뚱이'와 '경기도 껑다리'로 부르기로 했다. 비좁은 단칸방이었지만 셋이 서로 별명을 불러가면서 재미있게 지냈다. 그해 겨울 어느 날 하루는 퇴근해서 집에 돌아와보니 껑다리와 뚱뚱이가 이불 속에서 얼굴만 쏙 내밀고 내게 말했다. "얘, 꼬마야. 오늘 까딱하면 너 못 보고 천당에 갈 뻔했어." 얘기를 듣자 하니, 날이 하도 추워 아궁이에서 장작불을 지펴 그 불씨를 화로에 담아가지고 와 방에 놓고 저녁을 먹었는데, 그러다가 갑자기 어지럼증을 느끼며 쓰러졌다는 것이다. 두 친구는 너무 놀라 "사람 살려!"라고 소리를 질렀고 그 소리에 달려온 주인집 할머니가 화로의 불씨를 보시더니 "숯머리를 앓는군" 하시면서 동치미 국물을 한 사발 떠다 주셨다고 한다. 그걸 마시고 나니 그런대로 머리가 시원해지면서 정신이 들었다는 것이다. 나는 "죽지 않고 이렇게 살았으니 얼마나 다행이냐!"며 두 친구의 손을 잡고 굳은 악수를 했다. 돈을 벌겠다고 고향을 떠나 의지할 사람 하나 없는 곳에서 잘 입지도 먹지도 못하면서 고생을 하는 처지이기에 우리는 서로 의지하고 동정하며 살았다.

영등포역 앞 작은 시장 안에 있던 그 집은 한 가지 흠이 있다면 밤마다 너무 시끄러웠다는 것이다. 밤이면 술집에서 술을 먹고 떠드는 소리가 왁자하게 들려왔고, 잔뜩 취한 주정뱅이들이 대문 앞에 와서 주인 할머니에게 색시 내놓으라고 생떼를 부리며 소란을 피우기도 했다. 그래서 나는 집을 또 옮기기로 결정하고 12월에 신길동에 사글세 방을 새로 얻었다. 부엌도 딸려 있지 않은 데다가 회사까지 거리가 멀긴 했지만 그래도 공기가 맑고 조용해서 마음에 들었다.

20세 때(1957년)

21세 때(1958년)

21세 때 직장 동료들과 함께(1958년)

귀성 전쟁

그해 겨울 설을 쇠기 위해 집에 내려갈 때였다. 새벽같이 길을 나서서 영등
포역에 도착했는데 벌써 역 안은 사람들로 발 디딜 틈이 없었다. 나는 6시
40분에 출발하는 완행열차를 타기 위해 매표소로 헐레벌떡 뛰어가 표를
사가지고 사람들 틈에 끼어 줄을 섰다. 그때 안내방송이 나오기를 "신사
숙녀 여러분께 알려드립니다. 차표를 사시고도 차가 복잡해서 못 타시는
분이 있다 해도 구입하신 표는 다시 물러드리지 않습니다. 죄송합니다" 하
는 것이었다. 나는 갑자기 불안하고 초조해졌다. 그렇게 한참을 기다리다
가 개찰구를 지나 기차에 막 오르려는데 앞에 있던 사람이 짐이 무겁다며
좀 도와달라는 것이었다. 그 사람을 부축해 짐을 차 안으로 올려주고 내가
올라서려는 찰나, 갑자기 뒤에 있던 사람들이 우르르 몰려와 서로 먼저 타
려고 미는 바람에 나는 이리저리 떠밀리며 기차에서 멀어졌다. 온몸에 맥

이 풀린 채 기차를 물끄러미 바라보고 있으려니 남자들 몇 명이 화장실 칸에 매달려 열차 안으로 기어들어가는 게 보였다. 나도 그곳으로 막 뛰어가 올라타려고 하는데 안의 남자들이 문을 탁 닫아버리는 게 아닌가. 나는 마침 근처에 서 있던 헌병에게 다가가 나도 차를 좀 타게 해달라고 부탁을 했다. 헌병은 처음에는 안 된다고 하다가 화장실 안의 남자들에게 문을 열라고 소리를 질러도 그 사람들이 안 열어주니까 그만 화가 났는지, 들고 있던 몽둥이로 문을 때려 부수고 나를 번쩍 들어 창문으로 올려주어서 겨우겨우 차를 탈 수 있었다. 그리고 헌병에게 고맙다는 인사를 할 새도 없이 열차가 출발했다.

화장실 칸에 들어서니 나까지 예닐곱 명이 좁은 화장실 안에 빽빽하게 서 있었다. 옴짝달싹할 수도 없고 코를 찌르는 냄새에 머리가 몹시 아팠다. 사십대 정도 되어 보이는 어떤 남자는 화장실 창문으로 들어오다가 신발도 잃어버리고 주머니에 가지고 있던 돈도 소매치기한테 몽땅 빼앗겼다고 울상이었다. 그날 주머니에 돈을 넣어둔 사람들은 아마 모두 다 소매치기에게 빼앗겼을 것이다. 열차가 터널을 빠져나온 뒤 창밖을 내다보니 지붕 위에 올라 타 있던 사람들이 흙이 묻은 머리를 털어내고 있는 게, 마치 6.25 사변 때 피난을 떠나는 사람들 같기도 하고, 영화의 한 장면 같기도 했다.

2006年11月14日화 맑음

나의 장애 이후 그림을 그리려고
꿈을 꾸었는데 실천을 못하였다
그러나 70세의 고령인 으로
때는 이미 늦었으나
이 석 볼펜으로 꿈으로 생각을
먹었음 새로운 마음을
갖게돼 틈틈이나마
낙서를 해 보려 한다
누가 나에 관심으로
약간의 도움이 되여준다면
하는 바람이다

천안에 도착해 버스를 갈아탔는데, 버스에 인원이 너무 많다고 교통순경이 시비를 걸자 운전수가 순경에게 봐달라며 돈을 쥐어주었다. 번화가에 접어들어 또 다른 순경이 따라오자 운전수가 "손님들 몇 분만 잠깐 내려 걸어가주십시오"라고 해서 몇 사람이 내려 한참씩 걷기도 했다. 게다가 버스는 천안에서 당진 오기까지 고장도 여러 번 나서 그때마다 손님들이 차에서 내려 길가에서 쉬곤 했다. 그런데 한번은 차에서 내려 쉬고 있는데 차가 갑자기 경적을 빵빵 울리며 떠나는 것이 아닌가. 나는 깜짝 놀라 버스의 꽁무니를 따라 냅다 뛰기 시작했다. 눈이 녹아 질척한 길이라 뛸 때마다 흙탕물이 온몸으로 튀어 옷이며 신발이 죄다 지저분해졌다. 그렇게 얼마를 뛰어가니 차가 또 고장이 났는지 달리다 말고 길바닥에 멈춰 서는 것이 아닌가. 그 모습이 어찌나 반가웠던지. 나는 얼른 차 안으로 뛰어들어가 내 보따리를 꼭 껴안고 주저앉았다. 차장이 나를 보고 미안하다고 사과를 했지만 나는 그래도 분에 못 이겨 얼굴이 붉으락푸르락했다. 내 얼굴을 본 아저씨 한 분이 "나 같으면 차장을 한번 들었다 놓겠다. 얼마나 기운이 센가 한번 해봐!"라고 하시는 것이다. 나는 어이가 없어 웃음이 나왔고 차 안의 사람들이 모두 함께 웃었다.

온 종일 진탕 고생을 한 끝에 신평면 정류소에 내려 고향 땅을 밟으니 마치 옥살이에서 풀려난 기분이었다. 내가 다니던 학교 앞을 지나 집 뒤꼍에 다다르자 아산만 바다에서 불어오는 차가운 갯바람이 두 뺨과 머리칼을 어루만졌다. 차가운 겨울 바람이지만 나는 오히려 고향에 왔다는 생각에 따뜻하게 느껴졌다. 나는 오랜만에 만난 어머니와 동생들과 마주 앉아 밤이 가는 줄도 모르고 오순도순 이야기꽃을 피웠다.

배워야 산다

설 명절을 쇠고 다시 서울로 돌아온 2월 어느 날 거리의 광고지 하나가 내 눈을 붙잡았다. 중앙학원의 학생 모집 광고였다. 나는 그 길로 학원 문을 노크하고 들어가 등록했다. 중학교 3년 과정을 1년 내에 배워 고등학교 입학 자격을 받는 검정고시 과정이었다. 특히 겨울방학 때면 영어 수업을 들으려는 중고등학생들로 붐비는 학원이었다. 그날 이후 나의 생활은 더욱 분주해졌다. 퇴근 후에 곧장 학원으로 달려가서 공부를 하고 집으로 돌아와 늦은 저녁밥을 먹고 나면 통행금지 사이렌이 울렸다. 사이렌 소리를 들으며 마당으로 나가 작업복을 빨아서 풀을 먹인 뒤 방에 있는 빨랫줄에 널고 잠을 잤다. 새벽에 일어나 쌀을 씻어 밥을 안쳐놓고 밥이 다 되기를 기다리며 숯을 피워 빨래를 다렸다. 그리고 밥이 다 되면 부리나케 물에 말아 먹고 회사로 달려갔다. 그래도 여름에는 좀 나았지만 추운 겨울에는 고생이 이만저만이 아니었다.

1957년 12월 어느 날, 역시 모질게 추운 날이었다. 퇴근 후 집에 와 저녁을 먹고 잠시 누워 있다가 깜빡 잠이 들었던 모양이다. 주인아주머니께서 학원 갈 시간이 넘었는데 왜 안 일어나느냐면서 흔들어 깨우는 바람에 깜짝 놀라 일어나 잠바 하나 걸쳐 입고 정신없이 학원으로 뛰어갔다. 그런데 가는 길에 그만 발을 잘못 디뎠는지 꽝 하고 땅바닥에 나동그라졌다. 무릎이 몹시 아팠지만 벌떡 일어나 흙을 툭툭 털고 나서 다시 학원으로 뛰어갔다. 수업이 모두 끝난 뒤 무릎을 보니 바지는 찢어지고 깨진 무릎에서 나온 피로 흥건히 젖어 있었다.

학원 수업을 마치고 칠흑같이 어두운 밤 신길 시장 뒤 언덕바지를 올라가노라면 주먹만 한 돌이 어둠을 뚫고 날아와 내 몸을 사정없이 때리기도 했다. 나는 돌에 맞아 아픈 것보다도 무서움이 앞서 걸음을 재촉했다. 당시 신길동 일대에는 산을 깎은 자리 여기저기에 주택을 신축 중이었는데, 바람이 세게 부는 날이면 공사장에서 덜커덩 덜커덩 하며 도깨비 우는 소리같이 이상한 소리가 났고, 그 소리에 나는 온몸에 소름이 쭉쭉 돋았다. 당장이라도 비명을 지르고 싶은 것을 꾹꾹 참고 집 앞에 도착하면 나도 모르게 안도의 한숨이 나왔다. 대문을 흔들면 주인아주머니가 졸린 눈을 비비고 하품을 하시면서 대문을 열어주셨다. 밤마다 잠에서 깨 문을 열어주시는 아주머니께 나는 늘 송구스러웠다.

이듬해 2월에는 영등포 양재학원에도 등록했다. 퇴근 후 학원에 도착해 양재 원형을 공책에 옮겨 적고 있노라면 밤에 못잔 잠과 피로가 한데 겹쳐 나도 모르게 눈이 스르르 감겨 꾸벅꾸벅 졸 때도 많았다. 짧은 졸음에 꿈까지 꾸다가 깜짝 놀라 눈을 딱 떠보면 그런 나를 물끄러미 쳐다보던 몇몇 아이들과 눈이 마주치기 일쑤였다. 번듯한 집에서 학교만 다니면서 학원에도 나오는 그런 아이들 앞에서 나는 좀 계면쩍었다. 가끔씩 쏟아지는 잠을 못이겨 아예 책상에 엎드려 푹 자고 일어나보면 내 공책을 슬그머니 빼다가 필기를 대신 해놓는 고마운 친구들도 있었다. 학원에는 재봉틀이 몇 대 안 되는 데다가 학생 수에 비해서도 부족했다. 그래서 나는 일요일을 이용해 학원에 가서 재단한 옷을 박아 오곤 했다. 네다섯 시간이 걸려 옷을 다 만들어가지고 집에 오면 1시쯤 되었고, 그제야 늦은 아침밥을 먹었다. 너무 힘들 때는 공부고 뭐고 다 집어치우고 편하게 살고 싶은 마음이 굴뚝같았지만 그래도 공부는 때를 놓치면 하고 싶어도 하지 못한다는 생각에 다시 학원으로 향하곤 했다. 그런 고생 끝에 나는 1959년 중앙학원과 양재학원의 모든 과정을 마치게 되었다.

당시 나는 월급으로 구화 22,000환을 받았다. 한 달에 10,000환씩, 120,000환짜리 계를 다달이 붓고 생활비를 쓰면 용돈에 조금 여유가 있었다. 그런데 마침 고향에서 여동생이 취직을 하겠다고 올라와 여유 있는 생활도 오래가지는 못했다. 곗돈을 내고 두 사람 생활비를 쓰고 나면 남는 게 거의 없었다. 그렇다고 남의 빚을 얻어 쓸 수도 없었다. 저금통장도 하나 없이 당장 잘 먹고 잘 쓰고 호화롭게 살 바에야 차라리 고생 않고 시골 집에 내려가 편히 사는 게 나았고, 서울에 있으려면 조금이라도 더 아끼며 돈을 모아야 한다고 생각했다.

스물두 살의 잔인한 겨울

1959년 11월 초순 어느 날 고향에 계신 어머니로부터 짤막한 편지가 한 통 왔다. 편지를 뜯어본즉 사연은 이러했다. "한순아, 너에게 부탁할 말은 다름이 아니라 이 편지 속에 넣어 보내는 붉은 종이 부적을 네 몸에 꼭 지니고 다니거라. 너는 이런 것이 무슨 소용이 있겠느냐고 우습게 여기겠지만, 사람의 액운을 누가 알겠니. 내가 절에 가서 기도를 하니까 너의 신수가 아주 나쁘다더라. 올 11월과 12월 양달 사이에 너에게 큰 액운이 있어서 그 액운을 피하려면 너를 두 달 동안 방에 앉혀놓고 꼼짝 못하게 해야 한다는데, 내가 그럴 수는 없다고 하니 스님이 이 부적을 내주셨다. 이 부적을 몸에 지니고 다니면 그 액운이 비켜 간다는구나. 네 어미 노릇은 제대로 못했다마는 이 부적만큼은 꼭 네 몸에 지니고 다니기를 신신부탁한다." 편지에 담긴 어머니의 애절한 마음에는 가슴이 아렸지만, 나는 부적 같은 미신은

해가 저물어 유리창 밖으로 피할 수 없는 어둠이 깔리면, 한강 인도교를 달리는 수많은 자동차들의 고운 헤드라이트 불빛이 눈에 들어왔다. 달리는 저 차 안에 타고 있는 사람들 중에는 행복한 사람도 있고 불행한 사람도 있겠구나……

믿지 않았다. 그도 그럴 것이, 오빠가 월남전에 나갔을 때 어머니는 사시사철 일주일마다 하루도 빠지지 않고 자정이면 정갈하게 옷을 갈아입으신 뒤 별빛이 비치는 산 언덕에 냉수를 떠놓고 밤새 오빠의 무운을 위해 기도를 올리셨다. 하지만 어머니의 이런 지성이 무색하게도 오빠는 전쟁터에서 큰 부상을 입고 돌아오고 말았다. 세상에 신이 있다면 어머니의 기도를 그렇게 외면하지는 않았을 것이라는 생각이 들었다. 그 무렵의 나는 세상에 신이 없다고 생각했으며, 있다 해도 믿고 싶지 않았다. 그래서 그런지 나는 어머니의 편지에 담긴 애절한 호소를 그냥 흘려듣고 말았다.

나는 친구들과 11월 말에 월급을 받으면 12월에 크리스마스 파티를 함께 열자고 약속했다. 하지만 그것이 회사 친구들과 맺은 처음이자 마지막 약속이 되리라고는 꿈에도 생각하지 못했다.

스물두 살. 정말 어린 나이였다. 운명의 시간이 이토록 빨리 찾아올 줄도 모르고 나는 왜 그렇게 아등바등 발버둥 치며 살았을까. 이렇게 가혹한 운명이 나를 기다리고 있었는데, 나는 무엇을 위해 그렇게 영양실조에 걸려 현기증을 일으키도록 허리띠를 졸라매며 살았던 걸까.

1959년 11월 16일 나는 주간 일을 밤 9시에 끝내고 10시 30분경 회사

정문을 나섰다. 친구들과 찍었던 사진이 잘 안 나와 속이 상했던 나는 사진관에 잠깐 들러 사진사에게 재벌 촬영을 해달라고 신신당부를 하고 나왔다. 마침 그날은 김장 보너스를 받은 날이었다. 동생도 나도 겨울옷이며 땔감이며 아무 준비도 없던 터라 나는 배춧값도 알아보고 겨울옷도 살펴볼 겸 겸사겸사 시장에나 가봐야겠다고 마음을 먹고 시장 쪽으로 향했다. 하지만 배추가 너무 비쌌다. 김장 보너스라고 받은 1,600환으로는 도저히 손을 댈 엄두가 나지 않아 나는 다시 집으로 발길을 옮겼다. 그렇게 그냥 돌아오려니 집에서 혼자 나를 기다리고 있을 동생이 생각나 엿장수에게서 엿 몇 가락을 샀다. 김장 보너스와 동생에게 줄 엿을 코트 주머니에 넣고 경성방직 뒷문을 지나 골목길로 접어들었다. 쌀쌀한 바람이 두 볼을 스치고 지나갈 때마다 고향에 계신 어머니 얼굴이 떠올랐고 나는 이런저런 생각에 잠겨 무심히 골목을 걸어갔다.

경성방직 뒷문 경비실 옆에는 솜 창고로 사용하는 2층 건물이 하나 있었다. 예전에 군 보급 창고로 사용하던 것인데, 좁은 골목 쪽으로 그림자를 드리우고 있어서, 그 앞을 지날 때면 낮이고 밤이고 늘 그늘이 졌다. 마침 가로등 불빛도 잘 비치지 않는 그 앞을 지나갈 때였다. 저만치 앞에서 무언가 강한 불빛이 번쩍하며 눈을 찔렀다. 그리고 갑자기 무언가 크고 무겁고 차가운 것이 이마를 탁 치는 느낌, 피투성이가 된 내 모습. 그것이 짧은 기억의 전부였다. 어두운 골목길을 달리던 석탄 화물 트럭이 미처 나를 못 보았던 것이다.

갑작스런 나의 비명 소리를 듣고 사람들이 하나둘 모여드는 소리, 희미한 앰뷸런스 소리가 들리고…… 까무라쳤다 깨어나기를 수없이 반복한 끝에 정신을 차리고 보니 병원 수술대였다. 몽롱한 시야로 의사들의 흰 가운이 보였고 그들의 손에는 날카로운 수술 도구들이 들려 있었다. 곧 나의 왼쪽 팔과 오른손, 왼쪽 다리를 절단해낼 도구들이었다. 1959년 11월 16일 밤 11시 25분, 내 스물두 살의 잔인한 겨울이 그렇게 시작되고 있었다.

수술이 끝나고 병실로 옮겨진 뒤 한참 만에 눈을 떠보니 동생과 동생 친구 복년이가 병실에 와 있었다. 나는 갈증이 너무 심해서 물을 좀 달라고 했는데, 마침 병실로 들어오던 간호사가 그 소리를 듣고 물을 주면 상처에서 출혈이 많아지니 물을 먹이지 말라고 하는 것이었다. 입 언저리가 검게 타들어갈 정도로 바짝바짝 마르는 갈증에 미칠 지경이었지만 아무리 물을 달라고 애원해도 소용이 없었다. 물을 달라며 소리소리 지르다 지쳐 실신해 깊은 잠에 빠져들었다가 한참 만에 눈을 떠보면 몇 시간을 잤는지, 때로는 낮이 되고 때로는 오밤중일 때도 있었다.

그대로 영영 잠들어버린다면 차라리 좋으련만 그것도 마음대로 되지 않았다. 잘려나간 손과 발 부분에 마치 큰 바윗돌이 매달려 있는 것처럼 항상 무지근한 통증에 몹시 괴로웠다. 그러다가도 손과 발이 마치 아직도 그대로 내 몸에 달려 있는 것처럼 느껴질 때면 정말 미칠 것 같았다. 손발이 자유롭지 못한 상황에서 온몸에 가려움증이 일 때도 몹시 괴로웠다. 침대 위에서 온몸을 요동치듯 움직이며 여기저기 문질러보아도 가려움증은 쉽게 가라앉지 않았다. 매일 아침 10시 어김없이 회진을 돌며 수술 부위를 치료해주는 의사 선생님들을 볼 때면 한편으로는 고마운 마음이 들면서도 또 한편으로는 나를 왜 이렇게 살려주었느냐고 따지고 싶은 생각이 울컥 치밀 때도 많았다. 지금은 이렇게 병실에 누워 치료를 받고 있지만, 치료를 마치고 병원 문을 나서는 순간, 그 이후 나의 삶과 나의 존재가 한없이 걱정스러웠기 때문이다.

침대 위에 누운 내 입 안으로 어머니가 밥을 떠먹여주실 때마다 나의 두 눈에서는 우박 같은 눈물이 마구 쏟아졌다. 그러면 어느새 어머니 눈에도 눈물이 흥건하게 고였다. 하루가 멀다 하게 병문안을 오는 회사 어른들, 친구들, 친척들 앞에서도 나는 눈물로 인사를 대신할 수밖에 없었다. 침대 주위에 둘러선 사람들이 나를 쳐다보며 "한순아!" 하고 부를 때면 대답 대신 어느새 눈물이 주루룩 쏟아졌다. 아무리 울지 않으려고 입술을 깨물어도 어느새 나도 모르게 어깨를 들썩이며 흐느끼고 있었다. 슬픔도 억울함도 두려움도…… 도무지 나 자신의 감정을 제대로 주체하지 못한 채 어린 아이처럼 그저 울기만 했다.

병실을 찾아오는 사람이 아무도 없는 날에는 쓸쓸히 침대에 누워 눈이 시리도록 천장만 물끄러미 쳐다보며 하루해를 보내곤 했다. 그러다가 해가 저물어 유리창 밖으로 피할 수 없는 어둠이 깔리면, 한강 인도교를 달리는 수많은 자동차들의 고운 헤드라이트 불빛이 눈에 들어왔다. 꼬리에 꼬리를 물고 이어지는 그 불빛들을 보고 있노라면 나도 모르게 깊은 생각 속으로 빠져들었다. 달리는 저 차 안에 타고 있는 사람들 중에는 행복한 사람도 있고 불행한 사람도 있겠구나. 저마다 갖가지 사연을 안고 안식처를 찾아 가고 있는 길이겠지만, 자신 앞에 놓인 단 하나의 불행을, 또는 운명의 잔인한 손길을 미리 예감하는 사람들은 그리 많지 않을 것이다.

건물 벽을 하나 사이에 두고 나눠진 거리이지만 병원이란 곳은 바깥세상과 참 멀리 떨어져 있는 느낌을 주었다. 병실마다 아픈 사람들이 가득하고 복도에서는 약 냄새가 풀풀 풍기는 곳. 하지만 나에게는 병원 생활이 안성맞춤이라는 생각이 들었다. 모르는 사람이 보기에 흉물스러울 게 뻔한 몸으로 지내기에는 다들 한 가지씩은 부족한 사람들이 모인 병원이 훨

22세 때 동생과(1959년)

22세 때 친구 희연과(1959년)

22세 때 친구 혼희와(1959년)

씬 편했다. 무엇보다도 고통 중에 있는 환자들끼리 서로 위안하며 의지할
수 있는 게 내 마음을 편하게 했고, 보호자들도 환자들을 위해 신문이나
잡지 등 읽을 만한 것들을 자꾸 가져다주고 또 서로 교환해 보기도 하기
때문에 세상 돌아가는 소식을 영 모르고 사는 것도 아니었다. 그래서 나는
병원에서 나가지 않았으면 하는 생각을 곧잘 하곤 했다. 그런데 입원한 지
6개월 만에 병원에서 퇴원하라는 것이었다. 나는 병원 문밖을 나서기가 죽
기보다 더 싫었다. 초라한 내 육신을 이 사회에, 세상 사람들 앞에 내놓기
가 무서웠고 마음이 쓰라렸다. 차라리 아무 자취 없이 어디 먼 곳으로 사
라지고만 싶었다.

내가 입원해 있던 병원에는 주일마다 찾아오는 미국 고문관 할아버지가
한 분 계셨다. 할아버지는 병실마다 환자들을 일일이 방문해 찬송가와 성
경 말씀, 이런저런 따뜻한 말로 환자들을 위로하고 즐겁게 해주셨다. 사람
들이 말하기를 그 할아버지가 보호자 없는 불쌍한 장애인들을 도와 자활
의 길을 열어주신다고 하는 것이었다. 나는 그 말에 솔깃해 나도 할아버지
의 도움을 받아가며 할아버지 곁에서 다른 장애인들과 함께 평생을 살고
싶다는 의사를 밝혔다. 그러자 할아버지 말씀이, 세상에서 나를 가장 사랑
해주시는 어머니가 계시고 가족들이 있고 고향이 있는데 무엇 때문에 그
외로운 길을 택하느냐고 하시는 것이었다. 세상에 대한 두려움이 너무 컸

던 나는 오로지 세상의 눈을 피하고 싶은 마음이 앞선 나머지 내 곁의 가족을 미처 생각하지 못했던 모양이다.

길은 멀어도……

1960년 6월 1일, 신길 3동에 사글세로 작은 방을 한 칸 얻어서 동생의 적은 수입으로 어머니와 나, 동생 세 식구가 생활을 시작했다. 집 주변에는 논과 밭이 많았다. 근처의 밭 한가운데에는 꽤 품이 넓고 깊은 둠벙('웅덩이'의 충청도 방언)이 하나 있었다. 겨울이면 밭 주인이 인분을 운반해 이 둠벙에 저장해두었다가 봄이면 밭농사를 지을 때 밑거름으로 사용하곤 했다. 이 둠벙이 여름 장마철에는 물이 그득하게 고여서 꼭 저수지 같은 꼴이 되었고, 맹꽁이와 개구리들이 모여 밤낮을 가리지 않고 울어댔다. 자고 일어나면 눈길을 돌려 그 둠벙을 바라보는 것이 나의 일과가 되었다. 맹꽁이와 개구리의 울음 사이로 그 둠벙을 바라보면서 나는 죽음을 생각했다.

예전에는 남녀노소를 막론하고 신문이나 뉴스에서 자살 소식을 접할 때면 나는 '사람이 한평생 살다가 제명에 죽는 것도 억울한데, 하필이면 자기 손으로 목숨을 끊을 게 무어람……' 하고 생각했다. 죽을 힘이 있으면 그 힘으로 살아야지, 그렇게 포기해버리는 사람들이 모두 바보 같았다. 그런데 막상 내가 삶의 나락으로 떨어져보니, 하루하루 절망의 길을 걷다 보니, 뉴스로만 접하던 그네들의 심정이 이해가 가고도 남았다.

그래서 그렇게 마음을 먹었는지 모르겠다. 식구들만 고생시키는 거추장스러운 존재로 살 바에야 세상을 등지는 게 낫겠다는 생각이 들었다. 그런데 막상 넓디넓은 밤하늘에 펼쳐져 있는 수많은 별들을 바라보면서 잘 있으라고 마지막 인사를 하려니까 어딘지 모르게 허전했다. 저 아름다운 별들과 함께 좋은 날들을 보내지 못하고 이렇게 짧게 내 운명을 마감하려 하는구나……. 나는 소리쳐 울고 싶었다. 나는 별을 보며 한없이 눈물을 흘렸다. 그렇게 한참을 울고 나니 오히려 모진 마음을 먹기가 훨씬 나았다. 나는 어머니와 동생이 집을 비운 사이 집을 빠져나와 둠벙가로 향했다. 그리고 얼굴까지 치마를 푹 뒤집어쓰고는 물속으로 몸을 던졌다. 물 밑바닥까지 내려갔다가 다시 물 위로 떠오르기를 몇 차례, 물속으로 가라앉을 때마다 '이번에는 이대로 가라앉겠지…… 이번에는……' 하고 되뇌었다. 하지만 세상에서 가장 독하고 질긴 것이 사람 목숨이고 운명인지……. 둠벙가를 지나가던 동네 사람이 물 위로 떠올랐다 가라앉는 내 모습을 발견하

죽을 힘이 있으면 그 힘으로 살아야지, 그렇게 포기해버리는 사람들이
모두 바보 같았다. 그런데 막상 내가 삶의 나락으로 떨어져보니, 하루하
루 절망의 길을 걷다 보니, 뉴스로만 접하던 그네들의 심정이 이해가 가
고도 남았다.

고 사람들을 불러다가 나를 건져낸 것이다.

　집주인 아주머니는 "살다 살다 별꼴을 다 본다!"며 두 눈을 부릅뜨고 나에게 고래고래 갖은 욕설을 퍼부었다. "왜 남의 집에서 죽어! 남의 집을 흉가로 망쳐놓을 테야!" 계속해서 소리를 질렀고, 방세를 도로 내줄 테니 당장 방을 빼라고 난리였다. 나는 무슨 욕을 먹어도 상관없었지만 죄 많은 딸 때문에 수모를 당하시는 어머니께 너무 죄송해 얼굴을 들 수가 없었다. 하지만 고개를 푹 수그리고 있는 내게 어머니는 오히려 "죽지 않고 살았으니 다행이다"라고 말씀하시면서 물을 떠다가 온몸을 씻겨주셨다. 둠벙 밑바닥까지 내려갔던 나는 온몸이 도깨비처럼 흙투성이가 되어 있었다. 어머니의 부드러운 음성과 따뜻한 손길에 나는 하염없이 눈물만 흘렸다. 몸을 다 씻기가 무섭게 우리는 집주인에게 쫓기듯 집을 나와 새벽녘에 근처 국민학교 옆에 있는 방으로 거처를 옮겼다. 내 짧은 생각으로 집에서 쫓겨나기만 한 게 아니라 둠벙의 더러운 물을 너무 많이 들이킨 탓에 나는 한바탕 호되게 앓아야 했고, 죄인처럼 사람들의 눈이 무서워서 꼭 어두운 밤에만 어머니 등에 업혀서 바깥바람을 쐬곤 했다.

　그 무렵 기독교 신자인 친구 사복이가 나를 찾아왔다. 사복이는 자기 오빠가 어느 군 기관의 사서로 일한다면서 나더러 책을 보고 싶으면 책을 빌려다주겠다고 했다. 친구의 이야기에 나는 눈이 번쩍 뜨이는 것 같았다. 책이라고? 나는 제발 좀 그렇게 해달라고 부탁을 했고, 친구는 주일마다 꼬박꼬박 나에게 책을 배달해주었다. 대부분 군대와 관련된 책이 많았지만 그래도 시간을 마냥 멍하니 보내지 않고 무언가를 읽고 생각한다는 것이 뿌듯했다.

그중에 특히 기억에 남는 것은 『길은 멀어도』라는 책이었다. 한 프랑스 군인이 모스크바의 수용소에서 포로 생활을 하다가 죽기 아니면 살기로 결심을 하고 수용소를 탈출해 자유를 찾아 나선 이야기였다. 히말라야의 눈 덮인 산과 고비 사막을 넘는 장면이 제일 아슬아슬했다. 그 군인은 모진 추위와 사막의 무서운 태양을 견디며 전진한 끝에 3년 만에 자유를 찾았다. 정말로 사람의 목숨은 자기 마음대로 되는 것이 아니라 하늘이 정하시는 것이라는 생각이 들었다. 그리고 책 제목처럼 '길은 멀어도' 그 길에는 정녕 종착점이 있게 마련이어서 견딜 수 있는 것이다.

다시 고향으로

1960년 12월 말, 함박눈이 펑펑 쏟아지던 어느 날, 어머니와 동생과 나는 서울 생활을 정리하고 고향 집으로 내려가게 되었다. 많지 않은 우리 식구가 두 군데로 나뉘어 사는 것은 경제적으로도 부담이 되었고 여러모로 쉽지 않은 일이었다. 그리하여 식구들끼리 의논한 끝에 고향 집에 함께 모여 살기로 결론을 내렸다. 나 역시 온 식구가 한데 모여 다복하게 살기를 원했었는데…… 막상 고향에 내려갈 생각을 하니 도저히 발길이 떨어지지 않았다. 역시나 세상 앞에 내 모습을 드러내는 것에 대한 두려움과 무서움이 앞섰고, 한편으로 자존심이 몹시 상했다.

5년 전, 고향을 떠나 서울로 올라올 때 사람들은 나에게 "서울에 가도 별 뾰족한 수가 없을 것"이라고 했다. 뒤에서 빈정거리는 사람들도 있었다. 하지만 나는 그런 비웃음들 모두 한 귀로 듣고 한 귀로 흘리면서 아무리 참기 어려운 일이 있더라도 서울에서 꼭 성공해 고향에 내려가리라고 다짐했었다. 낮에는 회사에서 일하고 밤이면 학원에서 공부하는 고된 생활이었지만 나를 비웃던 여러 사람들 앞에 보란 듯이 나타나고 싶은 마음으로 꾹꾹 참으면서 하루하루를 성실하게 보내려고 애를 썼다. 그런데 이렇게 나의 모든 꿈과 소망이 무참히 짓밟히고 산산조각날 줄 누가 알았겠는가. 이렇게 아프고 초라한 모습으로 다시 고향으로 돌아가게 될 줄 그 누가 알았겠는가.

고향으로 떠나는 나를 보기 위해 찾아온 친구들이 좁은 골목길에 대기하고 있던 차 주위로 빙 둘러 서 있었다. 친구들은 내게 어머니 속 썩여드리지 말라고 농을 건네기도 하고 용기 잃지 말고 굳게 살아가라고 신신당부들을 했다. 그런데 그런 친구들의 모습에 어머니는 갑자기 설움이 복받치셨는지 울음을 터뜨리셨다. 팔과 다리를 잃은 당신 딸은 차에 오르려고 해도 누군가의 등에 업혀야만 하는 지경인데…… 단정하고 예쁘게 차려입은 친구들의 풋풋하고 건강한 모습을 보는 순간 당신 딸 생각에 마음이 찢어지셨던 것이다. 그런 어머니를 보자 나도 눈물이 났고, 우리 모녀를 지켜보던 친구들도 말없이 눈물을 흘렸다. 출발 시간이 되어 우리 세 식구가 탄 차는 골목을 벗어났고, 친구들은 서로의 모습이 잘 보이지 않을 때까지 자리를 지킨 채 우리를 향해 손을 흔들어주었다.

　고향의 집은 고요하고 아늑했다. 윗방 창문을 열면 동쪽으로 술미봉이 보였고 안방 바깥으로는 북두칠성이 뜨는 하늘이 펼쳐진 아래로 저수지가 보였다. 아침이면 술미봉 꼭대기로 발갛게 떠오르는 둥근 해를 볼 수 있었다. 저수지는 물고기가 많기로 유명해서 봄, 가을에는 낚시를 하러 각지에서 몰려드는 강태공들로, 겨울이면 얼음 위에서 썰매를 타는 아이들로 늘 붐비는 곳이었다.

　산천초목도 저수지도 술미봉 꼭대기의 태양도 모두 예전 모습 그대로였다. 한 가지 달라진 것이 있다면 사람들이었다. 어머니 친구 분들부터 동네 어른들, 내 소꿉친구들까지 사람들이 거의 매일 쉴 새 없이 찾아왔다. 모두들 하나같이 얼마나 고생이 많았느냐, 얼마나 아팠겠니, 밥은 잘 먹느냐, 몸이 불편해서 어떻게 사느냐, 이제 바깥 구경도 못할 텐데 어쩌면 좋으냐…… 등등 동정 어린 눈빛과 말투 일색이었다. 심지어 손과 발을 잘라낸 상처 부분을 덥석 만지면서 혀를 끌끌 차는 이들도 있었다. 그중에서 제일 견디기 힘든 것은 넋 나간 사람처럼 나를 빤히 바라보는 이들이었다. 그 사람들의 눈빛은 마치 나를 향해 '너 같은 것이 사람 축에 끼여 살 수 있겠니?'라고 말하는 것 같았다. 궁금하고 걱정스러워 나를 찾아오는 사람

나도 부친과 함께 5섯살 때 용안면
청금리 오도막 옛댁으로 아니 부친은
벌써 후 우리 5남매 없마등 살면서 가장 행복
했던 유년 시절 어머니는 우리를 키우느라고.
러산 같은 고생을 여직 받고 다니며...

6·25후 우리 6섯식구는 이북형님의 권유로 신평면
피천산, 한절리 밭으로 이사와서나 가난은
여전하고 어머니 역시 고생은 여전하고
오빠는 군에 가고 덤이 된건은 형님댁의
순희. 학교 가서 부럽하느냐 등등...

나는 단발머리 소녀로 영등포에서 세상을 익히고 삶을
정취하려는 야망 학업.직업.가족의 설계.등을 준비로
극복하고 갚아 계획을 초고속으로 일주와 하루의 밤한
굶기로 소금과 수식으로 이불도.불도 없이 죽음 직전으로
생활 하면서 20대의 미성공으로 실험..

운명은 나의 청춘을 앗아가 목숨을 초조와 같이
버리려고 피눈물을 토해가며 한반을 삶을 보내는 고통으로
비정복은 나를 더욱 처참하게 짓밟아 나를 더 둘멸어진
세상으로 버팀으로고 하면 난애서 안개낌으로, 추락을
두레쿠 형형들을 매달린다. 내가 뭐 집에서 빌려먹지
공자로 먹여 살리는도 부담이 되는것으로 떠기더라 한아버지라다

들이었지만 나는 오히려 사람들의 동정 어린 눈빛에 몸서리가 났고 사람들이 제발 그만 찾아왔으면 하고 바랐다.

하지만 나의 바람과 달리 한동안 사람들의 발길은 계속해서 이어졌다. 어느 순간부터 나는 누군가 찾아오는 기척만 나면 얼른 이불 속으로 몸을 숨겼다. 사람들이 방으로 들어와 어머니와 이야기를 나누는 동안 나는 머리끝부터 발끝까지 이불을 푹 뒤집어쓴 채 숨을 죽이고 자는 체했다. 사람들은 어머니와 이런저런 이야기를 나누다가 꼭 한마디씩 덧붙이기를 "아이고, 한순이 좀 보고 가려고 했더니 잠을 오래 자는군. 그래 얼마나 걱정되시우. 아이구, 참 딱해 죽겠어"라고 한다. 한술 더 떠서 "한순아, 이제 그만 자고 좀 일어나봐" 하면서 내 이불을 걷어낼라 치면, 나는 깜짝 놀라 이불 자락을 내 몸뚱이로 꾹 누르고 있어야 했다. 그렇게 이불을 붙잡고 한창 실랑이를 벌이다 보면 사람들은 그제야 포기하고 돌아가버렸고, 나는 애꿎은 어머니에게 나를 구경거리로 만들어서 속이 시원하시냐고 신경질을 부렸다. 어른 아이 할 것 없이 나를 바라보는 사람들의 눈동자가 싫었다. 한번도 상상해본 적이 없는 이런 모습으로 사람들 속에 한데 섞여 지낸다는 게 내게는 너무 힘든 일이었다.

"뭐 하러 나를 살려서 여기까지 데려오셨어요. 살기 싫어…… 살기 싫어……."

엉엉 울면서 마음에 맺힌 것들을 모두 어머니께 쏟아낼 때면 어머니는 아무 말씀도 않으시고 하염없이 먼 산만 바라보셨다. 끝도 없이 이어지는 우울과 절망에 빠져 밥도 입에 대지 않고 있는 나를 어머니는 언제나 살살 달래 다시 일상의 삶 속으로 데려오시는 분이셨다. "한순아, 왜 이러니…… 왜 이렇게 어미 마음을 아프게 하니…… 이 어미가 잘못했으니 일어나 밥 먹고 기운 차려라, 응? 한순아, 빨리, 얼른 일어나, 응?"

눈물로 하소연하시는 어머니의 따뜻한 말씀에 나는 못 이긴 척 일어나 울먹이며 밥을 먹었다.

한번은 동생 결혼식 때 어머니께 돈 330원을 얻어서 책갈피 사이에 끼워 보관하고 있었다. 그러던 어느 날 나는 어린 이질을 불러 심부름을 시켰다. 우선 100원을 주면서 쥐약을 세 병 사 오라고 했다. 그리고 30원을 더 보태주면서 말했다. "이 돈은 네가 갖고 싶은 것으로 뭐든 사 가져. 그리고 쥐약은 아무에게도 알리지 말고 비밀로 해야 한다. 응?" 이질이 사온 쥐약을 잘 챙겨둔 뒤 남은 돈 200원 중 100원은 학교에 다니던 동생에게 주고, 나머지 100원으로는 이 세상에서 보는 마지막 책이라는 생각으로 잡지를 두 권 샀다. 나는 잡지를 보는 척하면서 식구들이 모두 집을 비우게 되는 때를 기다렸다. 몸과 마음이 모두 몹시 초조해 잡지의 글씨와 사연이 도무지 머리에 들어오지 않았다. 그렇게 찬찬히 조용한 때를 기다리고 있는데, 언니네 집에 가셨던 어머니께서 요란하게 대문을 열고 헐레벌떡 뛰어 들어오셨다. 어머니는 나를 보시자마자 떨리는 음성으로 버럭 소리를 지르셨다.

"당장 약 내놓지 못해! 이 몹쓸 년아! 내 생전, 내 앞에서 더 이상은 안 된다! 제발이다, 한순아! 얼른 내놓지 못하니, 얼른! 네가 죽으면 누가 서러워할 줄이나 아느냐. 네가 못 입고, 못 먹고, 못 쓰고, 못다 한 네 소원 풀지 못하고 죽으면 너만 억울하고 손해지, 누가 너를 그렇게 생각한다고! 한순아, 제발 이 어미를 좀 살리는 셈치고 약 내놓아라! 부엌에 쥐가 들락거리는데도 쥐약을 못 사고 있었는데, 잘됐구나! 어서 약을 내놓으렴!"

내가 쥐약을 산 것을 어떻게 아셨느냐고 물으니, 이질이 돈 30원을 가지고 좋아서 호주머니에 넣었다 꺼냈다 하며 노는 모습을 본 언니가 자기 아들을 보고 "이 돈 어디서 났느냐?"며 닦달을 해 알게 되었다는 것이다. 처음에는 물어도 아무 대답을 않던 아이는 나중에 "너, 남의 돈을 훔쳤구나!" 하고 다그쳐 묻자 그제야 울면서 "이 돈은 이모가 나 좋은 것 사라고 준 돈이야. 쥐약 사다 준 품값으로 받은 돈이야. 이모가 아무한테도 말하지 말라고 했어"라고 했다는 것이다. 아이에게 돈을 30원씩이나 준 것이 큰 오산이었다.

하지만 어머니로서는 정말 기가 막힐 노릇이었다. 몇 년 전 둠벙에 빠졌다가 다시 살아난 것으로도 모자라 또 쥐약을 먹을 생각을 하다니……. 돌아보면 나 자신만의 고통을 생각했지 어머니의 가슴을 찌르는 것은 헤아리지 못해 큰 불효를 저지른 세월이었다.

어머니, 나의 어머니

이제는 제 머리가 희끗희끗해졌는데도 어머니를 향한 마음은 전에 없이 더욱 두터워만 갑니다. 아니, 잊을 수가 없게 그리워만 갑니다. 어머니 살아 계실 때에 한번도 느껴보지 못한 그리움입니다. 어머니의 모습을 다시 볼 수 없음을 생각하면 가슴이 몹시 저려옵니다. 이따금씩 밀물처럼 서러움이 울컥울컥 밀려옵니다. 그러면 금방이라도 눈물보가 터질 것만 같습니다. 허공에다 대고 "어머니!" 하고 외치며 엉엉 울어버리고 싶어집니다.

어머니는 장에서 돌아오실 때마다 "옛다!" 하시며 먹을 것을 내주셨습니다. 그러면 나는 먹지 않아도 학교에서 돌아온 딸아이와 조카들에게 일일이 몫을 챙겨 나누어줄 때마다 한량없이 마음이 흡족하곤 했습니다. 내리사랑이라고…… 내게 쏟으신 어머니의 사랑과 정이 또 정을 낳아 가족이 하나가 되곤 했습니다.

출타에서 돌아오시는 어머니, 대문을 열고 들어오시는 어머니의 모습을 다시금 뵙고 싶은 간절함에, "어머니…… 어머니……" 하고 수없이 뇌까려봅니다. 다시 한번 받아보고픈 어머니의 따뜻한 사랑이 그립습니다.

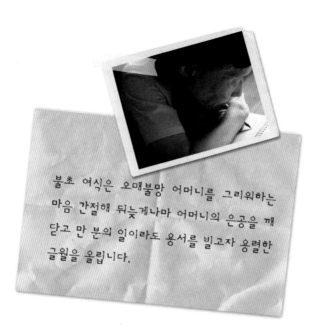

불초 여식은 오매불망 어머니를 그리워하는 마음 간절해 뒤늦게나마 어머니의 은공을 깨닫고 만 분의 일이라도 용서를 빌고자 용렬한 글월을 올립니다.

어머님 전 상서

극락에 계신 어머니, 옥체 만사 태평하시옵니까. 어머니께서 극락으로 가신 지도 어언 백 일이 되었습니다. 어머니의 백일제를 올리려고 저희 5남매 모여 숙연한 마음으로 어머니의 영전에서 삼가 명복을 비옵니다. 어머니, 소례를 대례로 받으십시오.

어머니께서 늘 세상에 없는 귀한 손자로 여기시는 이 집안의 대들보인 손자와 그 손자를 뒷받침하는 두 자부, 손녀, 사위, 외손 등 온 가족이 어머니의 하늘같은 은혜에 새삼 감사한 마음으로 큰절 올립니다.

어머니, 이승은 눈보라가 치는 동절이 되었습니다. 어머니의 사랑이 미치지 못하는 현재에 이르러서야 어머니의 고귀한 사랑을 헤아리게 됩니다. 어머니의 사랑은 마치 바다와 같고 심산유곡에서 솟아 넘치는 물과 같습니다. 불초 여식은 오매불망 어머니를 그리워하는 마음 간절해 뒤늦게나마 어머니의 은공을 깨닫고 만 분의 일이라도 용서를 빌고자 용렬한 글월을 올립니다.

어머니는 생애 내내 오직 저희들을 위해 사시다가 유명을 달리하셨습니다. 핏덩이 5남매를 키우시느라고 어머니는 굶주린 배에 허리띠를 더욱 졸라매시며 뼈와 살이 부서지도록 갖은 고초를 겪으셨습니다. 어머니의 값진 정성과 무한한 사랑으로 인해 저희들은 이렇게 장성하였습니다. 애달픈 생활고 속에서도 어머니는 저희들을 당신의 생명 이상으로 애지중지하셨고 무쇠라도 녹일 수 있는 따뜻한 체온으로 저희들을 포근히 감싸주셨습니다.

그런데 불의의 사고로 제가 수족을 잃은 이후로 어머니께서는 웃음을 잃고 사셨습니다.

어머니, 얼마나 상심이 크셨습니까. 어머니의 멍든 가슴에 수없이 대못을 박는 불효를 일삼으면서도 뉘우침은 고사하고 좌절과 열등의식으로 더욱 불효하던 저입니다. 그때마다 어머니께서는 저의 쓰린 상처를 쓸어주시고 어루만져 감싸주셨습니다.

어머니, 오죽이나 피 맺힌 한의 아픔을 안고 사셨습니까. 어머니께 수없이 불효했던 저는 오늘 두 무릎을 꿇어 용서를 빕니다. 현재의 저는 어머니의 고귀하고 거룩한 모습을 시야에 그리며 괴로움으로 눈물을 적시곤 합니다.

뒤늦게나마 어머니의 영전에 조석으로 상식을 올리면서 생전에 못다 했던 효도를 대신하는 마음입니다. 어머니, 불효 여식은 어머니의 유택에 성묘도 드리지 못해 죄스럽고 송구스러운 마음 헤아릴 길이 없습니다. 불효를 사죄함과 아울러 용렬한 글월로 대신 문안 인사 올립니다.

소회스러운 이승의 만사를 어머니의 너그러우신 아량으로 고이 접어 두시고 청아한 남향의 유택에 계시오며 그윽한 꽃향기에 향수를 달래십시오.

화창한 봄빛과 더불어 귀한 어머니의 고혼이 극락영생하시고 만사 태평하시기를 어머니의 자손들이 축원드립니다. 저의 명이 다하는 그날까지 어머니께서 광영하시기를 빌고 또 빌어올립니다.

어머니, 내내 평안히 계십시오.

1985년 11월 17일
차녀 한순 올림

제2부

내 마음에
꽃 한 송이 심고

┌ 일기 모음

2007. 5. 5 하늘나라에 계시 어머니

어머니 오늘 어버이 날입니다
어머니 생존시에 가슴에 카네이션을
보답아드린 것이 한이되며 화지이다
카네이션을 고려컵고 하느넘이 주시는
심령이 잔을 딸아 울리는 찰쵸너
괴은 어머님을 뭬 메이드록 불러보며
근물로 옵서릴 겨울이다
나의 어머니 천국에서 평성대를 누리시기을 하나며 문안 울립니다

이제까지 인생의 반이 넘는 시간을 두 평 남짓한
방 안에서 바깥세상을 그리워하며 살아온 저에게
일기 쓰기는 고락을 같이한 동반자이자 친구였습니다.
부모 형제에게도 다 털어놓지 못할 말들을 눈물 펑펑
쏟으며 백지 위에 풀어놓다 보면, 가슴 한 편을 꾹 누르고
있던 응어리들도 봄눈처럼 스르르 녹아내렸습니다.
몸을 혹사시키면서 글을 쓴다고 누가 상을 주는 것도
아니고 알아주는 것도 아닙니다. 하지만 제 앞에 놓인
하얀 종이는 결코 찡그리거나 나무라는 일 없이 묵묵히
나를 받아주니 참 고마운 노릇이고, 지루하기만 한
시간을 메워주니 즐겁고, 절망의 나락으로 떨어질 때마다
다시 살아갈 힘을 얻게 해주었으니……
이만한 동반자가 없다는 생각이 듭니다.

질긴 것이 목숨, 강한 것이 운명

※ 1967년 10월 15일 맑음

　밤마다 솟아오르는 달은 오늘 이 밤에도 변함없이 창가를 지켜주고 있다. 구슬픈 풀벌레 소리가 들리는 이 밤, 지난 추억들을 하나씩 다시 떠올려보는 이 시간이 즐겁다. 달아, 달아, 밝은 달아, 너만은 나의 고독한 심정을 알아주려나. 달아, 달아, 속 시원히 나에게 말을 좀 해주렴, 이 서러운 일평생을 나는 어떻게 살아가야 하겠니. 창밖의 달을 향해 넋두리를 하다 보면 어느새 나도 모르게 눈물이 두 볼을 적시곤 한다. 그래, 사람의 운명은 하늘에서 준 것이니 원망 말자, 서러워 말자 하면서도 참을 길 없는 마음의 고통은 어찌할 수가 없다. 그래도 가자, 가자, 가나보자, 이 세상의 길의 끝을 가나보자, 웃어나보자, 살아나보자.

※ 1968년 1월 20일 흐림

아…… 이 무슨 운명의 소관이란 말인가. 아…… 하느님도 무심하도다. 어찌 이내 몸을 이리도 저버리셨을까. 어찌 이토록 무서운 형벌을 주셨을까……. 한 많고 설움 많은 인생살이 어디에 호소하리요.

※ 1968년 3월 7일 맑음

모친의 회갑일이다. 우리 5남매는 오직 어머니의 고생과 모질고 피 맺힌 노력의 대가로 아무 탈 없이 이렇게 성장했다. 어머니는 오직 우리 형제들의 성장을 큰 보람으로 여기시며 가시밭길 같은 세상을 걸어오셨다. 하지만 무서운 세파 속에서 눈물을 참으며 걸어오신 모친께 나는 효도는커녕 불효막심한 망나니 허수아비 같은 모습만 보여드리게 되었다. 당연히 기뻐하고 웃어야 할 회갑일에 나는 자꾸만 울음과 설움이 복받친다. 사람들 앞에서는 웃었으나 마음속으로는 한없이 흐느꼈다.

※ 1968년 4월 2일 맑음

군에 있는 동생은 어머니 회갑에 참석을 못했다. 한설이는 어떤 일이 있어도 어머니 회갑일에는 꼭 오겠노라고 말했지만 김신조 무장공비 일당의 침투 이후 비상경계령이 내려져 군 전원의 휴가가 금지되었다는 것이다. 한 치 건너 두 치인 내 마음도 서운한데, 낳고 기르신 어머니의 심정은 오죽했을까. 막내아들 생각에 눈물 흘리시는 어머니의 심정이 이해가 가고도 남음직하다. 나는 생각다 못해 어머니께 오늘 차례 지낸 음식을 조금씩 남겨두었다가 우편으로 한설이에게 부쳐주자고 했다. 그래서 쇠고기, 사과, 과자, 김, 인절미, 엿 등을 부쳤다. 그 뒤 한설이에게서 편지가 왔다. 4월 5일 이내로 어머니가 면회를 오셨으면 한다는 소식이었다. 이번에 어머니를 뵙지 못하면 수개월 동안 볼 수 없을지 모른다는 것이었다. 다름 아닌 월남전에 가는 까닭이었다. 이국만리로 떠나는 동생을 생각하니 가슴이 아프고 목이 메는데, 어머니의 마음은 어떠실까. 항상 자식들 걱정으로 수심에 잠기신 어머니를 볼 때마다 마음이 아프다.

✽ 1968년 4월 29일 맑음

20일 전에 월남으로 떠난 동생의 소식이 궁금한 나는 혹시 한설이의 편지가 없을까 하여 아침이면 열시까지 마루에 앉아 우체부를 기다리곤 했다. 대낮에 햇빛이 따가울 때면 한설이 생각이 더 간절해진다. 우리 한설이가 있는 베트남은 얼마나 더울까. 안 그래도 약한 아이가 지쳐 쓰러지지나 않을까 심히 불안해지던 차, 오늘 한설이로부터 첫 편지가 날아왔다. 나의 상상과 달리 한설이 있는 곳이 편하다고 했다. 전쟁하는 나라 같지 않다는 말에 나의 마음이 한결 편안해졌다.

✿ 1968년 5월 8일 맑음

　오늘은 어버이날이다. 하늘보다 높고 바다보다 깊으신 우리 어머니의 은덕을 그 무엇으로 갚을 수 있을까. 시내 곳곳에서 만인의 어머니들을 모시고 잔치를 벌이는 이 시각 나의 어머니께 위로는커녕 슬픔을 안겨드리는 나의 마음은 갈가리 찢어진다. 가엾은 우리 어머니. 이 못난 딸까지 어머니께 불효하니 아픈 마음 헤아릴 길이 없다. 이런저런 생각 끝에 자리에 드니 밤새 어지러운 꿈만이 나의 머리를 눌러 잠을 못 이룬다.

✿ 1968년 8월 14일 맑음

　마당에 눈을 감고 누워 있으려니까 누가 "이모!" 하고 나의 몸을 흔들기에 깜짝 놀라 눈을 떴다. 뜻밖에 이질녀가 찾아온 것이다. 나는 반가움에 웬일이냐고 물으니 이모가 보고파서 왔다고 한다. 그래서 나는 질녀더러 "애, 나도 너희 집에 가보았으면 좋겠구나" 하니까 질녀는 "이모, 내가 업고 갈게, 응?" 하며 저희 집에 가자고 한다. 형제들이 사는 모습을 내 눈으로 볼 수 있다면 좋겠다. 자매들 집을 찾아다니면서 자매들이 정성으로 해주는 음식도 맛있게 먹고 즐기고 싶은 마음 간절해진다. 단 한번만이라도 이 생에서 나의 몸이 전과 같아질 수만 있다면, 예쁜 투피스 차려입고 하이힐 신고 머리도 예쁘게 단장한 뒤 거리를 활보해 자매들의 집을 찾아가고 싶다. 웃으면서 노크를 하면 안에서는 누군가 하고 달려나오고 문을 열어주는 순간 "언니, 나 한순이가 언니 보고 싶어서 왔지!" 하면 언니는 또 "그래, 내 동생 한순이 왔구나!" 하며 서로 반가워하고, 자매들이 해주는 음식을 맛있게 먹으면서 수다를 늘어놓고 익살을 부려봤으면 좋겠다. 그러나 육신이 편치 못한 나는 다만 허공에 뜬 구름만 바라보며 허전해할 뿐이다.

🌸 1968년 8월 25일 흐림

나는 식구들이 부지런히 움직이며 일하는 모습을 물끄러미 쳐다보고 앉아 있노라면 마치 내가 꾸어다 놓은 보릿자루처럼 느껴져서 하루해를 보내는 내내 마음이 답답하다. 허공을 향해 힘껏 소리라도 지르고 싶은 마음이 수도 없이 일어나지만 가까스로 참고 달래면서 내가 할 수 있는 일을 찾는다. 그래도 바느질과 미싱질은 다른 사람을 의지하지 않고 나 혼자 힘으로 할 수 있으니 얼마나 다행인가. 한여름에는 굵은 모시나 삼 같은 천을 재단만 해주면 아쉬운 대로 옷을 꿰매 지을 수 있으니 나의 큰 보람이자 취미가 되는 것이다. 미싱 앞에 앉아 있는 동안에는 복잡한 생각이 스르르 풀리곤 한다. 겨울에는 어린 조카들에게 그림 공부를 시켜주고 따라 하기 쉬운 운동을 익혀주고 틈틈이 우스꽝스러운 글씨로나마 글을 쓰는 것이 또한 나의 보람이다. 남이 보기에 별것 아닌 것처럼 들릴 수 있는 생이지만, 나는 그래도 나의 힘이 자라는 데까지 무슨 일이든 해나가려 한다. 마음먹고 달려든다면 이 세상에는 사람의 힘으로 못하는 일이 없을 것이라고 나는 장담한다.

✹ 1968년 8월 29일 맑음

위로의 말인지는 몰라도 사람들이 나에게 의수족만 하면 대충 쉬운 일은 할 수 있지 않겠느냐고 말하기에 나 역시 가느다란 소망을 품고 의수족을 맞추어 끼워보았다. 의족은 그런대로 사용할 만했지만 의수는 아무 소용이 없었다. 의족을 착용하고 병원 내에서 걷는 연습을 해보는데 허약한 몸이 자꾸 휘청거리고 신열이 몹시 났다. 그래도 그런대로 걸을 수는 있었지만 조금이라도 비탈진 곳은 다닐 수가 없었다. 비탈진 곳을 걷다가 휘청거리기라도 하는 날에는 손이 없는 나로서는 속수무책이다. 아무것도 잡지 못한 채 둥근 호박이 구르듯 데굴데굴 굴러가기 때문이다. 게다가 나같은 사람이 밖에 나가보았자 흉내거리만 될 것이 뻔한 일이었기 때문에 나는 밖에 나갈 엄두는 내지도 못하고 병실을 서성거릴 뿐이었다.

✹ 1968년 9월 4일 맑음

사고 전에는 언제나 심지가 굳고 강하기만 하던 나인데, 어느새 점점 몸과 마음이 허약해지면서 누구에게든 의지하고 기대고 싶은 생각이 곧잘 일곤 한다. 육신의 고통 때문에 오는 서글픔과 외로움인지, 그렇지 않으면

짝을 찾아야 할 나이이기에 오는 허전함인지 모르겠다. 그리고 이런 외로움을 느끼는 스스로에 대한 부끄러움 때문에 얼굴을 붉힌다. 그렇다고 정작 죽음을 생각할 때에는 서글픔이 앞서 왈칵 눈물이 솟구친다. 그렇게 울고 나면 눈물이 약이 되어 허전함과 외로움이 싹 가시곤 한다. 그리고 '참을 인' 자를 수없이 뇌까리며 군소리로 시간을 메꾸다 보면 파도 속에서 흔들리는 잔 모래알처럼 산란했던 괴로움도 어느덧 스르르 가셔버린다.

고독과 적막이 가득한 방 안에서 하는 혼잣말과 콧노래는 퍽 위안이 된다. 몸은 이렇게 됐지만 말은 할 수 있어서 다행이라는 생각. 그러나 큰맘 먹고 제삼자에게 말을 해 듣기 좋아하면 괜찮지만, 만약 나의 말을 불쾌하게 듣고 대꾸도 하지 않을 때에는 내 혀를 잘라버리고 싶은 생각까지 든다.

※ 1968년 9월 5일 맑음

나는 어머니를 하늘같이 믿고 의지하며 살려 하지만 어머니가 나와 함께 천년만년 사시는 것이 아니기에 영원히 언제까지 어머니를 의지할 수는 없을 것이다. 어머니는 온 힘을 다해 자식을 위해주시지만 그렇다고 자식의 외롭고 허전한 마음까지 채워주실 수는 없다. 어려서는 어머니가 없으면 살 수도 없고 살 것 같지도 않았지만 머리가 커지면서 어머니가 곁에 계시는 것만으로는 충분하지가 않다. 성장 후에는 나에게 핏줄을 이어주신 부모의 은공을 기리며 자식 된 도리의 직분과 효도를 해드릴 뿐이고 또 자식으로서 부모님께 의무감을 다할 뿐이다.

오늘 10시경에 바로 밑의 여동생이 세 살짜리 딸아이를 업고 찐 옥수수를 가지고 집에 들렀다. 결혼 전에는 해주는 밥도 먹기 어렵다고 투정을 부릴 정도로 약했던 아이인데, 요즘도 형편없이 깡마르기는 마찬가지이지만 전과 달리 온몸에 힘이 넘쳐 보인다. 딸아이는 토실하고 귀엽게 생긴 것이 마치 동생의 어렸을 때 모습을 꼭 닮은 것 같다. 동생은 어려서부터 나와 달리 꾸미고 치장하는 것을 무척 좋아했었다. 동생이 처음으로 취직을 했던 어느 해 겨울, 동생은 새 구두를 신고 외출했다가 갑자기 눈이 쏟아지는 바람에 구두가 온통 눈에 푹 젖은 채 돌아왔다. 젖은 구두를 말린답시고 동생은 구공탄 불 위에 구두를 올려놓았는데 그만 홀랑 태워먹고 말았다. 행여 어머니가 아실까 봐 나더러 어머니에게 이르지 말라고 신신당부하던 옛날의 동생 모습이 문득 떠올랐다. 그렇게 꾸미는 것을 좋아하고 외모에 신경을 쓰던 아이가 결혼을 한 뒤로는 아주 수수하고 털털한 농촌 주부의 모습이 되었다. 곱던 손이 억세진 모습을 보니 안타까운 맘이 들기도 했지만, 수수한 아낙의 모습이 동생에게 왠지 잘 어울려 보였다. 그러면서도 동생은 저렇게 한 가정의 주부가 되었는데 언니인 나는 얼마나 못났으면 이렇게 젊음이 고스란히 시들도록 쓸쓸히 구들을 벗 삼고 있어야 하는지…… 일견 서글프고 부끄러운 마음이 들었다.

1968년 9월 10일 맑음

결실의 계절, 조석으로 서늘히 이는 바람결에 들판에서는 나날이 무르 익어가는 오곡들이 물결을 이루는가 하면 언덕바지 붉은 흙에 뿌리를 묻고 있는 각종 과일 나무들은 먹음직하고 탐스러운 열매들을 주렁주렁 매달고 있다. 나무들이 생산해내는 과일들 중에도 나는 우리 고장의 명물로 이름난 사과가 제일 좋다. 맛도 맛이지만 사과의 고운 빛깔은 보기만 해도 눈이 부시도록 아름답다. 오늘도 시원한 가을밤 하늘을 바라보면서 이런 저런 생각에 빠져 있는데 갑자기 등 뒤에서 누군가의 발소리가 자박자박 들려왔다. 순간 술 냄새가 사르르 코를 찌르는 듯하더니 그의 모습이 눈앞에 나타났다. 그는 자기 주머니에서 사과를 하나 꺼내더니 내 치마폭에 덥석 안겨주는 것이었다. 나는 깜짝 놀라 얼굴이 붉어졌다. 고운 사과의 몸에는 흠이 세 군데나 나 있었다. 그 모습이 문득 사지 가운데 팔다리 셋을 잃은 내 신세와 닮은 듯 느껴졌다. 그러자 사과를 입 안에 넣기가 아까운 생각이 들었다. 더군다나 그 사과를 나 혼자 먹으려니 눈물이 날 것 같았다. 사과 한 쪽 정겹게 나누어 먹을 사람이 없다니…… 외톨이 같은 내 신세에 가슴이 먹먹했다. 속이 상한 나는 괜히 조카들을 불러 사과를 쪼개 나누어주었다. 아무것도 모르는 어린 조카들은 맛있다며 사과를 오물조물 잘도 먹는다. 그 모습이 마냥 평화롭게만 보였다.

✿ 1968년 9월 14일 맑음

그는 무슨 생각에서인지 내 방을 찾아와 책을 읽다가 가기도 하고, 나에게 이것저것 묻기도 하며 나와 대화를 나누려 한다. 가끔씩 그 모습을 본 이웃들이 뒤에서 수군거리는 소리가 어머니 귀에까지 들어온다. 사람들은 나 같은 불구자에게 마음을 둘 남자가 어디 있겠느냐고, 설령 마음을 둔다 해도 잠시 희롱에 지나지 않겠느냐고 자기들 마음대로 말을 만들어낸다. 또 어떤 사람들은 그가 자진해서 우리 집에 찾아와 겨우 10분 정도 머물며 나와 대화를 나누고 돌아가는 모습을 보고 "계집년이 못난 값을 하느라고 남자 신세를 망쳐놓으려 한다"며 모진 소리를 아무렇지도 않게 쏟아놓는다. 어이가 없고 기가 막힐 노릇이다. 나야 어차피 더 이상 잃을 것이 없는 삶이니 이런 소리를 들어도 관계없지만, 타지에 와서 이제 막 출세 길이 열리려 하는 그가 나로 인해 인근 사람들에게 쓸 데 없는 오해를 받는 일이 안타깝기만 하다. 하여 나는 나의 집에 오는 발걸음을 이제 그만 멈추어달라고 운을 띄웠다. 그렇지만 그는 동정이나 연민이 결코 아니요, 다만 객지에 나와 외로운 마음에 서로 말벗을 하며 심심함을 달래보자는 의도와 친절함일 뿐, 그 이상도 이하도 아니라는 말로 나를 안심시킨다. 남의 말을 하기 좋아하는 것은 도시 사람들이나 촌사람들이나 다 매한가지인 것 같다.

※ 1968년 9월 19일 맑음

라디오에서 공군 전투 부대 창설 10주년을 기념하여 명가수들이 출연해 벌인 노래잔치가 흘러나왔다. 노래잔치를 마친 가수들이 월남 장병들에게 위문 공연을 간다고 발표하는 소리를 들으니 나의 마음이 무척 안타까웠다. 그 가수들이 나의 이웃에 있는 사람들이라면 동생에게 우리 사는 소식을 전해주고 동생으로부터 상세한 안부를 받아들고 오도록 부탁이라도 할 수 있었을 텐데. 고국의 가수들이 위문하러 온 것을 알면 월남에 있는 내 동생도 퍽 반가워하겠지……. 아쉬움과 그리움이 더욱 간절해진다.

※ 1968년 9월 22일 흐림

손바닥만 한 방 안에서 외로움과 절망을 곱씹다가 어렵게 잠을 청하면 악몽이 나를 쫓아와 괴롭히곤 한다. 어젯밤에도 악몽 속을 헤매며 흐느끼고 있는데, 조카 분유 먹일 물을 끓이러 나왔던 올케가 그 소리를 듣고 문 밖에서 어디가 아프냐고 내게 묻는 소리가 들렸다. 잠결에 아니라고, 괜찮다고 대답한 나는 어느새 또다시 악몽으로 빠져들었다. 그런데 갑자기 누군가 방문을 흔드는 소리가 들려 깜짝 놀라 꿈에서 깨어났다. 나는 온몸이 땀으로 흠뻑 젖어 와들와들 떨렸다. 방문을 흔들면서 문 좀 열어보라고 하는 소리를 듣자 하니 그의 목소리였다. 나는 아무리 우리가 친구 사이라고 해도 한밤중에 여자 혼자 있는 방의 문을 열라고 하는 경우가 어디 있느냐고 핀잔을 주었다. 순간 그는 자기가 왜 아무 이유 없이 오밤중에 여길 오겠느냐고, 저수지의 배 있는 곳을 살피고 들어오는 길이었는데 나의 비명과 신음 소리가 들려 혹시라도 음독(飮毒)이나 한 것은 아닌지 걱정스러운 마음에 방문을 흔들었다고 하는 것이었다. 나는 '아차, 내가 실수를 했구나' 하는 생각과 함께 정신이 번쩍 들어서 그에게 부랴부랴 사과를 했다. 하지만 이미 그의 기분을 상하게 한 뒤였다. 나의 성급한 실수에 속이 상해 잠이 오지 않았다. 그리고 동시에 그의 진실한 마음과 배려가 존경스러웠다. 그는 나를 아무렇지 않게 멸시하는 세상 사람들과는 달랐다. 속마음은 어떨지 몰라도 겉으로 보기에 그는 흉하디흉한 모습의 나를 진심으로 인격적으로 대해주고 말벗을 해준다. 그래서 그런지 그의 앞에서는 내 속에 있는 말들을 자꾸만 거리낌 없이 꺼내놓게 되고, 그의 방문이 점점 반가워진다.

❀ 1968년 9월 24일 흐림

그는 우리 고장에서의 직무만 끝나면 떠날 사람인데, 나는 어쩌자고 이런 사랑을 시작했는지 모르겠다. 그에게 몸을 맡긴 나 자신이 자꾸만 어리석게 느껴진다. 나에게 사랑은 마냥 푸르기만 한 초원이 아니라, 절벽에서

낭떠러지를 내려다보는 형극과 같은 것인지도 모른다. 하지만 나도 모르게 이끌리는 사랑의 힘은 눈에 보이지 않는다. 흔히들 사랑이 둥글더라, 모나더라, 길더라…… 가지각색으로 사랑의 형태를 말하지만, 내 짧은 소견으로 짐작하건대 사랑은 그 무엇으로도 형태를 그려낼 수 없는 꽉 찬 마음과 마음의 결합이라고 말하고 싶다. 달지도 쓰지도 않은 마음의 힘인 것이다. 설령 그가 나를 떠나는 날이 온다 해도 나의 마음은 변하지 않으리라고 다짐해본다.

🌸 1968년 10월 8일 맑음

여자의 운명이란 이토록 어쩔 수 없는 것이란 말인가. 그가 곧 떠나갈 것만 같은 생각이 들 때마다 자꾸 눈물이 나온다. 하지만 그 누가 뭐라 해도 나에게는 처음 사랑이었던 것이다. 이 생이 다하는 날까지 잊지 못할 것만 같다.

🌸 1968년 10월 13일 흐림

보리 파종 후 해가 잠시 들어간 사이 오빠가 부엌으로 들어오더니 올케더러 "낮에도 만나지 못해서 이 선생에게 막걸리를 대접하지 못했으니 저녁이나 함께하게 챙겨놓으라"고 하는 것이었다. 오빠의 말을 듣고는 며칠 꽁하고 토라져 있던 나의 마음이 풀어졌다.

"어머니 제가 비록 육신은 이렇게 변했을망정 마음속은 여느 사람들과 똑같이 행복한 삶을 이루고 싶은 심정이에요. 삶에 대한 애착은 보통 사람들보다 몇 배 더 간절하지만 그 모든 바람을 실천하지 못하는 제게는 모든 게 꿈에서 떡을 먹는 격이 되고 말았지요. 저의 아픈 마음속을 어머니도 알아주시겠지만 그래도 제 마음을 전부 아시지는 못할 거예요. 말할 수 없는 아픔을 참지 못하고 바보처럼 울음을 터뜨리지만, 식구들 기분이 상할까 봐 마음 놓고 소리 내 울지도 못합니다……."

어머니께 넋두리를 하고 나니 마음이 시원했다. 하지만 나의 마음이 시원해진 대신 어머니는 괴로움에 지쳐 두 눈을 꼭 감아버리셨다.

어둠이 짙게 깔린 바깥에는 가랑비가 오락가락 지나가고 있었다. 한량없이 서글퍼지는 내 마음 역시 어느새 가랑비에 젖어드는 것만 같다. 서글픔을 애써 잊으려고 이불 속에 몸을 숨기고 누워 두 눈을 감고 잠을 청해보지만 소용이 없다. 무엇보다도 어머니께 불효하는 딸이라는 생각에 마음이 무겁고 죄스럽게 느껴져 반신을 일으켜 일기장을 펼치고 일기를 쓰려는 찰나, 바깥에서 인기척이 들렸다. 그리고 곧이어 나의 방문을 두드리는 소리. 흐트러진 자세를 고칠 겨를도 없이 어머니가 들어오라는 소리를 하셨다.

그러자 그가 방문을 열고 들어왔다. 장모 될 사람과 사위의 첫 만남이었다. 말없이 서먹하게 마주 보고 있는 어머니와 그 사람 사이에서 나는 싱거운 웃음만 나왔다. 막걸리는 준비돼 있었지만, 달랑 막걸리만 내놓을 수도 없는 노릇이었다. 어머니께서 아무 말씀도 못하시는 심정을 잘 아는 나는 안타까움이 더욱 앞섰다. 그가 자리를 뜨고 난 연후에 자리에 푹 쓰러지시는 어머니를 보다 못해 나는 어머니께 물었다. "어머니, 왜 아무 말씀도 안 하셨어요?" "그럼 무어라고 말을 한다니?" "그렇게 하실 말씀이 없으세요? '못난 딸을 심중에 두어준다니 퍽 고맙게 생각하네'라고 하셨으면 서로 기분이 좋았잖아요." 어머니는 어이가 없다는 듯이 픽 웃으시더니 "그래, 네 말이 맞다. 고맙다고 인사를 했더라면 좋았을걸 그랬구나" 하신다. 어머니도 나도 서로 말은 안 했지만 참 쓸쓸하고 서글픈 밤이었다.

❀ 1968년 10월 26일 흐림

오락가락하던 비가 걷히고 벌써 싸늘한 바람이 휘몰아치기 시작한다. 가뜩이나 불이 잘 안 들어오는 내 방이 올해는 그나마 미지근한 기색도 없이 냉랭하기만 하다. 그는 "방이 왜 이렇게 춥냐?"고 물으면서 얇은 포대기를 깔고 누우려 했다. 요를 더 깔고 이불을 덮어주면서 그의 정강이를 걷어보니 내복도 없이 바지만 홑겹으로 입고 있는 것이었다. 걱정스러워하는 내 눈빛에 "뭐, 괜찮다"고 말하는 그였지만 나는 여전히 염려가 되었다. 더운 기운은 찾아볼 수 없고 한기 가득한 이불 속에서 그는 책을 보기 시작했다. 그에게 주려고 챙겨두었던 밤 네 톨을 내밀었는데 어느 틈에 네 살배기 장조카가 방긋 웃으며 들어오더니 그의 손에 있는 밤을 쏙 빼가는 바람에 그도 나도 웃고 말았다. 모처럼 만에 웃은 밤이었다.

✱ 1968년 11월 11일 맑음

오래전 옛날 아버지가 늘 하시던 말씀이 오늘따라 부쩍 귓가에 생생하게 떠오른다. 아버지는 늘 이렇게 말씀하셨다. "한순아, 한순아, 이 다음에 크거든 행복하게 살아야 한다, 응?" 행복이 무엇인지도 모르고, 배만 부르면 무조건 제일인 줄로만 알던 나는 눈물 어린 어머니의 웃음을 빤히 쳐다보면서 알겠다고 대답만 잘했었는데⋯⋯.

✱ 1968년 11월 28일 맑음

마지막 가을걷이에 손을 호호 불어가며 눈코 뜰 새 없이 일하는 식구들을 보기가 미안해서 나는 몸이 괴로워 눕고 싶어도 눕지를 못하고 꼬마들을 봐주곤 한다. 올해 들어서 부쩍 자주 찾아오는 소화불량과 위의 통증 때문에 고통스럽다. 울지 않으려해도 통증 때문에 자꾸만 눈물이 난다.

❄ 1968년 12월 25일 맑음

눈길을 걸을 때는 발이 시려운 것보다도 눈 위에 발자국이 움푹움푹 패이는 광경이 참 재미있다. 내 욕심처럼 다시 한 번 옛날로 돌아갈 수만 있다면 소복하게 눈 쌓인 길을 신나게 달려보고 싶다. 새벽녘에 "고요한 밤, 거룩한 밤……" 성가를 부르는 소리에 눈이 떠졌다. 대문 앞에 와서 성가를 부른 뒤 만복을 누리라고 인사를 남기고 가는 사람들. 추위에 아랑곳없이 찾아온 사람들에게 따뜻한 대접 한번 못하고 돌려보내는 마음이 쓸쓸하다. 새벽녘을 은은히 밝힌 성가처럼 우리네 삶도 부드럽고 순탄했으면…….

❄ 1969년 2월 20일 맑음

누가 무어라 해서가 아니다. 나 자신에게 주어진 생명이기에 나는 세세한 것 하나까지 신경이 쓰인다. 혹 담배 연기라도 방 안으로 들어올라 치면 문을 닫고, 그늘보다는 양지에서 햇빛을 쬐곤 한다. 사람에게 먹고사는 일만이 전부는 아닐 것이란 생각이 든다.

❄ 1969년 5월 30일

10년간 식욕을 느끼지 못하던 나였건만 웬일로 요즘은 밥맛이 꿀보다 더 달다. 나의 태아는 오늘로 꼭 4개월 26일을 지나고 있다. 배 속에서 툭툭 태아의 발길질이 느껴질 때마다 나는 전에 모르던 야릇한 기분이 든다.

나도 어머니의 배 속에 있을 때 이랬겠지 하는 생각과 함께.

✿ 1969년 6월 22일 흐림

그가 떠난 지 닷새째 되는 오늘이다. 나는 혹시나 그의 소식이 날아오지 않을까 궁금한 마음으로 매일같이 우체부를 기다린다. 인간의 정이란 것이 이토록 무서운 것인지 미처 몰랐다.

✿ 1969년 7월 21일 비

어느새 두 남매의 엄마가 된 여동생이 나를 찾아와 묻는다. 아기를 어떻게 낳아 키울 생각이냐고…… 차라리 아기를 포기하는 게 어떻겠느냐고……. 나를 걱정하는 동생과 식구들의 마음을 모르는 바 아니지만, 그럴수는 없는 노릇이었다. 나도 아기를 낳아 키울 일이 두렵기는 마찬가지이지만, 그러면서도 한편으로는 아기에 대한 욕심이 생긴다. 나로 인해 어머니의 근심이 한 자는 더 자란 것을 뻔히 알면서도 내 마음은 식구들의 생각과 다르게만 흘러간다.

✿ 1969년 8월 6일 비

나는 내일 죽는 한이 있더라도 오늘 하루를 충실하게 살아야 한다는 생각이다. 내일 어떤 일이 내게 닥쳐올지 모르지만, 그렇다고 오늘 당장 내 앞에 당한 일을 게을리 할 핑계가 되지는 못한다. 오늘도 나는 인조 헝겊 조각들을 가지고 아기 베갯잇과 기저귀를 몇 개 만들었다. 내 아기의 옷가지를 손수 짓는 것이 전혀 부끄럽거나 창피한 일이 아닐 텐데, 나는 나 스스로도 혼자 힘으로 감당 못하는 주제이다 보니 아기 옷을 짓는 것 자체가 식구들 보기에 민망하게 느껴지기도 한다. 그런 나를 보시는 어머니는 "어이구…… 어찌 아이를 기르려는지……"하며 한숨이 늘어가신다.

❋ 1969년 8월 11일 흐림

나라의 정책 앞에서 나는 다시 한 번 절망하고 말았다. 새로 개정된 주민등록법으로 주민등록증을 일제 재발급하는데, 그 주민등록증이라는 것이 본인 지장을 찍어야만 나온다는 것이다. 양손 모두 형체 없이 사라진 나 같은 존재는 지장을 찍을 수 없으니 차라리 주민등록증 받는 일을 포기하는 게 낫다는 것인가. 마음에 먹구름이 한가득 몰려왔다.

❋ 1969년 8월 16일 소나기

오랜만에 백모님이 찾아오셨다. 나의 건강이 좋지 않다는 소식을 들으면서도 이제야 왔노라고, 큰어머니 노릇을 제대로 못하지만 이렇게 뒤늦게나마 찾아와 나를 보니 반갑고 좋다고 하셨다. 백모님은 나의 불어난 몸을 훑어보시더니 음식을 잘 먹는지 몸이 불어난 것 같다고 말씀하신다. 그 말씀에 나는 얼굴이 확 달아올랐다. 내 속도 모르시고 백모님께서는 내가 식탐으로 몸이 불었다고 생각하시는 것 같았다. 그런데 밤이 되어 잠자리에 나란히 눕자 백모님께서 말씀하시는 것이었다. 엄마한테 자세한 이야기를 들어서 다 아신다고……, 한순이도 이제 비로소 사람 노릇을 하게 된 것이라고……. 백모님께서는 아무 소리 말고 잘 기르라고 하셨다. "아직은 네 엄마가 있으니까 괜찮아. 사람은 자식이 제일이란다." 백모님의 따뜻한 위로의 말씀에, 또다시 살아보고 싶은 욕망이 마음속에서 꿈틀거렸다.

※ 1969년 8월 28일 맑음

오늘은 건넛집에 사시는 여든 고령의 할머니께서 지팡이에 의지해 나를 찾아오셨다. 가여운 내가 보고파 오셨다는 것이다. 나는 할머니의 그 성심에 보답할 길이 없었다.

※ 1969년 9월 2일 맑음

나는 아무도 반겨주지 않는 산달이 촉박해올수록 더욱 감당하기 힘든 나 자신의 모습에 맨주먹으로 불안에 떨고 있다. 모습을 감춘 지 한참이 지난 태아의 아버지에게 수차례 편지를 보냈으나 회답조차 주니 않으니 그를 향해 품었던 애정은 어느새 증오가 되어 내 마음을 녹인다. 이미 부끄럼 따위는 잊어버린 나는 동생에게 편지를 보내 아이 아버지를 찾아달라고 부탁을 했다.

"설아, 내 인생 문제로 너에게까지 번거롭게 해 면목이 없다만 어쩔 수 없는 나이기에 너에게 부탁을 한다. 주위에서는 이 못난 누나를 향해 끊임없이 비웃음을 보내는구나. 우리 식구와 모두를 위해 이 미천한 목숨을 끊는 것이 상책인가 하는 생각도 하지만, 질긴 것이 목숨이고 강한 것이 운명이기에, 그저 나의 한 많은 세월을 애달파할 뿐이다. 설아, 꼭 한번만이라도 그를 찾아 말 한마디라도 전해보렴. 시간이 여유롭지 못한 너에게 이런 당부를 하는 누나 자신도 죄스럽기만 하구나."

나는 곧이어 아이 아버지에게도 편지를 쓰기 시작했다.

"그간 안녕하셨습니까. 사람들은 음력 칠월을 일러 '어정칠월'이라고 하지만 저에게는 숨 막히는 칠월, 고통스러운 칠월입니다. 제 속에서 불처럼 일어나는 이 갈등을 다소나마 가라앉혀보려는 심산으로 반겨주지도 않을 글을 또 씁니다. 그 누구도 받아주지 않는 이 흉한 몸, 오늘도 속죄하는 마음으로 하루를 보냅니다. 다만 순간이나마 천사처럼 사랑했던 당신께 하소 아닌 상의를 드리고 싶었습니다. 제 몸에서 자라고 있는 태아를 어찌하실 생각이신지요. 둘러보면 저의 편은 하나도 없는 것처럼 보이는데, 이 엄연한 현실을 어찌해야 좋습니까. 아무것도 모른 채 태어날 아기는 또 무슨 죄랍니까. 일전에도 서신을 드렸는데 답이 없으시기에 처참한 생각이 들어 다시 글을 올립니다. 누가 무어라 해도 당신을 향한 저의 마음은 진심이었습니다. 다만 저의 난처한 입장을 헤아리고 배려해주셨으면 하는 심정입니다. 저 혼자만이 걸어야 할 운명의 짐이 너무나 무겁습니다. 눈물 속에 보내는 나날들을 헤아려 회답을 주시기를 간절히 부탁드립니다."

🌸 1969년 9월 7일 맑음

주위에서 아무 생각 없이 내뱉는 말들이 내 가슴에 커다란 대못을 박는다. 오늘 아침 조반이 한창일 때 이웃 사생아 아무개에 대한 이야기가 나왔다. 그 아이는 열 살이 넘도록 호적이 없어서 교육도 제대로 받지 못하는 딱한 처지라는 것이었다. "아비도 없는 아이를 낳아서 고생시킬 바에 애당초 없던 일로 할 것이지!" 누군가 내뱉은 말에 내 가슴은 칼로 도려낸 듯 아팠다. 내 아기 역시 태어나자마자 행복한 일상이 기다리고 있는 것은 아닐 게 분명했다. 하지만 어떻게 생명을 두고 그렇게 함부로 말할 수 있단 말인가. 배 속의 아기가 더욱 애틋하게 느껴진다.

🌸 1969년 10월 1일 맑음

태아를 생각할 때마다 태아의 부에 대한 미움과 사랑이 한데 섞여 갈등이 시작되고, 나는 울어야 할지 웃어야 할지 모르고 몸부림을 치게 된다.

살고 싶다, 자꾸 살고 싶다

🌸 1969년 11월 19일 흐림

나는 또다시 죄인이 된 심정이다. 어쩌면 나보다 더한 가시밭길을 걸어가게 될지도 모를 생명의 길로 나의 아기를 이끌었으니 말이다.

양력 10월 30일, 음력으로는 9월 20일 오전 10시에 딸아이가 태어났다.

말로만 듣던 산고(産苦)는 차라리 죽음을 되씹는 고통과 다를 바 없었다. 어머니는 불구의 딸이 산고를 치르다 혹여 잘못되지나 않을까 불안한 표정으로 나를 지켜보셨다. 하지만 그런 어머니의 마음도 내게는 뒷전이었고, 방 안에 정작 있어야 할 그의 모습이 보이지 않자 밀물처럼 밀려오는 허전함에 가슴이 무너져 내리는 것 같았다. 내 편이 되어줄 사람 하나 없고, 아기를 반겨줄 사람도 하나 없다는 생각에 진통이 더 심했는지도 모르겠다. 진통이 시작된 이래 뜬 눈으로 밤을 밝힌 뒤 오전 10시가 되어서야 아기의 울음소리를 들을 수 있었다.

　처음에는 울지도 않고 파랗게 질려 있던 아기가 찰싹찰싹 몇 차례 때려주고 시간이 좀 흐르자 '으앙!' 하고 울음을 터뜨렸다. 뼈와 살을 골고루 저며내는 듯한 아픔을 느끼면서 나는 아비 없이 자랄 아기를 생각하니 기가 막혔다.

　아기가 태어난 지 일주일이 되던 날, 집에서는 벼 타작을 하는데, 어머니가 아비도 없는 자식이 울면 일꾼들 보기가 무참스럽다고 하시며 아기를 울리지 말라고 당부하신다. 하지만 이런 사정을 알 리 없는 아기는 계속해서 울어대고 당황한 나는 조급한 나머지 아기를 방바닥에 아무렇게나 굴리듯 눕혀놓고 말았다. 하지만 금세 아기를 도로 안고 안타까움에 얼마나 몸부림쳤는지 모른다.

　아기는 날이 갈수록 눈, 코, 입 어디 할 곳 없이 저의 생부를 닮아간다. 새까만 눈동자를 굴리며 쳐다볼 때마다 어머니는 야속한 사위 생각에 "제발 느이 아버지만은 닮지 말아라!"라고 말씀하시지만 나는 아기의 모습을 들여다볼 때마다 그리움이 더욱 간절해진다.

　아기를 낳은 지 5일째 되던 날 처음으로 목욕을 시켰다. 바쁜 탓도 있었겠지만 아기가 누워 있기에 방이 너무나 냉하고 추워서 목욕할 때를 놓쳤던 것이다. 모처럼 몸을 씻은 아기가 물똥을 쌌다. 3주째부터는 밭은 기침을 하더니 설사 횟수가 많아졌다. 아기에게 약을 사 먹이고 싶지만 어머니

12月10일 밝음 상봉

여자로 오후 3시 4분 따르릉 한손 수화기를 들고

여보세요. 여자, 지금 교회서 왔는데 너희집에 같이

순이. 으응 그래와 정숙이는. 여자, 나름자 갈다오라

여자. 허리가 아파서 못오는데 지금가서 내일까지

　　　너의 집에서 밤새 이야기나 할려고

여자와 나는 정확히 58년만의 상봉이다

가슴이 두근거린다. 여자 초현열이라 자꾸더듬는듯

혼자 아들과 함께 오는데 왜이리 더듬일까.

차소리가 나 현관문을 열고 빠꼼히 밖을 내다본다 뒷발으로 친구다

나. 어서들어와. 50년 세월을 뒤어넘어서 서로의 인상을 모르고 여자, 순.

거실에서 감격적인 회호에 서로 부둥켜안고 말을 잊지못하다가 여자는

너순이 죽은줄 알았는데 이렇게 살아 있었구나 우리는 20대갓 줄에선

피부가 야들야들 하고 곱고 예쁘면서도 웃음이 유난히 많았던 호조의 모습

어른들이 시첨가게 증신해 줄까라는 말을 들으면 부끄러워 빗그스레한

얼굴을 얼굴을 살작가리고 빙그레 웃던 수줍던 20때 모습은 온데 간데없고 지금

지글한 열굴을 맞추보며 누가 먼저랄것도 없이 더화의 문이 멀려 이런

저런 궁금한 말을 주고받았다. 너 친구를 소쳐아니 여자. 순네가 가고

나 회사에서 퇴직하고 동생을 뒷바라지 하고 강화 직조 공장에서 일했지

여자. 한순아 어떻게 죽지안고 몽하게 살았어. 나. 머 양으로 지탱헌지

이사람이 살아왔슴 걸깅펭이라 너목만이 살았어 내가 살아온 삶이

산생병력으로 살았다고 해야 될까 죽지못해 아내 목숨이 끈기지 안아

산거나 죽은 목숨과 다를바없지. 서로죽고받은 이야기와더불어 이쉬운작별을교환다

　　　　　　　　　　　　　다시 만날것을 기억해며

께서 가까스로 마련하신 돈을 함부로 쓸 수 없어서 가장 좋은 방법을 요모조모 궁리 중이다. 아기는 어떻게 이 동장군을 이겨낼 것인가.

❀ 1969년 11월 26일 흐림

아기를 낳고 처음에는 잘 나오지 않던 젖이 3주째 접어들자 풍성하게 돌기 시작했다. 아기는 마치 갈증 난 이가 막걸리를 마시듯 꿀꺽꿀꺽 젖을 잘도 삼킨다. 엄마의 얼굴을 익히려는 듯 젖을 문 아기가 물끄러미 내 얼굴을 쳐다볼 때마다 나는 생명의 신비로움을 온몸으로 느낀다. 그러면서 한편으로는 '내 육신이 성했더라면……' 하는 안타까움에 또 빠져든다.

아기는 3주가 지나면서부터 빛을 알아보기 시작했다. 아기는 기저귀를 갈 때마다 추워서 끙끙 소리를 내면서도 사지를 쭉 뻗어 기지개를 켠다. 한밤중에 어둠 속에서도 용케 젖을 찾아 무는 아기가 신기할 따름이다.

❀ 1969년 11월 29일 흐림

생후 한 달이 지나자 아기는 어르고 달래는 것을 아는 듯 방긋방긋 웃는다. 그 모습이 순간순간 귀엽기 그지없다. 이 사랑스러운 아기에게 너무도 자격이 부실한 엄마인 나는 가슴이 메인다. 오늘도 아랫도리가 오줌에 흠뻑 젖어 달달 떠는 아기를 보면서도 제대로 갈아 입히지 못해 발을 동동 굴렀다. 방긋 웃는 아기의 얼굴을 보기 무안할 만큼 나는 못난 엄마이다.

● 1969년 12월 16일 맑음

동네 할머니들은 아기를 잘 키워 효도를 받으라고들 하신다. 그렇지만 딸의 효도를 바라기는 고사하고 아기의 장래를 생각하면 오던 잠도 멀리 달아날 지경이다. 첫째는 호적이 걱정이다. 내 호적 곁에 올릴 수만 있다면 좋으련만, 나는 설상가상으로 주민등록부에도 오르지 못한 몸이 아닌가. 이 일을 어쩌면 좋단 말인가. 세상아 나를 좀 도와다오. 답답하기 한이 없는 이 마음, 정말 미칠 것 같다.

● 1969년 12월 20일 맑음

선배 어머님들의 말씀을 빌리면 엄동설한의 밤에 추위로 잠 못 이루는 아기들을 가랑이 속에 끼고 자는 어머니들도 있다고 한다. 예전에 그런 말을 들을 때면 귓등으로 흘려버리곤 했는데, 나 자신이 그런 처지가 되고 보니 정말 그렇게라도 하고 싶은 심정이다. 방이 추워 잠을 안 자고 끙끙거리는 아기를 품에 꼭 끼고 이불을 뒤집어쓰고 누우면 아기는 온몸에 식은땀을 뻘뻘 흘리며 잠이 든다. 그런데 아침에 일어나 보면 아기는 코가 항상 막혀 있다. 코가 막힌 아기를 본 이웃 아주머니 말씀이 얼굴을 덮어주면 코가 막힌다는 것이었다. 나는 아기가 이다음에 커서도 코 먹은 소리를 하면 어쩌나 하는 생각에 가슴을 쓸어내렸다. 그래서 또 지난밤에는 얼굴 대신 몸만 덮어주었는데, 어른도 볼이 싸늘하게 식는 추운 방에서 아기가 사고 없이 밤을 참아내기란 쉬운 일이 아니었다. 아니나 다를까 아기는 금세 콧물 범벅이 되어버리더니 새벽 3시경부터는 쉬이 잠들지 못하고 날을 밝혔다. 나는 이 추운 방에서 혹시 아기가 잘못되지나 않을까 싶어서 자다가도 아기의 몸을 쓸어내리곤 한다.

🌸 1969년 12월 24일 맑음

해마다 맞이하는 크리스마스인데 이번 크리스마스는 더더욱 나를 힘들게 한다. 사람들은 축제의 기쁨 속에 들떠 있고 아이들은 선물받을 기대에 설레는 눈치지만 나의 아기는 추운 방 안에서 기저귀를 갈 때마다 몸을 떨어야 하는 처지이다. 특별한 호강도 못 시켜주고 선물도 못해주는 엄마인 나는 잠시나마 아기를 따뜻한 안방 아랫목에 누이는 것으로 크리스마스 선물을 대신한다. 따스한 방바닥에 눕자 아기는 금세 얼굴이 발그레해져서 기지개를 쭉 폈다. 그러더니 평화롭게 쌔근쌔근 잠이 들었다.

🌸 1969년 12월 28일 눈

이웃의 영숙 엄마가 놀러와 나의 아기를 유심히 바라본다. 나는 그동안 영숙이를 '종콩(빛이 희고 알이 잔 콩. 주로 메주를 쑤는 데 쓴다)'이라는 별명으로 불렀던 것이 마음에 걸려 영숙 엄마에게 이렇게 말했다. "영숙이더러 종콩이라고 했더니만 우리 꼬마가 종콩으로 태어났어요." 그러자 영숙 엄마는 자기가 할 말을 내가 미리 다 했다고 한다. 나의 아기는 너무 소홀히 키우는지라 제대로 성장을 못한다.

이웃 아주머니들께서 나의 아기를 보러 오셔서는 아기의 성장이 더딘 것을 보시더니 젖이 적어 그런 것이라고 말씀하신다. 정말 나의 아기는 젖이 부족한 탓인지 규칙적으로 먹지를 않고, 어쩔 때는 쉴 새 없이 젖을 물고 있으려 하며, 젖이 제대로 빨리지 않으면 짜증을 낼 때가 많다.

어머니가 장에서 빨간 천을 한 자 사 오셨다. 무엇에 쓰실 것인지 여쭤 보니 어머니께서 말씀하시기를 나의 아기에게 윗옷을 지어주시겠다는 것이다. 지금 무엇 하러 옷을 해 입히시느냐고 내가 되묻자 어머니는 아무것도 모르거든 잠자코 있으라고, 당신 하시는 대로 내버려두라고 하신다. 어머니 말씀이, 피 묻어 낳은 아이는 붉은색 저고리를 해 입히면 열병을 앓지 않는다는 것이다. 나는 그런 미신은 믿지 않았지만, 아기를 생각하시는 어머니의 마음만큼은 따를 수밖에 없었다.

❀ 1970년 2월 20일

모두들 나의 아기를 보고 '윗방 애기'라고 부르는 게 싫어서 나는 궁리 끝에 아기의 이름을 '순영'이라고 지어 부르기로 했다. 미우나 고우나 아기의 생부임을 어쩔 수 없는 혈육이기에, 먼 훗날에 혹시라도 있을지 모를 부녀 상봉을 생각하면서 나는 내 이름 한 글자와 아기의 생부 이름 한 글자를 따서 이름을 지었다. 혹 영영 못 만나게 될지라도 기억에 아버지의 이름을 남기고 살라는 뜻이기도 했다. "순영아" 하고 아기 이름을 부르자 아기가 방긋 웃으며 나를 향해 몸과 팔을 흔든다.

❀ 1970년 2월 23일 맑음

며칠 앓던 순영이가 회복 기미를 보이자 어머니는 퍽이나 자랑스러우신 듯 보는 사람들마다 "자, 보세요. 우리 순영이 이마가 누구를 닮았나……. 제 아비는 보지도 못했는데, 요 이마가 애비를 닮았거든요……" 하며 웃으신다. 순영이는 이마뿐 아니라 입맛을 다시는 모습까지 사진이라도 찍어놓은 듯 생부를 닮았다. 자라면서 순영이의 얼굴은 어떻게 변해갈까.

❀ 1970년 3월 7일 맑음

나는 아직 순영이가 제대로 앉으리라는 생각을 안 하고 여태 앉혀보질 않았는데, 오늘 한번 혼자 앉혀봤더니 제법 의젓하게 앉아 있었다. 꼭 4개월 10일 만에 앉았다. 그렇게 앉은 채로 나를 알아보고 활짝 웃는다.

🌸 1970년 3월 15일 흐림

　동생의 의형 되는 환이가 미국에 가게 되었다고 인사를 하러 왔기에 나도 서울에 대해 물으니까 환이는 요즘 서울에는 30층이 넘는 건물들이 완공되었다고 한다. 방 안에 꼭 박혀 사는 나는 서울이 어떻게 변해가고 발전해가는지도 모르고 산다. 환이는 나의 아기를 보자 아기 아버지는 어디 있느냐고 물었다. 나는 당황한 나머지 "응…… 얘는 나 혼자 살기가 외로워서 주워다 기르는 아이야……" 하고 말을 흐렸다. 환이는 정말이냐고 반문을 했고, 그렇다고 대답하는 나는 아기에게 한없이 죄스러워 어디로든 도망치고 싶었다.

아, 나도 평범〃〃 평범하게 살고 싶다. 오늘도 내일도 웃으며 살아봤으면〃〃. 가난도 눈물도 멀리 날아가고 나의 앞에 건강하고 행복한 생활만이 영원히 지속된다면〃〃.

● 1970년 3월 26일 맑음

　나는 이제 어느새 아기의 울음소리만 듣고도 아기의 심정을 알 수 있고
표정만 보아도 아기가 원하는 것을 알 수 있게 되었다. 자리에서 일어나고
싶을 때 짓는 웃음, 대변을 볼 때의 표정과 소변을 볼 때의 표정이 다르다.
자리에 누워 있는 아기의 몸을 쓸어주면 아기는 좋아서 옹알이를 하며 손
과 발을 흔든다. 젖이 그리울 때 우는 소리와 잠이 와서 우는 소리, 놀고
싶을 때 우는 소리가 또 다르다. 아기를 품에 꼭 안고 누워서 얼굴을 맞대
고 눈을 맞추다 보면 아기는 스르르 잠이 든다. 그럴 때 아기가 울면 아기
의 등을 손으로 쓱쓱 문질러주면 금세 괜찮아진다.

● 1970년 5월 2일 비

　홍역이 아기의 몸을 훑고 지나간다. 아기의 몸에 진달래꽃처럼 붉은 반
점들이 활짝 피었다. 온몸이 불덩어리가 되어 꽁꽁 앓고 있는 아기……

고열로 코와 입이 바싹바싹 마르기 때문에 아가의 입을 축여주기 위해 밤 낮으로 아기의 입에 젖을 물려보지만, 한 모금씩 젖을 먹는 대로 설사를 한다. 혹 경기라도 일으킬까 불안했는데 다행히 경기는 없었다. 잦은 기침을 할 때마다 아기는 앓는 소리를 내며 몸부림친다. 방이 냉한 탓인지 한 번 기침을 시작하면 30분씩 계속될 때도 있다. 그렇게 기침을 계속하면 아기는 금세라도 숨이 끊어질 듯 얼굴이 창백해진다. 그런 아기를 안고 있는 나는 속절없이 아기의 이름만 부를 뿐이다.

🌸 1970년 7월 6일 비

조카 꼬마들이 차츰 나이를 먹어가니까 나의 불구된 몸을 이상히 여기며 "고모는 손도 발도 없다, 응? 고모, 왜 손이 없어?" 하고 물어온다. 나는 괴로움을 꾹 참고 웃음으로 대신하며 "응, 고모는 아주 어려서 할머니 말씀을 안 듣다가 차 사고가 나서 그래……"라고 힘없이 대답한다. 대답을 하면서도, 산다는 것이 다시금 부끄럽기만 하고 서러운 마음이 출렁인다.

🌸 1970년 7월 27일 바람

아기는 조카 꼬마들이 저를 안고 업고 같이 어울려 놀아주면 더없이 좋아한다. 조카 아이들에게 아기를 마냥 맡겨두기도 위험스럽기는 하지만 아기가 좋아하기 때문에 그대로 내버려둔다. 말귀를 알아듣기 시작한 이후로 종이 같은 것을 손에 쥐여주면 소리를 듣기 위해 짝짝 찢기를 잘 한다. 그리고 장난감도 몇 번 가지고 놀던 것에는 싫증을 내고 새로운 걸 찾는 눈치다. 그리고 손에 닿는 것은 전부 입으로 가져가기 때문에 나뭇잎이라도 줄 때면 으레 물에 깨끗이 씻어서 주곤 한다. 아기는 손으로 감각을 느끼는 걸 유난히 좋아하는지 뭐든 손에 잡힐 때마다 조물락거리는 모습이 귀엽다. 오늘은 손에 묻은 물방울을 발견하더니 물기가 없어질 때까지 양손을 비비고 문질러댄다. 어쩌다 어머니가 아기를 업어주시면 제 할머니 등에서 팔딱팔딱 뛰며 좋아서 싱글벙글이다. 이런 아기의 모습을 지켜볼 때마다 내 등에 아기를 업고 바람이라도 쏘여주었으면 하는 간절함이 온몸을 조여온다. 아기는 해가 지기만 하면 잠시도 내 곁을 떠나려 하지 않는다. 누가 내 곁에서 데려가려 하면 자지러지게 울기 시작한다.

🌑 1970년 10월 11일 흐림

전에는 먹는 것, 못 먹는 것 구별 없이 손에 닿기만 하면 입으로 가져가더니, 돌까지 100여 일을 앞둔 요즘은 음식을 구별한다. 제법 응석을 부리며 말을 익히느라고 그 작은 입술을 오물조물 움직여, '할머니', '빠이빠이', '엄마' 등의 말을 배워가는 모습이 사랑스럽다. 그러다가도 이 귀여운 아기의 장래를 생각하면 가슴이 터질 것만 같아서 누구든 붙잡고 버럭 소리라도 지르고 싶은 심정이 되고 만다.

손발이 없는 나를 도와 일을 해주는 것보다도
내가 정말 아쉽고 그리운 것은 자연스러운 인간의 정이다.
외로움에 견딜 수 없을 때는 술이라도 잔뜩 마시고
실컷 취해보고 싶어진다.

● 1970년 10월 30일 맑음

내가 엄마가 되고 보니 자녀들을 향한 모든 어머니들의 마음을 알 것 같다. 아기의 옷이 한 벌 마련되자 옷이 없었을 때와 달리 좀 더 마음에 드는 것으로 바꾸어 입히고 싶어진다. 내 손으로 아기의 돌상을 차려주지 못하니 아무도 아기를 챙겨줄 사람이 없는데, 다만 어머니께서 아기의 장수와 평안을 비는 수수팥떡을 해주셨다. 아기의 돌날 아침, 안개 속에서 아기의 돌을 축복해주기는커녕 낯도 못 씻기고 울리기만 했다. 아기는 설사와 감기로 인해 칭얼대고 온종일 찬밥을 먹었다.

● 1970년 11월 3일 맑음

일생에 단 한 번뿐인 아기의 첫돌을 그냥 보낼 수 없어서 나는 모처럼 큰맘먹고 돌 사진을 촬영하기로 했다. 사진을 찍으려면 십 리나 떨어져 있는 장에 가야 했다. 먼 길을 가느라 힘도 들었던 데다가 처음 보는 카메라 앞에서 낯을 가리는 통에 아기는 내내 우느라 바빴다. 어머니는 아기가 하도 울어서 사진이 잘 나올지 걱정이라고 하신다. 나 역시 큰맘먹고 찍은 사진이 잘 나오지 않을까 봐 걱정이 된다.

● 1970년 11월 9일 맑음

아기는 돌 후 열흘째 되는 오늘 첫 발짝을 내디뎠다. 아기는 걸레를 들고 코를 훔치는 시늉을 하고, 요 홑청의 꽃무늬를 보고는 "꼬까 꽃"이라고 말한다. 요강에 발을 빠뜨렸기에 닦아주니 저도 "지지"라고 말하며 제 발을 문지른다.

● 1970년 11월 10일 바람과 우박

내가 눈을 흘기면 아기는 새침해가지고 나를 뚫어지게 쳐다보다가도 내가 웃으면 아기도 생긋 웃는다. 그 모습이 귀엽기도 하지만 나는 아기가 그렇게 내 눈치를 보는 모습이 오히려 마음 아프다. 어머니께서 모처럼 아기를 업고 바깥에 나가셨더니 사람만 보면 입을 삐죽거리며 울더라고 하신다. 방 안에서만 기르다간 애가 사람 구실을 못할지도 모르겠다고 걱정을 하신다. 아기는 오늘 네 발짝을 걸었다.

● 1970년 11월 19일 맑음

세 살 버릇 여든까지 간다는 속담을 더욱 실감하는 요즘이다. 아기는 다른 아이들이 하는 행동을 보고 듣고 하면서 그대로 따라 하는가 하면, 거친 말투까지 배우려 한다. 이제 겨우 돌이 지난 아기의 입에서 험한 욕이 나오는 것을 본 나는 정신이 아득해졌다. 나는 아기를 위해서라도 나 자신부터 마음을 바르게 먹고 인내심을 기르련다.

● 1970년 11월 22일 맑음

동네 꼬마들이 나의 아기를 밀치는 바람에 넘어져 흙투성이가 되어 들어왔다. 나는 아이들의 장난이니 무심히 넘기려 했지만 순간 서러움이 울컥 치밀어올랐다. 내 아기를 위해 선뜻 나설 수 없는 엄마의 몸이라니……. 게다가 오빠네서 거둬들인 무를 내다 팔기 위해 사람을 얻어 작업을 한다기에 나는 일하러 온 여자들을 피해 뒷문으로 빠져나왔다. 그러자 아기가 엄마를 찾으며 울기 시작했다. 항상 남의 앞에 서지 못하고 몸을 감출 수밖에 없는 엄마인 것이 아기에게 미안하다. 내가 책을 펴 들고 읽고 있으면 아기는 내 옆에 앉아 저도 마치 책을 읽는 양 작은 입술을 달막

거리며 알 수 없는 소리를 중얼거린다. 그 모습이 내 서러운 마음에 위로
가 된다.

🏵 1970년 12월 6일 맑음

아기는 아무리 작은 것이라도 먹을 것이 생기면 꼭 나에게 준다. 내 입
에 넣어주며 자꾸 먹으라고 한다. 혈육이란 이런 것인가. 그리고 이제 "응
가" "쉬"라고 하며 용변도 가린다. 새해를 앞두고 세배하는 법을 가르치자
곧잘 따라하며 "새해 복 많이 받으세요"라는 인사까지 한다. 아, 이 아기를
기르기 위해서라면, 살고 싶다. 자꾸 살고 싶어진다.

"엄마, 왜 울어?"

🍃 1971년 1월 4일 눈보라

양력 10월생인 아기는 이제 생후 14개월에 접어들었는데, 햇수로만 따지면 세 살인 셈이다. 아기는 제 나이가 세 살이라면서 손가락을 꼽아 보여준다. 세 살을 꼭 "쎄 살"이라고 발음한다.

🍃 1971년 2월 13일 맑음

겨울답지 않게 날이 따스하기에 나는 아기에게 신을 신겨 바깥으로 데리고 나왔다. 방에서 칭얼거리던 아기는 바깥에 나오자 아장아장 걸음을 옮기며 잘 놀았다. 그런데 조카의 손에 매달려 놀다가 그만 뒤로 넘어져 경기를 하더니 밤새 열이 펄펄 끓는다. 제발, 제발 이번만은 무사히 넘어가주렴……. 이 못난 엄마를 한 번만 봐주렴……. 이렇게 아기 때문에 가

126

숨을 쓸어내릴 때마다 가장 생각나고 또 가장 원망스러운 사람은 바로 소식을 끊은 아기의 생부이다.

이가 없으면 잇몸으로 산다는 말처럼, 손이 없는 나는 아기를 업을 때마다 손 대신 입과 이빨로 포대기 끈을 졸라매곤 한다. 그런데 전에는 무엇이든 잘 씹어 먹고 튼튼하기만 하던 이빨이 아기를 가진 뒤부터 찬물만 마시면 시리고 아프다. 아기를 한번 업으려면 이빨과 다리 관절이 모조리 아픈 것도 모르는 아기는 툭하면 업어달라고 등에 와 매달린다. 그러나 나는 이렇게라도 아기를 업어줄 수 있음이 참 다행스럽다.

빈자리로 남아 있는 아빠에 대한 그리움 때문인지 아기는 유난히 '아빠'라는 말에 민감하게 반응한다. 먼 발치로 한길에 남자 어른들이 지나가는 것을 보면 아기는 "아빠! 아빠!" 하고 연거푸 부르며 달려나간다. 하지만 지나치는 길손들이 멀리서 부르는 꼬마의 목소리를 들을 리가 없다. 설사 듣는다 해도 아기의 사정을 알 리가 없다. 어린 것이 얼마나 아빠가 그리웠으면 이다지도 애달프게 아빠를 부른단 말인가. 이 어린 것을 위해서라도 아기의 아버지가 다시 찾아준다면 그간의 미움도 모두 지워버릴 텐데. 가엾은 나의 아기.

🕊 1971년 5월 22일 맑음

생후 19개월에 접어든 아기는 먹는 것과 가지고 노는 것 등 물건 이름들이 알고 싶은지 "이건 뭐야?" "그럼 이건?" 하며 자꾸 묻는다. 염색을 하셨던 어머니의 머리에 어느 틈에 다시 백발이 성성하다.

🕊 1971년 6월 1일 비

아기는 밤중에 자다가도 소변이 마렵다며 "쉬야, 쉬야" 한다. 그러면서 비몽사몽간에 두 손으로 내 목덜미를 잡고 일어선다. 나는 손목까지 남아 있는 오른팔로 아기의 하반신을 일으켜 요강에 앉힌다. 아기는 엄마가 손이 없는 불편한 사정을 알기라도 하는 듯, 깊은 잠 속에서도 말을 곧잘 듣는다.

🕊 1971년 7월 1일 비

몸이 이렇게 된 뒤 주민등록법 개정 때 주민등록증을 발급받지 못한 나는 선거 때마다 유권자 노릇을 못하고 있다. 그런 까닭에 사회에 대한 관심도 차츰 사라지고, 나 자신이 사회를 외면해왔는데, 오늘 제7대 박정희 대통령의 취임식을 맞아 새 기대가 생긴다. 부디 이 겨레와 강산이 번영하는 길이 열리기를 바란다.

아기는 눈만 뜨면 뽐뿌에 매달려서 물장난을 하고 집 안팎으로 점벙거리며 돌아다닌다. 집안 식구들이 보다 못해 언성을 높여도 아기는 마치 '너는 너대로, 나는 나대로'라는 식으로 영 막무가내다. 자기만의 고집이 어느새 습성이 되어버린 듯해 나는 보다 못해 아기의 볼기를 몇 대 때려주곤 한다. 아기는 설움투성이, 그리움투성이다. 그 고사리 같은 어린 아이의 마음에 있는 한을 풀어주지 못하는 나 또한 마음이 아프다.

행길을 오가는 사람들의 눈길이 무서워 조심만 하던 차에 잠시 사람들이 뜸할 만한 시간을 틈타 뜰에 나와 바람을 쏘이는데, 맞은편에서 학교에 갔다가 돌아오는 꼬마 애들이 나의 깨금발을 흉내 내며 빈정거리고 있는게 보였다. 순간 나는 피가 거꾸로 솟는 것 같았다. 그 모욕감을 참을 수 없어서 한바탕 아이들을 혼내주고도 싶었지만, 억울한 심정을 누르면서 목을 가다듬어 아이들에게 이야기했다. "얘들아, 왜 그러니?" 나의 물음에 아이들은 더욱 기세등등해 이기죽거리는 게 아닌가. 나는 어쩌다가 이렇게 세상의 놀림감이 되었을까……. 아기가 생기고 보니 이런 내 신세가 아기 앞에서 더욱 죄스럽고 안타까울 따름이다.

봄에 담가두었던 진달래술을 서울로 보내려고 어머니께서 꽃 건더기를 짜내시다가 몇 번 집어 잡수셨는데, 그만 꽃에 취해 인사불성이 되셔서 아래위로 전부 쏟아내시더니 온몸이 점점 굳어가면서 숨이 가빠지셨다. 마침 오빠는 외출 중이라 집에 안 계셨고 올케와 나는 어머니를 살릴 길이 없어서 쩔쩔매기만 했다. 나는 사람들이 보건 말건 부끄러운 줄도 모르고 엉엉 울었다. 곤경에 빠진 어머니께 아무런 조치도 해드릴 수 없는 나 자신이 너무 한스러웠다. 그래도 이웃 사람들이 동분서주 뛰어다니며 의사를 부른 덕에 위기를 모면하였으나 워낙에 원기가 부족하신 데다 늘 힘에 겨운 일을 달고 사시니 어머니가 기운을 회복하시기까지는 시간이 걸릴 것 같다. 보약이라도 지어드리고 싶지만, 이번에도 그러지 못하는 나의 현실. 어머니가 이대로 돌아가신다면, 나와 아기, 우리 두 모녀의 운명은 어찌될 것인가. 생각만 해도 아찔하다. 듣자 하니 어머니처럼 진달래술을 마시고 혼쭐이 난 사람들이 여럿 있다고 한다. 서울에서 아기 옷을 보내준 댁에 달리 답례로 보낼 것이 없어 생각다 못해 집에서 담근 술을 보내시려던 것인데, 그만 어머니만 고생을 하셨다.

7月16일 비   백지

백지야 너와 나는 숙명 적인 맞냐인가 보다

백지 나는 너에게 내마음을 아로새기는구나

슬플때나 기쁠때나 내 마음 너에게 아로새기므로

큰 위안이 된단다

내 한 많은 삶의 사연을 너만은 받아주어 고맙다

백지 내 삶의 끈을 노을 때까지

너는 영원한 내친구 야   백지 너에게 화소연할때도
                                                      내자신이 누구냐 라는
백지야 네 몸은 수족이 없는 이색인으로   것을 잊고 나라는생각을
                                                      잊는단다
마음은 세상 누구와 동일 하지만 보는이의 눈이

흉소러워 외국워도 설어워도 넋두리 털어놓을 곳이없이

나만이 아픔을 꾹꾹 삼키며 펜으로 꾹꾹 찔러주어도

백지 너는 나의 마음을 헤아려 주는구나

밖에는 장마로 인해 산천아가 풀들을 싱싱아로 몸을 키우며

낭만 적인 삶을 꾸드 익히는구나

백지야 새벽에 잠자리에서 일어나면

가슴이 답답해 밖으로 뛰쳐 나가고 싶은 충동이

욕구 불만으로 되어링어 나는 자신이 싫어진다

햇살이 동쪽 하늘을 박차고 세상을 밝혀도

나는 앉은 자리를 벗어나지 못하고

물에서 건저내면 붕어와 흡사히 앉은자리 에서 운둥친단다

시풀걸 산책하며 오솔길에 향수에 그윽히 맡으고 젓어

추억을 회상 해봄이 망적 행복이라

갑작스런 병고에 시달리시며 나날이 수척해가시는 어머니를 뵐 때마다 나는 숨이 막힐 듯한 불안감을 느낀다. 어머니의 고초가 가엽고 안타까울 따름인데 모두들 노환이려니 생각하며 무심하게 지나칠 때마다 나는 야속한 생각이 든다. 첫째는 무엇보다 넉넉지 못한 살림 탓이겠지만, 만약 나도 건강한 몸이라면 어머니에 대한 마음이 시들했을까 생각해본다. 나는 어머니께 의원에게 진맥이라도 받아보시라고 권하지만 어머니는 막무가내로 싫다 하신다.

아기는 생후 처음으로 나의 곁에서 떨어져 잤다. 내 곁에서 늘 자던 아기가 없으니까 엄마를 찾으면서 우는 아기 못지않게 나 자신이 허전하고 쓸쓸하다. 지루한 밤을 헤아리기가 쉽지 않고 젖이 따끔히 돌 때마다 아기의 울음소리가 밤공기를 타고 귓가에 들려오는 듯하다. 제 이모 집에 갔던 아기와 하루 만에 상면한즉, 지난 밤보다 한층 기분이 나아졌다. 아기더러 이모네 집에서 무얼 먹었느냐고 묻자 아기는 "이모, 밥"이라고 말을 했다. 어머니께서는 아기가 서너 번 정도 깨서 우는 통에 달래 재우느라 졸렵다고 하셨다.

곤히 잠든 아기의 모습에서 전에 비해 건강해진 모습이 엿보인다. 팔다리도 한층 꼿꼿해진 듯하고 눈에 보일까 말까 한 정도지만 체중도 늘어난 것 같다. 아기의 재롱이 여물어갈 때마다 나는 그 앙증맞은 모습에 마음이 풀어지면서도 서글픔을 느낀다. 잠에서 깨어난 아기는 이불에 몸을 묻은 채 누워 벽에 붙은 달력 사진을 보고 손을 흔들면서 말한다. "아빠야, 이리 와, 자장하고 놀아, 응? 까까 줄게, 응?" 그 모습에 가슴이 메어 아기에게 "아빠는 돌아가셨어. 그래서 못 오셔"라고 말해보지만, 아기는 곧 다시 "아빠, 어서 와, 어서 와서 순영이하고 놀아" 하고 부른다.

📧 1971년 12월 21일 맑음

하루하루 막막한 삶이지만 그래도 고마우신 분들의 인정과 호의가 기운을 북돋아주곤 한다. 오늘 낮에 군 아동 부녀계장님과 한국부인회에서 금일봉과 라면, 떡 등을 손수 가져다 안겨주셨다. 나와 아기, 우리 모녀를 위해 정성스레 마련해주신 선물에 진심으로 감사를 드린다. 언젠가는 이런 분들의 도움과 정성에 보답할 수 있기 위해 더욱 삶에 분발하리라.

📧 1972년 1월 8일 맑음

나의 쓰린 생의 체념을 나누는 단 하나의 벗 라디오를 날치기당한 슬픔을 견디기 힘들다. 사고 당한 지 13년 만에 천우신조로 얻게 된 라디오를 이렇게 쉬이 잃어버릴 줄이야.

이틀 전에 이십대 청년이 찾아와 우리는 잘 알지도 못하는 먼 친척이라고 자기를 소개하면서 며칠 묵었다 갈 수 있겠느냐고 하는 것이었다. 우리는 없는 살림에 쌀을 꾸어다 따뜻한 밥을 해 먹이고 잠을 재워주었다. 그런데 이런 식으로 호의를 갚다니……. 집안의 친척이라는 말을 믿은 우리가 어리석었다. 고령의 어머니가 손수 나무를 해다 불을 때는 집에서 밥을 먹고 불구의 처지인 내게 유일한 벗인 라디오를 훔쳐가다니. 천하에 몹쓸 사람 같으니라고……! 세상이 온통 거짓으로 보인다. 누구를 믿으리요. 못 믿을 것이 세상 인심이다.

✎ 1972년 2월 4일 눈

아기를 데리고 대문 밖에 서 있다가도 누가 집 앞을 지나칠 때면 내 꼴을 보이고 싶지 않아서 얼른 집으로 뛰어 들어오곤 하는 습관이 밴 탓인지, 낯 모르는 사람이 먼 발치에 보이기만 하면 아기마저도 내 치맛자락을 잡아당기며 얼른 안으로 들어가자고 한다. 어쩌다 어머니께서 아기를 업고 이웃에만 가도 아기는 금세 엄마를 찾으며 부른다고 한다. 게다가 어쩌다가 다른 아이들이 자기 물건이나 우리 집 안의 물건을 만지려고 하면 손도 못 대게 한다. 아이들이란 또래들과 어울려 생활해야 하는데 어머니나 내가 데리고 있을 때가 더 많으니 아기에게 미안하고 조금 염려스럽다.

🕊 1972년 2월 27일 흐림

이제는 내 생전에 라디오를 못 들을 줄 알았는데, 동생이 라디오를 또 사다 주었다. 그간 얼었던 내 가슴이 라디오 소리에 풀리는 것만 같다. 여동생네서 계란을 몇 줄 가져왔는데, 계란을 먹을 때마다 특히 계란 껍데기에 신경을 써야 한다. 주인집 닭이 어디가 시원찮은지 알을 못 낳고 있는 터인데, 혹여 계란 껍데기로 인해 우리가 주인집 닭이 낳은 것을 먹었다고 의심받을까 싶었다. 이 모두가 남의 집에 살면서 느끼는 두려움이다.

🕊 1972년 3월 3일 맑음

아기가 자꾸 말을 시킬 때는 귀찮아서 잠시만이라도 마실을 가면 좋겠다고 생각했는데, 막상 아기가 집을 비우면 심심해서 견딜 수가 없다. 동네 아이들은 저마다 아기를 데리고 놀고 싶어서 안달이다. 아기 역시 언니 오빠들을 따르며 떨어지려 하지 않는다. 아기가 또래 아이들과 어울리기를 바라면서도, 아기가 아이들과 어울려 이웃에 가면 나는 금세 조바심이 나면서 아기가 어서 돌아오기를 목이 빠지게 기다리게 된다.

✒ 1972년 3월 7일 맑음

우르르 몰려오는 눈길이 무섭고 두렵다. 마치 무슨 신기한 동물이라도 되는 양 나를 구경하려고 근처 마을에서까지 떼를 지어 찾아드는 젊은 아낙들의 눈초리가 나를 더욱 비참하게 만든다. 장을 보고 돌아가거나 우리 동네를 지나칠 때 일삼아 나를 보고 가는 사람들이 한마디씩 던지는 말이 나를 더욱 아프게 한다. 제발 나를 좀 내버려두라고 모두에게 큰 소리로 말하고 싶다.

✒ 1972년 3월 19일 맑음

나는 월말마다 100원짜리 교육보험이나 들어볼 생각으로 우체부에게 문의를 했더니, 최하가 한 달에 300원짜리라고 해서 들 수가 없었다. 아기가 누구냐고 묻는 우체부에게 조카라고 대답을 했다. 부끄러운 내가 아기가 있다는 말 자체가 쑥스럽기 그지없었는데, 나의 아기를 조카라고 둘러댄 내가 더 부끄럽다.

✒ 1972년 4월 19일 흐림

현기를 식히려고 마루에 앉아 있는데, 낯익은 얼굴 하나가 웃으며 대문 안으로 들어온다. 희미한 눈을 비비고 다시 쳐다보니 군에 계신 유아계장님이셨다. 뜻밖이었다. 유아비가 언제 끊어질지 몰라 염려하던 중인데 계장님께서 손수 가져다주시다니. 기쁘고 감사한 마음에 울컥했다. 게다가 계장님은 손수 꽁치를 사 오셔서 다듬어 양념을 해주시고 아기에게 과자 값을 또 따로 주신다. 하느님을 믿으시는 분이라 자애심이 많으신가라는 생각에, 나도 외롭고 허전한 육신의 고통을 어루만져주실 수 있는 하느님을 의지하고 싶은 마음이 든다.

⤷ 1972년 4월 23일 맑음

봄이 되니까 어머니의 노환이 더 심해간다. 편히 쉬기만 하셔도 모자랄 연세에 산에 가서 나무를 하시니까 과로에 영양부족이 겹쳐 나날이 야위어가시는 어머니 모습이 딱하다 못해 내 숨통이 탁탁 막힐 것만 같다. 내 귀여운 아기와 어머니와 나, 제발 앓지나 않았으면 좋으련만.

⤷ 1972년 5월 19일 흐림

어머니의 한약을 달이는데 약탕관의 주둥이를 봉한 백지가 약이 끓는 김에 부풀어 올라 송글송글 김이 맺혔다. 어머니께서 직접 보셨으면 퍽 반가워하셨을 것이다. 왜냐하면 어머니는 약을 달일 때 약탕관 주둥이를 봉한 백지에 '땀이 맺히면' 길한 징조라고 생각하시며 꽤나 좋아하시기 때문이다. 진정 환자 스스로의 기분에 따라 병이 낫기도 하고 말기도 하는 것 같다. 약 몇 첩에 어머니가 완연히 좋아지시리라고는 생각지 않지만, 행여

나 어머니의 병의 뿌리가 뽑힌다면 얼마나 좋을까 생각한다. 나는 약을 달이면서 약탕관을 향해 수없이 고개를 숙여 정성을 올린다.

✎ 1972년 6월 29일 흐림

나는 나 스스로 나를 돌보지 못해 누군가 나의 뒤치다꺼리를 해줘야만 하는 현실을 생각할 때마다 안타까움의 탄식이 나온다. 그래서 비록 힘에 부치더라도 기어코 이를 악물고라도 일상에서 하던 일들을 익히고 마는 것이다. 그렇게 집념으로 하나하나 일을 익히고 나면 내가 어떻게 해냈을까라는 생각에 나 자신이 기특하기도 한다. 이제 나는 웬만한 일은 나 스스로 처리해나갈 수 있다. 하지만 손발이 없는 나를 도와 일을 해주는 것보다도 내가 정말 아쉽고 그리운 것은 자연스러운 인간의 정이다. 나의 아기 역시 고독함을 느끼는지 자기에게 조금만 친절히 대해주는 사람이 있으면 무척 따르며 좋아한다. 외로움에 견딜 수 없을 때는 술이라도 잔뜩 마시고 실컷 취해보고 싶어진다.

✎ 1972년 7월 3일 비

어머니는 모처럼 만에 품 판 돈 600원을 가지고 장에 가셔서 아기 먹을 과일이며 살림에 쓸 잔재비를 사 오셨다. 비누, 성냥, 미원, 아기의 고무신 등…… 갑자기 부자라도 된 듯 마음이 뿌듯했다. 어머니는 당신보고 일 가

○　　　○　　　○　　　○　　　○

○　　　○　　　○　　　○　　　○

살수록, 견딜수록 괴로운 마음
참을 수 없어서 오늘은 목 놓아
엉엉 우는데, 그런 나를 보고
옥은 (엄마 왜 울어?) 한다. 나
는 (응, 너무 마음이 아파서)라
고 하자 옥은 저도 서글픈 표정

으로 눈물을 지으며 말한다.
(응, 엄마, 나도 마음이 아파서
울어.) 그런 옥을 보면서 나는
울지 말아야지, 슬퍼하지 말아
야지 더욱 다짐을 한다.

○　　　○　　　○　　　○　　　○

○　　　○　　　○　　　○　　　○

○　　　○　　　○　　　○　　　○

○　　　○　　　○　　　○　　　○

시지 말라고 그렇게 성화를 하더니만 돈 받아서 이런 것들을 사다 쓰니 좋지 않으냐고 말씀하신다. 하루 품삯이 300원이다.

✒ 1972년 7월 14일 맑음

어머니가 이웃에서 인절미를 가져와 주시기에 한 입을 물었다가 아기 생각이 나 그냥 두었다. 나 혼자 먹으려니 아기가 걸려 먹을 수가 없었다. 어머니께서 늘 하시던 말씀이 되살아난다. 자식이 먹는 것을 보는 것이 나 먹는 것보다 좋다고 하시던 그 말씀……. 이제야 알 것 같다. 자식에 대한 어버이의 마음을 그 어디에 비하랴.

✒ 1972년 7월 22일 맑음

더위를 피해 저녁마다 안마당에 나와 앉아 있으려면 모기란 놈들이 수도 없이 달려든다. 저녁상을 물리고 나신 어머니는 멍석에 아무렇게나 몸을 눕히고 곤히 주무신다. 주무시는 어머니의 몸 위로 밝은 달빛이 비치면서 어머니의 그은 살갗과 앙상한 뼈마디들이 그대로 드러난다. 하루의 고달픔을 잊은 듯 깊은 잠 속에 빠져든 어머니는 모기가 달려들어도 아랑곳 않으신다. 그런 어머니 모습이 측은하여 나는 상의를 벗어들고 연방 모기를 쫓아낸다. 이런 것으로나마 잠시라도 효도가 된다면 좋으련만.

아기는 온몸에 돋아난 두드러기 때문에 살갗에 피가 나도록 긁어대며 울상을 짓는다. 그런 아기를 볼 때마다 내 가슴은 천 갈래 만 갈래 찢어진다. 병원 약도 듣지 않고 아기 얼굴이 어느새 반쪽이 되었다. 저러다 어떻게 잘못되는 것 아닌가 싶은 마음에 불안하고 초조하다. 차라리 내가 대신 앓아주면 좋으련만…… 왜 자꾸 저 천진한 것에게 병이 달라붙는 것일까. 어미의 지성이 부족한 탓일까. 왜왜…….

움직임이 힘든 엄마와 사는 아기의 답답함을 모르는 내가 아니기에 어떻게 하면 좀 재미있는 취미를 붙여줄까 궁리를 하게 된다. 마침 이웃의 개가 새끼를 낳은지라 강아지를 한 놈 얻었다. 아기는 강아지가 귀여워서 어쩔 줄을 모른다. 강아지를 안고 이리저리 뒹구는 모습에 대견하고 흐뭇하다. 그런데 어머니께서 개를 극구 반대하신다. 똥오줌을 가리지 못하는 것이 비위를 거스른다고 하시니 안타까운 노릇이다.

어젯밤, 좀처럼 잠을 이루지 못하고 뒤치락거리다가 깊은 잠 속에 빠지려는 순간 마루에서 우당탕탕 요란스러운 소리가 났다. 깜짝 놀라 잠이 깼지만 소름이 끼치도록 무서워 바깥에 나가볼 생각도 못한 채 두근거리는 가슴으로 이불에 몸을 묻고 있었다. 귀신이 장난이라도 하는 것인가, 아니면 도둑이라도 든 것인가. 만약 도둑이라면 나는 꼼짝 못하고 당할 텐데…… 그 순간 바깥에서 강아지 복실이의 방울 소리가 딸랑딸랑 들렸다. 그 소리에 나는 안도의 숨을 쉬었다. 다시 잠이 드는 둥 마는 둥 하다가 날이 밝아 밖에 나가보니 시렁에 얹어두었던 바구니가 마당에 나동그라져 있는 게 아닌가. 지난밤의 의문이 모두 풀리는 순간이었다. 훔쳐 갈 것이라고는 눈 씻고 찾아봐도 없는 집에 도둑이 들 리가 만무요, 귀신은 더더욱 말이 안 되는 시절인데, 초조하고 불안한 밤을 보내다니. 연약한 인생이란 늘 헤매게 마련인 것이다.

ℒ 1972년 10월 8일 맑음

어머니와 함께 4일 만에 외출에서 돌아온 아기는 먼 발치에서부터 "엄마!"라고 외치며 돌아온다. 나 역시 수십 년 만에 만난 양 아기가 반갑다. 나는 아기를 있는 힘껏 안았다. 불과 며칠이었지만 나는 아기가 돌아오기만을 눈이 빠지게 기다렸던 것이다. 아기는 집으로 돌아오자 쾌활히 복실이를 껴안고 만족해하며 밝은 표정을 짓는다. 아기더러 엄마보다 복실이가 더 보고 싶었느냐고 하자 아기는 "아니, 엄마가 더 보고 싶었어"라고 한다. 그러면서 4일 동안 못 부렸던 투정과 응석을 한꺼번에 부리기라도 하듯 내 온몸을 붙잡고 안겨들면서 놓아주지를 않는다. 그래도 이 못난 어미가 아기에게는 없어서는 안 될 존재인가 보다. 내가 감당할 수 없을 만큼 투정을 부리는 아기를 제대로 감싸주거나 어루만져주지도 못하면서 도리어 아기에게 권태를 느낄 때도 있다. 하지만 내가 못다 한 사랑을 아기에게 주리라 생각하고 또 생각한다.

↙ 1972년 10월 13일 맑았다가 흐림

나는 기왕이면 수캉아지보다 암캉아지가 조금이라도 살림에 보탬이 될 것이라는 생각에 강아지를 팔기로 했다. 그런데 막상 강아지를 팔고 보니 장사치의 말만 그대로 믿고 속은 것이 분했다. 보통 개도 2,000원까지 받을 수 있고 털강아지가 더 비싸다는데, 복실이는 겨우 1,200원을 받았다. 강아지를 파는 일에도 내 시원찮은 몸 때문에 멸시를 받았다는 생각이 들어 어금니를 꽉 깨물었다. 속인 사람을 탓하기 전에 속은 내가 어리석었다. 어떻게든 살아야 한다. 다른 누구도 아닌 나를 위해서, 그리고 고달픈 몸으로 이리저리 다니시며 품을 팔아 우리를 먹이시는 어머니를 위해서라도 나는 열심히 살아야 한다.

↙ 1972년 10월 20일 맑음

사람이 재주가 없으면 가난을 면할 길이 없다. 나는 닭이나 돼지를 키우는 일이라면 내 힘으로 할 수 있을 것 같아서, 생각다 못해 정부에 융자를 신청하기로 했다. 가난하기 짝이 없고 손도 발도 없는 내게 융자를 내주기는커녕 도리어 멸시나 당하지 않을까 싶기도 했지만 그러나 나는 살아야겠기에 집념을 잃지 말고 부딪쳐보기로 결심한다. 처음에는 닭 100수에 돼지 몇 마리 정도로 시작을 하고 키워가면 되겠지……. 하지만 그러다가도 수없는 어려움이 있을 것이다. 만약 융자가 해결되지 않는다면 영영 길은 없는 것이다.

🕊 1972년 10월 26일 맑음

아기의 세 돌을 앞두고 오늘은 모처럼 만에 백미 밥을 해먹었다. 나는 세 돌을 맞은 아기를 이제부터 '옥'이라고 부르려 한다. 동네 개구쟁이 아이들이 옥의 생일이라고 좋은 음식을 차려 먹는 줄 알고 우르르 몰려와 밥상을 받더니만 백미 밥에 김치 공댕이만 오른 것을 보자 숟가락을 슬그머니 놓고는 꽁무니를 빼 다들 제 집으로 달아났다. 반면에 옥이는 낟알을 소중히 여기고 제법 어른스럽게 잔심부름도 잘한다. 감당할 수 없는 흐느낌 속에서도 옥의 아기자기한 재롱에 잠시나마 행복을 맛본다.

🕊 1972년 11월 8일 맑음

나는 모아두었던 동전을 이질에게 슬쩍 주면서 어머니의 간장약 치옥탄을 좀 사오라고 했다. 어머니 당신의 몸보다 돈을 더 귀히 생각하시는지라 아시면 걱정을 하실까 봐 그랬던 것인데, 생각지도 못했던 옥이로 인해 비밀이 탄로 날 뻔했다. 이질에게 돈 주는 것을 본 옥이가 어머니 등에 업혀 있다가 "할머니, 엄마가 이모네 오빠한테 돈 주면서 할머니 약 사 오라고 했어"라고 한 것이다. 무슨 약이냐고 물으시는 어머니에게 간신히 다른 말로 둘러대고 말았지만, 이제 본 대로 들은 대로 말과 행동을 옮기는 옥이 앞에서 나는 내 모든 일거를 조심해야겠다.

☞ 1972년 11월 15일 비

비록 동전을 하나씩 모은 것이지만 내게는 큰돈이었던 것을 털어 어머니의 간장약 치옥탄을 사드리고 나니 나의 아프기만 한 마음 한구석이 다소 가벼워진다. 이 약을 잡수시고 어머니가 좋아지신다면 얼마나 좋을까. 하지만 더욱 걱정인 것은 꾸준히 복용하여야 할 텐데 그 약값은 또 어떻게 구한다지. 더구나 어머니는 내가 아니라 외손자가 사다 드린 것으로 알고 계신 처지이니, 나만이 끙끙 앓는다. 이 부족한 딸의 근심을 알고 간절한 소원을 들어주시기를 하느님께 빌고 또 빈다.

☞ 1972년 11월 23일 눈

내 몸의 고통보다 더한 것이 마음의 고통이다. 마음의 고통이 때로는 뼈를 깎는 듯한 아픔이 된다. 백발이 성성한 어머니께서 구럭을 머리에 이고 다니시며 나무를 해 오시고 나는 그런 어머니를 맥없이 바라볼 뿐이다. 낮 동안 고된 일과로 밤새껏 앓으시는 어머니를 생각하면 나는 온몸을 도려 내는 듯한 아픔이 느껴진다. 어제 저녁부터는 옥이도 함께 우리 세 모녀 고단한 생활에 부디 은총을 내려주시기를 두 무릎을 꿇고 하느님께 기도 드린다.

✒ 1972년 11월 26일 비

과수원 집에서 시제를 지낸 음식을 골고루 성의껏 차려 왔다. 음식상을 다시 한 번 살펴보는데 평소보다 더 정성을 들인 손길에 눈시울이 젖어든 다. 고마운 이웃 과수원 집 온 가내가 더욱 다복해지기를 빈다. 모든 사람 들이 내게 이렇게 살뜰하게만 대해주었던들 내 심정이 그토록 비참하지만 은 않았을 텐데. 하지만 어머니께서 서울에 가시고 안 계신 탓에 어머니와 함께 음식을 나누지 못해 서운하다. 어머니가 해두고 가신 나무가 안쓰러 워서 나는 내 손으로 따습게 방을 때고 잘 수가 없다. 찬기만 가시게 하고 자려니까 턱이 떨렸다. 어린 옥이가 찬 방에서 식은 밥을 먹으며 체하지나 않을까 염려가 되었다. 요즘은 왠지 날이 갈수록 이 추위를 견디어내지 못 할 것 같은 불안과 초조에 사로잡힌다. 서울에 있는 동생네를 생각하니 또 어떻게나 마음이 괴로운지 모르겠다. 안 그래도 몸이 허약한 동생이 요즘

은 병이 나서 성치 못하다 한다. 약 한 첩 보내주지 못하는 누나가 된 것이
한스럽다. 옥이만큼은 한결같이 굳세게 살아서 이런 곤란을 벗어났으면
한다.

🖎 1972년 12월 2일 맑음

어머니는 아들딸네 집으로 부지런히 다니시며 거두어 오신 고추를 빻아
집에서도 먹고 서울 동생 집에도 갖다주신다고 한다. 아기를 낳은 올케에
게 밥을 해주시고 또 나와 옥이 역시 밥을 해서 먹이시는 어머니…… 자식
들을 위해 뼈가 부서지도록 온 정성을 다하시는 어머니의 은덕을 생각할
때마다 나의 불효함에 더욱 아픈 마음 헤아릴 길이 없다. 살수록, 견딜수
록 괴로운 마음 참을 수 없어서 오늘은 목 놓아 엉엉 우는데, 그런 나를 보
고 옥은 "엄마 왜 울어?" 한다. 나는 "응, 너무 마음이 아파서"라고 하자
옥은 저도 서글픈 표정으로 눈물을 지으며 말한다. "응, 엄마, 나도 마음이
아파서 울어." 그런 옥을 보면서 나는 울지 말아야지, 슬퍼하지 말아야지
더욱 다짐을 한다.

🖎 1972년 12월 31일 흐림

저마다 갈 길이 바쁜 임자년을 뒤로하고 계축년을 맞이한다. 어느 겨울
의 악몽을 거쳐 내 인고의 세월도 어느새 13년을 지나가고 있다. 지금 내

옆에는 내 마음의 천사인 옥이가 누워 있다. 추운 방에 누워서도 옥은 얼굴이 한 떨기 복숭아꽃처럼 발그레하다. 나는 꿈나라에서 헤매고 있는 옥의 얼굴에 뽀뽀를 하고 등을 두드려준다. 어머니의 밭은기침 소리가 끊이지 않는 밤이다.

"난 이런 엄마라도 엄마가 좋아"

🐚 1973년 1월 6일 흐림

나는 어머니의 고생을 생각하면 무슨 일인들 못하랴 하는 심정으로 토끼 밥을 주고 토끼 울 안도 깨끗이 치운다. 혈맥이 통하지 못하는 손목이라 더위와 추위를 견디지 못해 힘들지만 토끼를 먹이면 명년에는 푼돈이나마 벌 수 있으리라는 일념으로 어머니가 구해다 주시는 토끼 밥을 열심히 먹인다. 토끼장을 치우는데 나의 곁에서 지켜보던 옥은 춥다고 울면서 방으로 들어가서는 먹을 것을 달라고 칭얼거리다가 나한테 볼기를 맞았다. 뾰로통한 옥과 방 안에 앉아 있는데 밖에서 낯익은 목소리가 나를 찾았다. 뛰어나가보니 부녀계장님이 군 부녀회원 10여 분과 함께 오셔서 금일봉을 내주시는 것이다. 우리 세 식구가 두 달은 거뜬히 살 수 있는 쌀값이었다. 옥은 난생처음 보는 과자에 덩실덩실 춤이라도 출 것 같은 기분이

다. 꼬박꼬박 유아비를 챙겨주시며 옥이의 과자 값까지 보태주시는 계장
님이 그지없이 고마울 뿐이다. 이런 날만큼은 사는 것 같은 생각이 들고
행복해진다.

🐇 1973년 1월 27일 맑음

지난해 중토끼를 700원 주고 사다놓은 것이 10여 마리로 늘어나 올해는
그 토끼들이 새끼를 낳으면 비누, 성냥, 석유 등 생활비에 보태리라는 한
가닥 희망으로 불편한 몸을 이끌고 때를 찾아 밥을 주곤 했는데……. 그
토끼란 놈이 새끼를 잘못 간수해 한 배에서 낳은 놈들을 몽땅 죽였다. 죽
은 토끼 새끼를 보자 지난 정성이 모두 물거품이 된 듯하여 눈물이 핑 돌
면서 맥이 탁 풀렸다.

🐇 1973년 2월 11일 맑음

외사촌 동생이 왔다 가는데 색다른 음식도 못 해 먹여 서운하기 그지없
다. 나는 사촌이 가는 먼발치까지 추녀 끝에 앉아 지켜보았다. 귀여운 재
롱이 나날이 늘어가는 옥은 오늘도 손님들 앞에서 분위기를 돋우어주었
다. 나의 메마른 마음을 적셔주는 옥이, 누가 무어라 해도 옥이는 나의 천
사이다.

✿ 1973년 2월 13일 맑음

옥은 볼 것 없는 나의 인생에 가장 큰 낙인데, 그 옥이가 하루가 멀다 하고 아플 때마다 나는 눈물이 앞을 가리면서 주님 앞에 무릎을 꿇고 애타게 부르짖게 된다. 아아, 나의 옥아 건강해다오. 이게 다 엄마의 잘못이구나. 나는 옥이가 잘되기만을 빌고 또 빌며 엎드릴 뿐이다.

✿ 1973년 2월 22일 흐림

딸이 없는 이웃의 아주머니는 옥이를 친자식처럼 귀여워해 보건소에 가서 옥이의 약을 타다 주기도 한다. 그 진심이 너무나 고마웠다. 항상 사람들에게 쫓기듯 살아가는 나와 옥이지만 다정히 감싸주는 이들이 있어서 고맙다.

✿ 1973년 3월 22일 맑음

우리 스스로 산을 보호해야 할 텐데 하물며 헐벗은 산의 나무를 무참하게 베어다 쓰는 요즘, 산을 애호하자는 국법에 나 역시 극구 찬성하지만, 한편으로는 나의 생활이 또 하나의 난관에 부딪히고 만 것이다. 이제 땔감마저 사다 때야 할 형편이니 더욱 갈증이 난다. 산에서 낙엽도 긁지 말라는 캠페인이다. 나는 나는 어쩌지, 나는 몰라. 조용한 해질 녘 바람을 쏘여도 어지러운 마음이 잠자기는 고사하고 살 길이 더욱 막막하다. 물지게와 빨랫감을 이고 이웃 우물을 찾아가시는 어머니를 볼 때도 내 가슴은 덜컹하고 내려앉는다. 남의 뜨락 물을 먹는 것이 편치 않다고 하시는 어머니이시다. 꼭 나 스스로 용돈을 벌어 쓸 수 있다면 한이 없겠다. 닭과 돼지를 먹일 수 있는 사육 장소만 있어도 좋을 텐데 자본이 없다. 아, 어머니의 탄식을 어찌해야 할 것인가.

🎐 1973년 4월 19일 맑음

올케를 비롯해 이웃집에서 어머니가 안 계신 것을 알고 밥을 지어 와 먹기는 잘 했으나, 남의 손을 빌려 얻어 먹는 내 신세가 측은하고 서글픈 한편, 공연히 어머니가 서울 가셨다는 말을 한 것이 후회스럽기까지 하다. 나는 모처럼의 외출이시니 오래 계시다 오시라고 어머니께 신신당부를 드렸다. 집의 일은 걱정 마시라고, 집의 양식이 오히려 절약되니 편히 놀다 오시라고 했지만 오늘 금세 어머니 생각이 난다.

🎐 1973년 4월 23일 흐리고 비

옥이가 없으니까 조카들에게 공부를 가르치기가 훨씬 수월하다. 아이들은 학교에서 배우는 것 외에도 꼭 집에서 자습을 해야 한다. 조카 아이들에게 자습을 시키고 공부를 가르치는 것이 별로 어렵지 않으면서도 몸이 쇠약한 나는 가끔 현기가 난다. 무서운 현기를 이겨보려고 밖에 나가 서성

대며 몸을 좌우로 가볍게 놀려보는데, 옥과 어머니가 궂은비를 후줄근히 맞으며 서울에서 돌아왔다. 어머니의 얼굴이 내 생각과는 반대로 눈이 움푹 들어가셨다. 옥이가 하도 칭얼대서 고생을 하셨다고, 친척들도 자꾸 칭얼대는 옥이를 반가워하지 않았다고 하신다. 나는 옥의 까다로운 근성을 어떻게 고쳐줘야 할지 궁리를 해보지만 좀처럼 버릇을 고치기가 쉽지 않다. 잔병치레가 많아 더욱 자주 칭얼대는 것 같으니 가슴이 답답해오고 멀리멀리 달아나버리고만 싶다. 어머니는 친척 집마다 찾아다니시느라 공연히 차비만 몇 백원 쓰고 돌아오셨다며 한숨을 쉬신다.

🎋 1973년 5월 21일 맑음

요 며칠 있으면 천연두 접종 날인데 옥이는 어찌해야 좋을지 모르겠다. 영양 상태가 좋지 않은 아이들은 접종이 오히려 위태롭다는 말을 들었을 뿐더러 지난해 소아마비 접종을 받고도 온몸에 부스럼이 일며 고역을 당한 터라 나는 결단을 내리지 못하고 고민을 하고 있다. 예방접종 부작용을 예방하는 주사는 없을까. 의사 말로는 있다고 하면서도 그 즉시 놓아주지를 않고, 후일에 가면 이미 지나간 일이라고 또 모른 체를 한다.

🎋 1973년 5월 29일 맑음

우리는 어머니가 일하신 품삯으로 병아리 다섯 마리를 사다놓았다. 이 병아리들이 자라 장래 우리 생활의 토대가 된다면 하고 은근한 기대를 갖는다. 옥은 난생처음 보는 병아리를 꽤나 좋아하는데, 자꾸 만지고 주무르면 병아리가 죽는다는 말에 조심하는 모습이다.

🐾 1973년 7월 25일 맑음

삼복더위에 온몸에 땀이 흥건히 배어나는데 나의 하나 남은 오른쪽 다리 반신은 솜이불로 싸고 있어도 자꾸 시리다. 겨울에는 벌판의 바람이, 삼복에는 바람을 대신해 쏟아지는 태양빛이 이 기진맥진한 육신에 고통을 안겨준다. 이 뜨거운 날에 남의 밭을 매시는 어머니를 생각하면서 이 괴로운 육신의 고통을 잊어보려 한다. 토끼 한 마리가 양 뒷다리를 다쳐 못 쓰는 것을 지켜볼 때마다 나의 처지가 생각나 눈시울이 젖는다. 이런저런 불안 속에 하루하루 연장되는 삶, 이것이 나의 생활인 것이다. 아무런 고통도 근심도 없이 마음 편히 잠들었다 깨어나는 다복한 삶을 살고 싶다. 아, 나도 평범…… 평범하게 살고 싶다. 오늘도 내일도 웃으며 살아봤으면……. 가난도 눈물도 멀리 날아가고 나의 앞에 건강하고 행복한 생활만이 영원히 지속된다면…….

🐾 1973년 8월 22일 비

밤부터 내리던 비가 아침이 되니까 더욱 심하게 퍼붓기에 나는 토끼장과 닭장을 비닐로 덮어주었다. 그러고 나서 뒤꼍 추녀를 둘러보니 비가 새서 흙벽이 흠뻑 젖어 있다. 어머니가 보시면 또 한숨 속에 집이 너저분해서 큰일이라는 넋두리가 나올 것이 뻔한 일이었다. 나는 웬지 이 모든 것들이 내가 죄인이라 그런 것처럼 느껴진다. 부디 비가 어서 그쳐서 흙벽이 무너지지 않기를 간절히 빈다.

🌱 1973년 9월 24일 맑음

동생 내외를 보내고 보니 서운하기 이를 데 없다. 차비를 해줄 테니 내려와 추석 명절을 쇠고 가라고 했는데, 차비는 고사하고 오히려 동생 내외가 주는 돈을 받은 나는 민망하기 그지없다. 닭이라도 잡아주려 했지만 두 사람이 마다하는 바람에 그만두었다. 나는 토끼장도 새로 짤 겸 푹 쉬었다 가라고 동생을 잡았지만 동생 댁이 만류해 동생은 상경한 것이다. 더 추워지기 전에 겨울 준비를 하려면, 하루라도 빨리 취직자리 알아보고 돈을 벌어야 하지 않겠느냐는 동생 댁의 말도 일리가 있었다. 이 집, 저 집에서 조금씩 나누어주는 양념을 가지고 간 덕에 내 마음의 서운함이 조금 덜어지긴 했지만, 모든 게 풍성한 이 가을에도 텅 빈 것만 같은 인생살이가 쓸쓸하다.

🌱 1973년 10월 30일 맑음

옥은 머리핀을 반드시 제 머리에다 하나, 내 머리에다 하나 꽂은 뒤 픽

156

이나 좋아한다. 귀여운 옥이가 잔병치레 없이 영원히 건강할 수 있다면 얼마나 좋을까. 오곡이 풍성한 가을이건만 나의 집에는 한 톨의 낟알도 수입이 없어 쓸쓸하고 절로 배가 고픈 날들이다. 옥의 네 돌 생일인 오늘 아침밥을 지어줄 쌀 한 줌이 없었다. 그래도 옥은 어머니가 품일 하시는 집에 가서 밥을 먹었다. 사람의 마음은 다 같은데 나라고 옥의 생일을 누구 못지않게 흐뭇하게 해주고 싶지 않았으랴. 옥은 집에서 먹지 않는 백미 밥을 먹어 그런지 집에 가자고 해도 오기 싫어했다고 한다.

🌱 1973년 11월 13일 맑음

오늘도 나는 옥이가 아니었더라면 엉엉 울었을 것이다. 어머니와 의견이 맞지 않아 마음이 상할 때면 으레 옥이가 내 입을 제 손으로 꼭 막아대며 울지 못하게 한다. 옥이가 놀랄까 봐 나는 언성을 높일 일에도 삼가게 된다. 내 목숨보다 더 귀한 옥이가 온종일 조잘대며 내 곁에서 왔다갔다하면서 내 굳은 마음을 따습게 녹여준다. 하지만 해가 갈수록 건강이 나빠지기만 하는 옥이. 부디 건강히 잘 자라주기만을 기도하고 바랄 뿐이다.

🌱 1974년 1월 7일 맑음

빤히 알면서도 옥에게 가장 한스러운 아버지에 대해 물어오는 삼자들이 있다. 옥은 네 살이 되고부터는 마음에 내키는 사람에게는 제법 제 심정을 표현한다. 아버지는 젊어서 돌아가셨다고 하지만 그러면서도 속으로 의문이 깊어가는 것 같다. 옥은 구정에 새 옷을 사달라고 졸라대는데 시급한 것은 내 육신의 고통을 달래줄 한 알의 진통제다. 그러나 그보다 급한 것이 또 어머니의 약이다. 푼푼히 꾸어 쓴 빚은 늘어가고…… 갈급한 경제난.

🐚 1974년 1월 19일 맑음

철없는 옥은 아무개가 가진 것과 꼭 같은 털 방한화를 사달라고 겨우내 졸라대고 있는데…… 마을에서 정성 들여 모은 쌀을 가져다주셨다. 마을 어른들의 뜨거운 마음에 나는 도리어 내 가진 짐이 무거워지는 듯했다. 불초한 이 생이 무엇으로 고마운 이웃들에게 보답을 할까. 이웃들의 동정과 마음이 감사할 뿐이다.

🐚 1974년 2월 26일 바람

청천벽력이란 이런 경우를 말하는 것인가. 잿더미로 화해버린 나의 움막……. 순식간에 살 곳을 잃어버린 나는 이웃집 아랫목에서 뜬눈으로 밤을 지새우려니까 더욱 서러움이 밀려왔다. 숨이 막힐 듯 좁은 움막이었지만 새삼 그래도 내 집이거니 하고 지내던 편안함이 더욱 그리워진다. 순식간에 불길이 움막을 뒤덮었고, 불길을 뒤로한 나는 땅을 치며 통곡했다. 나는 영하 15도의 쌀쌀한 산비탈 나무 사이를 뒹굴면서 내 육신과 운명에 대한 저주에 몸부림쳤다. 하느님이 원망스러웠다. 치솟는 불길 사이로 나는 보았다. 불을 놓은 것이 누구인지 나는 단언할 수 있다. 다시 한 번 세상이 한스러웠다. 도무지 숨 돌릴 틈을 주지 않는 이 냉엄한 현실이라니. 죄가 있다면 불의의 운명 앞에서 몸을 피하지 못한 것뿐인데, 이 몸으로 살아가는 내가 사라져주기를 바라는 사람이 있다니. 이웃 어른들께서는 나의 고초를 안쓰러워하시며 한없는 동정을 해주셨다. 서러워도 나의 육신을 어루만져주시는 어른들이 계시기에 감사했다.

🔥 1974년 3월 4일 흐림

살 곳을 잃어버린 뒤로 오빠네와 합쳐 살고 있지만, 나는 불에 타버린 앨범이 제일 아쉽다. 나의 옛 모습을 돌아볼 수 없으며 아이의 사진까지 모두 타버려서 서운하기 이를 데 없다. 오빠네와 함께 살게 된 옥이가 외사촌들에게 질투를 하고 할머니를 독차지하려 해서 난감하다. 외사촌들과 마주치기만 하면 싸움이 되기 때문에 옥을 떼어 어머니를 따라 언니네로 보낼 때마다 마음이 아프다. 누구든 손가락으로 나를 건드리기만 하면 울음이 터질 것 같다. 오빠 댁은 오빠 댁대로 힘들고, 넋두리 속에 지내다 보니 단조로웠던 나의 옛 집이 그리워진다.

기계 걸음로 딹음 저수지 방촉 대에서 옥슘녀의 고사리 손은 앙증스럽게
힘보아 사랑모두어 휠체어를 밀어가며 사랑을 쌓아 올려 마음을 꾸힌다
사랑은 진실하고 그모듭이 강철도 녹아 버린다
높고 넓이 펼쳐진 하늘도 섬에 처음으로 밟는 이곳 땅에 왔습을
황영이나 하려는듯 온석으로 단장한 허공의 빛을 펼치고
호수에 그득히 담고 있는 밝은 섬우 잔잔히 물보라 일고
백조처럼 뜨음뜨음 떠도는 쪽와배 이리저리 놀일고
축수가 모우어진 쓸쓸한 들녁에서 빌려오는 서늘한 바람 마치
봄의 흥기를 담고 저수지 물안개를 흐트려 놓는다
저수지의 들노래요 보죠 해죽는 송아 신평 득편이 두겅지로 개리앉겨진
둘레에는 인가가 진을 진을치고 보금자리를 틀고 현몫누리고
낮에는 밭에서 순박하게 농사짓고 며우로 특락과 양계 양돈으로
성업를 축축하고 있다 이 여인의 모습에서 황혼으로 변신하여
그모듸가 넘쳐 흘리는 행복을 살머나 놓이도 못할처서 쓸쓸 논가에 이음을 맺논다

혼자서 너무 외로운 나는 이웃 분들과 길 가는 손에게라도 넋두리를 하며 외로움을 해소한다. 바닥에 엎드려 글씨를 쓸 때마다 육신의 고통이 표현할 길 없이 심해도, 내게 호의를 베풀어주신 분들에 대한 보답과 궁금한 마음에 이곳저곳 문안 편지를 쓰는 것으로 외로움을 달래곤 한다. 회답 없는 글이 될지도 모르지만 문안 인사를 보내고 행여 서신이 오지 않을까 기다리는 마음으로 사는 것이 내 취미가 되어버렸는지도 모른다.

옥이가 이를 앓는다. 고통에 신음하면서 "아버지! 아버지!"를 부르는 소리에 내 가슴이 따가웠다. 전신이 찌르르 울먹인다. 옥이의 이를 빼주지 않으려 한 것이 큰 잘못이었다. 잔돈푼이라도 절약하려고 토끼 판 돈 1,400원을 움켜쥐고 아낀 것이 오히려 옥이를 수없이 고생시키다가 끝내 이도 빼주고 만 것이다. 호미로 막을 것을 가래로 막았다. 이를 빼고 난 옥은 몸이 가벼운 듯했으나 얼굴이 퍽 야위었다.

언젠가 무심결에 금반지 이야기가 나와서 옥이더러 "그래, 엄마 손이 나오면 반지 해주련?" 하고 물으니 옥은 퍽이나 좋아하면서 "돈 벌면 엄마

반지 해줄게"라며 얼른 엄마 손 나오라고 애원을 했다. 그 뒤로 엄마 손이 언제 나오느냐고 곧잘 재촉을 한다. 어린 것이 손 없는 엄마가 얼마나 한이 되었으면 엄마 손 어서 나오라고 기도를 할까. 어린 딸의 바람과 정성에 정말 손이 나온다면 얼마나 좋겠는가.

🐾 1974년 5월 3일 맑음

집을 불에 잃고 이웃집에서 잔 것이 후회가 된다. 아직도 일부 사람들은 불난 집의 사람을 재워주면 과수가 열리지 않는다고 꺼리는 것이다. 우리를 재워준 집의 토끼가 올해는 이상하게 새끼를 낳지 않는다는 말을 들은 후로 어머니는 제발 매사가 순조로워야 할 텐데라고 하시며 퍽 염려하신다. 나 역시 몹시 죄스러워진다. 죄 속에 뭉쳐진 나의 운명이 한없이 원망스럽다.

🐾 1974년 5월 7일 맑음

이렇게 세상 밖으로 아주 버려지는가 싶었는데 그래도 좋은 분들의 뜨거운 인정과 격려로 말미암아 내 마음의 샘터에 다시 물이 고인다. 밤 9시 반에 불을 끄고 막 잠자리에 들려고 하는데 밖에서 누군가 부르는 음성이 들린다. "상오리에서 오신 분이십니까?"라고 묻자 그렇다고 하신다. 일이 잘되면 한번 오시겠다고 하던 새마을 회장님이 들르신 것이다. 나의 사정을 잘 알아주시는 회장님께서는 면장님께 올리는 나의 서신을 전해주셨다 하시면서 나의 미천한 글을 극구 칭찬해주셨다. 뿐만 아니라 밤 10시가 다 된 시간에 면장님께서 주시는 밀가루를 어깨에 메고 나의 집까지 운반해주신 것이다. 그 호의에 대한 감사를 표현할 길이 없어서 자꾸 고개가 숙여졌다. 나는 나의 글을 받는 상대가 누구든 혹 불쾌해지는 않을까 늘 조바심이 났는데, 면장님께서 관대히 보아주시고, 보신 서신을 소중히 옷 안주머니에 넣으시더라는 새마을 회장님의 말씀을 듣자 눈물이 글썽해진다.

🌸 1974년 5월 21일 흐림

옥이가 동전을 가질 때마다 잃어버리면 찾을 수가 없는 고로 나는 으레 "애, 옥아 다음에 학교에 가면 입학금 내야 하니까 돈이 있을 때마다 잘 모아두자" 하면 옥은 꼭 학교에 빨리 보내달라고 하면서 두라는 곳에 돈을 모아두곤 한다. 옥이에겐 미안한 일이지만 이렇게 모은 돈이 어머니의 약값에 큰 보탬이 된다.

🌸 1974년 7월 22일 약간의 비

나의 모친은 밭 한 마지기도 없이 알몸으로 우리 5남매를 키우면서도 명절 때는 새 옷을 해주셨는데, 나는 하나 있는 딸 옥이가 여섯 살이 되도록 새 옷이라고는 못 해 입혔다. 모친께서 우리를 기르실 때와 달리 요즘은 무명옷이 아닌 나일론 옷으로 헌 옷을 물려 입어도 옷이 해지질 않는다. 그러던 차에 오늘 옥이 보따리 옷 장사를 보자 처음으로 옷을 사달라고 떼를 쓰며 마구 울어댄다. 그렇게 울다 지쳐 잠든 옥의 얼굴에 눈물이 얼룩져 있다. 옥아, 엄마도 울면서 너에게 용서를 빈다.

🌱 1974년 8월 15일 비

해방을 경축 기념하는 오늘, 나의 생애 내내 잊혀지지 않을 육영수 여사 저격 사건이 일어났다. 23세의 재일교포라는 문세광으로 말미암아 온 나라가 슬픔에 빠졌다. 영부인께서 수술을 받으며 사경을 헤매고 계시다는 라디오 긴급 뉴스를 듣고 나는 나의 귀를 의심했었다. 마음속으로 사실이 아니기를 바라고 바랐지만 끝내 유명을 달리하신 영부인. 세 자녀를 두고 가시는 어머니의 마음은 물론이고 그 자녀들에게 남겨질 씻을 길 없는 마음의 상처는 진정 어이한단 말인가.

🌱 1974년 10월 30일 흐림

동생의 댁이 어머니 조끼를 떠 와서 입어보시는데 배가 나와 맞지 않는다고 하신다. 순간 어머니 배를 보니 땡땡 부어 있었다. 진통제 때문인지 어머니는 배가 부어도 심한 고통을 느끼지 않으신다. 간에 복수가 차서 배가 부으신 어머니를 보고도 며느리들은 심드렁하다. 그러나 나는 마음이 불안해서 견딜 수가 없다. 당신 몸은 어떻게 되는지 신경도 안 쓰신 채 자식들만 걱정하시는 어머니가 자꾸 슬퍼 보인다.

🌸 1974년 11월 9일 맑음

옥은 만 다섯 돌을 지나서 처음으로 예쁘고 귀여운 긴 머리를 잘랐다. 한 뼘이나 되던 쌍갈래 머리를 자르고 보니 좀 아쉽긴 하지만 시원스러운 느낌이다. 단발머리 옥을 보고 웃음이 나와 웃자 저도 멋쩍어한다.

🌸 1974년 11월 12일 바람

양말을 새로 갈아 신는데 무엇이 뜨끔해서 바늘인가 하고 뒤집어보니 벌이 한 마리 있어 발을 쏜 것이다. 한숨을 돌리고 보니 옥이 배가 아프다고 한다. 왜냐고 묻자 엄마가 죽을까 봐서 배가 아팠다고 한다. 그러고 보니 옥은 요즘 와서 부쩍 배가 아프다면서 자주 밭은 숨을 내쉰다.

🌸 1974년 12월 10일 흐림

나는 옥이가 장성할 때까지는 꼭 살아 있어야 할 텐데, 날마다 말할 수 없는 고통으로 어느 날 갑자기 무너져버리지나 않을까 걱정이다. 의사의 진단 없이 고통이 있을 때마다 아무 약이나 쓰니까 별 효험도 보지 못하고 푼돈만 소모한다. 나는 옥이를 위해서 ABC를 쓰며 공부하기 시작했는데,

자꾸만 정신이 희미해져서 뜻대로 되지 않아 속상하다.

🦌 1975년 2월 20일 눈

나는 몇 년을 두고 옥이의 출생 신고를 올리느라고 네 번에 걸쳐 기만 원이나 소비했다. 서류를 꾸미는 데 남의 손을 빌리다 보니 대서소 비용과 잡비 등을 소모하게 되었고, 이제는 됐을 거라 생각하고 주민등록계에 가면 출생 신고가 되지 않았다면서 "시집도 안 간 사람이 어떻게 아이를 낳느냐"고 비웃는다는 것이다. 그러면서 아예 신고를 올려주지 않는다는 어머니의 말씀을 들을 때마다 나는 당연히 내가 겪어야 할 치욕이라고 생각하면서도 울분을 참기 힘들다. 국록을 받으면서도 자기의 임무를 다하지 못하는 사람들이 이렇게 버젓이 일하고 있다니……!

🦌 1975년 3월 15일 맑음

간혹 성품이 과격해지는 옥이 걱정이다. 오늘도 옥이 밖에서 돌아오자마자 나에게 앙탈을 부리기에 잘 달래며 사유를 물은즉 건넛집 아줌마가 아이들과 놀지 말라고 만류한 게 분해서 엄마에게 분풀이를 했다는 것이다. 그렇지 않아도 나의 불행한 처지 때문에 옥이마저 그릇될 것이라고 말하는 사람들로 인해 비탄에 빠지곤 하는데, 옥의 말을 듣자 회초리를 들고 있던 팔에 스르르 맥이 풀린다. 나는 다시금 힘을 주어 옥을 꼭 안아주었다.

어머니는 난생처음 70년 만에 손자의 소풍에 따라가신 것이다. 아들한테 용돈도 500원이나 받으시고 퍽이나 기분이 좋으신 것 같았다. 1년에 단 몇 번만이라도 이렇게 용돈을 드리면 어머니는 더없이 행복해하시련만! 조카들은 어머니에게서 돈을 100원씩 쪼개 나누어 가져갔으나 옥은 하드 하나만 맛을 보고 제 마음에 드는 것을 하나도 갖지 못해 속상하다고 울다가 어머니에게 매를 맞았다. 조카들을 볼 때마다 옥을 너무 빈약하게 키우는 것 같아 측은하기 이를 데 없다. 나도 옥이 손에 몇백 원을 쥐여주면서 마음대로 사 먹어보라고 했으면 하는 아쉬움이 든다. 매월 몇십 원씩만이라도 옥이에게 용돈을 줄 형편이 된다면 더 이상 바랄 것이 없을 것 같다.

뒷산으로 올라가서 자연을 마음껏 마실 때마다 답답한 마음의 문이 활짝 열리는 듯 시원해지곤 한다. 이 시원한 공기가 나의 체내에 들어가 한 방울의 맑은 피를 만들어주는 것 같다. 못 견디게 외로울 때에는 외로운 사정을 누구에게라도 풀어야만 견딜 수 있다. 하지만 말 못할 나의 생활상을 나는 이 일기에 적는 것이 고작이다. 아무리 아무리 사나운 심사를 고해바쳐도 이 백지장은 달고 쓴 것을 모르는구나. 그래도 나는 백지를 자꾸자꾸 의지하려 든다. 백지야, 백지야 너는 진정 순결하구나. 묵묵히 나의 고백을 받고만 있으니 말이다. 슬픔도 괴로움도 모르는 너는 무수한 흑점만을 고이 간직한 채 영원을 지키니 말이다. 이렇게 너에게 갖은 넋두리를 다해도 너는 나에게 아무 탓을 하지 않는구나. 때로는 나에게 어버이처럼, 좋은 형제자매처럼, 친구처럼, 애인처럼 순결한 사랑으로 나를 곱게 받아주는구나. 저 하늘도 때로는 먹구름에 가려 쳐다볼 수가 없지만 너만은 항상 내 곁을 지키는구나. 기쁨도 슬픔도 나눌 수 없는 이 고독한 나의 친구여.

🐾 1975년 6월 6일 맑음

모든 어버이들이여! 어쩔 수 없는 사정이 아니고서는 노년에 자식에게 의지하려 하기 전에 있는 힘껏 노력을 다해 노년기 자신의 의식주를 스스로 처리하라. 자식이란 '울타리'라는 말 그대로다. 즉 쓰러질 때 바람을 막아주는 것뿐이다. 쓰러졌다가 일어나는 것, 울타리 안의 내 자리를 지키는 것은 내가 해야 할 몫이다. '정녕 누구에게 나를 의지할 것인가?'라는 생각을 한다면 이때는 이미 정신에 금이 간 것이다. 장성한 자녀 부부 사이에 어버이가 끼어서 거추장스러운 존재가 될 필요가 무어람. 요는 경제적으로 든든한 계산만 서 있다면 노년기에 단독으로 산다고 한들 불편할 이유가 없으리라는 것이다. 자식은 자식대로, 어버이는 어버이대로 안정된 생활을 갖는다면 서로의 감정이 상하는 일이란 없을 것이다. 육신은 비록 노쇠하더라도 마음은 언제나 젊을 수 있다. 젊은 그대로의 자신을 지키기 위해 노력해야 한다. 이 모두 나의 뼈저린 체험에서 얻은 교훈이다.

🐾 1975년 6월 7일 흐림

그러니까 6.25 사변 후 만각재 건너 산 둔덕에다가 절 아닌 절을 지었는데, 이 말이 사실인지는 모르겠으나 풍문에 의하면, 절을 지은 탓에 산신이 노해 범이 자주 나타나 마을 사람들을 불안에 떨게 한다고 했다. 이 절 주인이 한마을에 사시던 분이어서 나는 전에 가끔 절에 놀러 다니곤 했다. 내가 한정리 부엉재 아래 두메에 살 때는 여우가 득시글거렸다. 꼭 강아지처럼 깽깽거리는 새끼 여우들을 보고 그냥 지나치면 상관없었지만, 그중 하나라도 꺼내 간 아이들 집의 닭은 용하게도 여우 엄마가 몽땅 물어가버렸다. 하굣길에 우리를 본 여우는 긴 꼬리를 잘잘 끌고 뒤를 힐끗힐끗 쳐다보면서 유유히 걸어가곤 했다. 호랑이가 마을의 개를 물어 가는가 하면 길 가는 사람을 가로막고 서는 일도 있다는 소문이 파다했다. 아침저녁으로 등하굣길에 안개가 자욱한 산등을 넘을 때면 나무가 울창한 숲 속에서 금방이라도 호랑이가 튀어나와 "어흥!" 하고 달려들 것만 같은 공포와 불안감에 언제나 진땀을 빼곤 했다. 산등성이의 안개는 바로 코앞의 물체도 보이지 않을 정도로 더욱 유난스러웠다. 웬만한 집 같았으면 학교 가는 길이 무섭다고 떼를 써도 됐으련만, 나는 집에서 가지 말라는 학교를 내가 고집 부리며 다니

봄은 나비 등을 타고 온다

이 강산을 꽃동산으로 만들려다가

아픈 다리 쉬려고 나비 등에 앉는다

만물이 봄으로 전진하는 길목에서

개나리는 환한 웃음으로 길손을 반기고

꽃 위의 벌 나비는 만장을 이루건만

내 삶의 청춘은 이미

먼 날의 이야기가 되어버린 봄

\1984년, 봄에

던 것이다 보니 끽소리도 못하고 다녔다.

가을 어느 해 학교에서 배미산으로 여행을 갔다가 돌아오는데 어느새 밤이 되었다. 부엉재 너머의 집으로 가기 위해 산등을 넘자니 너무 무서워서 발이 떨어지지를 않았다. 갈 수도 없고 안 갈 수도 없는 어둠 속에서 나는 바보처럼 울었다. 울며불며 봉우리에 이르자 미두리에 사는 반 아이들과 아이들의 삼촌이 함께 가고 있는 게 보였다. 나 역시 마침 자매가 마중을 나와 그제야 안심을 하고 함께 내려갈 수 있었다.

가끔씩 나의 옛일을 뒤돌아보기만 해도 나는 옥의 장래를 생각하게 된다. 무릇 아이들이란 제 또래와 어울리며 지내야 사회성도 익히고 머리도 잘 발달할 텐데 지금 옥은 그렇지 못하니 안타깝고 아쉽다. 나날이 옥이를 생각하지 않을 수 없는 날들이다.

🐿 1975년 6월 10일 맑음

초면인 사람에게 나의 몸을 드러내는 것이 두려운 나는 어쩌다가 방문객이 있어도 한사코 방 안에서 벽에 몸을 기댄 채 방문객의 물음에 답하곤 한다. 오늘 낮에는 지난달 전기요금을 납부하지 않았다며 받으러 왔다. 요금을 받으러 온 검침원이 나를 보고 전기 요금을 내라고 하기에 나는 "몰라요, 돈 내는 장본인이 없어요"라고 말했다. 그러자 이 사람이 "그럼 꾸어서라도 내요" 하는 것이다. 돈을 꾸러 다닐 수도 없는 나에게 돈을 꾸어서 내라니. 육신의 일부가 없는 사람인 것을 빤히 보아 알 수 있을 텐데, 검침원은 일부러 아픈 곳을 찔러 말하는 것만 같다. 나는 부끄러운 몸 때문에 자꾸 말하기가 꺼려지는데, 요금을 받으러 올 때마다 내가 모른다고 하니 검침원은 "흥, 이제 전기는 다 썼구만! 꾸어서도 낼 수 없다고!" 하며 선을 끊어놓고 가버렸다. 방에서 나와보지도 않고 모른다고만 하는 내게 어떤 오해를 한 것인지 알 수 없는 일이다. 또 언젠가는 우체부가 우편물을 가지고 와서는 오빠의 도장을 달라고 해서 모른다고 하니 화를 벌컥 내며 오빠를 찾아 오라고 하기에, 잠시 후 나는 이런 사람이라고 말하며 사과를 한 일도 있었다.

다른 사람이 나를 볼 때마다 방 안에 가만히 앉은 채 "모른다" "못한다"고만 말을 하니 불쾌하게 느끼는 것 같지만, 이들도 언젠가는 나의 사정을 알게 될 날이 있으리라 믿는다.

🍂 1975년 6월 12일 맑음

우르르 발자국 소리가 뒤꼍에서 들려오기에 올케가 쳐다보며 "웬 여자들이 온다지……" 하고 말을 잇는다. 순간 나는 가슴이 덜컹 내려앉으며 불안해진다. 나는 방석에 앉은 채로 몸을 움직여 문 앞 아랫목 벽에 바짝 기대 앉아 숨을 죽이고 옷매무새를 바로 고쳤다. 언제나 몸을 숨기며 사는 두더지 같은 생활 속에서 사람들의 인정이 그리우면서도 나는 집에 찾아오는 손을 두려워한다. "만나면 시들하고 헤어지면 보고 싶다"는 말이 무슨 뜻인지 알 것 같다.

요즘 방죽의 물이 줄어들어 우렁이가 많이 나오는데 그 우렁이를 잡기 위해 좀 멀리 떨어진 곳에서도 가정주부들이 모여든다. 부인들은 우렁이를 잡으려고 가던 도중에 겸사겸사 나를 보러 오는 눈치들이었다. 그런데 올케가 문턱에 앉아 있고 조카들이 문을 가로막고 서자 부인들은 나를 보지 못한 채 뜰에서 잠깐 쉬었다가 다시 방죽으로 향했다. 잠시 황망해 있다가 긴 숨을 돌리는 순간, 한 부인이 뒤늦게 우리 집으로 다시 찾아드는 것이 아닌가. 나는 문을 닫을까 말까 망설이다가 그만 부끄러운 모습 그대로 앉아 있는데, 부인이 나의 방문 곁으로 다가와 이렇게 말을 한다. "앉아 있기가 얼마나 괴로워요?" 나는 본 체 만 체 고자세로 아무 대답도 않으며 생각한다. '다 알면서 무얼 물어보나……. 괜히 또 비양을 치는구나.' 묻는 말에 대답을 않는 나 자신이 경우가 아니라는 것을 알면서도 나는 말을 못한다. 그러자 부인이 자기를 이장댁이라고 소개한다. 나는 그제서야 계면쩍게 고씨댁이냐고 묻고 부인이 그렇다고 말한다. 죄인 된 몸이라 상대방에게 불쾌감을 드릴까 염려가 되어 말을 못했노라고 사과를 했다. 누추한 방이나마 들어오시라고 권하자 이장댁은 자신은 아무래도 개의치 않는다고 말하며 들어와 앉는다. 이야기를 나눌수록 이장댁은 평탄한 가정생활을 하고 있음을 직감으로 알 수 있었다. 이장댁이 돌아가고 난 뒤 어머니는 다 아는 사이고 한마을 사람인데 몸을 숨기었다고 나무라신다. 이 몸, 다시 한 번 용서를 빌 뿐이다.

🍂 1975년 6월 19일 흐림

헌 옷을 뜯어 꿰매 옥의 바지와 멜빵 치마를 해 입혔다. 옥은 새 옷 이상 으로 좋아하고 누가 오는 대로 제 옷을 보이면서 자랑을 한다. 나에게도 미싱이 있다면 언제든지 더 야무지게 해 입힐 수 있으련만.

🍂 1975년 8월 8일 입추

우리 조카 네 자매는 서로 사이좋게 놀다가도 툭하면 곧잘 투덕거리며 다툼을 한다. 그러면 나는 고것들의 싸우는 모습에 더 한층 사랑스러움을 느끼며 하하하 웃는다. 그러면서 새삼 동심으로 돌아가 나의 천진했던 옛날을 떠올리곤 한다. 우리 세 자매가 싸움을 했던 어느 날엔가 어머니는 "어디 너희끼리 실컷 싸워봐라" 하시면서 세 자매의 머리카락을 한데 묶어놓으신 적이 있었다. 그날 오빠는 우리 편이 되어서 우리를 풀어주었다.

🍂 1975년 8월 14일 맑음, 밤에는 비

3학년짜리 조카가 그림을 그리다가 내버려두고 밖으로 나갔기에 혹시나 하는 마음에 조카가 칠하다가 남은 물감을 붓에 찍어 종이에 칠해보았다.

어설프기는 해도 3학년짜리가 그린 그림보다는 훨씬 나아 보였다. 어린 시절 이후 처음 들어본 붓이다. 미술에 대해 개인지도를 받을 수 있으면 좋겠다는 생각이 든다. 그림으로도 내 마음을 충분히 표현할 수 있지 않을까.

🎋 1975년 8월 20일 흐림

나의 마을에는 말 못하는 내외가 살고 있다. 삼십대 부부인 이들은 집에다가 텔레비전을 들여놓고 국민학생들을 상대로 마늘, 고추, 돈 등을 받고 텔레비전 구경을 시켜준다. 그런데 가져온 물품이 적을 경우는 다시 내보내기도 한다는 것이다. 그래서 꼬마를 둔 부모들은 적잖이 걱정들을 하고 있다. 나의 조카들도 돈을 내고 텔레비전 구경을 간다. 오빠도 조카가 공부는 둘째로 미루고 텔레비전 구경을 일삼는 것을 걱정해 야단도 치고 타이르기도 했지만 아이들은 막무가내였다. 심지어 부모 몰래 마늘, 고추 등을 닥치는 대로 가져다주는 아이들이 있어서 여론이 좋지 않다. 텔레비전보다도 아이들의 손버릇이 고약해지는 것을 막으려고 부모들이 안달이 나 있던 차에 오빠가 그 집에 가서 야단을 쳤단다. 다행히 오빠의 항의로 인해 그 집 할머니가 아이들이 구경 오는 것을 막겠다고 한다. 그렇지만 혼자 나서서 좋은 일을 하고도 오빠만 욕을 먹은 셈이 되었다.

🌾 1975년 8월 27일 맑음

나는 요강을 닦아가지고 뜰을 올라오다가 발부리가 걸려 넘어졌다. 넘어지는 순간 요강은 산산조각이 났고 내 몸과 살은 깨진 듯이 아파 견딜 수가 없었다. 깨진 살에서는 피가 철철 흘렀지만, 나 아픈 것은 안중에 없었다. 요강이 깨진 것이 너무 아까웠다. 하루 품삯 400원을 받으시는 어머니의 날품삯을 눈 깜짝할 사이에 먹어치운 나 자신이 원망스러웠다. 하루 해를 채우려면 꼭 죽을 것만 같이 힘이 든다시는 어머니를 생각하면 목 놓아 울고 싶다.

🌾 1975년 9월 2일 흐림

기성복도 맞춤복처럼 단단하면 좋으련만 새 옷도 한두 번만 빨면 솔기가 다 터져서 금방 헌 옷처럼 되어 일일이 꿰매야 한다. 그래서 옥이 옷을 항상 꿰매주는 불편을 계속 털어내지 못하고 있다. 신경통이 자꾸 도질 때마다 나는 옥이를 생각한다. 나 아닌 누가 옥이의 손등 발등의 때를 벗겨줄 것이며 터진 옷자락을 매만져 꿰매줄 것인가. 불안한 마음 금할 길이 없다. 땀을 많이 흘려 하루만 입어도 꾀죄죄해진 옷을 훌훌 벗겨 빨아 입히는 내 마음이 짠해진다.

못 견디게 외로울 때에는 외로운 사정을 누구에게라도 풀어야만 견딜 수 있다. 하지만 말 못할 나의 생활상을 나는 이 일기에 적는 것이 고작이다. 아무리 아무리 사나운 심사를 고해바쳐도 이 백지장은 닳고 쓴 것을 모르는구나. 백지야, 백지야 너는 진정 순결하구나. 묵묵히 나의 고백을 받고만 있으니 말이다. 저 하늘도 때로는 먹구름에 가려 쳐다볼 수가 없지만 너만은 항상 내 곁을 지키는구나. 기쁨도 슬픔도 나눌 수 없는 이 고독한 나의 친구여.

🐾 1975년 9월 20일 비

몽롱한 달빛이 문살을 비쳐주는 추석의 밤에 곁에 누운 옥은 "엄마, 왜 아빠가 죽었어? 아빠가 없으니까 사람들이 야단하잖아……"라고 하는 것이다. 나는 옥의 말에 가슴이 뜨끔하면서 말문이 막혔다. 아빠가 죽은 것으로만 알고 있는 옥에게 "아빠가 있으면 무얼 하니…… 그 대신 엄마와 할머니가 귀여워해주니까 괜찮아……"라고 했지만 옥은 대답을 않는다. 옥은 하느님께 기도하면서 아빠가 빨리 돌아오게 해달라고 애원과 하소를 한다. 아빠가 보고 싶어서 눈물이 날 것 같다는 옥, 아빠를 갖고 싶다는 옥, 나에게는 천사와 같은 옥…….

🐾 1975년 11월 2일 맑음

얼굴과 살갗에 푸석푸석 풍선처럼 부기가 더해지면서 얼굴 반이 감각이 무뎌지는가 하면 머리와 온몸의 살이 흔들리면서 경련이 일어난다. 추운 날씨에 냉한 한기와 더불어 온몸이 금세라도 터질 것처럼 찢어지는 통증이 느껴진다. 참으로 산다는 것이 고통 속의 날들이다. 아무리 무능한 엄마일지라도 옥이에게는 없는 것보다는 있는 것이 나을 터인데……. 나는 어제 저녁 옥이가 하던 말을 기억해낸다. 내 무릎에 앉아서 옥은 내 몸을 가리키며 이렇게 말했다. "엄마, 죽지 마. 난 이런 엄마라도 이 엄마가 좋아." 이런 옥이를 위해서 나는 살아야겠다고 다짐하고 또 다짐한다.

게다가 물리치료를 받지 않는 이상 소용없다고 말하던 의사가 왕진을 와서는 예상 외로 친절히 보아주셨다. 신경통 외에 염증 등의 이상은 없다고 한다. 의사는 내 사정이 딱했던지 진료비를 받지 않겠다고 한다. 그래서 나는 이렇게 하시면 마음이 무거워서 괴로워진다고 했다. 그래도 굳이 사양을 하면서 약값만 겨우 받아 갔다.

울면서도 웃는 날들

🌸 1976년 2월 8일 흐림

칠순의 노모는 교회를 열심히 다니시는데, 특히 새벽 기도를 젊은이들과 같이 동등하게 다니시다 보니 병이 나았다가도 또 악화되곤 한다. 낮에만 다니시면 괜찮으련만, 당신 몸을 돌보시라고 애원하다시피 간곡한 말씀을 해도 어머니는 아랑곳없으시다. 끙끙 앓으며 자리에 누워 계신 어머니를 볼 때면 나는 어머니가 영영 우리 곁을 떠나시면 어쩌나 하는 생각에 마음이 몹시 괴롭다. 학교에 들어가면 주려고 아끼던 양말을 꺼내 신기니 옥은 신이 났고, 그런 옥의 즐거움과 어머니를 바라보는 불안함 사이에서 나는 할 말을 잃는다.

🪷 1976년 3월 6일 맑음

옥이 초등학교에 입학하자 나는 새삼 마음이 무거워진다. 어머니도 나도 부디 내일을 약속할 수 있도록 건강해야 할 텐데 말이다.

🪷 1976년 4월 27일 흐림

공부의 맛을 아직 모르는 옥은 숙제를 안 하려고 한다. 어린 탓이라면 좋으련만. 그래도 하려는 데까지는 가르쳐주려 하다 보면 애를 먹기 일쑤다. 나는 옥이를 데리고 설득을 한다. "옥아, 공부를 잘해야 훗날에 좋은 회사에 취직해서 돈을 벌어. 방죽에 낚시질하러 오는 서울 사람들은 관광버스 타고 내려오잖아. 그 사람들처럼 훌륭히 되려면 너도 공부를 해야 해."

🪷 1976년 5월 5일 흐림

어린이날이라고 달리기를 한다고 하면서 옥은 비 오는 거리를 밟고 학교로 갔다. 하지만 오락가락하는 날씨 탓에 아이들이 다시 집으로 돌아왔다. 그런데 옥은 한참이 지나도록 돌아오지 않아서 혹 이모 집에 갔나 궁금증을 내고 있는 찰나에 옥이 가슴에 하나 가득 무엇을 안고 집으로 달려온다. 어린이날이라고 담임선생님으로부터 선물을 받았다는 것이다. 그렇잖아도 전날에 운동화를 사달라고 조르는 것을 그저 몇십 원 쥐여주는 것으로 달래고 말았는데 선물로 운동화를 받아 온 옥은 너무 감격한 나머지 가슴이 마구 떨린다고 말한다. 옥은 난생처음 운동화, 공책, 연필, 양말, 사탕, 과자 등등 선물을 한아름 받은 것이다. 담임선생님의 슬기로운 사랑에 옥은 "우리 선생님은 학교 엄마니까 학교에서 보이지 않으면 눈물이 날 것 같다"고 말한다.

1976년 5월 14일 맑음

옥이 담임선생님과 소풍에서 촬영한 사진을 가져왔다. 선생님은 지성인의 품위가 있어 보였다. 마음이 든든했다. 그러면서 한편으로는 마음이 후들거린다. 세월은 참 빠르구나. 어느새 옥이 학교에 입학해 소풍을 가다니……. 가난 속에 몸과 마음을 움츠리고 살면서도 아이는 자라고 자란다.

1976년 9월 24일 맑음

옥의 첫 운동회를 하는 날이다. 옥이가 달리며 즐거워하는 표정을 보고 싶었는데……. 달리기에서 늘 일등만 한다던 옥은 웬일인지 오늘은 이등을 했다고 집으로 돌아와 이야기한다.

1977년 6월 3일 흐림

옥이 저만치서부터 "할머니!" "엄마야!"를 부르며 얼굴이 활짝 피어서 집에 들어온다. 당진 경찰서 경찰 아저씨들로부터 공책과 연필 등 선물을 한아름 받아가지고 오면서 기분이 좋다. 나는 옥에게 선물을 사촌들과 나누어 쓰라고 권하고 옥은 나누어준다. 옥의 기쁨은 곧 나의 기쁨이다. 옥이가 좀 더 공부를 잘해주면 좋으련만, 그래도 저만하니 다행이라고 생각한다.

🌷 1977년 6월 20일 맑음

먹을 것도 입을 것도 부족한 환경에서 옥은 가끔 가다 나에게 심정을 표현해온다. "엄마, 엄마가 도나스 맛있게 만들어주면 좋겠어." 그런 말에 나는 옥이더러 "애, 엄마는 못해주지만, 이 다음에 크면 너의 아가에게 맛있게 해 먹여, 응?" 하고 말한다. 그러자 옥은 "엄마는, 참. 아가만 해주나, 어른 먼저 해드리는 것이 효도하는 길이지, 엄마, 응?" 하고 깜찍한 말을 한다.

🌷 1977년 7월 11일 맑음

7월 9일 새벽에 집중 호우가 쏟아져 안양에 400밀리, 시흥 300밀리 등 서울 지역에 인명과 재산 피해가 막중했다고 한다. 200년 만에 처음으로 쏟아진 폭우라고 한다. 가뭄에 시달리던 대지에 단비가 내리면 좋으련만 단비가 지나쳐 많은 인명을 앗아가니 안타깝다. 라디오에 귀를 기울일 때마다 나도 모르게 혀를 차게 되고 가슴이 따끔하며 아픔을 느낀다. 폭우가 지나간 하늘은 언제 그랬느냐는 듯 청명하기만 하다.

삼복 중에도 나는 뜨거운 물을 마신다. 찬물을 마시면 가슴이 냉해지고 배가 끓으며 아파진다. 뜨거운 물을 마시는 것도 한편으론 고역이고 온몸에서 땀이 줄줄 흐르지만 반면 몸이 잠시나마 부드러워지고 따뜻해진다.

옥은 방학 전에 그네를 타고 놀던 중 자전거에 치받혀 떨어져서 등이 아프다고 울면서 들어왔었다. 그런데 방학이 며칠 지난 오늘까지도 등이 결린다고 한다. 그저 낫겠지 하고 버려두었더니 아이는 차츰 얼굴이 야위어가고 가슴도 등도 아프다고 호소한다. 같이 있던 아이들 말에 의하면 당시 자전거에 받혀 그네에서 떨어진 옥은 그대로 땅에 자빠진 채 울지도 못했다는 것이다. 즉 정신을 잃었다는 소리다. 얼마나 아팠을까.

어머니는 자전거로 옥을 받은 아이의 집을 찾아가 상세한 말을 들어보아야겠다고 하셨다. 그런데 막상 찾아가서 말을 꺼내자 어머니께 사과는 고사하고 내외가 소매를 걷어붙인 채 막무가내로 욕설과 악담을 퍼부었다는 것이다. 옥이가 덤벼서 자전거에 부딪힌 것이지 자기 아이는 아무 잘못이 없다고 한다. 말 한마디에 천 냥 빚을 갚는다는데, 한자리에 고정되어 있는

184

그네를 타고 있던 아이가 어떻게 움직이는 자전거에 덤빈다는 말인가. 억지도 이런 억지가 없다. 하지만 어머니는 "아니, 약값을 달라고 했나, 자초지종을 물으러 온 것인데 왜 화를 내고 악담을 하느냐. 조용히 하자"고 말씀을 하셨단다. 그런데 오히려 어머니의 달래는 말씀에 그 집 내외와 아들까지 자기네는 잘못이 없다며 더욱 기승이더라는 것이다. 어머니는 더 이야기해봐야 소용없을 것 같아 그저 참고 돌아오셨다고 한다.

집에 돌아오신 어머니로부터 이야기를 듣는 나도 감정이 격해졌지만, 나는 어머니에게 참기를 잘하셨다고 말씀드렸다. 지는 자가 이기는 것이다. 그러나 이런 어미의 자식이라고 사람들이 막 대하는 것 같아서 분한 마음만은 어쩔 수 없다. 게다가 이럭저럭 돈을 변통하여 치료비가 기만 원이나 들었지만 아이는 아이대로 아픔에 시달릴 수밖에 없었다.

🏸 1977년 9월 9일 흐림

요즘은 어머니도 올케도 담배 일을 하러 다니느라고 집에 밥을 할 사람이 없다. 열두 살 먹은 큰 질녀가 밥을 하지만 고사리손으로 혼자 차리는 밥상인지라 오빠 입에는 영 마땅치 않은 모양이다. 그러나저러나 큰 질녀마저 운동 연습 때문에 저녁 늦게나 집에 돌아오는 날이 많아 나는 열 살 먹은 둘째 질녀와 아홉 살 먹은 옥이 두 아이 중에 먼저 오는 아이를 시켜 저녁 준비를 한다. 전과 달리 아이들에게 시중을 들게 하고 내 지휘로 저녁을 준비하자 오빠 역시 흡족해하는 눈치다. 아이들이란 원래 한 가지 일에 꾸준히 몰두하기보다는 금방 싫증을 내기가 쉬운 고로 요리조리 구슬려 부엌일을 시키느라 애를 먹는다. 그래도 그 작은 손으로 쌀을 깨끗이 씻는 아이들을 보면 대견하다.

🌸 1977년 9월 30일 흐림

옥의 1학년 담임을 하시고 합덕으로 전근을 가신 송 선생님께서 옥에게 추석빔을 보내오셨다. 뿐만 아니라 당진 산림조합에서는 금일봉을 전달해 왔다. 이렇듯 옥에게는 못난 엄마보다도 더 큰 은혜를 베풀어주시는 분들이 계시니 감사할 따름이다. 주위의 따뜻한 온정에 보답하는 길은 오직 옥이 건강하고 공부를 잘하는 것이리라.

🌸 1977년 10월 23일 맑음

명절을 지낼 때마다 혈육을 생각하는 마음이 더욱 간절해진다. 그래서 온 식구가 서울에 사는 동생네를 이제나저제나 기다리게 된다. 하물며 혈육을 북에 두고 온 이산가족들은 얼마나 애달픈 마음을 안고 살아갈까.

나는 사정이야 어떻든 어머니의 기다림을 보다 못해 동생에게 왜 한 장의 편지도 드리지 못하느냐고 바른말을 담은 편지를 보낼까 망설였다. 그러던 차에 동생으로부터 전갈이 왔는데 대한전선의 텔레비전 14인치짜리를 사놓았으니 가지고 내려가지 못하는 경우 집에서 올라와 가져가라는 내용이었다. 아이들은 좋아서 날뛰었고 나는 순식간에 서운함이 기쁨으로 바뀌었다.

그리고 어제 텔레비전을 설치하고 저녁 7시에 첫 방송을 개시했다. 나이 마흔에 처음으로 보는 텔레비전은 무척이나 환했다. 밝고 맑고 달고 맛있는 세상이 화면 속에 있었다. 18년 만에 처음으로 텔레비전을 통해서나마 바깥세상을 보니 마치 우주인이라도 된 듯한 기분이다. 우뚝 솟은 고층 건물 등 20여 년 전과는 몰라보게 달라진 서울의 모습과 웃음이 만면한 사람들의 명랑한 모습이 참으로 놀랍다. 텔레비전 속의 사람들은 모두가 그렇게 행복해 보일 수가 없다. 북에서 온 사람들이 서울에 들어오면 두 눈을 크게 뜨고 아연실색한다더니 내가 꼭 그렇다. 나 역시 두 눈을 크게 뜨고 텔레비전 화면을 본다. 아……, 세상이 보인다. 나도 저 멀리 밝은 세상으로 나가서 이토록 발전한 세상을 내 눈으로 직접 볼 수 있다면 얼마나 좋을까.

🌼 1978년 1월 14일 맑음

합덕으로 전근하신 송 선생님을 상면키 위해 10여 개월을 별러 어머니가 옥을 데리고 합덕을 방문하셨는데, 가는 날이 장날이라고 마침 송 선생님께서 외출 중이셨다는 것이다. 방에 들어가지도 못하고 대문 밖에 서 있다가 사납게 짖어대는 개에 놀라 겁을 먹고 돌아온 옥. 송 선생님을 만난다는 기대에 부풀어 갔다가 풀이 죽어 돌아온 옥이 가엾어 나는 잠을 다 설쳤다. 그동안 송 선생님께서 옥에게 보여주신 정성에 조금이라도 보답하려는 뜻으로 해 가지고 간 두부를 손수 전해드리지 못하신 어머니도 무척 아쉬워하셨다.

🏸 1978년 3월 9일 맑음

봄이 눈앞에 와서 아른거리는 이때 서울의 동생과 친척 오빠로부터 반가운 사연이 담긴 편지가 날아들었다. 동생은 직장을 옮겼는데 먼저 회사에서 받은 퇴직금이 얼마고 새 직장의 봉급은 얼마라는 등 요즘 사는 소식들을 보내왔다. 그런데 오빠 댁에서는 바로 밑의 동생이 직장에서 작업 중 골절상을 입었다는 소식이다. 가슴이 아팠지만 입원해 있는 곳을 찾아가 볼 수도 없고 먼발치에서나마 하루 속히 완쾌를 빌 뿐이다. 아울러 오빠는 귀한 공책도 함께 보내주셨다. 티끌 하나도 소중한 시골에서 색다른 공책을 본 조카는 나에게 갖고 싶다고 떼를 쓴다. 나는 중학교 2학년인 조카에게 처음이자 마지막이 될지 모를 선물을 주면서 기꺼웠다.

공책을 보내주신 친척 오빠는 내가 사고를 당했던 당시에도 솔선수범하여 병원 일을 처리해주셨고, 동생이 군 제대 후 취직을 부탁하자 쾌히 승낙하며 직장을 알선해주시는 등 우리가 신세를 많이 진 분이다. 이제까지는 오빠와 한 직장에 근무하는 동생한테 오빠 소식을 묻곤 했는데 동생이 자리를 옮기게 되어 서운함과 동시에 궁금한 마음이 일어 모처럼 편지로 안부를 전했던 것이다. 그런데 이렇게 답장과 공책을 보내오셨다.

🌸 1978년 5월 9일 맑음

5월 5일 어린이날에 옥은 뺑뺑돌이 치마(플레어스커트)를 입고 싶다고 했다. 그래서 나는 어머니께 나이롱 천으로 깨끗한 것을 좀 끊어다 주시라고 했다. 옥은 시장에서 사는 것보다 엄마인 나의 정성으로 꿰매준 옷을 더 좋아한다. 그런데 어머니가 장에 다녀오시더니 쓸 만한 천이 없다고 하신다. 그래서 옥에게 스커트를 만들어주지 못했다. 대신 어머니는 주름치마를 1,200원을 주고 사 오셨다. 감을 끊어다가 집에서 만들어 입히면 절반 값으로도 치마를 입을 수 있는데, 비싼 값을 치르고 사 온 치마는 옥의 마음에 들지 않는다. 그래서 옥에게 치마는 이다음에 해 입고 소풍 갈 때는 바지를 입고 가라고 했더니 옥은 순순히 말을 들으며 "나중에 뺑뺑돌이 주름치마 꼭 만들어줘야 해"라고 한다.

🌸 1978년 5월 24일 맑음

가뭄으로 대지가 타들어가서 봄 작물들이 전혀 없다. 뿐만 아니라 땅에다 씨앗 하나 심기가 힘들다. 건넛집은 땅에다 철관을 박아서 지하수를 이용해 그나마 담배를 기른다. 오늘도 오빠 내외는 모판 위의 비닐에 구멍을 뚫고 물을 부은 뒤에 참외 모종을 한다. 애타게 비를 기다리는 농민의 마음을 하늘은 자꾸만 외면한다. 우리 집은 온 밭이 속절없이 묵고 있다.

🪷 1978년 7월 24일 맑음

남원에서 올케의 부친이 오셨다. 나는 사돈을 뵙기가 죄스러웠다. 나 때문에 당신 딸에게 짐을 지워준다고 생각하시면 어쩌나 싶어서 몸 둘 바를 모르겠다.

🪷 1978년 8월 30일 흐림

수도에서 빨래를 하고 있는데 어머니와 함께 너머 마을로 풋고추를 따러 갔던 건넛집 아주머니가 그냥 돌아오기에 왜 그냥 오시느냐고 물었더니 내 물음에는 대답을 않고 오히려 "댁의 할머니가 골이 나셨던걸" 한다. 내가 다시 어머니가 골이 날 이유가 뭐가 있겠느냐고 묻자 아주머니는 투박한 말투로 왜 그러신지는 모르겠다고 그런다. 그래서 종일 궁금해하며 어머니를 기다리는데 마침 어머니가 돌아오셨다. 나는 "어머니, 왜 건넛집 아주머니께 골이 나셨어요?" 하자 어머니는 전혀 뜻밖이라고 하신다. 도리어 어머니는 못난 사람은 못난 탓에 공연한 오해를 받는다고 말씀하신다. 어머니 말씀에 나 역시 공감이 갔다. 늙거나 병들거나 못난 인물들은 주위 사람들의 입방아에 쉽게 오르내린다. 더구나 나 같은 사람들은 보고도 못 본 척, 듣고도 못 들은 척 넘어가야 할 때가 많고 울면서도 웃어야 한다. 저녁 무렵 건넛집 아주머니가 오셨지만 어머니를 대하는 것이 계속 서먹서먹했다. 깊어가는 밤에 나는 어머니께 "어머니, 우리 같은 사람들일수록 세심한 주의를 기울이며 살아야 해요. 그래야만 주위에서 험담을 덜 하는 것이어요" 하고 말씀드렸다.

🏸 1979년 3월 4일 흐림

요 며칠 전부터 옥은 산수 수련장에 전념을 한다. 뒤떨어진 산수와 음악이지만 이대로 노력을 계속한다면 충분하련만…… 언제까지 전념하게 될지는 모를 일이다. 가정통지문에 미술은 소질이 엿보이나 협동심이 부족하다고 쓰여 있다. 아무래도 가정 환경의 영향을 받고 있는 것 같아서 나는 옥의 토막 고무줄을 새것으로 바꾸어주면서 친구들과 사이좋게 지내라고 일렀다.

옥은 친구들에게서 과자나 먹을 것을 얻어 오면 어머니와 나의 입에 넣어주면서 "엄마, 맛있지?"라고 웃으며 묻는다. 옥의 조그마한 효성이 기꺼운 나는 옥의 등을 매만져준다. 그러고는 외숙모의 입에도 넣어주라고 권한다.

1년을 거둬 먹인 토끼 두 마리가 새끼를 낳아서 기만 원은 벌 수 있게 되었다. 그래서 합덕으로 토끼를 팔러 가시는 어머니께 아이들의 도시락 찬거리를 좀 사가지고 오시라고 말씀을 드렸는데, 토끼 새끼가 몇 마리 남게 되어 찬거리는 못 샀다고 하신다. 마침 외척과 창경원으로 벚꽃 구경을 가시기로 약속이 되어 있어서 나는 토끼 판 돈은 어머니 노비로 쓰실 것을 말씀드렸다.

밤 9시쯤 조카가 뒷집 비닐하우스에서 돌아오더니 "고모, 뒷집으로 주무시러 오시래요" 한다. 나는 잠시 망설이다가 옷을 주워 입었다. 뒷집이래야 겨우 담 하나 사이였다. 내가 방을 나서니 옥이 먼저 앞장을 선다. 서울에 사는 숙이 엄마가 친정에 집을 지으니까 일을 돕기 위해서 내려온 것이다. 숙이 엄마가 뜻밖에도 옥에게 친절히 대해주니까 고맙기 그지없다. 이런 게 인정인가 보다. 밤이 깊도록 호롱불 아래에서 오랜만에 나눈 정담으로 가슴속의 멍울이 풀어지는 것만 같았다.

어머니 생신날 동생의 댁이 왔다. 나로 인해 입맛이 떨어질까 두려워 나는 조반상을 받은 동생 댁 근처에 기웃대지 않았다. 그저 죄 많은 사람이기에 만사에 조심하고 또 조심할 뿐이다. 세 살, 네 살인 조카들에게 "내가 너희 고모야, 이리 와서 무릎에 앉으련" 하고 권하자 서먹해하며 "아니야"라고 말한다. 내가 다시 "내가 고모가 아니면 너희들은 어디 멀리서 주워 왔겠니?"라고 하자 꼬마들이 웃음을 터뜨리며 내 무릎에 다가와 앉는다. 내가 가진 것이 있다면 무엇이든 이 아이들에게 주고 싶은 마음이다.

🌼 1979년 10월 9일 맑음

우리는 집의 방을 모두 뜯어서 뒷집에 가서 잠을 잤다. 그런데 잠만 자고 아침에 쏙 빠져나올 수가 없었다. 자녀들은 모두 서울로 보내고 두 노인만 남아 계신 고로 나는 방 세 군데를 모두 닦고 대청도 닦았다. 그랬더니 할머니가 무척 좋아하신다.

이왕이면 남의 눈에 거슬리게 살 필요가 없는 것이다. 조금만 힘을 들이면 삼자에게 기쁨을 줄 수 있다. 나는 집에서도 평생 나에게 밥을 지어주는 올케의 괴로움을 생각해 비록 불편한 몸이지만 매일 내 방과 조카 방, 올케 방 등을 구석구석 치우고 청소를 한다. 때로는 옷장 정리도 하고 빨래도 하고 미싱도 돌린다. 이렇게 일을 하는 동안에는 소화도 평소보다 잘되고 시간도 빨리 간다.

방 도배도 마분지는 내가 바르고 꽃종이를 바를 때는 중학교 1학년인 조카가 조금 거들어주면서 함께 했다. 처음에는 망설여져도 일단 시작하고 나면 일이 잘 된다. 신기할 정도로 말이다. 겨울이면 아침마다 방 벽에서 성에를 한 사발씩 긁어내곤 했는데, 도배를 하면서 보니 손가락이 드나들 만큼 틈이 생겨 있었다. 나는 석회를 개어 하루 종일 두 방을 다니며 틈새를 바르고 도배를 했다. 틈새가 없어지고 나니 방 벽이 아주 말끔하고 깨끗해졌다.

🌙 1979년 10월 10일 맑음

나는 왜 매사를 가볍게 소화하지 못할까? 옥을 사이에 두고 자꾸만 어머니와 낯을 붉히는 나 자신이 밉다. 어머니는 나 모르게 몇 푼씩 옥에게 용돈을 주신다. 나는 혹여 용돈을 너무 많이 주시지는 않는지, 오히려 아이 버릇이 나빠지는 것은 아닌지 걱정이 되어 자꾸만 신경이 쓰이고 옥에게 간섭을 한다. 소풍비만 해도 어머니께서 이미 옥에게 300원을 주셨다고 하는데 옥은 소풍비를 받지 않았다고 한다. 나는 옥에게 왜 거짓말을 하느냐고 호통을 쳤다. 평소 거짓말이라고는 하지 않던 옥은 묵묵히 앉아 있고, 그제야 어머니께서 내가 어찌하는지 보려고 부러 그러셨다고 말씀하신다. 어머니와 딸을 모두 못 믿은 내가 부끄럽다. 그렇잖아도 옥은 말하기를 "엄마가 내 마음을 몰라줘서 괴롭고 슬프다"고 한다. 아이의 마음이 얼마나 상했을지 헤아릴 길이 없다.

🪷 1979년 10월 26일 맑음

박 대통령이 서거하셨다는 긴급 뉴스에 귀를 의심했다. 하늘의 큰 별이 사라진 듯, 이 슬픔을 어찌 다 헤아리랴. 안보에도 불안함이 느껴진다.

🪷 1980년 1월 29일 비

비록 넉넉지 못한 환경이지만 나 또한 모든 사람들이 자식에 대해서 바라는 바람을 갖고 있다. 모쪼록 공부를 잘해서 귀한 인물이 되기를 바라지만, 왠지 옥은 공부하는 인내력이 딸리는 것 같다. 학교 공부보다는 만화책이나 동화를 밤 새워 보는 옥이다. 나 자신이 옥이를 선도하지 못하는 엄마인가 싶다. 때로는 옥에게 매를 들어야 할 때도 있다. 그래야 집안이 편해지기 때문이다. 조카들하고 옥이가 다툼을 하면 우선 내 자식을 나무라야 하는 법이다. 세상에다 옥이를 떳떳이 내놓고 싶은 내 심정이다.

🪷 1980년 4월 23일 맑음

텔레비전에서 월, 화요일 밤 9시 40분에 〈백년손님〉이라는 연속극을 방송하는데 나의 흥미를 끈다. 될 수 있으면 역사에 관한 것을 보는 게 유익하겠는데 아이들이 〈백년손님〉을 보자고 주장하므로 어쩔 수 없다.

조카들이 역사나 국어의 낱말 뜻을 물어올 때가 점점 많아져서 나는 더 배워야 아이들에게 흡족한 해답을 줄 수 있을 것 같다. 다행히 한문의 뜻

을 알고 사회의 이면을 기억하기에 그런대로 답을 주지만 아이들이 고학
년이 되면 아무래도 걱정이다.

어제 저녁에는 뒷집 할머니가 조갯살로 국을 끓였다며 국에다 밥을 말
아 갖다주셨다. 두어 숟갈 뜨고는 옥이 오면 먹으라고 하려고 윗목으로 밀
어놓았다. 옥이 맛있게 먹는 것을 보니 내가 먹는 것보다 흡족했다.

🌸 1980년 6월 11일 맑음

올케가 농번기에는 일을 다니기 때문에 빨래며 집안 청소를 내가 맡는
다. 돼지 사육이 신통치 않아서 비워둔 헛간이 하도 너저분해 치웠더니 마
음까지 개운하다.

사촌들이 입은 원피스를 보고 부러워하는 옥이 측은하여, 2년 전에 끊어
두었던 천으로 원피스를 꿰매주었다. 뺑뺑돌이 주름치마가 입고 싶다던
옥에게 미처 치마를 만들어주지 못했었는데, 색상이나 무늬가 모두 원피
스에 잘 어울린다. 옥은 엄마가 꿰매주어서 더 예쁘고 좋다고 한다. 학교
에 가서 자랑을 하고는 싶은데, 원피스가 혹시 더러워질까 봐 바지 속에
원피스 자락을 넣고 학교 길로 간다.

🌸 1980년 7월 8일 흐림

송 선생님으로부터 소포가 왔다. 어머니와 나, 그리고 옥의 여름 속옷

196

상하의를 보내주셨다. 참으로 고마우신 분이다. 옥이 학용품이나 옷을 남에게 빠지지 않게 쓰고 입을 수 있는 것은 송 선생님의 덕이 크다. 때로는 너무 신세를 지는 것 같아 나의 소재를 어디 모르는 곳으로 옮겼노라고 속이고 싶을 때도 있다.

🌑 1980년 7월 17일 맑은 뒤 비

오늘은 어머니의 73세 생신이시다. 두 자매가 합심하여 어머니의 생신상을 차리고 또 오빠도 힘을 기울였다. 몇 해 만에 어머니의 생신상을 차려 마을 어른들을 모시고 조촐히 아침 식사를 나누니까, "어려운데 무슨 생일을 차리느냐"고 하시던 어머님도 내심 마음이 좋으신 것 같았다. 나 역시 좀처럼 사람 구경을 못하는데 이런 기회에 어른들을 뵙고 인사를 드릴 수 있었다. 사람과 사람이 밝은 대화를 나누는 것은 얼마나 좋은 일인가. 이런 것들이 살아 있는 보람이라 생각된다.

🌑 1980년 7월 20일 맑음

며칠 전부터 비가 자꾸 와서 송 선생님 댁에 못 간다고 옥이는 조석으로 짜증을 내다가 어머니와 나에게 꾸지람만 들었다. 어머니는 송 선생님 댁에 빈손으로 가실 수 없다고 올케에게 팔고 남은 수박을 한 통 달라고 하셔서 마늘과 함께 가지고 가셨다. 송 선생님이 딸들과 옥이를 함께 데리고 피아노를 쳐주시며 노래를 불렀다는데, 옥이는 모기만 한 소리로 노래를 부르더라는 어머니의 말씀이시다.

🌑 1980년 8월 22일 맑음

좋은 일이든 나쁜 체험이든 훗날에는 모두 한 토막의 추억으로 남게 마련이다. 남의 엄마들처럼 보다 나은 추억을 심어줄 만한 것이 없는 나는 궁리 끝에 옥에게 말했다. "뒤란의 다라이에다 물을 길어다 붓고 엄마랑 함께 목욕을 하는 것도 먼 훗날 너에게 좋은 추억으로 되살아날 거야!" 그러고는 함께 목욕을 하는데 옥은 짓궂은 장난으로 신이 났다.

사람은 습관이 장래를 좌우하는지라 나는 옥에게 이런저런 간섭을 하며 이것저것 일러주지만 어디 내 뜻대로 말을 들어줄까. 철부지 옥, 이 엄마의 마음을 알까.

🌑 1980년 10월 15일 맑음

아침 7시에 일어나던 늦잠꾸러기 옥이 추석 이후로 줄곧 6시에 일어나 찬 이슬을 헤치고 산으로 달려간다. 사촌들과 함께 알밤을 스무 알 넘게 주워서 돌아오면 7시 20분쯤 된다. 어린 것을 산으로 내보내는 마음이 짠하다가도 아침 운동이 되겠거니 생각하면 마음이 풀린다. 티끌 모아 태산이라더니 옥이가 주워 온 알밤이 어느새 반 말이나 된다. 무엇보다 송 선생님 댁에 가져다드릴 생각을 하니 어쩌나 좋은지 모르겠다. 늘 은혜를 입기만 하는 우리인데 옥이 손수 모은 알밤을 드리겠다고 생각하니 대견했다.

🪷 1980년 11월 27일 흐림

광민 엄마가 옥이가 그처럼 원하던 보온밥통을 사다주었다. 광민 엄마는 언제나 우리에게 많은 온정을 베풀어온다. 밥통을 안 사준다고 눈물을 보이던 옥에게 밥통을 내보이자 그렇게 좋아할 수가 없다.

🪷 1981년 1월 1일 눈

74세가 되신 어머니는 노여움과 쓸쓸함이 점점 더해가시는 것 같다. 때때로 나에게 싫증을 내시는 어머니께 나는 다소곳이 응하지 못하고 반감을 보이며 불효를 저지른다. 그래도 어머니는 내 딸 옥이의 임파선을 진단하기 위해 눈보라가 몰아치는 날씨에 서울의 약국으로 옥이를 데리고 길을 나서셨다. 옥은 서울을 가기 전에 이렇게 말했다. "엄마, 나 없으면 심심하니까 언니하고 자"라고. 추운 날씨 속에 참을 수 없을 정도로 심하게 냉기가 느껴지는 게 꼭 빙산 속에 누워 있는 기분이다.

🪷 1981년 1월 5일 눈

나무가 귀해 물을 잘 데우지 못하므로 따뜻한 물을 쓰기가 쉽지 않다.

나는 탄에다 물을 데워 방에서 빨래를 비빈 뒤 밖에서 헹구었다. 눈이 펑
펑 쏟아져 온몸과 발이 꽁꽁 얼었으나 어머니나 올케의 손을 빌리지 않고
내 힘으로 하는 것이 훨씬 편하고 홀가분했다. 빙판을 깨금발로 움직이기
가 쉽지 않아 나는 방석을 움직여가며 눈을 쓸고 빨래 도구를 방에서 마당
까지 조금씩 옮겨놓았다. 누구의 손도 빌리지 않고 내 힘으로 하는 빨래가
마음을 더 편하게 한다.

🌑 1981년 3월 6일 맑음

때로는 울고 싶고 폭발하고 싶은 심정의 나인데 어머니도 연세가 많아
지시면서 점점 노여움을 많이 타신다. 그럴 때마다 딸애는 "할머니는 왜
엄마에게 야단을 치시느냐"고 좋알댄다. 그런 옥에게 어머니는 또 "이제
까지 키워놓은 공을 모른다"며 나무라신다. 나라도 어머니께 다정스러운
말씀을 해드려야 하는데 그러지 못하고 입을 꼭 다물고 만다. 그러면서 옥

옥이 초등학교에 입학하자 나는 새삼 마음이 무거워진다. 어머니도 나도 부디
내일을 약속할 수 있도록 건강해야 할 텐데 말이다. 가난 속에 몸과 마음을 움
츠리고 살면서도 아이는 자라고 자란다.

에게는 할머니께 말대꾸하면 못쓴다고 눈짓, 몸짓으로 일러준다. 그래도 모녀의 정이기에, 그만큼 깊고도 커다란 어머니의 사랑이기에 이렇듯 꾸중도 높아지시는가 보다.

옥의 임파선이 3분의 1정도로 작아졌다. 어머니께서 지어 오신 약의 효험을 보는 듯하다.

🦋 1981년 3월 28일 맑음

나는 자장면이 먹고 싶다고 했다. 그런데 어머니로부터 이 얘기를 들은 이질이 제가 사다 주겠다고 했다는 것이다. 점심에 바깥에서 오토바이 소리가 붕붕 하고 집으로 가까워 오기에 텔레비전 시청료를 받으러 온 줄로 알았다. 그런데 뜻밖에도 이질이었다. 12시에 신평에서 자장면을 사서는 혹시라도 불을까 염려하며 달려왔다고 한다. 이질이 자장면을 급히 내놓으며 "이모, 나 같은 놈도 없지요"라고 한다. 구수하게 농을 건네는 이질이

듬직하고 한없이 고마웠다.

🌸 1981년 3월 31일 맑음

식구들 몰래 밖에서 울다 보면 저수지의 물결이 시원히 나의 마음을 달래주곤 한다.

🌸 1981년 4월 1일 맑음

어머니는 이 딸이 아플 때면 이렇게 그냥 세상을 등질세라 염려하시며 약과 옷을 사다 주신다. 일 원도 천금같이 귀히 여기는 내가 헌 옷만 입고 사는 것을 가엾게 여기시는 어머니는 이 딸이 새 옷 한번 못 입어보고 갈까 봐 옷을 사다 주시는 것이다. 이번에는 속옷과 치마를 사 오셨기에 나는 치마가 있으니까 어머니 입으시라고 내드렸다. 어머니의 주머니는 텅 비어 있을 텐데 어디서 어떻게 변통을 하셔서 약과 옷을 사 오시는지 모르겠다.

🌸 1981년 4월 20일 맑음

오늘은 '장애인의 날'이다. 정부에서 장애인의 몸과 마음을 어루만지고 돕기 위해 정한 날이다. 우리는 누구나 장애인이 될 수 있다. 시대가 점점 발전할수록 장애인의 설움과 애달픔은 더욱 덧없을 것이다. 우리 모두가 장애인의 의지를 북돋워주고 따사로운 격려를 아끼지 않는다면 좋겠다.

🌷 1981년 5월 13일 맑음

서울의 동생에 이어서 또 자매네 이질이 어젯밤에 17인치 텔레비전을 가져왔기에, 안방의 14인치 텔레비전은 나의 방으로 옮겨놓았다.

🌷 1981년 6월 4일 맑음

어제 올케의 부친이 남원서 오셨다. 오늘은 삽교천으로 구경을 가시는 데 오빠가 안내를 한다고 그런다. 그러던 차 광민 엄마가 들르더니 올케더러 왜 부친을 모시고 가지 않느냐고 권하였고, 올케는 이내 마음이 내키는지 선뜻 부친의 뒤를 따라 나섰다. 식구들이 모두 나간 연후에 광민 엄마는 나더러 마을회관의 침술 의원을 모셔다 침을 맞으면 어떻겠느냐고 하는 것이다. 나의 흉한 육신이 눈에 보이지 않도록 피하는 사람들도 있건만 이토록 광민 엄마는 나에게 뜨거운 관심을 베풀어주는 것이다. 음으로 양으로 늘 나를 도와주는 광민 엄마이다. 옥이도 광민이네를 친가나 되는 것처럼 드나들고 어머니도 광민 엄마가 정이 깊은 사람이라고 말씀하신다. 광민 엄마는 늘 나에게 모쪼록 옥이가 클 때까지 약으로 버티면서라도 꼭 살아야 한다고 이야기한다. 때로는 이런 인정 때문에 나는 사는지도 모른다.

🌷 1981년 6월 5일 맑음

몸이 무거워서 빨래를 못하고 있다가 오후가 되어서 좀 가벼운 듯해 중

학교 1학년짜리 조카더러 뽐뿌의 물을 뽑아달라 하여 빨래를 했다.

올케가 합덕 장에서 돌아왔다. 두레 모를 심은 마을 사람들이 끝날 모를 심은 품삯으로 놀이를 간다고 하기에 올케더러 두 눈 딱 감고 구두랑 옷을 한 벌 해 입으시라고 했더니 4,000원짜리 치마만 하나 사 오고 이것저것 다른 장을 봐 오셨다. 식구가 많아 올케의 몫이 냉큼 돌아가지 않으니까 나는 늘 올케가 가엾은 생각이 든다. 그래도 고2인 조카가 학업에 충실하므로 올케가 부럽다. 또한 나는 올케더러 "언니, 나는 언니가 요즘은 부럽기까지 하우. 조카가 학교에서 돌아오면 문 꽉 닫아걸고 공부만 하는가 하면 딸내미들은 장마에 풋고추 크듯, 오이 붓듯 잘도 자라나니 얼마나 재미지우" 하고 말을 한다.

🌑 1981년 6월 16일 맑음

3년 만에 머리를 지지고 보니 날아갈 것만 같다. 그런데 오후에 빨래를 두 축이나 했더니 얼굴이 온통 땀 범벅이다. 평상시에도 신열로 벌겋게 충혈되는 내 몸은 빨래를 하면 더 심하게 열이 오르고 땀이 비 오듯 한다. 세수를 수없이 하는가 하면 머리도 몇 차례 감았지만 여전히 땀이 온몸을 적신다. 이 못난 딸에게 약을 사다 주시기 위해 일을 하다가 손을 다치신 어머니는 손이 안 나으면 어쩌나 하며 불안한 시간을 보내신다.

1981년 6월 18일 흐림

옥은 어제 아침밥을 한두 숟갈 뜨고는 도시락도 안 가져가고 저녁도 먹지 않으려고 한다. 옥의 눈병 때문에 반 아이들이 옥과 같이 먹지 못한다는 것이다. 옥은 담임선생님이 제 눈병을 옮아서 학교에도 못 나오시나 보다고 걱정을 하며 괴로워한다.

막둥이 조카에게 성경이 할머니께서 딸기를 주시면서 꼭 고모를 주라고 하시더라는 것이다. 나는 저녁밥을 먹지 않은 옥에게 좀 주고 조카들에게 몇 개씩 나누어주는데 올케가 들어오면서 "할아버지를 드려야지"라고 한다. 올케의 친정아버지가 와 계신 것을 모르고 아이들에게만 딸기를 준 나는 죄송스러웠다. 그래서 나는 오늘 아침 옥이를 시켜 딸기를 사 오게 했다. 마음이 홀가분했다.

1981년 8월 7일 흐림

'천리길도 한 걸음부터'라는 말과 '불가능은 없다'는 말은 꼭 나 같은 사람을 두고 한 말 같다. 어머니와 올케가 품팔이로 정신이 없는 사이 집 주위의 풀이 발을 들여놓을 틈이 없게 자랐다. 나는 풀을 한 포기씩 뽑기 시작해 이틀 만에 뜰까지 모조리 뽑았다. 나는 일을 하면 으레 옷 한 벌씩을 땀으로 버린다. 그리고 항시 땀이 많이 나면 갈증이 심해온다. 그런 나에게 옥이 수박과 빵 한 쪽을 권한다. 옥은 지난 일요일 미술 상을 받고 또

대회에 나간다고 연습하러 교회로 갔다.

옥이 돌아와 저녁에 하는 말. "엄마, 나 존댓말, 고운 말을 쓸게요. 만약에 거친 말을 쓰거든 한 대씩 때려주세요, 응?" 옥은 나와 손가락을 걸고 약속했다. 그동안 말을 막 하는 옥 때문에 걱정을 적잖이 했다. 제 잘못을 아는 옥이가 고마웠다.

🌼 1981년 8월 13일 맑음

옥은 교회에서 합덕으로 미술대회를 간다고 신발을 사달라고 조르는 참이다. 마침 질녀도 함께 참석하게 되었는데 샌들과 모자, 화판 등을 갖춘 질녀의 모습에 옥은 자기도 구두를 사달라고 졸랐다. 나는 어머니께 고무신이나 한 켤레 사주면 좋겠다고 말씀드렸지만 옥은 기어코 할머니에게서 구두를 얻어내고 말았다. 방에서 양말과 구두를 신고 신이 났다. 밤에도 책상 위에다 구두를 올려놓고 잠을 잤다. 이토록 좋아하는 모습을 보고 기꺼워하지 않을 부모가 있을까. 자식의 모습을 지켜보는 어미의 마음은 정녕 이런 것이리라.

🌼 1981년 9월 7일 맑음

다리에 기운이 없어서 변소에 못 가겠다고 하니까 옥이 나를 번쩍 업고 변소로 향한다. 전과 달리 옥은 요즘 밥도 잘 먹고 원기가 도는 것 같다.

🌸 1981년 9월 13일 맑음

운동회에 부모님과 함께 달리기 종목이 있다고 하기에 옥이더러 이모를 청하라 했는데 뜻밖에도 광민 엄마가 나서서 요청에 응해주었다. 그 성의가 참으로 고마운 일이었다. 남남지간인 광민 엄마는 옥에게 요구르트며 과자도 사주고 사진까지 찍어주었다. 광민 엄마에게 너무 많은 신세를 진다. 주는 것 없이 받기만 하니 미안하기 그지없다.

🌸 1981년 11월 17일 흐림

날이 추워지면서 깡통처럼 부풀어오른 배에 피가 맺히고 멍이 들더니 뱃가죽이 터지기까지 한다. 전신의 살갗이 멍이 들면서 울긋불긋 터지니 쓰리고 따갑고 아프고 가렵다. 그래도 이 아픔은 수월하다. 아이가 비뚤어질까 지켜보는 마음이 더 고통스럽다. 그 고통이 너무 심할 때면 아예 울보가 되고 싶다. 한없이 울고 싶어진다.

"이 아이를 보면 웃어주십시오"

🍀 1982년 1월 7일 맑음

군이 살아야 한다면 옥이가 중고등학교를 졸업할 때까지는 살고 싶은 욕심이다. 옥을 두고 세상을 등진다면 나는 또 죄를 짓는 것이다. 비록 못난 엄마이지만 옥이를 천애 고아로 만들고 싶지만은 않다. 명예도 지위도 없지만 그래도 나는 살아야겠다. 옥이를 생각하며 살아야겠다.

🍀 1982년 5월 23일 흐림

설 전에 작은집 조카 둘에다 우리 집 애들하고 모두 여덟 명이 모여 앉아 노는 것을 보고 있는데, 갑자기 정신이 없어지면서 쓰러지고 말았다. 그리고 그 길로 구역질이 나면서 토하는 증상이 시작되었다.

어머니가 약을 몇 첩 지으러 가셨는데, 약국에서는 수입이 없는데 약을 먹을 수 있겠느냐면서 보건소에 가보라고 소개장을 써준다. 보건소에 갔더니 환자를 봐야 약을 지어준다고 한다. 그래서 일흔이 넘으신 노모는 차를 대절하여 나를 보건소로 데리고 가셨다. 그런데 또 보건소에서는 성모병원으로 안내해준다. 성모병원 진찰실 침대에 누워 있으려니 광민 엄마가 뒤쫓아 와 2층 병실까지 업어다주고 반찬과 옷도 마련해다 준다. 피 한 방울 섞이지 않은 이웃사촌 광민 엄마에게 나는 진심으로 감사하고 있다.

의사와 간호원 앞에 절단된 팔을 내놓기가 민망스러워 눈치를 살피곤 하는데, 뜻밖에 의사와 간호원 모두 그지없이 친절하다. 엑스레이를 찍었으나 병명이 나오지 않아 완전한 치료를 받을 수 없다 한다. 의사는 큰 병원에 가라고 하면서 충남대학병원에 소개장을 써주었지만 차비 때문에 머뭇거렸다. 그러다가 마을에서 모금해준 돈과 형제들이 준 돈 등으로 나는 충남대학병원에 가서 종합 진찰을 받았다. 온갖 검사와 진찰을 받느라고 온종일 자매들이 나를 업고 다녔다. 그다음날 정형외과에 갔더니 관절염 약 보름치를 줄 터이니 당진으로 돌아가라는 의사의 말이다. 나는 의사의 말이 의심이 가 자매를 다시 정형외과로 보냈다. 자매의 말인즉 사진에 별이상이 없다고, 신경성이라고 의사가 말했다는 것이다. 그런데 집으로 돌아오는 길에 다시 구토가 시작되었다. 그 후 일주일이 지나 결과를 알아보기 위해 병원에 갔더니 환자를 데리고 오라고 한다. 한 번 가기도 어려운 길, 또 차비를 마련할 수가 없어서 나는 병원에 가지 못했다. 그동안 옥의 중학 학자금으로 마련해놓았던 돈과 어머니의 품삯을 다 소모해버린 나는 그날부터 토하며 4개월을 지내왔다. 물만 마셔도 구역질이 나고 토해 뼈만 남은 나를 조석으로 조카들이 업고 이 방에서 저 방으로 옮겨다닌다. 이를 데 없이 고마운 내 조카들, 너무너무 고마웠다.

　나는 따뜻한 밥이 한없이 그리웠다. 밥을 먹지 못한 수족은 점점 굳어가는 것만 같았다. 이런 나를 보고 모두가 한결같이 죽겠다고 하지만 나는 오히려 정신은 말짱하면서 온몸에 불이 나는 것 같다. 그 아픔을 참지 못해 끊었던 진통제를 또 먹었더니 몸이 조금 움직이고 구토도 끝이 난 듯싶다. 나는 어머니 손을 잡고 공포에 떨며 어린아이처럼 엉엉 울었다. 굳어가는 내 수족, 불처럼 뜨거운 내 육신, 입술을 바짝 태우는 갈증에 나는 몸부림쳤다.

　물로 입을 축여보지만 그동안 굶은 탓에 현기가 나며 또 고통을 느낀다. 광민 엄마는 내가 물을 마시는 것을 보더니 놀라 닭고기를 가져다준다. 그

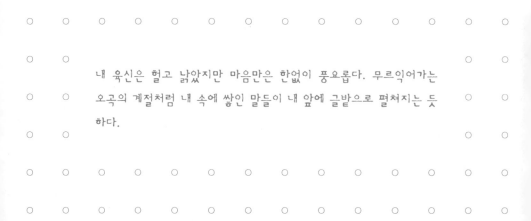

내 육신은 헐고 낡았지만 마음만은 한없이 풍요롭다. 무르익어가는 오곡의 계절처럼 내 속에 쌓인 말들이 내 앞에 글밭으로 펼쳐지는 듯하다.

이튿날 광민 엄마는 어머니를 보고 옥의 엄마가 물을 먹으니 고기를 먹을 수 있을 것이라고, 어머니더러 닭고기를 가져가시라고 하는 것이다. 광민 엄마는 물과 고기를 나에게 떠먹여주면서 이렇게 먹을 것을 왜 그동안 식구들 애를 태웠느냐고 한다. 그러면서 현지 엄마와 함께 딸기와 참외, 요구르트, 토마토도 사다주었다.

그러나 나는 타는 갈증을 막을 길이 없어서 어머니가 신평 약국에서 약을 지어 오셨다. 우리 집 사정을 아는 약국에서는 약을 무료로 지어준다. 그리고 큰 이질이 관절염 약과 빈혈 영양제를 가져다주어서 먹으니 몸이 덜 아프다.

나는 방문을 열어놓을 때마다 오빠와 올케 보기가 민망스럽고 죄스러워진다. 항상 짐이 되기만 하는 나이기 때문이다. 약을 먹어야만 사는데 그렇다고 약을 무한정 댈 수도 없으니 또 죽음의 공포가 밀려와 불안에 떨며 울어야만 한다.

"엄마는 방에 누워만 있어도 위안이 되고 힘이 된다"던 옥은 요즘 와서 나에게 반항을 한다. 하여 2월 옥의 졸업식에도 광민 엄마가 나를 대신하여 꽃다발과 앨범을 선물했다. 나는 심하게 앓을 때는 옥이를 내 곁에 눕지도 못하게 한다. 내게서 나는 악취가 옮을까 해서다. 몸이 아플 때면 만사가 귀찮은 나, 그저 빈집에 혼자 누워서 살았으면 좋겠다.

🌸 1982년 6월 3일 맑음

순박하고 인심이 후한 농촌에서 모내기가 한창인 요즘, 어머니가 일하시는 집에서 국과 밥을 갖다주셔서 잘 먹었다. 그리고 방죽집 아주머니가 살이 찐 닭다리를 갖다주셔서 잘 먹었다. 이처럼 이웃의 인정 때문에 살고 살아가는지 모르겠다.

게다가 우리 어머니는 고추를 따러 가셨다가 점심에 나온 밥과 김, 계란국을 가져다가 이 못난 딸을 먹이셨다. 세상 모든 어머니들은 음식을 입에 넣다가도 자식에게 먹이는 갸륵한 사랑으로 자식을 키우신다. 나는 밥을 먹고도 한나절 내내 가슴이 뭉클했다.

🌸 1982년 7월 22일 맑음

이웃집 할머니 한 분이 계셨는데 전실 소생의 손자하고 살다가 가정불화를 견디다 못해 농약으로 수명을 마치시고 말았다. 할머니의 쓰라렸던 여생을 생각하니 아픔을 참을 수 없다.

✿ 1982년 9월 7일 흐림

이웃집에서 사과를 가져왔는데 조카가 반만 나눠준다고 옥은 울상이 되어서 투덜댄다. 내가 옥의 말을 들은 체 만 체하자 옥은 엄마가 안방 식구 편에 서서 저만 따돌린다고 서러워한다. 이런저런 일로 인해 옥은 반항과 투기를 밥 먹듯 한다. 철없는 옥을 생각할 때마다 나의 가슴은 멍이 든다. 누구를 탓하기 전에 생활 능력이 부족한 나 자신이 부끄럽고 미워진다.

✿ 1982년 10월 22일 맑음

여중 1학년인 옥은 "엄마, 나 2학년에는 미술부에서 주산과로 옮길 거야"라고 말을 한다. 나는 아무래도 여자에게 있어서는 아름다움을 나타내는 미술이 낫지 않겠느냐고 말을 하니까 옥은 자기도 그것은 잘 안다고 한다. 하지만 친구 아무개는 주산을 딸딸 따르르 잘 놓는데 자기는 창피하게 1, 2, 3, 4도 놓지를 못하니 주산과로 옮기고 싶다고 한다. 그러면서 당장 저녁부터 주산을 가르쳐달라고 하기에 하루 저녁에 서너 차례씩 가르쳐주니까 주판을 제법 잘 놓았다. 미술을 해봤자 대학을 가기가 쉽지 않을 테니 주산을 배워 직업 전선에 나서겠다는 것이다. 무엇이든 배우기를 태만히 하던 옥이 주산에 열심을 보이는 게 기특해 꼭 껴안아주었다. 어느새 옥은 꼴찌에서 중간으로 성적이 뛰었다.

✿ 1982년 11월 19일 흐림

새 식구를 맞이한 당질 내외가 우리 집에 온다기에 나는 부끄러운 내 몸을 숨기고 인사를 받지 않을 생각이었는데, 뜻밖에 안방에서 마루를 지나 윗방으로 가는 사이 예쁘게 단장한 당질부가 어느새 추녀 끝에 와 서 있다. 그 옆에 선 당질이 "고모, 안녕하세요" 하고 웃으며 인사한다. 마루 끝에서 당황해하고 있는 나를 보고 올케는 "무얼, 다 아는걸, 애기씨 어서 들어가요" 한다. 어느 틈에 방에 들어간 당질이 "고모, 빨리 들어오세요"라고 재촉하기에 못 이기는 척 들어가니까 당질 내외가 어머니께 절을 한 뒤 나에게도 절을 하려고 한다. 나는 돌아 앉으며 "이런 사람이 인사를 받아서 무얼 하나"라고 만류하고 끝내 인사를 받지 않았다. 새 질부에게 이런 사람이 새 사람을 보기 심히 민망스럽다고 하자 질부는 나에게 다정히 대해주고 또한 옥에게도 다감히 대해주는 모습이 퍽 고마웠다.

✿ 1982년 12월 17일 눈

심상치 않았던 간밤의 꿈 때문에 나는 불안한 마음으로 자리에서 일어나지 못하고 있었다. 그런데 몇 분 후 밖에서 들리는 올케의 말이 어머니가 오토바이에 치여서 병원으로 가고 계시다며 오빠와 함께 병원으로 오라는 전화가 왔다는 것이다. 나는 눈앞이 캄캄했다. 가슴에서 불이 나고 답답해서 방에 가만히 누워 있을 수가 없었다. 나는 마루에서 계속 앉았다 섰다 하며 안절부절 어쩔 줄을 몰랐다. 내 아픔과 고통 때문에 어머니가 돌아가시는 것은 아닌가 하는 생각에 설움이 복받쳐 엉엉 울었다. 20년이 넘게 이런 몸으로 살아가고 있는 나는 나 때문에 멍이 들 대로 든 어머니의 가슴을 온종일 쓸어드려도 모자랄 텐데…… . 눈물이 비 오듯 쏟아지며 눈앞을 가렸다.

해 저물 무렵 오빠가 돌아왔기에 어머니가 어떠시냐고 묻자 몸 한쪽을 못 쓰신다는 것이다. 그러면서 8시 40분쯤 어머니가 집으로 오신다고 아이들에게 알린다. 어깨 뼈가 튀어나왔는데도 엑스레이 한 장 찍어보지도 못하고 한약만 열 첩 지어가지고 퇴원을 하셨으니, 어머니의 고통이 얼마나 크실까…… . 게다가 어머니도 나처럼 불구의 몸이 되시는 건 아닌가 해서 밤새 잠이 오지 않았다.

이튿날 아침 나는 어머니께 가해자 사정을 뭐 하러 봐주시느라고 치료도 안 하고 그냥 오셨느냐고, 도리어 짜증스럽게 말씀을 드렸다. 자매와 이웃들이 와서 어머니의 어깨 뼈를 보더니 그냥 두면 큰일 난다고들 하니까 뜨거운 물로 찜질을 좀 하시고 마는 것이다. 나는 또 가슴이 뛰기 시작한다.

나는 아무래도 동생하고 상의해야 될 것 같아서 옥을 시켜 서울 외숙부에게 전화를 좀 걸어보라고 하지만, 어머니는 동생이 보면 놀란다고 하시며 동생의 명함을 숨기고 내놓지 않으신다. 어긋난 뼈가 그대로 굳을까 염려가 된다. 사흘이 지났는데도 가해자는 와보지도 않는다. 날마다 오늘은 좀 어떠시냐고 묻는 나에게 어머니는 더 아프다고 하신다.

결국 닷새째 되는 날 가해자가 와서 약값이라고 5만 원을 주었다. 엿새째, 이질이 와서 내일 할머니를 병원에 모시고 간다고 했다. 나는 한결 마음이 놓였다. 이레째 되는 날 병원 진단 결과가 나왔다. 뼈가 부러졌는데 너무 늦게 와서 수술도 소용이 없다고 한다. 나는 너무나 마음이 아파 엉엉 울고 싶었다. 어머니의 힘을 빌려 살아가는 나는 눈앞이 캄캄했다. 마구 소리치며 악이라도 쓰고 싶었다. 이 애달픈 생애, 어머니마저 남은 평생 약을 의지해 살아가시게 되다니……

결국 연락이 닿아 일요일 오후에 동생 내외가 왔다. 나는 동생을 보자 그저 울기만 했다. 가해자는 어려서 우리 마을에 살았던 우리 동년배였다. 지금은 좀 떨어진 다른 마을에 사는데 그의 동생이 찾아와 나의 손목을 잡으며 죄송하다고, 진심으로 사과한다고 했다. 이렇게 진심을 표현해주니 도리어 우리가 미안하다고 할 수밖에 없었다. 게다가 어머니는 "내가 오토바이 사고로 죽지 않은 게 천만다행"이라고 하신다. 어머니는 가해자에게 "만약에 그 자리에서 죽었다면 댁네에게 못할 노릇을 했을 뻔했다"고 하시며 웬만하면 치료도 그만두겠다고 하신다. 어머니의 말씀에 가해자는 병원에 계시지 않고 집에 계셔서 고맙다고 한다니 기가 막힐 노릇이다. 다만 나는 어머니의 몸이 원상태로 되시기를 손 모아 빌 뿐이다.

🌸 1982년 12월 22일 맑음

나의 편지를 받고 왔다는 옛 친구가 참 반가웠다. 울고 싶던 차에 나는 친구를 붙잡고 엉엉 울었다. 그동안 왜 소식이 없었느냐고 묻자 친구의 말인즉 사는 것이 지지하고 바빠서 못 왔노라고 한다. 나는 친구의 말이 이해가 갔다. 남편이 늘 술을 과음을 해 근심이 많다는 친구……. 세상을 살기가 그리 수월하지 않은 것 같다. 그래도 친구는 모든 게 나보다야 낫지 않을까 생각했던 건 내 오산이 아니었나 싶다. 행복이란 과연 어떤 것일까.

🌸 1983년 1월 18일 맑음

몸서리치도록 고통스럽고 외로울 때 목멘 소리로 늘어놓는 나의 하소연을 다소곳이 들어주는 주위 사람들을 생각하면 더없이 고맙고, 얼었던 마음이 포근해진다. 사람들과 허물없이 이야기를 나누다 보면 '그래도 세상이 날 버리지 않았구나' 하는 안도감도 든다. 그리고 병석에 누워 계신 어머니를 들여다보러 오시는 마을 분들은 꼭 먹을 것을 들고 오셔서 더욱 죄송스럽다. 인정 어린 이웃들께 마음으로 감사할 뿐이다.

요즘 뉴스에 신경 이식이라는 게 나온 것을 보시고 어머니는 당신 돌아가실 때 나에게 손 하나를 주시겠다고 하신다. 손 하나만 있으면 하다못해 구멍가게라도 보면서 마음 편히 살아갈 수 있지 않겠느냐고 하신다. 그러나 나에게는 한낱 물거품과 같은 일이다. 혹 그런 이식 수술이 성공한다고 해도 이미 반평생을 넘은 나이고, 헤아릴 길 없는 사랑을 주신 어머니가 계시지 않다면 그게 다 무슨 소용이겠는가.

❀ 1983년 2월 21일 맑음

조카는 청주대 건축과에 입학했다. 건축과 설계 공부를 열심히 해 좋은 문화 주택을 많이 짓고 내 집도 멋지게 지어주겠다는 조카의 말에 "응, 얘는 여우 같은 마누라랑 토끼 같은 아이들이 살 네 집을 지어야지"라고 말하며 나도 웃었다.

❀ 1983년 3월 28일 맑음

조카들은 토요일과 일요일이면 서둘러서 실내화와 운동화, 체육복을 빠는데, 옥은 천년 세월이어서 내 속이 터진다. 어제는 날씨가 후줄근해 아침 일찍 운동화를 빨아 널고 교회에 가면 될 것인데도 교회 시간이 다 되도록 내쳐 있다가 교회에 갔다. 내 속이 답답한 생각을 하면 그냥 놔둬야 하겠지만, 교회에 갔다가 신평에 수예 실을 사러 간다기에, 하는 수 없이 옥의 빨래를 빨았다. 그런데 11시경에 옥이 집으로 왔다. 왜 일찍 왔느냐고 하니 혼자 가기 싫어서 장에 가지 않았다는 것이다. 그래서 빨래 하는 김에 한데

하게 입고 있던 옷을 벗어달라니까 강동거리며 막무가내였다. 그 길로 나가서 어둘 무렵에 돌아왔기에 왜 머리를 감지 않고 돌아다니냐고 핀잔을 주니까 옥이가 하는 말이 "응, 실내화를 빨려고 왔는데 엄마가 아까 다 빨았잖아" 하며 웃는다. 나는 하도 어이가 없어서 따라 웃었다. 일요일 해질 무렵에 들어와 실내화를 빨아서 월요일에 신고 갈 생각을 하다니……. 저도 민망했는지 머리를 감고 내복을 다 빨아 널었다.

질녀들이 장학생이 되겠다고 조석으로 학업에 열중하는 모습을 보아서인지 옥이도 요즘은 잠을 줄여가며 학업에 기를 써 사뭇 든든하다. 중학교에 들어가면서부터 빨래도 제 것을 한두 가지 정도는 한다. 나는 일일이 옥의 시중을 해주고 싶다가도 버릇이 될까 염려하여 내버려두곤 한다. 하지만 내 급한 성미에 끝까지 기다리지 못하고 옥이가 할 수 있는 것을 대신 해줄 때도 있다. 나는 옥의 힘으로 할 수 있는 것을 내가 괜히 끼어들어서 옥의 능력을 그르쳐주는 것은 아닌가 걱정이 되기도 한다. 조카들은 옥에 비해 저희들이 스스로 처리해가는 것이 모든 면에서 월등하다.

✿ 1983년 3월 12일 맑음

1988년에 있을 서울 올림픽을 대비해서 행정과 법에 위반되는 쓴 뿌리들을 없애려고 상부에서 노력하지만 우리 국민 개개인이 질서와 정돈을 위해 노력하지 않는다면 모두 허사일 것이다.

　어머니는 원호대상자 진료카드를 가지고 당진 성모병원에 보름째 진료를 받으러 가셨고 나는 빨래를 마친 뒤 방문을 열어놓은 채 가톨릭 기도서를 읽으려 하고 있을 때였다. 말쑥한 차림에 안경을 쓰고 사십 가까이 되어 보이는 남자 하나가 안마당을 이리저리 오가며 나를 힐끔힐끔 쳐다보는 것이다. 그사이 건넌방에서 인주를 찾아 들고 나온 오빠는 마루에 앉아 무슨 종이에 인장을 찍으려 하고 있었다. 나는 그 순간 무언가 불길한 예감이 들어 움츠렸던 몸을 방 밖으로 내밀고 오빠에게 물었다. "오빠, 그것이 무슨 증서요?" 오빠는 "응, 어머니께 드린다는 약조금에 관한 것이야."

　나는 안마당의 낯선 사람을 의식해 내 몸을 숨기려 하던 부끄러움이고 뭐고 외면한 채 마루로 뛰쳐나가, 오빠 앞에 놓인 서류 두 장 중 아직 인장을 찍지 않은 나머지 한 장을 재빨리 낚아챘다. 치료 시기를 놓쳐 이미 굳어버린 어깨 뼈가 돈 20만 원으로 치료될 수 있는 것도 아니거니와, 인장을 찍은 종이 한 장으로 책임을 면하려는 가해자나 별다른 항의 없이 인장을 찍어주려는 오빠 모두 이해가 되지 않았다. 나는 심부름을 와 마당에 서 있는 남자에게도 "댁도 잘못이 있다"고 했다. 20만 원이 아니라 단돈 얼마를 주더라도 가해자 당사자가 와서 사정을 설명하며 부탁했다면 이토록 감정이 상하지는 않았을 것이라고 말이다.

　오빠는 기왕 이렇게 된 것 좋게 타협하자고 하지만, 나는 얼굴도 보이지 않고 책임을 회피하려는 가해자가 괘씸하게 느껴져서, 괜히 오빠에게 오빠가 어머니의 병을 고쳐줄 테냐고 과격하게 물었다. 오빠는 받았던 돈 봉투를 도로 내주며 알겠다고, 나보고 알아서 하라고 했다. 나는 돈도 도로 내주고 인장을 찍은 것과 아직 안 찍은 종이 두 장을 모두 찢어버렸다. 자기는 다만 심부름을 할 뿐이라고 한 그 사람은 아주머니 감정을 이해는 하지만 이러시면 안 된다고 말한다. 나 역시 초면에 흥분을 한 것이 부끄러웠다.

　나는 온종일 마음이 우울해 견딜 수가 없던 차에 건넛집 부친께 확인서에 대해 말씀을 드리니 피해 당사자인 어머니의 확인이 없는 한 무효라고 이야기를 해주셔서 다소 안심이 되었지만, 내가 나서는 바람에 오빠의 권위가 상실되어 더욱 민망했다.

🌸 1983년 4월 24일 흐림

　길어서 거추장스러운 머리를 아이들에게 잘라달라고 하면 너무 짧게 만들어놓거나 쥐가 뜯어먹다 놓은 모양으로 흉해지긴 해도, 바깥에 나가기보다 집에 있는 시간이 많은 나로서는 무관하다. 게다가 머리는 금세 자라기 마련이라 괜찮다. 하지만 어머니를 모시고 성당에 나갈 생각을 하니 아이들에게 머리를 맡길 수가 없어서 거산 삼거리에 사는 목제소 집 부인에게 머리를 지져주십사 요청을 했다. 뜻밖에도 부인은 일요일 3시가 넘어서 내 머리를 지져주러 오셨다. 부인도 성당에 나가시지만 바깥 어른은 3개월

간 성당 수리 공사를 하는 관계로 잠시도 집을 비울 수가 없다는데, 인정상 우리 집에 초행을 했다는 부인의 말에 나는 감동했다. 내 머리를 지질 동안 부인은 조카와 옥이 등 아이들의 머리도 삯을 받지 않고 커트를 해주었다. 바깥어른이 공사를 끝내시면 시간이 있으므로, 머리가 또 자라면 와서 해주겠다는 부인은 내게서 삯을 받지 않는 대신 하느님께 받으므로 괜찮다고 한다.

🌼 1983년 5월 30일 흐림

나는 무슨 일을 하려면 힘이 들어서 몇 번을 망설이다 시작하곤 한다. 이불, 요, 홑이불 등은 길고 넓어서 빨랫줄에 널려면 추스르기가 여간 힘 드는 게 아니다. 특히 담요나 누비 이불은 젖 먹던 힘까지 다 써야 할 정도이다. 열대지방에 산다면 이부자리가 필요 없을 텐데 생각해본다. 사시사철이 있는 내 강산이 살기 좋은 동산이라고 생각하면서도 이런 사소한 일로 불만을 품는 나 자신이 우습다.

🌼 1983년 6월 6일 현충일, 맑음

나 어렸을 때 한마을에 살던 아주머니가 오셨기에 인사를 하라니까 옥이 얌전하게 절을 한다. 그 모습을 보신 아주머니가 나에게 과대한 칭찬을 하신다. 며느리로 삼고 싶다는 말씀까지 하신다. 어린 시절 국민학교를 함께 다니던 친구들이 모두 모범 가정으로 산다는 이야기를 아주머니로부터 들은 나는 그들이 모쪼록 행복하게 살기를 마음으로 빈다.

🌸 1983년 6월 7일 흐림

〈스튜디오 830〉이라는 텔레비전 프로그램에서 한국에 사는 어느 서독 가정을 소개하는데 청소 일람표를 짜놓고 청소를 하는 주부의 모습을 보여주었다. 우선은 집 안의 장식과 내부 시설 등이 우리로서는 상상도 할 수 없을 정도로 섬세하고 용이했다. 우리네 평범한 가정에 비해 너무도 차이가 나는 경제력을 보면서 나는 한편으로 실망감을 느꼈다. 우리의 가정들은 언제나 저렇게 사나 싶었다. 하지만 만약 우리 가정이 그 정도로 산다면 한국의 주부들은 가정부를 두었을 텐데 하는 생각도 들었다. 한 손에는 물걸레를 들고 다른 한 손에는 마른걸레를 들고 꼼꼼하고 차분하게 일을 해가는 독일 주부에게 나는 호감이 갔다. 특히 설거지는 세 아이들이 함께 하는데, 한 사람은 물행주로 닦고 한 사람은 마른행주로 닦고 나머지 한 사람은 그릇 장에 넣었다. 아이들에게 놀면서 일하라는 교훈을 가르쳐주기 위한 것이라고 한다. 우리네 가정에서라면 설거지는 어머니의 몫이고 다음으로는 으레 딸들이 하는 일로 알고 있는데, 이런 모습을 보니 새로웠다.

✿ 1983년 6월 18일 맑음

신부님께서 어머니가 병원에 가시는 날 함께 가셔서 어머니의 진단서를 떼어주시겠다는 말씀을 하셨다. 신부님께 우리 사정을 말씀드린 목제소 집 부부와 사정을 듣고 나서주신 신부님의 참뜻에 나는 진심으로 감사를 드렸다. 세상 인심이 메마른 것만 같아도 사실은 따사로운 인정에 이렇게나마 목숨을 부지하고 산다는 생각이 든다.

✿ 1983년 6월 24일 맑음

옥은 어느새 다리에 통통하게 살집이 오르고 몸맵시도 점점 여인의 태가 난다. 옥의 성장해가는 육체를 지켜보는 나는 한편으로는 대견한 생각이 들면서 또 한편으로는 마음씨도 곱고 아름다웠으면 하는 바람이 생긴다. 경제적으로 능력이 있다면 옥이 누구의 방해도 받지 않을 수 있도록 방을 마련해주면 좋으련만. 못난 어미를 만난 탓에 숱한 갈등 속에 살아야 하는 어린 것이 애처로워 견딜 수 없다.

✿ 1983년 7월 6일 흐림

옥이는 요즘 감자를 캐는 것도 도와주고 수박을 파느라고 큰길가에 내놓는 날마다 도와주어서 내 마음의 부담을 덜어준다.

어머니는 속이 쓰려서 식사에 고초를 받으신다. 그런데 어머니의 생신이신데도 여유치 못해 동네 어른들을 모실 수 없다고 한다. 그러면서도 약은 드셔야 한다고 어머니께 약값을 드리는 오빠다.

✿ 1983년 7월 12일 맑음

옥선이 모친이 서울에 있는 딸에게 보내는 편지를 써달라고 부탁을 했었는데, 안방과 건넌방의 벽지를 조카랑 나랑 둘이 바르느라 하루해를 보내고, 다음날은 가구며 구들을 청소하면서 또 하루를 보내고 나니 편지를 쓸 틈이 없었다. 그 다음날은 또 빨래를 한아름 하고 있는데 옥선 모친이 찾아와 신평장에 가는 길에 편지를 부친다고 하기에, 나는 하던 빨래를 접어놓고 방에 들어가 편지를 써주었다.

글 모르는 그 심정을 충분히 헤아리는 나는 내 힘이 미칠 수 있는 한도 내에서 돕고 싶었다. 10년 만에 딸에게 보내는 편지라며 그동안 표현하지 못해 답답하고 안타깝던 그 심정을 나는 한 글자씩 차례로 편지에 옮겨주었다. 그런데 옥선이 모친은 내가 편지를 쓰는 사이 빨래에다가 비누칠을 해놓은 것이다. 내가 이것들은 이미 다 비벼놓은 것인데 괜한 수고를 하셨다고 하니, 그 말이 마음에 걸렸던지, 저녁에 세탁비누 세 장을 사 오신 것이다. 그러고는 아무리 받지 않겠다고 해도 막무가내로 두고 가셨다.

✿ 1983년 10월 13일 비

우리 시간 12시 53분, 버마 시간 10시 23분에 버마 아웅산 국립묘소에서 폭파 사건이 일어났다는 소식이다. 5개국 순방 여행의 첫 순방국이었던 버마에서 대통령을 위시하여 사절단 일행이 국립묘소에 참배하려는 찰나 터진 일이었다. 이 일로 사절단 17명이 순직, 13명이 부상을 당하여서 대통령은 순방 일정을 중단하고 10일 3시경에 귀국하였다. 전 국민이 애도와 통분을 금치 못했다. 분단 민족의 고통과 아픔 앞에 비극을 느낀다.

✿ 1983년 11월 22일 맑음

광민 부가 교통사고로 입원한 지가 한 달이 다 되어간다. 남편을 간호하기 위하여 장시간 집을 비우게 된 광민 엄마는 어머니께 집도 좀 봐주실 겸 짐승들도 먹여주십사 부탁을 했다. 어머니는 애들 밥 해 먹이랴, 짐승 거두랴 고단하다 하시지만, 나는 우리 세 모녀에게 동기간처럼 잘해준 광민 엄마가 어려울 때 전심을 다해 돕고 싶은 심정이다. 옥은 할머니 계신데 가서 함께 자라고 하니까 처음에는 싫다고 하더니, 텔레비전을 볼 욕심인지 한 사흘째 어머니한테 가서 잔다.

✿ 1984년 1월 2일 흐리고 눈

뜻밖에 이질이 저의 처를 데리고 와서 인사를 시킨다. 신정이라서 인사를 왔다고 한다. 구정에는 처가에 인사를 갈 예정이라고 한다. 결혼 후 처음으로 외가를 찾은 것인데, 나는 질부 보기가 부끄러웠다. 이질 내외가 도착하면 다른 방으로 피하려고 마음을 먹고 있었는데 그만 안방에서 텔레비전을 보고 있을 때 도착을 한 것이다. 나는 이질더러 "얘, 이 못난 이모 때문에 네 체면이 손상되면 어쩌니……"라고 말을 했지만 이질은 오히려 그게 무에 문제냐고 한다. 그러고는 어머니 누비옷을 한 벌 사 왔다며 내놨다. 색도 화사하고 감도 포근했다. 나에게는 첫 조카요 첫 질부인데, 사랑스러운 질부에게 초면에 대접을 소홀히 한 것 같아 서운하기 그지없다. 떡국도 못 끓이고 김치와 밥으로 식사를 대접하고 차비도 주지 못했으니, 사람 노릇을 못했다. 이질 내외를 보면서 대견하고 기꺼운 한편 그 옛날 운명의 순간이 나를 피해갔다면 나도 며느리를 볼 수 있었을 텐데 하는 아쉬움이 든다.

🌸 1984년 1월 20일 맑음

작년 12월 올케가 차에서 샀다며 주간지를 하나 가져왔었다. 거의 10여 년 만에 보는 주간지였다. 나는 오랜만에 보는 잡지가 반갑기도 하고 누군가와 이야기를 나누고 싶은 마음에 원고지도 아닌 편지지에 내 소신대로 지난날의 체험담을 써서 보냈다. 행여나 잡지사에서 연락이 올까 싶어서 이제나저제나 기다렸지만 그간 아무 전갈이 없어 포기하다시피 했었는데,

행복이란 과연 어떤 것일까. 몸서리치도록 고통스럽고 외로울 때 목 멘 소리로 늘어놓는 나의 하소연을 다소곳이 들어주는 주위 사람들을 생각하면 더없이 고맙고, 얼었던 마음이 포근해진다. 사람들과 허물없 이 이야기를 나누다 보면 "그래도 세상이 날 버리지 않았구나" 하는 안 도감도 든다.

오늘 뜻밖에도 한 통의 편지가 도착했다.

인천 모처에서 보낸 것으로 되어 있는 편지를 보고 나는 그런 사람을 모르기 때문에 잘못 온 것인 줄 알았다. 그런데 뒷면의 주소가 내 주소이기에 나는 봉투를 조심스럽게 개봉했다. 내게 온 것이 분명했다. 바로 내 글이 실린 잡지였다. 글쓰기를 제대로 공부한 사람들이 보면 무에 그리 대단한 것이냐고 싱겁게 웃을지도 모른다. 하지만 나는 꿈인지 생시인지 어리둥절하고 감개무량했다. 나의 체험기가 잡지에 실렸다는 것 자체가 믿어지지 않았다. 내 체험기를 감명 깊게 읽고 나와 대화를 나누고 싶어서 편지를 보낸다는 애독자의 서신도 함께 있었다. 나는 너무도 감격해서 "아……! 아……!" 연거푸 그 말밖에 못하고 홍안의 소녀처럼 마음이 한껏 들떴다.

세월이 흐를수록 나 자신과 만사에 의욕을 잃어가던 나는 새로운 용기와 자신감이 되살아나는 듯했다. 내게 편지를 보낸 독자는 문학이 취미라고 하며 나에게 미술을 권하고 싶다고 한다. 그렇지 않아도 나 역시 미술, 재봉, 자수 등 늘 배우고 싶은 것은 많으나 실천에 옮기지 못하고 있다. 갈구하는 나의 꿈과 농촌의 현실은 너무 동떨어져 있기 때문이다.

🌸 1984년 4월 7일 맑음

추운 방에서 웅크리고 글을 쓰다가 무리를 한 탓인지 지난 2월 글을 쓰다가 그만 쓰러지고 말았다. 진통제도 잘 듣지 않아 속절없이 자리에 누워 지내다 두 달이 넘어서야 가까스로 오늘 일기를 쓰기 시작한다.

자리에 누워 신음을 하던 2월 4일경, 사우디아라비아에서 날아온 한 장의 편지를 받고 나는 열에 들뜬 몸을 이불에 묻은 채 사연을 읽었다. 사우디아라비아의 뜨거운 사막에서 조국을 위해 땀 흘려 일하는 장기사라는 분이었다. 자신의 편지를 읽은 내가 조금이나마 위안을 받는다면 더 바랄게 없다는 내용이었다. 편지의 내용과 필적으로 보아 삼십대로 보이는 장기사에게 나는 왠지 모르게 호감이 갔다. 편지 곳곳에서 강인한 성품이 느껴졌고, 그런 장기사가 왠지 동생 같고 조카 같았다. 하지만 갑작스레 몸이 안 좋아진 나는 답을 주지 못했다. 텔레비전에서 중동의 뜨거운 사막을 보았던 나는 해외에서 수고하시는 장기사에게 답신으로 고마움을 표현하고 싶었지만, 병마와 싸우기에 급급한 나 자신이 원망스러울 뿐이었다.

나는 그래서 딸아이에게 답신을 맡겼다. 옥의 답신에 장기사는 다시 사진을 보내왔다. 사진과 함께 "제가 옥이 어머님을 웃으실 수 있게 하겠습니다"라고 적은 글귀를 보고 나는 그것이 진심이든 거짓이든 글에 담긴 인간애에 감복해 웃음이 나왔다. 사진으로 본 장기사는 순박하고 천진한 얼굴이지만 기골이 장대한 장부의 모습이었다. 나 같은 사람에게 서신을 주는 자체만으로도 그의 진실함이 엿보였다. 장기사가 자신을 천주교인이라고 소개를 했는데, 나는 나도 천주교인이라고 말을 할 수 없다. 영세를 받긴 했어도 확고한 믿음을 갖지 못해 부끄럽기 때문이다. 게다가 장기사는 귀국자 편에 나의 약을 보내주겠다는 서신까지 보내왔다.

좀처럼 편지에 흥미를 느끼지 못하던 옥은 장아저씨의 서신을 받고는 꽤나 감상적인 편지를 쓰는 것 같다. 그리고 요즘은 학과 공부에도 보다 열중한다. 내 정성도 부족하고 생부의 정을 모르고 자란 옥이 장아저씨의 진심 어린 충고와 정을 다소곳이 받아들이는 것이다. 그리고 옥은 "엄마, 걱정 마. 내가 꼭 몇십 등 뛸 테니"라고 말하지만 나는 등수가 문제가 되는 것이 아니라 배우려는 자세가 소중한 것이라고 말해주었다.

나 역시 장기사께 감사했다. 풍토와 언어가 생소한 이국에서 땀 흘려 번 귀한 돈을 나 같은 사람의 약값으로 축내다니……, 그 정성에 감동하지 않을 수 없다. 그런데 장기사의 부탁으로 귀국길에 나에게 약을 가져다준 분께 식사 대접도 못하고 그냥 보낸 마음이 무겁다.

🦋 1984년 4월 15일 맑음

하루가 갈수록 어머니가 위의 통증을 역겨워 하시니까 어머니를 뵙기가 민망하고 나의 불초함 때문에 마음이 괴로워진다. 진단 결과 어머니는 위가 헐고 상해 위 전체에 균이 쫙 퍼졌다면서 약도 진통제를 쓰는 수밖에 없다고 한다. 어머니 연세 76세이시니 사실 만큼 사셨다고 말할 사람들도 있겠지만, 고생만 하고 사신 어머니가 고통스러워 하시는 모습에 나는 한없이 안쓰럽다.

어머니는 사탕이나 요구르트, 우유 등을 잡수시면 쓰린 속이 좀 낫다고 하신다. 자매 형제들이 사다드리면 어머니는 손자들이 걸려서 자꾸 돌려 주신다. 나는 어머니가 한 번이라도 더 잡수시게 해드리려고 여기저기에 감추곤 한다. 조카들이 눈총을 주거나 말거나 감춘다.

전에는 폐품을 걷으러 다니는 고물 장수가 많았는데, 요즘은 밭에도 작물을 심을 때마다 비닐을 깔거나 씌우고 심는지라 헌 비닐이 집집마다 산더미처럼 쌓여 있어서 그런지 고물 장수들도 배짱이 세진 듯하다. 기껏해야 세탁비누 한 장 주고 간다. 하지만 때로는 전구, 병, 유리 조각, 깡통 쇠붙이 등 거저라도 가져갔으면 할 때가 있다.

로마의 교황 요한 바오로 2세가 5월 3일에 우리나라를 방문했다. 교황은 전 세계의 평화와 믿음, 소망, 사랑의 실현을 위해 40개국을 순방하셨다. 우리나라는 교황의 방한을 맞아 환영 축제에 전심을 기울이고 있다.

온 천주교인들이 여의도 광장에 모여 환영 미사를 드리는데, 교황이 미사에서 입으실 옷을 기우느라 천을 짜고 수를 놓는 데 한 달이 넘게 걸렸다는 것이다. 옷의 앞판에 구름 무늬를 수놓은 궁중식 도포로, 교황이 본국으로 돌아갈 때도 이 옷을 가지고 가신다고 한다. KBS는 교황의 일거일동을 24시간 방송을 통해 세계에 전달하고 있다. 교황은 9개국어를 유창하게 하는데 한국어도 그중 하나라 통역이 필요 없다고 한다.

🌸 1984년 5월 8일 맑음

의사의 말이 오진이 아니라면 어머니의 여생이 얼마 남지 않았다고 한다. 어머니 연세 팔순이 다 되시도록 우리 남매들이 어머니의 가슴을 망치질하고 멍들게 했다. 어머니는 이 불효한 자식들을 사랑으로 매만져주시면서 당신 자식의 아픔을 대신 아파하셨는데, 이 못난 여식은 어찌 어머니의 아픔을 상상이나 했을까. 깔끔하고 단정하신 어머니는 시간이 나실 때면 숟가락, 냄비, 밥그릇 등 일체를 끓는 물에 튀겨내신다. 몸이 아파 신음을 하시면서도 빨래를 깨끗이 해 입으시고 심지어 내 옷도 빨아주신다. 그런 어머니 앞에서 나는 내 아픔, 내 설움 때문에 심통을 부리기 일쑤다. 우유를 마시면 복통이 가벼워지고 가슴이 시원해지신다는 어머니…… 마지막으로 어머니께 우유라도 실컷 사드리면 좋으련만…….

✿ 1984년 5월 10일 맑음

헌 나무 판을 자르고 못을 박아 책꽂이를 만들었다. 책을 방바닥에 늘어 놓는 것보다 책꽂이에 꽂아놓으니 깔끔하고 좋다. 다만 헌 나무판으로 만든 것이 깨끗하지가 않아서 종이로 말끔히 발랐다. 이렇듯 매사에 새것이 없는 우리 방이다.

✿ 1984년 5월 12일 맑음

사우디의 장기사가 단란한 가족사진을 부쳐왔다. 사진을 본 옥은 금방이라도 눈물이 쏟아질 것 같은 얼굴로 "아, 이렇게 산다면……" 하고 말끝을 흐린다. 부러워하는 옥이를 보자 다시금 죄의식이 내 마음을 움츠러들게 한다. 다섯 살, 세 살로 보이는 아들과 딸을 부부가 앞에 앉히고 잔디밭에서 찍은 사진이 내 눈에도 한없이 행복해 보였다. 정녕 내게는 행복이라는 두 글자가 먼 나라의 이야기일까. 가슴이 답답해왔다.

✿ 1984년 5월 31일 맑음

엊그제는 장기사가 사우디 현장에서 모금한 돈과 영양제, 볼펜, 옥의 시계 등을 귀국자 편에 보내왔다. 지난번에 다녀가신 분에게 요기를 시키지 못하고 그냥 보내 서운하고 죄스러운 마음이 있어서 이번에는 다소의 준비를 해놓았는데, 정신이 없는 탓에 손이 가고 난 후에야 "아이구야!" 하고 말았다. 삼십대 전후로 보이는 미혼의 청년은 마루에 앉자마자 전할 물건만 내려놓고는 차 시간이 급하다며 서둘렀던 것이다. 그 바람에 나는 사놓았던 담배도 권할 겨를이 없었고 몇 마디 대화도 나누지를 못했다.

여러 사람의 땀방울과 같은 일금과 귀한 정성이 담긴 선물에 따뜻함을 느꼈다. 변변치 못한 글이지만 이분들의 정성에 보답이 될까 하여, 말을 듣지 않는 몸을 이끌고 안간힘을 다해 편지를 쓴다. 그리고 옥이도 잘 키우려고 노력할 것이다. 시계를 받고 기분이 좋아진 옥은 팔짝팔짝 뛰면서 좀처럼 입을 다물지 못하더니, 잘 때도 시계를 풀지 않는다. 옥이가 좋아하니 내 마음도 좋다. 언젠가 장기사가 우리 모녀를 꼭 웃게 해주겠다고 했던 말이 떠올라 나는 또 한 번 웃었다. 장기사의 진실한 정성에 옥은 사랑을 느끼고 혈육의 정을 맛보는 듯하다. 옥이 시계 바늘처럼 정확한 숙녀로 자라주었으면 좋겠다. 나는 옥이를 위해서 더 살 것이다. 나를 잡아줄 사람은 없어도 나는 몸부림치며 살 것이다.

🌼 1984년 6월 1일 맑음

학교에 가려고 준비하는 아이들에게 "얘, 이것 좀 먹어봐라, 맛있다"라며 권해주면 아이들은 "살 쪄!" 하고 한마디 툭 내뱉는다. 먹고 싶지 않은데 왜 자꾸 권하느냐는 것이다. 그래도 음식에 진기가 있어 그런지 아침은 고사하고 도시락도 가져가지 않는 날에도 학교를 마치고 집에 돌아오는 아이들의 모습은 싱싱하다. 평상시에 기름진 음식을 많이 섭취한 탓인지도 모르겠다. 하지만 나는 먹지 않고 학교에 가는 아이들이 때가 되면 오죽 배가 고플까 싶어 마음이 언짢아진다.

옛날에는 꽁보리밥에 열무김치를 뚝뚝 잘라 넣고 고추장에 쓱쓱 비벼 먹으면 둘이 먹다 하나가 죽어도 모를 정도로 맛이 있었는데, 지금은 그 옛날을 생각하고 비벼 먹어보아도 쓸쓸하고 통 맛이 없다. 그 진미가 지금은 왜 사라졌을까. 시대에 따라 입맛도 달라져서일까.

옛날에는 요즘과 달리 비닐하우스가 없던 시절이라 가을에나 김장김치용으로 채소를 심고 혹 가다가 콩밭 사이로 무 씨앗을 듬성듬성 뿌려놓으면 여기저기 콩 틈에서 무가 자랐다. 그것도 아끼느라고 풍족히 먹을 수가 없었다. 어렵게 심어놓은 가을 채소에 벌레가 꼬이면 손으로 일일이 잡아주었다. 농약이 없으니까 말이다. 요즘 사람들은 농약의 피해를 두려워하지만 옛날에는 농약보다 해충이 더 무서웠다. 가을에 거둘 게 없으면 꼼짝없이 굶을 수밖에 없었기 때문이다.

6.25 직후 농촌의 가난함은 말로 다 할 수 없다. 해마다 거르지도 않던 보릿고개는 생각만 해도 진저리가 난다. 절구에 찧은 통보리로 무쇠 솥에 밥을 지어 먹으면 통보리가 입 안을 꽉꽉 찔러도 그 보리밥이 어쩌나 맛이 있던지……. 내가 자랄 때는 도시락을 담을 그릇이 없어서 못 가지고 다녔는데, 요즘 아이들은 도시락 찬이 마땅치 않다고 투정을 한다. 옛날 보릿고개

이야기를 하려면 입을 막는다. 옛날 말은 하지 말라는 것이다.

정오쯤에 마루에 걸터앉아 있는데 밭 사이로 우산을 쓴 사람 몇 명이 들어서는 것이 보였다. 조금 있자니 그 사람들이 우리 집으로 들어오는 것이 보여 다시 방으로 몸을 숨기려는 순간 어머니가 반가이 말씀하시는 소리가 들린다. "아이고…… 너희들이 웬 일이냐……." 이어서 어머니는 "얘, 오빠가 왔다"라며 나를 부르신다. 문밖 마루 끝을 쳐다보니 사촌 오빠와 몇 년 전에 출가한 당질녀가 와 있었다. 다섯 살쯤 되어 보이는 아들아이를 손에 잡고 등에는 젖먹이를 엎은 당질녀가 "고모, 안녕하세요!" 하고 인사를 하는 것이다. 나는 움츠렸던 몸을 펴고 "그래, 어서 오렴……" 인사를 건네며 반가이 맞았다. 뜻밖의 상면이 정말 반가웠다. 어디 보고픈 사람들이 이들뿐이랴.

들자 하니 사촌 오빠가 서울 딸네 집에 가 계신데 큰 질녀가 집안 당숙이 작고하셨다는 전보를 받고 사촌 오빠께 전화를 한 것을 오빠는 나의 어머니가 병환 중이시니까 별세하셨다는 것으로 알고 부랴부랴 내려왔다는 것이다. 사촌 오빠는 "아이고…… 작은어머니!"라고 어머니를 부르며 살아 계신 분을 돌아가신 줄 알았으니 분명 장수하실 것이라면서 한바탕 웃었다. 점심 식사를 끝낸 당질녀는 서울로 되돌아 올라가고 사촌 오빠만 아버지 기제사를 보고 가시겠다고 묵으셨다. 옥은 어느 때보다 이날따라 제 스스로 일을 잘하기에 웬 일이냐고 묻자 손님이 계신데 게을리 하면 쓰겠느냐고 어른스런 말을 한다.

🌸 1984년 7월 9일 맑음

어제는 어머니의 77세 생신이었는데 비가 너무 많이 오는 바람에 이웃 분들을 모시지 못한 채 식구들끼리 아침을 해 먹었다. 억수같이 내리는 비를 뚫고 서울의 동생 내외가 도착하고 뒤늦게 큰 자매도 오고 외국에 갔던 막내 외사촌도 왔다.

큰 자매의 집은 돼지 몇십 마리를 누군가 독살을 해 몽땅 죽었다는데, 경찰도 누구의 짓인지 잡지를 못한다고 하니 큰일이다. 도둑을 맞으면 도난 신고를 해야 한다고 신문이나 방송은 떠들지만, 그 말대로 경찰이 손을 써줄 수가 없다는 얘기다. 내 밑의 자매는 멀지 않은 거리에 살지만 마침 쏟아진 큰 비로 논둑이 무너져서 오지를 못한다고 한다. 그리고 작년 9월에 사우디에 나갔던 외사촌 동생이 가족을 동반해 찾아왔다. 사우디는 여기보다 햇살이 뜨겁고 기온이 높지만 그 대신 후덥지근하지 않고 깔끔하다고 한다. 그리고 신문이나 잡지 등도 얼마든지 마음 놓고 볼 수 있어서 국내 뉴스도 빠르게 듣는다고 한다. 식사도 한식으로 부족함 없이 먹는다는 이야기다.

※ 1984년 7월 10일 비

 계속되는 장마로 인해 참외, 수박이 단맛을 잃고 있다. 하늘도 야속하시지 비를 너무 많이 내려주시니……라고 사람들마다 군소리를 한다. 수해를 입은 이재민의 처절한 모습이 눈에 선하게 그려진다. 물이 할퀴고 간 자리에는 텅 빈 공터만 찌꺼기처럼 남아 있다. 수해로 부모 형제를 잃은 사람들은 과연 내일을 생각할 수 있을까. 구질구질 내리는 비에 수렁이 된 땅 위로 찍힌 무수한 발자국마다 짙은 애환이 서려 있는 듯하다. 그림자마저 잃어버린 궂은 날의 일기 앞에서 내 좁은 마음이 더욱 허전해진다.

※ 1984년 7월 14일 흐림

 요즘 영남 지방에 홍수 피해가 많은가 하면 서울 잠수교 다리도 물에 잠기고 연일 200밀리가 넘는 비가 억수같이 쏟아지고 있다. 계속되는 장마 탓인지 날씨가 후덥지근한 게 마음까지 찝찝하다.

 토요일 느지막이 질녀하고 오는 사람이 이질인가 하고 밖을 내다보니 뜻밖의 남자였다. 나는 당황했다. 근시인 나는 낯이 익은 사람도 얼핏 봐서는 잘 알아보지 못한다. 그래서 행여 실수나 하지 않았나 마음을 졸이고 있는데, 질녀가 밖에서 들어오며 "고모, 선생님이 오셨어"라고 말을 한다. 순간 어리둥절했지만 얼른 옷매무새를 고치고 손님을 방으로 모셨다.

 이틀 전에 시에 대한 지식을 질녀를 통해 선생님께 문의한 바, 선생님께

서 얼마든지 문의하시라고 쾌히 승낙하셨다는 소식이었다. 그래서 낙서
식으로 메모해두었던 글귀를 질녀의 국어 선생님께 보내드렸는데, 선생님
이 몸소 찾아와주신 것이다. 시에 대해 전혀 몰랐던 나는 어느 날부턴가
라디오의 〈안녕하세요, 강부자 황인용입니다〉에서 하루에 한 편씩 애독자
들의 시를 낭독해주는 것을 듣고 귀가 솔깃해졌다. 그 뒤로 나도 시를 쓰
고 싶은 욕심이 생겼지만 아무것도 몰라 눈앞이 캄캄하기만 했다. 선생님
은 시집도 몇 권 가져오셨다.

나는 실언을 하는 줄 알면서도 미혼인 선생님께 이것저것 궁금한 말을
물어봤다. 나이 먹어 주책만 남은 나는 선생님께 내 지난날의 체험담도 들
려드렸다. 다행히 선생님은 나의 말을 잘 받아주셨다. 그리고 곧 친숙해져
서 마치 고모와 조카 사이처럼 부드러운 대화가 이어졌다. 길 가다가 옷깃
만 스쳐도 인연이라는 말이 있듯, 선생님과 나도 사람의 인연을 이야기하
며 웃었다. 그리고 나는 선생님께 용렬한 필체로 그린 일기, 옥의 출생기,
생활기 등을 보여드렸다. 미남 선생님은 성품이 온화하고 부드러워서 나
를 불구라는 선입견으로 보지 않고 따뜻한 인간애를 보여주셔서 고마웠
다. 그저 막연하게 시에 대해 궁금해 말씀을 드린 것뿐인데, 이렇게 진심
으로 적극적으로 도와주실 줄은 몰랐다.

선생님과 이야기하는 중에 질녀들이 수박을 내왔는데 접시에 얇게 깔아
가지고 와서 내내 낯이 따가웠다. 선생님이 가신 뒤에 안달스럽게 내온 수

박을 말하니까, 질녀들은 오히려 그릇 가득 내는 것이 실례인 줄 알고 있었다며, 그럼 더 가져오라고 말하지 그랬느냐고 한다.

신평고교 선생님 세 분이 나의 집에 오셨다. 나는 세 분 선생님께 앉은 자세로 고개 인사를 드렸다. 두 분은 마루에서 오빠와 말씀을 하시고, 며칠 전에 이어 두 번째로 방문하신 선생님은 어느새 다정한 친구처럼 나와 이야기를 나누셨다. 금쪽같은 시간을 내서 찾아와주신 세 분 선생님의 정성에 나는 감사한 마음을 어떻게 표현해야 할지 몰랐다.

글은 머리로 쓰는 것이 아니라 가슴으로 써야 한다는, 그리고 글은 남에게 보이기 위한 것보다 나의 내면을 위한 것이라는 김 선생님의 말씀. 그 굵고 뚜벅뚜벅한 음성이 내 가슴에 들어와 박혔다. 나의 굳어버린 두뇌에 어떻게든 글에 대한 지식을 심어주려 하신 세 분 선생님의 정성에 나는 과연 보답할 수 있을까……, 못난 내 처신 때문에 괜히 조카들의 낯을 깎은 것은 아닐까…….

나는 날이 갈수록 사람들의 눈을 피하려는 옥이 걱정되어 선생님들께 옥의 사진을 보여드리면서 "이 아이를 보면 웃어주십시오"라고 부탁도 드렸다. 시를 가르쳐주러 오신 선생님들께 옥의 이야기를 한 것이 부끄럽기는 했지만, 사람들의 따뜻한 사랑과 시선이 옥의 마음을 부드럽게 해주리라고 믿기 때문이다.

🦋 1984년 7월 24일 흐리고 소나기

아래 헛간에는 우리 남매들과 조카들이 배우던 헌 교과서가 박스에 그득하게 쌓여 있었다. 그런데 아이들이 하도 들락날락하며 뒤적이다 보니 어느새 책들이 어지럽게 뒤섞여버렸다. 고물 장수들이 헌 책을 사겠다며 여러 번 드나들어도 여태 팔지 않았다. 우리에게 배움을 주었던 소중한 책인데 남 줄 생각을 하니 아까웠다. 그래서 수십 년간 쌓아두었던 책이다. 한동안 그렇게 내버려두던 책을 결국은 오늘 정리하기로 했다. 그 많은 책들을 차곡차곡 싸는 데 한나절이 걸렸다. 10여 명이 소학교에서 고등학교까지, 또는 대학교까지 배운 책들이 짐짝 같이 쌓였고, 헛간은 훤하게 비워져 깨끗했다. 정리를 다 하고 나니 온몸에 땀이 흐르고 옷이 더러워져서 머리를 감고 빨래를 했다. 그리고 방방마다 이불을 개고 쓸고 닦은 뒤 여기저기 늘어놓은 잡동사니들을 치우고 나니 몸이 천근만근이다. 농사 일을 돕지 못하는 나이니 이 정도 구슬땀을 흘리는 것은 큰 문제가 아니다. 나는 몸만 조금 가볍다면 내가 할 수 있는 일은 뭐든 하고 싶다.

앉은 자리 수십 년에 이른 나는 바람이 부는 방향과 구름의 상태만 보고도 순간의 일기를 아는 정도가 되었다. 마침 하늘을 보니 북풍이 낮게 도는 것 같더니 바로 동쪽으로 내 머리 위의 구름이 심상치 않아서 오이를

242

따 나르는 조카들에게 비설거지를 하라고 했다. 널어놓은 소쿠리들과 말리던 강낭콩, 들깨, 짚 멍석, 빨래 등등을 치우고 나니 갑자기 비가 쫙 하고 마적떼처럼 몰려오는 것이다. 우당탕 뚝딱 뚝딱…… 마구 뜀박질을 하던 소나기가 금세 봇물로 콸콸 뜰을 이룬다. 식구들은 생쥐처럼 오이 광주리를 이고 메고 들고 들어온다.

안마당 추녀 끝에는 빗물을 받는 다라이가 놓여 있다. 몇 년 전만 해도 빗물을 받아 빨래를 하고 머리를 감았는데 요즘은 아이들이 빗물에 머리를 감지 않는다. 위생에 좋지 않다는 것이다. 텔레비전에서 빗물로 실험하는 것을 본 뒤로 나 역시 빗물이 달갑지 않다. 물이 좀 부족하다고 몸에 좋지 않은 빗물을 굳이 쓸 이유가 없다.

소나기가 한 차례 지나가고 나니 후련한 기분이 든다.

❀ 1984년 7월 25일 맑음

사우디 장기사에게서 편지가 왔는데, 현재 산을 관통하는 공사가 마무리 단계에 이르렀기 때문에 곧 현장을 옮길지 모르니, 우편 요금이 더 들더라도 항공편으로 답을 띄워달라고 한다. 국내 본사를 통해 보내면 시일이 좀 걸리지만 분실 염려 없이 70원 우표만으로 서신 전달이 되기 때문에 나는 언제나 국내 본사로 편지를 보냈었다. 항공 우편은 몇 장 쓰지도 못하고 우편료가 500원 가까이 들고 우체국에 다녀와야 하는 불편함이 뒤를

고향은 어머니 품속처럼 아늑하다. 고향의 품속처럼 아늑한 어머니. 나는 오늘도 어머니를 그리며 쓸쓸해한다. 어머니, 이 박복한 딸은 이제 누구를 의지하지요? 길 잃은 철새처럼 불초 여식이 되고 말았어요. 어머니, 한없이 울고파 펜대를 들지만 이 작은 편지에 아픔을 표현하는 그마저 제대로 쓰지를 못합니다. 또 비가 오려나 봐요. 마음은 더욱 서글퍼요. 쓸쓸한 가슴 부여안고 어찌해야 좋을지 모르겠어요. 만물이 소생하는 봄, 모두들 노래하는데, 내게는 고향이 없는 것 같아요.

따른다. 그래도 나는 옥이에게 답장을 빨리 쓰라고 권했다. 그런데 엄마의 강권으로 편지를 쓰기는 싫다는 옥이다. 내가 권하기 전에 먼저 알아서 썼다면 좋으련만. 나이가 차차 들면서 품 밖으로 뛰쳐나가는 옥이다. 아침에 일어나면 쓰겠다고 약속을 했지만 마음처럼 편지를 쓸 시간이 남을 리 없다. 자꾸 늦잠을 자기 때문이다. 시간이 촉박한 탓에 나는 옥의 답신을 넣지 못하고 편지를 띄웠다.

🌼 1984년 7월 26일 맑음, 남쪽은 35.5도까지 오름

어머니는 원래 육식이나 비린 것을 멀리하시고 대신 채소류를 좋아하셨다. 그런데 이제 어머니는 마지막으로 골고루 잡수시려는 것 같다. 조갯살을 넣고 수제비를 끓여드려도 입맛이 없다고 하시더니, 광민 엄마가 민물새우와 송사리를 잡아다 지져드렸더니 잘 드신다. 불효하는 딸을 대신해서 광민 엄마가 효도를 한다.

🌼 1984년 7월 27일 맑음

바보처럼 먹고 자고 하는 햇수가 어느새 25년이라는 세월이 흘렀다. 오늘도 여느 때처럼 자고 일어나 밥을 먹고 조카들과 이야기를 하고 있는데 화물차가 뒷집 곁에서 멈췄다. "고모, 저기 고모네 차가 오네"라는 조카의 말이 떨어지기 무섭게 두 자매와 동생의 남편이 대문 안으로 들어오는 것

이다. 손위 자매는 커다란 박스를 들고 들어오면서 하는 말이 어머니의 수의 옷감이라고 했다. 순간 나는 그것이 어머니의 평상시 옷이라면 얼마나 더 좋았을까 하는 서글픈 마음이 들었다. 두 자매가 어울려 어머니의 수의를 마련하기로 했는데, 삼베와 인조견을 끊는 데 20만 원 가까이 들었다고 한다. 자매들은 좋은 날을 잡아서 이웃과 함께 수의를 꿰매자고 한다.

🦋 1984년 8월 6일 맑음, 기온 26도

어정칠월을 뒤로한 동동팔월의 밤은 풀벌레 울음소리가 가득하다. 벌레 우는 소리와 함께 스산함 속에 밤을 지새우다 보면 어느새 불볕 더위가 기다리고 있는 아침이 밝아온다.

우리 자매들은 어머니가 이승에서 마지막 이별을 고하실 때 입고 가실 옷을 함께 모여 꿰매기로 했다. 속저고리, 겉저고리, 속바지, 겉바지, 속치마, 겉치마, 요, 이불, 베개, 손수건, 숟가락집 등을 안감은 삼베로 대고 겉은 인조로 만들기로 하고 자매들이 모였다. 버선은 운명하신 직후에 꿰맨다고 한다. 아침부터 집을 깨끗이 치우고 마을 어른들과 아낙 10여 명이 모여 재단을 해서 꿰매는데, 나는 한편으로는 마음이 언짢은 것이다. 어머니께서 마지막 입고 가실 옷을 마련하는 것이 죄스럽고 착잡한 기분이었다. 죽음이 저만치 손 벌려 어머니를 기다리고 있기나 한 듯, 어머니가 측은하고 가여워 가슴이 뭉클했다. 오후 3시경에 일을 마치고 다들 돌아가셔서 집안은 조용하였다. 나는 산다는 것 자체가 어리벙벙했다.

✾ 1984년 8월 16일 맑음

세계 140개 나라가 참가한 엘에이 올림픽에서 우리 대한민국이 10위를 차지하는 영광을 맛봤다. 내 나라 내 동포의 대표인 선수들이 정말 장하다. 8월 10일부터는 에너지 절약 운동으로 끝 번호가 홀수와 짝수인 차량들이 2부제로 일일씩 운용한다고 한다.

✾ 1984년 9월 5일 맑음

내 육신은 헐고 낡았지만 마음만은 한없이 풍요롭다. 무르익어가는 오곡의 계절처럼 내 속에 쌓인 말들이 내 앞에 글밭으로 펼쳐지는 듯하다. 글을 쓰고 싶다. 쓰고 싶은 글을 건강 탓에 마음대로 쓸 수 없으니 더욱 안타깝다.

어느덧 하늘은 언제 수마로 이 땅을 할퀴었느냐 싶게 맑게 개었다. 그 하늘 끝으로 뭉게구름이 피어오른다. 8월 30일부터 오늘 아침까지 쉬지 않고 쏟아진 비로 인명 피해는 물론 수많은 이재민이 생기고 곳곳의 농경지가 침수되는 등 피해가 극심하다고 한다. 하천 둑과 산이 무너지고 가옥이 파산되고 벼가 물에 잠긴 모습에 가슴이 아팠다. 서울의 영등포는 시가지가 물에 잠겨 사람 배꼽까지 물이 차고 자동차는 물론 사람들의 보행까지 금지되었다고 한다. 이런 끔찍한 일이 다시는 없었으면 좋겠다.

예기치 않은 폭우가 가져다준 민족의 재난을 극복하기 위해 학생, 공무원, 향토예비군, 군인, 부녀자까지 한마음이 되어 도로와 하천 등등을 복구하는 데 여념이 없다. 너나 할 것 없이 근래에 없던 대풍년이라고 좋아하던 그 흥겨움이 단 며칠 사이에 순간의 재난으로 변하고 말았다. 7일간 내린 비가 마치 수십 년 장마처럼 느껴진다.

❀ 1984년 9월 18일 맑음

9월 8일에 북에서 전파를 통해 남한의 수재민을 돕기 위해 쌀 5만 석, 직물 50만 톤, 시멘트 10만 톤, 그리고 각종 의약품 등을 보내겠다고 전해와 남한의 적십자에서는 이를 기꺼이 받아들이기로 했다는 것이다. 그런데 남한은 물품을 인천항과 부평항 두 곳으로 운송해주기를 기대했으나 북에서는 반대로 육로를 통해 서울로 들어와 수재민들에게 위로와 격려를 전하겠다고 하여 남과 북은 의견 일치를 보지 못했다. 먹을 것은 물론 물자가 부족하여 늘 고생이라는 북에서 남한의 수재민을 돕겠다는 방송을 듣고 의아해하지 않은 국민들이 없을 텐데, 이런 일에까지 정치 선전을 일삼으려는 북한의 의도에 아연실색해진다.

❀ 1984년 9월 23일 맑음

이스라엘의 39세 남자 유리 겔라가 초능력을 발휘하는 모습을 KBS에서 생방송으로 보여주었다. 그는 고장 난 시계며 전자제품을 말 한마디로 그 자리에서 고쳤고, 숟가락과 쇠붙이 등을 엿가락처럼 구부러뜨렸다. 고장 난 시계나 전자제품을 앞에 놓고 "움직여!"라고 소리를 치니 움직이는 것이었다. 방송을 보는 내내 거짓인지 진실인지 하는 의구심이 들었다. 그 사람만이 아는 초능력이 있을지는 모르겠지만, 신기하게 느껴지면서도 어딘지 모르게 석연치 않은 감이 든다.

🌸 1984년 9월 29일 맑음

어머니는 병세가 악화되실 때면 오히려 목욕을 하시고 옷을 깨끗이 빨아 입으신다. 게다가 옥이 옷과 내 것도 빨아주시며 이것저것 챙기시는 것이다. 그러면 나는 "왜…… 또 돌아가실까 봐……"라고 빈정대는 투로 배시시 웃으며 어머니께 이야기하지만, 누구보다 어머니의 마음을 잘 알기에 안타깝기만 하다.

나 역시 언제 어떻게 될지 기약 없는 목숨을 부지하다 보니 항상 옥이가 측은하고 옥이를 생각하면 뭐 하나라도 더 해주고 가고 싶은 생각뿐이다. 근 4개월간은 사우디의 장기사가 보내준 영양제를 복용한 덕에 그럭저럭 몸이 수월했지만, 이제 약이 떨어질 때가 다 되니 마음이 또 초조하고 불안해진다.

어제는 추워지면 덮을 담요와 이부자리, 겨울 옷 등을 빨아 말렸다. 담요라도 하나 빨려면 온몸이 휘청거릴 정도로 힘이 들고 고통스럽지만, 만약 내가 없다면 옥이 혼자 얼마나 불편할까 하는 걱정에, 옷이며 잠자리 등을 언제나 청결하게 정돈해놓으려 한다. 철따라 갈아 끼고 갈아입는 옷이나 이부자리가 한 번 빨아 정리해놓는다고 영원할 리는 없지만, 그래도 내 마음이 그렇다.

❀ 1984년 10월 14일 맑음

오늘은 음력 9월 20일, 나의 외동딸 옥이의 열다섯 번째 생일이다. 나는 염치 불구하고, 차라리 옥이 생일을 모른다면…… 하고 생각했지만, 달력에 붉은 볼펜으로 커다랗게 표시를 해놓은 것이 보였다. 엄마가 제 생일을 잊을까 봐 옥이 표시를 해놓은 것이다.

동생의 댁이 가져온 감 몇 개를 보자기로 덮어두었는데, 보자기 사이로 보이는 감을 보고 옥이 "저것 봐" 한다. 내가 "무얼?" 하자 옥은 "저기 감 있잖아" 한다. "으응, 네 생일에 주려고 감춰둔 건데 눈에 뜨였네" 하자 옥은 "엄마가 내 생일 안 잊어버렸네"라며 좋아한다.

옥은 열다섯 번째 생일이 되도록 밤 한 톨, 떡 선물을 모르고 지내왔다. 나는 동생의 댁이 사온 사탕, 생과자, 감 두 개, 사과 두 개, 삶은 밤, 저수지의 명물인 마름 삶은 것 등을 플라스틱 상자에 담아 탁자 위에 흰 수건을 펴놓고 올려놨다. "축 열다섯 번째 생일, 주님의 은총하에 건강하기를……"이라는 글을 쓰고 메모지 둘레에는 나무줄기와 꽃잎 등을 그려넣었다. 그리고 처음으로 옥의 생일을 축하하는 기도를 올렸다. 옥은 퍽 좋아하고 흐뭇해했다. 그리고 휴일인데도 학기말 시험 공부를 한다고 학교로 갔다. 나는 학우들과 나누어 먹으라고 사탕을 호주머니에 좀 넣어주었다.

저녁 무렵 옥이 돌아오는 소리가 나서 방 밖으로 나왔더니 옥이 다정히 나를 불러 세운다. "엄마, 방에 있어도 돼. 엄마 그런데 종희랑 미영이가 말야, 나랑 화해했는데, 내가 메모지를 주면서 집에 같이 가자고 일렀는데, 저희들끼리만 왔잖아. 속이 상하고 슬퍼져. 나는 어쩌면 좋아……" 하면서 우울해한다. 아이들이 옥이 보고 군것질을 하자고 자주 졸라대는 모양인데, 옥이 응하지 못하자 당돌하다고 불평을 하며 따돌림을 한다는 것이다.

옥에게 "네가 그 애들을 위해 태어난 것은 아니니까 그 애들이 어떤 태도를 보이든 상관 말고 그냥 따르며 응해주기만 하면 그만이야. 그만한 일로 우울해하면 앞으로 어떻게 이 세상을 살아가려고 해"라고 하자 옥은 자기도 엄마처럼 대범하면 좋겠다면서 나의 품에 꼭 안긴다. 나는 옥이더러 친구들의 반응은 너무 신경 쓰지 말고 언제나 예의와 도리를 벗어나지 않게 행동하면 되는 것이라고 이야기했다. 그리고 여자가 한번 낭비와 사치에 길을 들이면 자기 자신은 물론 가정도 어둡게 하는 지름길이라고 충고하면서, 나의 옛날 스무 살 무렵 유행하는 옷을 새로 사 입기보다 색상이 고상한 천을 끊어다가 직접 옷을 해 입은 이야기를 해주자 옥은 나의 뜻을 이해하는 것 같았다. 비싸지 않은 옷이라도 깨끗이 빨아 판판하게 다려 입었더니 주위 모든 사람들에게 호감을 얻었다고 하자, 옥은 자기도 엄마 말대로 입던 옷을 정갈히 빨아 다려 입겠다고 말한다. 오랜만에 옥의 얼굴에 곱게 피어난 웃음에 나도 가슴이 뛰었다.

✿ 1984년 10월 15일 맑음

친자매 이상으로 다정한 광민이 엄마가 농번기라서 국민학교 1학년인 둘째 광동이의 공부 지도를 해주지 못하는 것이 안쓰러웠던 나는 광동이를 나에게 맡기라고 했다. 학교가 끝나거든 우리 집으로 와서 숙제를 해가지고 가라고 했더니 이 개구쟁이가 12시가 좀 지나서 바로 나의 집으로 왔다. 하도 기특해서 등을 툭툭 두드려주면서 "아이고, 광동이 왔구나, 우리 애기 왔어, 참 착하지"라고 칭찬을 해주었다. 친절히 해주어야 또 올 것 같아서 나는 광동이를 한껏 예뻐해주었다.

마루에 앉아 광동이의 숙제를 지도해주고 있는데 오십대쯤 되어 보이는 웬 여자가 보따리를 마루에 내려놓으며 하는 말이 "꿀 좀 사요, 꿀 사서 약 좀 해드세요" 하는 것이다. 나는 알짜 주인이 없어서 꿀을 못 산다고 하자, 꿀 장수 말이 다들 어디 갔느냐고 한다. 이 바쁜 농사철에 집에 사람이 있겠느냐고 내가 대답하자, 꿀 장수는 "그애는 조카요? 딸은 어디 갔어요? 많이 컸지요?" 등등 끈질기게 묻는다. 나는 아무리 봐도 낯선 얼굴인데,

나를 많이 봤다고 우겨대기까지 한다.

집에 사람이 찾아오면 쉬어가기를 권하는 게 예의겠지만, 나는 누군가 집에 찾아오면 부디 빨리 가쳤으면 하는 심정이다. 내 부끄러운 몸을 사람들 눈에 보일 때마다 자꾸 비참해지기 때문이다. 그런데 이 꿀 장수는 이 집이 친정이냐, 결혼하기 전에 다쳤느냐 등등 나의 심장을 송곳으로 찌르는 고통스런 질문을 던지며 일어날 생각을 않는다. 내 몰골을 처음 보는 사람들은 나의 인생관이나 사생활에 대해 무에 그리 궁금한 게 많은지 온갖 질문 공세를 퍼붓는다. 나이를 묻고 답하다가 서로 동갑이라는 것을 알자 꿀 장수는 또 "동갑내기니까 꿀 좀 팔아달라"고 한다. 하지만 나는 어쩔 수 없다고, 죄송하다는 대답뿐이다.

꿀 장수와 이야기를 주고받는 사이 개구쟁이 광동이가 물바가지를 들고 다니면서 방이며 마루에 물을 뿜어 온통 난장판이 되었다. 내 마음을 떠보려는 것이었는지, 아니면 꿀을 팔려고 그런 것인지 나를 많이 보았다는 말로 이야기를 시작한 꿀 장수에게 서운한 마음이 들었다. 말끔히 청소해놓았던 마루와 방을 꿀 장수가 가고 난 뒤 나는 또 걸레질을 하였다.

🌺 1984년 11월 1일 맑음

인도의 여수상 간디가 시크교도들로부터 피살되었다는 뉴스 특보를 들었다. 간디 수상 피살에 대한 보복으로 인해 인도는 힌두교와 시크교 양파간에 살생극이 살벌하게 벌어지면서 비상 계엄령이 내려졌다고 한다. 나는 정치에는 캄캄한지라 정치에 대한 평가를 논하지는 못하지만 인도의 수상이 여자라는 점에서 처음 수상에 임명되었을 때부터 관심 깊게 봐왔다. 그래서 간디를 퍽 존경해왔고 위대한 여성이라 생각했다. 그런데 급기야 적대 세력에게 암살된 것이다. 서글픈 일이었다. 한 인재가 손실되는 것은 크나큰 충격이 아닐 수 없으며, 서로를 죽이는 폭력과 무력은 이유가 어찌되었든 하루 속히 근절되어야 할 일이다. 인도의 운명은 과연 어떻게 될까. 현 시국이 하루 속히 수습되기를 기원한다.

🦋 1984년 11월 30일 흐림

어제 저녁 옥은 학교에서 돌아오자마자 희소식이라도 전하려는 듯이 나를 반갑게 불렀다. 나는 안방에서 마루로 얼른 나왔다. 옥은 책가방을 마루 끝에 던져놓고 잠바를 벗은 뒤 뽐뿌에서 물을 품어 세수를 하고는 방으로 들어가자고 한다. 방으로 들어온 나에게 옥이 말했다. "엄마, 저기 말야, 이모네 갔다 왔는데, 이모네 오빠가 그러는데 나보고 천안여상에 입학원서를 넣을 생각이 있으면 넣어주겠대. 엄마한테 물어보고 내일 말을 하라고 했어." 옥의 말에 나는 머릿속이 복잡해지기 시작했다.

대학에는 보내지 못할 처지이니 인문계 고교는 다녀봤자라는 생각이 들면서도 한편으로는 서운하고, 또 한편으로는 세심하게 챙겨준 이질의 현

명함에 고마운 마음과 함께 천안여상에 대한 호기심이 생겼다. 하지만 호기심만으로는 뜻을 이룰 수 없는 법이다. 학교를 선택하는 것은 일생의 중요한 일이 아닐 수 없기에 더욱 마음이 떨리고 이것저것 걱정이 많다. 옥이가 천안여상에 들어가고 하숙을 시킨다면 여러모로 좋겠지만, 하숙비와 용돈, 학비 등을 감당할 재간이 없기 때문에 답답하고 안타까울 뿐이다. 될 대로 되라는 배짱으로 입학원서를 넣고 시험이라도 쳐볼까 하는 생각과 안 된다는 생각이 엇갈리면서 머리가 아팠다.

마침 날이 밝자 이질이 찾아왔다. 시래기 배추를 가져다가 소를 먹인다는 것을 핑계 삼아 경운기를 타고 왔다. 나와 옥이를 생각하는 이질의 고운 마음씨가 고마웠다. 나는 이질 보고 "얘, 옥이가 천안여상을 들어가면 못 들어도 1년에 쌀 20가마는 들 건데, 도저히 예상 밖의 일이니 어쩌지……" 하니 이질의 말인즉 "서천여상으로 넣으면 촌이라서 방 하나를 얻어 자취하면 별로 경비가 들지 않아요. 이모 어쨌든 넣고 봐야 할 거 아냐, 대학을 가지 않을 바에야 인문계는 갈 필요가 없어. 이게 다 옥이와 이모를 위하는 길이잖아요"라고 한다. 이질의 말이 맞다. 원서 접수며 하나부터 열까지 뒷바라지도 해주지 못하는 나인데 공연히 마음만 어수선했던 것이다. 옥이와 나는 이질 말을 따라 힘닿는 데까지 견디어보기로 했다.

🦋 1984년 12월 16일 비

옥은 심적 부담을 안고 고교 입시에 몰두한 결과 합격점을 받았다. 그간 쌓였던 피로를 푼 옥은 한동안 등한히 했던 독서에 다시 평안한 마음으로 눈길을 쏟는다.

하지만 나는 넉넉지 못한 경제력 때문에 기쁨보다는 걱정이 앞선다. 입학금만으로도 마음이 깨질 듯한데 체육복, 교련 용구, 학용품 등등 3년 동안 써야 할 비용 생각에 마음이 어지럽다. 누구든 나를 건드리기만 하면 얼씨구나 하고 한바탕하고 싶은 그런 우울한 심정이다.

그런데 마침 옥이 운동화를 사 왔는데 비닐로 된 것을 사 왔기에 "애, 겨울에는 비닐 운동화가 부서져. 여름에는 좋지만" 하자 옥은 "나도 무엇이든 사 오면 엄마가 화를 낼까 봐 두려워" 한다. 쉬 떨어지면 또 사고 또 사면 좋겠지만 돈이 넉넉지 않으니까, 겨울용으로 헝겊 운동화를 샀으면 실용적이지 않느냐는 나의 말에 옥은 "엄마는 항상 돈돈 하니까 숨이 막힐 것 같고 답답해" 한다. 내 가슴을 찌르는 옥의 말에 나는 "그래, 돈이 하도 없다 보니까 엄마가 이렇게 돈만 생각하게 된 거야. 하지만 그나마 돈돈 하며 낭비를 않고 살았기 때문에 너를 학교에 보내려는 마음이나마 갖게 된 거야" 하고 말했다.

옥은 흰 비닐 운동화의 끈을 매면서 "겨울 동안은 헌 운동화를 계속 신고 이거는 고등학교 입학할 때 신을 거야. 엄마, 그러니까 웃어봐, 골 내지

256

말고, 응?" 한다. 나는 퉁명스러운 말투로 "내가 언제 골을 냈다고 그래"
하면서 따라 웃었지만, 여전히 마음이 아픈 것은 어쩔 수가 없다.

※ 1984년 12월 26일 눈

　옥이가 다니는 주산학원의 거리는 십오 리가 넘는다. 옥은 그 먼 거리를
매일 눈보라 속으로 걸어 다닌다. 무능한 탓에 교통비도 주지 못하는 나는
옥의 얼굴을 볼 때마다 안쓰럽기만 하다. "옥아, 추울 동안은 좀 쉬고 추위
가 지나거든 학원에 다니지." 하지만 옥은 "엄마는, 참……. 걸으면 한 시
간도 더 걸리지만 달려가면 20분이면 학원에 도착해. 달리면 몸이 후끈거
리고 더워"라고 한다. 옥의 말에 나도 안도의 숨을 내쉰다. 때로는 가난도
덕이 되는가 싶어 마음 한편으로 다행이라는 생각을 한다. "응, 그래……,
참 잘됐구나. 체력 단련에 큰 도움이 되겠구나. 그래도 옷은 좀 더 껴입고
가, 응?" 제발 몸이나 남처럼 튼튼하면 오죽 좋으련…….

어머니의 가슴은 여전히 따뜻했다

● 1985년 1월 15일 눈

고교 졸업 전 방학을 일주일 앞두고 취직이 된 질녀가 졸업식에 참석하기 위해 취직한 후 처음으로 집에 왔다. 질녀는 올케와 오빠, 그리고 어머니와 나의 내복 네 벌과 동생들에게 줄 양말과 과자, 그리고 어머니가 좋아하시는 명란젓과 구론산을 사 왔다. 그리고 일금 9만 원을 저의 엄마에게 주면서 오빠 학비에 보태라고 한다.

나의 내복까지 사 온 질녀가 대견하고 고맙기는 하지만, 한편으로는 올케 보기가 미안했다. 첫 취직을 해 첫 월급을 타면 사람들이 부모님께 빨간 내복을 사다 드린다던 말을 질녀에게 했던 게 생각이 나서 나는 민망했다. 질녀는 돈을 처리하는 일이라 계산 착오가 있거나 액수에 축이 나면 변상해야 한다면서 불안해하는 기색이다. 그래도 마음이 순진한 덕에 직장 동료들로부터 막내라고 귀여움을 받는다고 한다.

✿ 1985년 2월 16일 눈

옥의 중학교 졸업식 날인 오늘 나는 또 한 번 옥이 앞에서 죄인이 된 기분이다. 졸업식장에 참석도 못하는 엄마이기 때문이다. 부모님의 축하를 받는 친구들을 볼 때 옥이 얼마나 부러움과 외로움을 느낄까 생각을 하면 가슴이 메인다. 그나마 교회에서 졸업을 축하하는 선물과 꽃을 보내주고 마을에서 집집마다 5천 원씩을 내서 졸업하는 중고생들을 위한 다과회를 베풀어준 덕에 다소 졸업식이 실감난다. 가엾은 옥, 엄마를 용서하렴.

✿ 1985년 3월 4일 맑음

옥이가 고교에 입학을 하는 날이다. 학부형들이 하나둘 학교로 향하는 모습이 눈에 뜨인다. 나도 다른 학부형들처럼 학교에 찾아가 어머니회에 참석하고 담임선생님께 인사도 드렸으면 하는 서운함이 든다. 하지만 이 런저런 일 모두 생각에 그칠 뿐이므로 옥에게 면목이 없을 뿐이다.

✿ 1985년 3월 25일 비

고등학교에 입학한 옥은 학교에서 정식으로 밤공부를 하게 되었다. 여학생들이 심야에 다니면 위험하기 때문에, 학교에서 집까지 1킬로미터 이내

거리에 사는 학생들에 한해서만 밤공부를 시킨다고 한다. 집에서 공부할 환경이 갖춰져 있지 않은 옥이 학교에서 밤공부를 하게 되어 다행이다. 학과 수업이 모두 끝나면 두 시간 동안 영어, 수학, 국어 등 자습을 하고 6시에 청소를 한 뒤 밤 9시 반까지 밤공부가 이어진다. 그래서 옥은 도시락을 두 개씩 가지고 다닌다. 그래서 한편으로는 올케 보기가 좀 미안하면서, 또 한편으로는 간식도 제대로 챙겨주지 못해 옥이가 안쓰럽다. 과연 옥이 건강을 잘 지탱해나갈 것인지 좀 걱정이다. 이웃의 종희네 반은 공부하는 인원이 너무 적어서 아예 밤공부 반에서 빠졌다고 한다. 그래서 옥은 공부를 끝내고 집에 올 때면 현숙이와 함께 온다.

🐾 1985년 4월 8일 맑음

옥은 나를 닮아 키가 작달막하고 오동통한데 피부는 생부를 닮아 좀 희지가 않다. 그래서 요즘 같은 봄에는 오히려 화사하게 입는 것이 나아 보인다. 옥은 여고생이 되어서도 여전히 수수하다. 다만 제 엉덩이가 튀어나왔다면서 꼭 맞는 옷보다는 엉덩이가 덮이는 넉넉한 옷을 좋아한다. 그래도 잊지 않고 옷을 보내주시는 송 선생님의 깊은 배려 덕에 옥은 우리 형편답지 않게 철에 맞는 옷을 입고 다닌다. 송 선생님께는 늘 고마울 따름이다.

나날이 병환이 깊어지시는 어머니는 거동도 제대로 못하시고 뼈만 앙상하게 남으셨다. 그 답답함 때문인지 어머니는 이것저것 원하시는 말씀을 자주 하신다. "나도 삽교천에 가서 구경을 해야지…… 죽으면 영영 못 갈 테니까 장에도 가서 맛있는 것 좀 사 먹어야지……" 등등 말씀을 하시는 어머니 앞에서 나는 더욱 불효자식이 된다. 그래도 올케보다는 당신이 낳으신 딸 앞에서 속에 있는 말씀을 하시는 것일 텐데, 어머니 원하시는 대로 하나 해드리지도 못하면서 어머니 말씀에 번번이 대꾸하기가 일쑤다. "어머니는 평생 밖의 세상을 사시고도 자꾸 밖의 세상을 생각하세요……. 어머니, 이제 연세도 드셨으니 집에 계시면서 자손들의 문안을 받으며 사시는 게 옳아요. 서울 동생 집에도 찾아가시려면 힘드시잖아요. 낯모르는 사람들이 어머니를 보면, 저 노인은 자손도 없으신가 보다 생각할지도 몰라요. 아니면 자손들이 있어도 불효하는 사람들이라고 흉을 봐요. 어머니처럼 연로하신 분을 홀로 다니시게 한다고 말이에요……." 그래도 어머니는 작은 올케가 잡채를 맛있게 한다고 하시면서 재차 막내네 집에 가고 싶다고 하신다. 세상의 끝까지 와 계신 어머니는 갈수록 자꾸 단순해지시는 것 같다.

🌸 1985년 4월 11일 비

학교에서 돌아오자마자 옥이 비스킷과 볼펜을 내놓으면서 하는 말이

"엄마, 적십자사에서 헌혈을 하는 차가 와서 하고 싶은 사람은 헌혈을 하는데 체중이 42킬로그램 이상이어야 할 수 있대. 나는 48킬로가 나가서 헌혈을 했는데, 아무렇지도 않아"라고 한다. 다만 헌혈을 한 팔의 손이 좀 곱고 시렸을 뿐이라고 한다. 옥은 헌혈을 해서 남을 도울 수 있다는 말에 만족감을 느끼는 것 같다. 게다가 유난히도 잔병치레가 많던 옥이 다소나마 건강해졌음이 증명되는 셈이다. 봄철 지독한 감기로 고생하는 아이들이 많은데 어째 이번에는 조용히 지나가는 옥이 그렇게 대견하고 예쁠 수가 없다. 등을 툭툭 두드려주고 싶은 심정이다.

🌸 1985년 5월 6일 비

비가 와서 날이 구질거리기에 빨랫감을 마루에 놨더니 어느 틈에 올케가 빨아주어 미안했다. 갈수록 빨래를 해 입기가 고역이긴 하지만, 내가 할 수 있는 일은 될 수 있으면 내 힘으로 하려고 한다.

🌸 1985년 5월 27일 석가탄신일, 맑음

시시각각으로 입맛이 변하시는 어머니…… 가시처럼 뼈만 앙상히 남은 데다가 피부가 부어올라서 발등이 접시를 엎어놓은 듯 소복하고 배도 사발처럼 딱딱하게 부으셨다. 주위에서는 어머니에 대해 죽음이 임박했다고들 이야기한다. 너무나 고통스러워 이리저리 몸을 움직여달라는 어머니의 간청을 제대로 들어드리지 못하는 나는 마음이 천근만근이다.

아마 어버이를 받들어 모시고 장수하시기를 원하지 않는 자식은 없을 것이다. 나 역시 어머니를 곁에 모시면서 오래도록 어머니의 사랑을 받고 싶은 마음이다. 노환으로 고생하시는 어머니를 뵐 때마다 안타까워서 견딜 수가 없다.

🌸 1985년 6월 24일 흐림

고교 2학년이 되어서야 학교에서 직업반과 입시반을 나누는데 올해 옥의 학년에 들어서는 학교에서 좀 성급히 서두르는 품이다. 생활관이 붐비는 탓에 대학 진학을 않는 아이들은 내보낸다고 하여 옥이도 짐을 싸 들고 집으로 왔다. 그런데 시험 기간이 끝날 때까지는 이모 집에서 머무르겠다면서 짐의 일부를 이모 집에 두고 왔다는 것이다. 아무리 이모 집이라 해도 옥이가 오래 머무르기는 쉽지 않았는지, 이틀 만에 집으로 돌아와서 하는 말이 "엄마가 보고 싶었어. 아무래도 이모 집은 집처럼 마음이 놓이지 않아"라고 한다. 옥의 말에 나는 "왜, 요것아, 못난 엄마라고 나무라더니"라고 퉁을 주었다. 초저녁부터 옥과 함께 집에 있어본 지도 오랜만이다.

🌸 1985년 7월 9일 흐림

어머니는 거동을 못하시므로 대소변을 보실 때도 부축을 해드려야 하는데 나 혼자 힘으로는 감당하기가 여간 힘든 게 아니다. 그렇지만 자꾸 하다 보니, 힘에 부치긴 해도 조금씩 요령이 생긴다. 어머니는 머리카락도 자꾸 빠져서 쪽 찐 자리가 참새 꼬리만 하고 몸 역시 배만 볼록하고 팔은 말라 흡사 개구리를 닮으셨다. 어머니 머리를 감겨드리는 것도 오늘이 마지막이 아닐까 하는 심정에 서러움이 목으로 울컥 넘어왔다.

❀ 1985년 7월 27일 맑은 뒤 소나기

오늘 오전 10시부터 우리나라의 최고층 빌딩인 '63빌딩'이 최초로 국민들에게 개방되었다. 텔레비전과 라디오 모두 개방 행사를 앞다투어 보도했다. 남산에서 내려다 보면 우뚝 솟아 있는 '63빌딩'은 지하 3층에 지상 60층이라고 한다. 이 높은 건물을 두루 관람할 수 있는 관람료도 기만 원이나 된다. 우리 같은 서민들에게는 요금이 좀 과한 편이다.

❀ 1985년 8월 5일 소나기

나무 등걸처럼 바짝 마르신 어머니는 점점 더 자주 찾아오는 고통에 몸부림치시면서도 입 안에서 말씀을 밖으로 내지 못하시기에 그 모습을 지켜보는 나는 더욱 애가 탈 뿐이다. 그러다가도 또 미동도 없이 누워 계신 어머니를 보면 나는 금방이라도 운명의 순간이 찾아올까 두려운데, 이웃 아주머니께서 말씀하시기를 기운이 없으셔서 눈을 감고 계신 것이지 결코 주무시는 것이 아니라고 하신다. 그러자 어머니도 그렇다고 고개를 끄덕거리신다.

　나는 잠에 취해 계신 듯한 어머니의 볼을 톡톡 두드려 깨워 식사를 떠넣어드린다. "어머니, 식사하세요. 식사하셔야지요." 어머니는 마지못해 한 술 받으신다. 하루가 다르게 기력을 잃어가시는 어머니……. 입 안이 온통 해져서 이제는 우유 한 모금 빨지 못하시고 입 안에 담긴 밥알을 넘기지도 못하신다.

　누구나가 청춘 시절은 물론 일생을 사노라면 기쁨보다는 어려움이 더 많을 것이다. 그래도 '추억'이라는 이름으로 기억되는 순간은 아름답게 남아 있으련만……. 어머니 생의 마지막 순간을 지켜보는 나는 공포를 느낀다. 생의 고별이 이토록 험난한 고역일 줄이야. 어머니가 너무 불쌍해서 견딜 수가 없다. 어머니를 부둥켜 안고 엉엉 울고 싶어진다. 수족이 차디차게 식어가는 어머니…… 맥박이 식어가는 어머니…… 숨이 멎기가 그렇게도 어려우신지……. 정신이 들락날락하시는 어머니 앞에서 나는 다시금 마음을 가다듬고 어머니가 그동안 나를 어떻게 기르셨는지, 또 내가 옥이를 어떻게 기르고 있는지 다시금 더듬어본다. 자라오면서 나는 언제나 사랑을 갈구하며 어머니 품속을 파고들었다. 어머니의 따뜻했던 품속을 생각할 때마다 마음이 뜨거워졌다. 어머니는 깊은 잠에 취하신 듯 주무시기만 하신다. 어머니는 내가 손과 발을 닦아드리는 것조차 모르신다. 나는 입술을 깨문

채 뼈만 앙상히 남은 어머니의 하체를 씻기고 옷을 갈아입혀드렸다. 그제
만 해도 "어머니, 소변보셔야지요" 하면 고개를 끄덕이셨는데 이제는 통 아
무 대답이 없으시다. 몸을 닦아드리면서 엉덩이를 보니 뼈가 드러나도록
살갗이 벗겨져 있는가 하면 피가 맺혀 있었다. 변기를 갖다 댈 때마다 자지
러지게 아프다고 하셔도 대수롭지 않게 여겼던 나는 어머니의 말씀에 무심
했던 것이 너무 죄송스러웠다. 내 고충만 앞세워 건성으로 넘겼던 나 자신
이 부끄럽기 그지없다. 변기 대신 기저귀를 채워드리니 나 또한 간편하고
어머니 역시 조금 덜 고통스러워하셨다. 그런 어머니께 우유와 미음으로
계속해서 입술을 적셔드렸다.

텔레비전 앞에 앉아 있던 아이들이 떠나니 자정이 넘었다. 올케도 어머
니 곁을 지킨 지 이틀째라 여간 고단해 보이는 게 아니다. 나 역시 자리에
누워 있다가도 어머니 신음 소리만 들리면 깨어 일어나느라고 제대로 눈
을 붙이지 못한다. 오늘 밤에는 잠이 깬 김에 아이들이 놀다가 더러워진
마루를 닦았다. 걸레를 깔고 앉아 스케이트를 타듯 미끄러지며 몇 번 왔다
갔다 하면 그런대로 깨끗해진다.

❀ 1985년 8월 19일 맑음

9일 밤부터 어머니가 이상하셨다. 평소에는 "소변보셔야지요" 하고 부
르면 곤한 잠에서도 실눈을 뜨시고는 턱을 움직여 반응을 보이셨는데, 이

상하게 아무 대꾸가 없으셨다. 습관적으로 어머니의 양볼을 톡톡 손목으로 두드려본다. 그래도 어머니는 반응이 없으시다. 그러곤 가래가 목에 걸린 듯 답답하게 씩씩거리시다가 갑자기 숨을 멈추신다. 그리고 잠시 후 또 색색 숨을 몰아쉬신다. 나는 너무 놀라 어머니를 덥석 껴안았다. 역시 반응이 없으시다. 올케에게 "언니, 어머니가 아무래도 운명하시려나 봐" 하고 이야기하자 곁에 누워 있던 올케가 벌떡 일어났다. 올케가 "저기 벽장에 있는 옷으로 갈아입혀드려요"라고 해 올케와 나는 어머니의 옷을 새로 입혀드렸다. 옷을 갈아입으시는 사이 운명하시는 것은 아닌가 걱정스러웠다.

그리고 건넌방에서 주무시는 오빠를 부른 뒤 질녀를 시켜 조카를 불러오게 하고, 딸들이 임종을 지킬 수 있도록 자매들에게도 사람을 보냈다. 거산에 사는 큰 자매를 부르러는 이웃의 종필이가 갔다. 전화가 있었다면 서울 동생네도 불렀을 텐데 안타까울 뿐이었다. 그다음에는 어머니가 일러두셨던 대로 온 식구가 총동원되어 방 안의 가구를 모두 바깥으로 내놨다. 텅 빈 방 안에 어머니 홀로 누워 계셨고 그 곁에서 식구들이 자리를 지켰다. 불빛에 날아 들어온 풀벌레들이 조문객처럼 방 안을 누볐고 곧이어 비를 맞고 큰 자매가 도착했다.

올케와 자매는 어머니가 기저귀를 차신 채 저세상으로 가시면 어쩌나 걱정을 하면서 조금 시간을 두고 기다렸다가 기저귀를 빼드렸다. 그리고서 30분쯤 지났을까……. 끄르륵 하는 소리가 나더니 어머니는 더 이상

숨을 쉬지 않으셨다. 자매가 어머니를 들여다보고는 운명하셨다고 했다. 어머니의 온 얼굴에 바늘로 찌른 듯이 피 이슬이 맺혀 있는 게 보였다. 식구들은 어머니를 부르며 목 놓아 울었지만 나는 어안이 벙벙하고 실감이 나지 않았다. 어머니의 가슴은 여전히 따뜻했다.

1985년 8월 10일, 음력 6월 24일 새벽 5시 10분, 어머니는 아침 이슬처럼 조용히 한 많은 세상을 하직하셨다. 그래도 나에게 뭐라고 한마디쯤은 하실 줄 알았다. "애, 한순아, 나 없이 너 어떻게 이 세상을 살아가겠니……"라고……. 하지만 어머니는 말씀은커녕 유언 한마디 남기지 않으셨다. 어머니의 설움을 알기라도 하는 듯 낙수 또한 가락이 높아만 갔다. 방 밖에는 병석에 누워 계실 때 사서 몇 번 신으셨던 고무신이 덩그러니 놓여 있었다. 어머니는 "이 신은 내가 가지고 갈 테야"라고 하시며 누가 신을세라 염려를 하곤 하셨다. 깨끗이 닦아놓았다가 당신 가신 뒤에 불에 넣어달라고 말씀하셨던 고무신만이 어머니의 흔적처럼 남아 있었다.

동이 트자 마을회관의 스피커에서 "이한규 씨의 자당님이 별세하셨습니다"라는 말이 흘러나왔고 방송이 끝나기 무섭게 마을 사람들과 친척들이 우왕좌왕 모여들었다. 나는 처음으로 대면하는 친척들이 대부분이었다. 집 안팎에서 곡성이 끊이지 않았다. 어머니가 나를 혼자 두고 가시기가 안쓰러워서 끝내 눈을 감지 못하고 가셨다고 사람들이 이야기하는 소리가 들렸다. 나는 피눈물을 토하듯 통곡하고 또 통곡을 했다. 어머니 살아 계실 때 불효했던 그 죄책감 때문에 마음이 아팠지만, 가신 뒤에도 이렇게 어머니 걸음을 가볍게 해드리지 못한다는 생각에 눈물이 비 오듯 했다. 어머니가 뼈저리게 그리웠다. 입에 맞는 음식이 있어도 "너 먹어라" 하시며 내게 먼저 주시던 어머니의 그 사랑을 어디에서 찾는단 말인가.

장례를 모시기까지 무더운 날씨 탓에 음식이 쉬어나가고 일 보는 사람들이 애를 먹기는 했지만, 그나마 날씨가 더운 덕에 밤에 불을 때지 않고도 손님들이 이 방, 저 방에서 맨 바닥에 덮지도 않고 자는가 하면 심지어는 마루나 비닐하우스에서 잠을 자고도 별 고생이 없는 듯했다. 만약 어머니가 여름이 아닌 겨울에 돌아가셨다면 족하지 않은 살림살이에 어려움이 많았을 텐데 하는 생각도 들었다.

대부분 나와 가까운 사람들은 "어머니 간호를 하느라고 고생을 많이 했지?"라는 인사를 건넸지만 인사를 받을 만큼 어머니께 효심을 다하지 못했던 나는 부끄러울 뿐이었다. 어머니를 산에 모시던 사람들은 이렇게 말을 한다. "그 양반 복이 있으셔. 산소 자리가 참 좋게 들었어." 나도 어머니의 산소를 가 뵙고 싶어진다.

🌸 1985년 8월 22일 맑음

조카는 입에 맞지 않는 술을 마시고 와서 제 어머니 아버지에게 울면서 이런저런 한탄을 한다. 왠지 답답하고 공부가 잘 되지 않아 휴학계를 1년

만 내고 싶다고 그런다. "그래도 나는 잘못되지 않는다. 나에게 온 식구가 너무 기대를 하기 때문에 부담감이 크다"고 하는 조카를 지켜보는 나는 측은한 마음이 든다. 불현듯 조카가 괜히 나 때문에 잘못되는 건 아닐까라는 죄의식으로 가슴이 방망이질을 한다.

　나는 눈에 이슬이 맺히는 것을 주체할 수가 없어서 방으로 들어와 아픈 마음을 어르고 있는데 조카가 "고모! 고모!" 부르며 방으로 따라 들어온다. "고모, 할머니께서 아프다고 하실 때면 가슴이 찢어지는 것만 같았어. 내가 학교를 졸업하면 할머니께 구경을 많이 시켜드리겠다고 마음을 먹고 있었는데, 그만……" 하면서 조카는 한동안 말을 잇지 못한다. 그러더니 "……그리고 고모, 내가 언젠가는 고모도 전국일주 시켜줄게, 응?"이라고 한다. 나는 조카에게 아무것도 바라는 것이 없다고 대답했다. "다만 너 하나, 제 자신만 충실히 살아주기를 간절히 바랄 뿐이야. 그런데 이 못난 고모 때문에 네가 잘못될까 봐 걱정이야. 아무런 부담 갖지 말고 너만 제발 행복하게 살아주렴." 조카와 나는 서로 부둥켜안고 울었다. "고모, 울지 마. 이러면 나도 마음이 아파서 울고 싶어지잖아." "얘, 나도 너의 엄마 이상으로 네가 사랑스럽고 소중해. 갓난아기 때부터 정을 주고 키웠기 때문에, 네가 잘되면 나는 더 이상 바랄 것이 없어." 먹지 못하는 술을 먹은 탓에 몸을 잘 가누지도 못하는 조카가 제 방으로 자러 간 뒤에, 나는 혹시라도 옥이가 눈물을 볼까 얼른 치맛자락으로 눈물을 훔쳤다.

그제야 맞은편 벽에 걸려 있는 십자가 목걸이가 눈에 띄었다. 옥이가 아침에 엄마 생일 선물이라며 준 것이었다. 나무 구슬로 엮어 만든 십자가 목걸이를 내주는 옥이에게 "얘, 할머니께서 돌아가셨는데 어떻게 엄마가 선물을 받니……. 선물을 하는 것이 아니야"라며 핀잔을 했던 게 후회가 되었다. 이유야 어떻든 우선 옥이에게 고맙다는 말을 먼저 했어야 하는데 말이다. 엄마가 천주교의 십자가 목걸이를 갖고 싶다고 해서 교회의 언니에게 부탁해 어제 사왔다는 것이다. 목걸이를 보자 내 허전함이 다소 채워지는 듯했다.

🌸 1985년 9월 2일 비

옥이가 학교에 다녀와 이야기를 꺼냈다. "엄마, 유 선생님이 말씀하셔서 매점 아주머니가 나를 딸처럼 생각할 터이니 학교 식당을 개업하면 학교 선생님과 학생들의 식사 나르는 일을 틈틈이 도와주면 납입금을 내준다고 하셨어. 승이 언니가 그러는데 방학 때부터 유 선생님하고 내 이야기를 했는데 할머니가 돌아가시고 또 내가 오해를 할까 봐 말을 못했다면서 승이 언니가 조심스럽게 말을 꺼내지 뭐야. 그리고 매점 아주머니가 '너는 못 먹어서 크지를 못했구나. 겨우 중학생 정도 체구네' 하시면서 빵이랑 아이스크림을 주셨어. 그리고 엄마도 갖다 드리라고 과자를 주셨어. 미안해서 사양을 해도 막무가내로 주셨어." 그러면서 며칠 전 매점에 오이를 가져다준 사람이 옥이인 것을 알고 더 반가워했다고 한다. 옥이는 전에 있던 매점 점원이 있는 줄 알고 깻잎 약간과 파를 좀 뽑아가지고 갔었는데 결혼을 해서 나가고 없더라는 것이다. 말없이 떠난 매점 언니가 보고 싶고 서운했더라는 옥이인데, 오히려 매점 아주머니로 인해 새로운 일이 생겼다고 좋아한다.

🌺 1985년 9월 9일 맑음

나는 온종일 옥이가 계산 착오 없이 매점 일을 잘 돕고 있는지, 물건 파는 일에 쩔쩔매지는 않는지 걱정이 되었다. 그래서 질녀들이 학교에서 돌아오자마자 "매점에는 가봤니?" 하고 묻곤 한다. 오늘은 서무과에 근무하는 질녀가 저녁에 찾아와 옥이가 전해주라고 했다며 메모지를 건넸다. 내용인즉 이랬다. "엄마, 오늘은 참 즐거웠어. 매점 일로 바쁘게 뛰었더니 매점 아주머니가 흡족해하시는 눈치였어. 잘 될 것 같아. 그리고 아침, 점심, 저녁 모두 잘 먹었어. 또 매점 아주머니가 아이스크림이랑 빵을 간식으로 주셔서 먹었어." 나는 옥이가 그저 대견스러웠다. 못난 엄마의 우울한 심정을 헤아리기라도 하는 듯 자기는 잘 지내고 있다며 위로해주는 옥이가 기특했다. 아무튼 매점 일에 만족해하고 있다는 옥이의 말이 고마웠다. 하지만 어머니가 살아 계셨다면 어린 것에게 힘겨운 일을 시킨다고 걱정하시며 가슴 아파하셨을 것이다.

✿ 1985년 9월 11일 비

콩장을 만든다고 장에 가는 오빠에게 올케가 설탕도 좀 사 오라고 한다. 옥이가 집에 있을 때에는 도시락 찬을 만드는 것을 알면 참 좋아했다. 이웃에서 사과를 가져와도 나는 옥이에게 먹일 생각뿐이었다. 그런데 옥이가 매점에서 일하게 된 뒤로 나는 별별 것이 있어도 흥미롭지가 못하고 시무룩해진다. 요 며칠 동안은 아침마다 옥이가 질녀들에게 전해주는 메모지를 보고 시간표마다 책을 챙겨 보내는 것이 일이다. 게다가 치마 대신 바지를 보내라고 하니 일이 얼마나 고달픈가 짐작이 가고도 남는다. 오죽 몸이 고단할까 싶어서 측은해 견딜 수가 없다.

✿ 1985년 9월 21일 비

옥이 매점에서 일하기 시작한 뒤 처음으로 집에 온다고 하여 토요일 저녁 해가 질 무렵까지 기다렸는데도 옥이 오지 않았다. 옥은 교회의 토요집회에 갔다가 자정에서야 돌아온 것이다. 옥을 애타게 기다리던 나는 수십 년 만에 만난 것처럼 반가웠다. 옥은 "엄마, 보고 싶었어"라며 내 품을 파고들었고 옥과 나는 밤이 가도 끝을 모르고 이야기꽃을 피웠다. 옥이의 따뜻한 몸이 얼음장처럼 차갑던 내 몸을 녹여주었고 냉랭하던 내 방은 금세 포근해졌다.

옥은 처음에 쉬는 시간마다 학생들이 몰려와 학용품, 음료수, 빵 등을 달라고 손을 뻗칠 때마다 어찌해야 할지 몰라 정신이 없고 어리벙벙했다고 한다. 그리고 점심시간에는 학과가 끝나기 무섭게 급히 달려와서 식탁에 차려진 점심을 얼른 먹고 물건을 팔았고, 학과 시작 종이 울리면 또다시 서둘러서 교실로 달려가지만 이미 수업이 시작되어 있기 일쑤여서 당황스러웠다고 한다. 게다가 수업 시간에도 매점 생각이 나서 공부가 잘 안되고, 자꾸 허둥대는 것이 피곤하고 힘이 부친다는 것이다.

안 그래도 나는 며칠 전 옥이의 안부를 전해주는 승이에게 옥이가 주산학원을 다니려면 졸업 때까지 계속 매점 일을 돕지는 못할 것이라고 하자 퍽 당황하는 표정이었다. 그런데 이 저녁에 와서 옥이가 하는 이야기가 졸업 후에도 매점에서 일하지 않으려면 진작에 매점 일을 단념해야 된다고 승이 언니가 그러더라는 것이다. 매점 일을 맡기려면 우선 정직하고 사면으로 반듯해야 하기 때문에 사람을 구하기가 힘든 눈치였다. 옥이가 졸업 후에는 서울에도 가고 싶고 사회생활을 하고 싶다는 뜻을 내비치자 매점 아주머니도 화가 나서 옥이에게 "이제 계산이 끝났다"며 당장 돌아오는 토요일에 나가라고 명을 하더라는 것이다.

옥은 '우물 안 개구리'라는 말을 실감한 경험이라고 이야기한다. 순간이나마 현실을 바로 보고 인생 공부에 큰 도움을 얻었다고 한다. 옥은 매점 아주머니가 2만 원을 내주자 "사모님, 저는 별로 도움을 드리지 못했는데 어떻게 받아요"라며 사양했다는 것이다. 그리하여 옥은 옷과 교과서를 무겁게 싸들고 집으로 돌아오고 말았다.

나는 옥이의 직장 관계로 여러 날을 고심하며 괴로워했다. 어쩌면 따뜻하게 잠을 재워주고 밥을 먹여주는 매점 일이 나을지도 몰랐다. 그러면서 또 한편으로는 그래도 결혼하기 전에 더 넓은 세상에서 사회 경험을 하는 것도 좋지 않나 하는 생각에 머릿속이 복잡했다.

🌸 1985년 10월 8일 맑음

어머니 슬하에서 생활할 때는 별 어려움이나 아쉬움이 없었는데 이제 나 혼자 힘으로 세상 물정에 철부지인 어린 딸을 데리고 살려니까 안타깝고 답답할 때가 많다. 옥이는 학업 때문에 시간이 여유롭지 못해서 나는 심부름 시킬 것이 있으면 주로 휴일에만 시킨다.

내 방의 벽을 바른 지도 수년이 되어 색이 바랜 것을 보고 벽지를 뜯어 냈더니 그 모습이 추해서 벽을 바르지 않을 수가 없었다. 나는 물정에 어두운 옥에게 돈을 주어 보내면서 이것저것 일러주었다. 방 크기를 주인에게 말하고 어떤 품질, 어떤 가격의 벽지를 사 올 것인지, 그리고 종이를 싸주거든 값을 물어보고 에누리를 좀 해야 한다고 말이다. 나는 매사를 이런 식으로 옥에게 사는 지혜와 요량을 일러주려고 한다. 또한 나는 야무지게 절약하며 검소한 생활을 하되 나보다 어려운 이웃을 조금이나마 도울 수 있어 돕는다면, 그게 바로 우리가 이웃으로부터 받은 은혜를 갚는 길이라고 옥에게 이야기해준다.

옥과 나는 벽지를 바르면서 '어느새'라는 생각이 들었다. 엊그제 내 품에 안겨 있던 철부지가 지금은 나를 도와 벽지를 바르고 있는 것이다. 옥이가 이렇게 큰 것을 보니 나는 늙었다는 생각이 드는 반면 그저 대견하기만 하다.

🌸 1985년 10월 19일 흐리다가 밤에 비

나는 이십대의 모습이 그리워서 초상화를 해다 벽에 걸어놓았다. 내 젊은 날의 초상화를 볼 때마다 뿌듯한 기분이 들면서 현재를 잊고 과거로 돌아가 향수에 젖곤 한다. 나는 자랑 삼아 이웃 광민 엄마에게 "저것 봐, 내 초상화"라며 고개를 돌려 초상화를 가리켰다. 그런데 마루에 앉아서 방의 벽을 쳐다본 광민 엄마는 "어이구, 징그러워, 쳐다보기 싫다"라고 하는 게 아닌가. 나는 잠시 우쭐했던 기분이 움츠러들면서 면박이라도 받은 듯 면구스러웠다. 광민 엄마는 "내 동생은 현재 모습으로 그렸는데 얼마나 좋은지 몰라. 옥이 엄마도 지금 모습 그대로 그려야지"라고 한다. 옥이도 올케도 나더러 현재 모습으로 그릴 것을 잘못했다고 한다. 나도 조금 후회가 되었다. 하지만 나는 흙으로 갈 때 뒤를 따를 사진을 마련한 것이 아니라 추억이 그리워 추억의 모습을 담은 것인데 당사자가 아닌 제삼자들은 달리 생각하는 것 같아 씁쓸했다.

올케는 이웃 누구네를 갔는지 집에 없는데 호원이 엄마가 와서 어머니의 백일제 때 쓰려고 밀주를 담그고 갔던 게 잘 되었는지 보러 왔다면서 밀주를 보고는 "올케는 어디 갔느냐?"고 묻는다. 올케의 행방을 모른다고 하자 호원이 엄마가 그냥 집으로 가려 하기에 나는 "내 방에 들어와서 놀다 가요" 라며 몇 번씩 권했으나 "싫어, 갈래" 한다. "이렇게 눈비가 내리니 일도 못 하고 장에도 못 가실 텐데, 놀다 가세요, 내 방도 보일러를 놓아서 이제 아랫목은 앉을 만해요"라고 말해도 호원이 엄마는 별 대답이 없다. 아침부터 진눈깨비가 내린 탓에 밖에 나가 빨래할 마음도 없고 으스스하고 심심해서 죽을 지경인데 뜻밖에도 호원이 엄마가 오니까 나는 내심으로 참 반가웠다. 그럼 집으로 가느냐는 말에 이 윗집 따뜻한 데로 가겠다며 나가는 호원 엄마의 뒷모습을 바라보면서 나는 쓸쓸하고 울적했다.

오후 2시 20분경에 어머니의 백일제를 지냈다. 오빠 내외는 김치 담그랴, 시장 봐오랴, 떡 해오랴 며칠간 분주하고 바쁘게 움직였다. 장손으로서 의무와 도리를 다하는 오빠가 제일이구나 하는 생각이 들고 감사했다. 전날부터 비바람 속에 내린 진눈깨비로 길이 온통 진흙탕이었지만 이곳저곳 흩어져 사는 5남매가 속속들이 집으로 모여들었다. 백 일 만에 다시 모인 우리 남매들은 서로 얼굴을 대하고 정담의 꽃을 피웠지만, 내 마음 한 편은 언제나 비어 있는 듯 허전하고 쓸쓸했다. 그립고 그리운 어머니의 영 상을 내내 잊을 수 없었기 때문이다.

🌸 1985년 12월 11일 눈

나는 오늘 실수를 연거푸 저질렀다. 올케가 조반 후에 배추 작업을 나가 면서 "애기씨, 탄불을 좀 갈아넣어요"라고 일러주고 나갔다. 탄이 세 개 들 어가는 아궁이에서 제일 밑에 있는 연탄재를 꺼낼 수가 없어서 중간 것만 꺼내고 새 탄을 하나만 넣었더니, 24시간이 채 안 되어서 탄이 꼴깍 숨진 것이다. 보일러 아궁이에 올려놓은 물솥을 내려놓기가 힘들었기 때문이 다. 게다가 탄 아궁이를 자주 살펴보지도 못하다가 빨래를 하려고 뜨거운 물을 퍼낸 뒤 솥을 내려놓으니, 그제야 탄이 숨진 것을 알았다. 올케에게 미안하기도 하고 내 딴에는 올케의 수고로움을 덜어준답시고 숯탄을 넣고 다시 탄을 피우려 하는데, 아궁이 밑에 쌓인 재를 긁어내지 않은 탓에 그 만 탄이 재생하려다가 다시 가버렸다. 그래서 숯탄만 한 개 없애고 불도 꺼뜨리고 말았다.

요즘은 연말을 맞아 질녀들과 옥이 모두 크리스마스 카드를 만드느라 정신이 없었다. 수업 마치고 집으로 돌아와 카드 만드는 데 열을 올리는 그 모습이 기특하고 대견해서, 나는 도와줄 일이 없나 하는 심정으로 카드

속 종이를 썰어 붙여주곤 했다. 그런데 옥이가 색종이를 오려 붙여서 줄에 그득히 달아놓은 카드에다가 내가 시를 적어넣은 것이 옥의 마음을 상하게 하고 말았다. 왜 엄마는 쓸 데 없이 카드마다 시를, 그것도 볼펜으로 써 놨느냐는 옥이의 말에 나는 정말 할 말이 없었다.

❀ 1985년 12월 25일 맑음

옥은 크리스마스 날 교회 연극부에서 어머니 역을 맡아 훌륭히 해내 주위로부터 칭찬을 들었다고 한다. 그리고 학생부에서 파티를 하며 선물 교환을 한 것이 참으로 즐거웠다고 한다. 모처럼 옥의 밝은 표정을 보니 나 또한 흐뭇했다.

❀ 1986년 2월 23일 맑음

세상 모두들 둥근 달을 보면서 소원을 비는 정월 대보름이라고 하지만 나는 누구를 위해 무엇을 빌 것인가 망설여진다. 내일의 진전을 생각할 수 없는 나는 다만 옥이가 건강해주었으면 하는 바람이다. 그리고 극락에 계신 어머니의 평안을 애절한 마음으로 빈다.

❀ 1986년 3월 17일 맑음

태어날 때부터 튼튼한 체질로 태어난 아이들은 탈 없이 잘 자라건만, 옥은 워낙 허약 체질인 데다 영양 관리를 못한 탓에 크고 작은 병치레를 하여 나의 마음을 수없이 아프게 한다. 요즘은 뼈마디와 손목마다 아프다고 하기에 애를 태우던 중 비타민D를 섭취하면 뼈가 튼튼해진다는 방송을 들었다. 나는 비타민D가 든 음식이 무얼까 고심하던 끝에 옥의 가정 교과서를 펼쳐 넘겨보았다. 워낙 상식이 부족한 나로서는 비타민D에 대해 아는 것이 없었다. 첫 페이지를 넘겨서 단백질, 칼슘, 비타민A, 비타민D 등의 영양식을 수첩에 메모했다.

옥은 이런 영양분을 제대로 섭취하지 못해 영양 결핍증에 걸려 성장기에 제대로 자라지를 못한 채 질병에 얽매여 지낸 모양이다. 현재라도 영양 보충을 해줄 수 있다면 하는 안타까움뿐이다.

🌸 1986년 3월 18일 비

텔레비전 때문에 마음이 집중되지 않는다고 옥이 짜증스러워하기 때문에 나는 가급적 아침에 뉴스를 듣지 않는다. 옥이가 학교에 가려고 집을 나선 뒤 텔레비전을 틀었더니 최은희, 신상옥 씨가 북에서 탈출했다는 내용이 흘러나왔다. 순간 내 귀를 의심했지만 계속해서 흘러나오는 뉴스 속보에서 영화배우 최은희, 영화감독 신상옥 부부의 탈출 소식을 전했다. 나뿐만 아니라 온 국민이 뜻밖의 희소식에 들뜬 모양이었다. 부부의 탈출 소식을 전하는 신문이 그득히 쌓인 서울 시가지와 삼삼오오 모여 신문을 보는 시민들의 모습이 텔레비전 화면에 잡혔다.

🌑 1986년 4월 28일 맑음

　옥이를 학교에 보내고 나면 내 마음은 조급해진다. 마루, 방 등을 치우고 정리하며 닦다 보면 텔레비전 프로그램의 중요한 대목을 들어야 하는데 싶어서 마음이 급하다. MBC와 KBS에서 같은 시간에 유익한 방송을 하는 날이면 어떤 방송을 들어야 할까 하는 안타까움까지 생긴다. 욕심을 내서 이 방송, 저 방송으로 채널을 바꿔 돌리다 보면 결국은 방송마다 제대로 듣지를 못한다. 아침 방송은 저마다 모두 유익하기 때문에 들어야 할 텐데 당장 급한 빨랫감이나 하다못해 걸레라도 빨아야 한다는 생각에 마음이 어지러울 때가 많다.

　아침 방송을 듣고, 빨래를 해서 널고, 주전자에 물을 그득 담아 방에 갖다놓고, 햇빛을 쪼이려고 내놨던 선인장을 다시 방으로 옮기고, 오후 4시 40분에 나오는 라디오 대북 방송을 들으면 나의 하루 일과는 얼추 끝나는 것이다. 그리고 수시로 탄불을 들여다봐야 한다. 온종일 밭일을 하느라 정신이 없는 올케는 탄을 제때 갈 수가 없기 때문이다.

　오늘은 광민이 엄마랑 수박 묘를 심으려고 비닐을 씌우는데, 점심으로 잔새우를 넣고 시금칫국을 끓여 먹으면서 어머니 생각을 했다. 광민이 엄마 역시 "참, 할머니는 시금칫국에 새우를 넣으면 참 좋아하셨지……"라고 한다. 시금칫국을 먹으며 어머니 생각을 하니 목이 메었다.

광민이 엄마와 나는 쑥과 질경이, 민들레 등을 뜯어 삶아서 쑥은 말리고 나물은 씻어 물에 담가두었다. 아이들에게 시키면 쉬웠겠지만 이렇게 저렇게 해 먹자고 해도 듣는 둥 마는 둥 할 게 뻔했기 때문에 내친 김에 아주 먹게 씻고 삶았다. 힘겨운 하루였다.

🌸 1986년 5월 17일 비

올케는 산에서 나무를 긁다가 꿩알을 13개나 주워왔다는 것이다. 옛날에는 정월 대보름날 수수밥 누룽지를 먹으면 꿩알을 줍게 된다는 말이 있어서 수수 누룽지를 먹곤 했는데, 올케는 올해 수수 누룽지를 먹지도 않았는데 꿩알을 주웠다며 재수가 좋은가 보다고 했다. 내 생각 같아서는 그 꿩알을 부화장에 맡겨 부화시켜 키웠으면 하는 간절함이 든다.

휴일인데도 다 큰 딸들이 방 안에서 텔레비전만 보며 하루해를 보내도 밭 귀퉁이에 멋대로 자라 우거져 있는 풀을 뽑는 것은 올케다. 올케는 묵묵히 자신만의 일을 하며 가정의 화목을 지킨다.

🌸 1986년 5월 19일 비

수학여행 기념사진을 찍는다고 사진관에서 카메라를 빌려 갔던 옥은 사진이 제대로 나오지 않았다며 속상해한다. 카메라 탓인지 아니면 카메라를 처음 다루는 제 실력 탓인지 잘 모르겠으나, 나는 옥의 기분이 상하게 하지 않으려고 일부러 그 원인을 묻지 않는다. 모처럼 만에 남해안 지방으로 여행을 가서 기념사진을 찍어왔는데 잘 나오지 않았으니 옥은 얼마나 속이 상할까 안타깝다. 옥은 여전히 "에이, 참……" 하고 중얼거리며 즐거운 여행을 다녀왔다는 기분보다는 시무룩해 있다. 그러더니 곧 말하기를 "엄마, 나 제대로 나오지도 않은 사진을 현상하느라고 이래저래 돈이 나가긴 했지만 그래도 다른 애들 여행 용돈에 비하면 아주 적은 값밖에 안 돼"라고 어른스럽게 말한다.

🌸 1986년 5월 28일 맑음

모처로 보낼 편지를 쓰고 있는데, 우체부가 "편지요!" 하고 방문 앞 마루에 무언가를 던지고 간다. 흘깃 바라보니 원호신문 같아서 일단 쓰던 편지를 마치고 나가보니 겉봉에 내 이름이 적혀 있었다. 뜻밖의 편지에 놀라 뜯어보니 얼마 전 영부인께 드렸던 서신의 답서였다. 답서가 오리라고는 꿈에도 생각지 않았다. 발신인 "새세대 육영회"라고 되어 있고 내용인즉 사무실로 전화하여 사업부장을 찾으면 경희의료원으로 안내하여 옥이의 지병을 완치시켜주고 학교 측과 연락해 장학금을 지급하겠다는 것이었다. 나는 뛸 듯이 기쁘고 너무나 감격하여 가슴이 먹먹했다. 뒷집, 건넛집 등 이웃들에게 알리니 모두들 자기 일처럼 기뻐하며 격려해주었다. 모내기를 하다가 점심에 집에 잠시 들른 올케에게도 소식을 전하자 올케는 또 성경이 모친에게 사실을 알렸고 성경이 모친 역시 기뻐했다.

한편 한창 농번기라서 옥이 입원을 해도 간호해줄 사람이 없어 큰 걱정이었다. 나는 답장을 써야 할 터인데 너무 흥분해 머리가 멍한 나머지 쉬이 쓰지 못하고 시간을 보냈다. 나는 고심 끝에 상경 날짜를 답서에 기입하고 학교 이름과 학년, 반, 본적, 현주소 등을 기입하여 깊은 감사의 뜻을 전했다. 그리고 동생에게도 편지를 써서 옥이를 병원에 데려다주고 뒷수습을 해달라고 신신당부를 했다.

5월 3일에 영부인께 서신을 올린 바 27일에 회신이 온 것이다. 나는 아무래도 질녀들이 옥이 간호에 도움을 줄 것 같아 여름방학에 병원에 가려고 했지만, 질녀들도 공부가 문제냐 우선 병을 고쳐야지라며 호응을 해주었다. 옥이 역시 계속되는 두통과 축농증을 치료하여 남들처럼 공부를 하고 싶다고 말을 한다.

🌸 1986년 6월 7일 맑음

나는 옥이가 입원할 경우를 생각해서 옷과 세면도구 등 모든 준비물을 가방에 챙겨 넣었다. 그리고 서울 육영회에서 온 편지를 옥의 담임선생님에게 보냈다. 장기간 결석하게 될지 몰라서 편의를 봐주셨으면 해서 말이다. 사실 선생님을 찾아뵙고 사정을 말해야 하는 게 도리인데 그러지 못하니 편지로 대신하기로 했다. 그런데 통 머리가 돌아가지 않아 진통제를 먹고 밥도 더 먹고 편지를 쓰는데 쓸수록 펜대가 중심을 잡을 수 없이 흔들리고 머리도 빠개지는 듯 천근만근이 되어 고통을 머금고 편지를 써야 했다. 서툰 글씨와 문장이지만 편지를 쓰고 나니 마음이 한결 홀가분하다.

도움을 받는 것을 유난히 감추고 싶어 하는 옥은, 어디서 들었는지 "애, 너 대통령 초청받고 서울 간다며?" 물어오는 급우들의 이런저런 질문을 애써 피했다고 한다. 그래서 나는 "애, 옥아 너를 흉보거나 비웃는 것이 아니라 청소년기의 호기심에서 묻는 거야"라고 일러주었다.

🍂 1986년 6월 23일 비

서울 동생이 물심양면으로 애를 많이 썼다. 그리고 이질, 이질부 등이 교대로 옥이의 병문안을 갔다고 한다. 나 대신 옥의 보호인 노릇을 하는 동생의 수고가 말할 수 없겠지만, 질녀의 말인즉 그래도 옥은 외로워한다고 한다. 그 말을 들으니 마음이 납덩이처럼 무겁다. 그리고 옥에게 수없이 용서를 빌게 된다. "옥아, 한번 가보지도 못하는 이 엄마를 용서하렴." 질녀에게 미안하다, 수고했다 등의 말로 고마운 마음을 표했다. 그러자 질녀는 "고모, 걱정 마. 옥이는 이제 머리가 덜 아프대. 오히려 고모가 더 아프겠어" 한다.

광민 엄마가 핼쑥한 얼굴로 찾아왔다. 나의 집에 오지 않을 때는 광민 엄마도 앓는 것이다. 며칠을 앓았다면서 궁금해 왔다고 하는 광민 엄마가 옥의 안부를 묻는다. 수술을 하거든 한번 들러서 시중을 해주면 좋겠다는 나의 말에 광민 엄마는 "안 돼. 수술을 하면 먹을 것이 있어도 먹을 수 없으니까, 그 전에 갔다 와야 해"라고 한다. 엄마 심정처럼 옥이를 헤아리고 아껴주는 광민 엄마의 마음에서 흡사 혈육의 정을 느낀다.

오후 늦게 조카가 "고모, 편지" 하며 봉투를 건넨다. 옥의 편지였지만 속 시원히 몸의 증세가 좋다, 나쁘다 말이 없어서 답답했다. 여전히 "엄마, 내 책상의 물건 치우지 마세요" 하는 소리다. 그리고 천자문을 보내달라고 한다. 연습장, 생리대 등등 일일이 나 아닌 다른 사람 편에 보내주자니 나 역시 마음이 좋지 않다.

여름이 무르익어가며 수박이 제법 단맛이 나게 익어 몇 통 따 먹을 때 옥이 생각이 간절하다. 한쪽이라도 먹였으면 하는 심정이다. "엄마, 편지 자주 보내주세요"라는 옥이의 말에 쓸쓸한 병동에 혼자 누워 있을 옥의 모습이 눈에 선한 듯하다.

옥이 퇴원을 하고 어머니의 소상을 치렀다. 당숙모의 소상에는 오빠가 참례치 않아 6촌 오라버니들께서 우리 어머니의 소상에는 참례치 않으실 줄 알았는데 뜻밖에도 6촌 오라버니들이 오셔서 미안하고 죄스러운 반면 너무 감사했다.

하지만 옥은 손님들로 떠들썩한 집안 분위기가 어색한지 밖으로 빙빙 도는 것이다. 옥을 따라 뒤꼍으로 갔더니 옥은 나를 업고 산으로 올라간다. 산등성이 언덕에 나란히 앉아 있으려니 양지말 쪽이 보이고 서풍이 불어와서 한층 시원했다. 옥은 보라색 들꽃 한 줌과 병원에 있을 때 선물로 받았다는 곰 인형을 내 품에 안겨주며 "엄마, 생신 축하해요"라고 한다. 나는 "이렇게 네가 건강하게 집으로 돌아와준 것이 대견하고 흐뭇하고 가장 큰 선물"이라면서 옥의 등을 가볍게 두드려주었다.

잠시 후 넷째 당숙네 재종 오라버니가 우리 모녀가 있는 곳으로 올라오셔서 동석했다. 조금 있다가 저녁 식사를 하라는 소리에 오라버니가 먼저 내려가시고, 나는 다시 옥의 등에 업혀 산을 내려왔다.

🌸 1986년 8월 2일 맑음

어제는 큰 질녀가 옥이를 달래느라고 학교로 나와서 타자를 배우라고 권했다. 그 말에 옥은 아침식사도 하는 둥 마는 둥하더니 도시락을 들고 학교로 갔다. 오늘은 큰 질녀가 작은집 두 남매와 옥이를 데리고 만리포 해수욕장으로 떠났다. 불볕더위에 살이 따가운 날씨였다. 해수욕장 역시 몹시 더울 것으로 생각했는데, 아니나 다를까 해수욕을 다녀온 아이들은 등을 데서 고생을 했다. 즐거운 물놀이를 했다기보다 몸살을 얻어온 셈이 되고 말았다.

🌸 1986년 10월 6일 맑음

9월 20일에 30억 아시아인이 하나가 되는 제10회 아시안게임이 올림픽 주경기장에서 성대한 개막식을 치렀고, 10억 중공과 4천만 우리나라의 대결에서 중공은 금메달 94개, 우리나라는 93개로 한 개 차이로 1, 2위가 갈렸다. 3위는 일본이었다. 특히 주목할 만한 종목은 레슬링이었다. 레슬링 6종목 모두에서 메달이 나왔다. 가난한 가정에서 태어난 임춘애 선수의 투지 역시 우리 모두에게 깊은 감명을 주었다. 정말 본받을 만한 인내심이다. 15일 동안 우리나라 선수들이 경기에 임할 때마다 전 국민이 손에 땀을 쥐고 열렬한 응원의 갈채를 보냈다. 성원에 보답하기라도 하는 듯 선수들은 최선을 다했다. 그리고 어제 폐막식을 마쳤다. 화려하고 멋진 폐막식이었다. 개막식 날은 비가 왔었는데 어제는 날이 맑았다.

🌸 1986년 10월 16일 비

저녁 7시경에 조카가 문 안으로 들어서면서 "엄마, 며느릿감 왔어요!"라며 큰 소리로 올케를 부른다. 올케 역시 "어서들 와!" 하고 대답을 한다.

조카는 "엄마, 아버지, 인사 받으셔야지요!" 하고 계속 불러댄다. 그러고는 "고모! 고모!" 연이어 나를 불러대는 소리에 나는 방 안에서 더욱 웅크리고 앉아 있는데, 조카가 문을 덜컥 열면서 "어서 들어와, 우리 고모셔, 인사해" 하는 바람에 얼떨결에 인사를 받았다. 초면인 사람 앞에서 부끄러워하는 나를 잘 아는 조카가 친근감을 주려고 부러 제 애인을 데리고 들어와 소개를 시킨다. 얼마 후 조카가 어떠냐고 묻는다. 나는 요즘 더 시력이 나빠져서 사람의 윤곽을 똑똑히 볼 수가 없다. 그래서 "애, 너의 색시 될 사람의 인품을 어떻게 평하겠니" 하고 대답을 했다. 이튿날 보니까 모든 면으로 손색이 없어 보였다. 그리고 가고 나니 서운한 게 내 식구처럼 마음이 끌린다.

🌸 1986년 11월 11일 맑음

서울서 동생의 댁이 왔다. 전에는 시래기 말린 것 같은 것을 주어도 시큰둥했는데 이번에는 무엇이든 주면 반색을 하며 가지고 가겠다고 한다. 그러자 내 마음도 흐뭇해 무엇이든 주고 싶어진다. 살림이 그다지 여유롭지 못해 서울 변두리에다 아파트를 샀기 때문에, 애어른 할 것 없이 학교와 직장을 오가는 데 교통비가 적잖게 소모될 뿐만 아니라 퍽 피곤하다고 한다. 나는 누나가 되어 도와주지도 못해 마음이 편치 못하지만 저희 힘으로 아파트를 산 것만으로도 내 집을 산 이상으로 흡족하다.

　신경통으로 보행하기가 어려워 우리 집에 오기가 힘들다던 손위 자매가 왔다. 나는 내 마음의 쓰라린 고통을 자매에게 털어놓으니 좀 가벼운 듯했다. 그래도 나는 불행 중 다행으로 생각한다. 내 가슴으로 앓는 비통함을 어머니 대신 자매에게 터놓고 넋두리를 할 수 있다는 것이……. 마침 만두를 해먹는지라 같이 먹어서, 맨입으로 보내는 것보다 서운함이 덜하고 좋았다.

자유가 그립다

🌸 1987년 1월 5일 맑음

쓰다 보니 곧잘 일기를 건너뛰게 되는데 그냥 두기는 아까워서 껑충 뛰어서라도 일기로 남긴다. 저번에는 막걸리 배달 차가 계란을 싣고 다니더니 요즘에는 별도의 트럭에다 계란을 싣고 다니는 차가 생겼다. 계란 한 판 30개에 2,000원을 받고 밀가루, 퐁퐁, 세탁비누, 숯탄 등 생활용품을 가지고 다니면서 마이크로 방송을 하고 다닌다. 가게에서 숯탄을 사면 10개 묶음에 900원을 받는데 차에서는 700원을 받는다. 라면도 3,700원이면 박스로 산다. 시장보다 값이 싸고 물건도 좋다. 올케는 살 것이 없다고 하기에 나는 뒷집 할머니에게 부탁을 해서 숯탄과 비누를 샀다. 옥이 혼자 자취를 하니까 그것도 살림이라고 이것저것 씀씀이가 꽤 들어간다. 물건차가 지나갈 때마다 나는 옥이에게 밀가루, 식용유, 계란 등등 뭐든 사서 보내주고 싶어진다. 아마도 어느 어머니고 나의 마음과 같을 것이다.

🌸 1987년 3월 3일 비

광민은 취직이 되었다고 주민등록증, 졸업증명서, 성적표, 신원보증서 등을 떼어가기 위해 증인을 택시에 태워서 면으로 데리고 가는가 하면 전세방을 얻는다고 돈을 융통하느라 동분서주한다. 광민 엄마는 동네 잔칫집에도 가보지 못하고 아들을 따라 바삐 움직이며 서울을 오간다. 그 엄마가 부럽다.

🌸 1987년 5월 8일 맑음

잠자리에서 일어나기도 전에 내 방문을 살며시 열고 들어온 옥은 나의 가슴에 꽃을 달아준다. 자취방에서 단잠을 설치고 나에게로 달려온 딸의 효심에 마음을 어루만져주고 싶었다. 책가방과 빈 도시락을 메고 온 옥은 집에서 아침을 먹고 가려고 한 계산인 듯했으나 상황이 여의치 않아 다시 자취방으로 가려고 문밖을 나선다. 순간 내가 "얘, 아침을 어떻게 하려고?" 하고 묻자 "응, 가서 해 먹고 학교로 갈게" 하고 말하지만 아침을 해 먹고 가기는 이미 늦었다. '이 아침은 굶었구나' 하는 생각 때문에 가슴이 저린다. 아침을 먹고 가라고 옥이를 잡아 따뜻한 밥을 해 먹이지 못하는 나는 못내 아쉬움만 남는다. 뒤돌아서 자취방으로 쓸쓸히 걸어가는 옥은 아마도 외로움에 한없이 흐느꼈을지도 모른다. 어미가 되어 단 한번이라도 딸에게 든든한 힘이 되지 못하는 나는 한스럽기만 하다. 모진 어미를 만나 사랑을 모르고 자라온 옥, 어미로서 간절한 소망은 내 애절한 바람이 성취되어 하루 속히 옥이 건강을 되찾기만 한다면 하는 것이다. 옥아, 초여름 문턱의 뜨거운 낮과는 반대로 밤은 차갑기만 하구나. 감기가 더 심해지지 않게 잘 덮고 자기를 바란다. 엄마는 아침에 너에게 밥을 먹여 보내지 못해 서운한 마음과 함께 가슴이 허전하구나.

❀ 1987년 6월 21일 비

조카가 앵두주를 담그는데 유리병 속에 앵두를 담아놓으니 마치 어항같은 착각이 드는 게 보기에 예뻤다. 나도 유리병에 앵두를 담고 오이꽃, 무꽃을 꺾어 넣고 텔레비전 곁에 놓으니 쓸쓸하던 방 안이 환하게 밝아진다. 옥이 역시 앵두주 병을 보더니 사촌 오빠는 가정적이라 좋다고 칭찬을 한다. 나에게는 조카고 옥에게는 외사촌이다. 옥이가 조카를 칭찬하는 것을 모처럼 들으니 반가웠다.

❀ 1987년 6월 30일 맑음

오늘따라 유난히 사람의 정이 그리워서 주위의 친척이나 연분이 있는 사람에게 전화를 걸어 음성을 듣고 싶었으나 신호는 가도 받는 사람이 별

로 없다. 그만큼 농촌 사람들은 날이 밝으면 들로 밭으로 나가는 하루 일
과로 바쁘다는 증거이다. 아침이나 밤에 전화를 하면 통화를 할 수 있겠지
만 전화가 안방에 있어서 여의치 않아 유감이다.

🌸 1987년 8월 6일 흐림

　마루에 앉아 있는데 올케가 묵직한 가방을 받아들고 들어온다. 웬 손님
이신가 하니 올케의 친정 춘부장이셨다. 나에게는 사돈이지만 조카들에게
는 외조부이기 때문에 더없이 귀하신 분이라 반가웠다. 그리하여 조카와
네 질녀 등 외손자, 손녀들이 일동으로 서서 절을 드리는 것이다. 사돈어
른께서도 매우 흡족해하셨다. 그 모습을 바라보는 나 역시 흐뭇하고 기뻤
지만 한편으로는 마음이 아팠다. 손자, 손녀들은 고사하고 자녀들의 장성
함도 못 보신 채 어린 5남매를 두고 저세상으로 가신 아버지 생각에 안타
까웠다. 조카들은 조부의 사랑은 모르고 자랐지만 다행히 외조부의 사랑
을 받고 외조부모님께 효도를 한다. 아버지, 저승에서도 대견해 기쁘시지
요…….

🌸 1987년 10월 14일 흐림

　〈무엇이든 물어보세요〉를 보고 난 뒤 하우스에서 말리는 땅콩을 까고 있
는데 뜻밖에도 거산 목재소 집 부인과 수녀님 세 분이 방문을 하셨다. 초

면인 사람을 대할 때는 나도 모르게 움츠러드는 탓에 손님들에게 먼저 윗
방으로 들어가셔야 내가 뒤이어 들어갈 수 있다고 해도 수녀님 한 분이 업
어다주겠다고 하신다. 어쩔 수 없이 수녀님 등에 업혀 들어간 뒤 손님들을
방으로 모셨다. 나에게는 습성이 많다. 말하다가 흐느끼는 버릇은 여전하
다. 수녀님은 실컷 울라고 하신다. 우는 것도 큰 위안이 된다는 말씀이다.
그리고 수녀님은 성서를 풀어 말씀하시며 많은 위로를 해주셨다. 나는 수
녀님께 옥의 사진도 보여드렸다. "저처럼 미인은 아니고 못났지요"라고 하
자 수녀님께서 "그래도 따님이 더 예쁘다고 생각하시겠지요" 하신다. 수녀
님의 말씀인즉 딸아이가 도시락을 안 가지고 간 것을 안 어떤 엄마가 사람
을 시켜 도시락을 학교로 보내면서 부탁하기를 학교에서 제일 예쁜 아이
가 자기 딸이라고 했다더라며 웃으신다. 수녀님과 성서에 대한 문답을 주
고받으며 내 생활을 털어놓으니 짓눌렸던 가슴이 가벼워지는 듯했다.

🌸 1987년 10월 19일 흐림

조석으로 냉기가 품속으로 파고드는 초가을이다. 옥이 입을 것이 변변
치 않은 것 같아 걱정을 하다가 궤(물건을 넣도록 나무로 네모나게 만든 그
릇)를 뒤져서 가을에 입을 잠바를 하나 꺼내 손목 끝이 늘어난 것을 뜯어
줄이고 있는데 대문 밖에서 오토바이 한 대가 요란스레 빵빵거리며 "주인
계세요? 전기세요!" 하고 부른다. 나는 "저기 주인이 밭에 있으니 가보쇼"

라고 대답을 하는데, 오토바이의 주인이 뜰로 올라서며 "저 모르겠어요?" 하고 묻는다. 그제야 자세히 보니 코흘리개 시절 같이 자라던 한 마을 사람이었다. 모습은 많이 변했는데 이름을 들으니 기억이 나서 반가워했다. 그의 양친은 퍽 자비로운 분이셨다. 그는 그런 양친의 자비로움을 이어받았는지 어려서부터 조용하고 얌전한 사람이었다. 3남 중 차남이었던 그는 두뇌도 우수하여 부모가 총애하며 상급학교에 진학시키려 한다는 이야기를 하곤 했다. 그런데 어느 날 아침에 학교를 가는데 그의 삼형제가 보이지 않는 것이었다. 대신 아무개 엄마가 간밤에 산고 끝에 풍으로 쓰러졌다는 소문이 무성해 내 가슴까지 철렁했던 기억이 있다.

그는 오늘 친구를 대신해 전기세 수금에 나섰다고 한다. 쉰 고개에 코흘리개 시절 친구를 다시 만나니 감회가 깊었다. 그도 생활에 여유가 있다고는 하나 중년의 모습이 역력했다. 이런저런 대화를 나누다 보니 지루하던 나의 시간이 순식간에 지나간다. 나는 공연히 바쁜 사람을 잡은 것이 미안해 그만 말을 생략하기로 했다. 그는 나에게 위로와 격려를 하면서 오토바이에 몸을 싣고 급히 달렸다. 고맙고 감사한 하루였다.

❀ 1987년 12월 10일 맑음, 바람

겨울답지 않게 날씨가 좋더니 일기예보에서 영하 7도로 내려간다는 말에도 사람들이 시큰둥했던 탓인지 무와 배추를 밭에서 그대로 얼려 내버린 집이 더러 생겼다. 엎친 데 덮친 격으로 갑자기 눈까지 내려 낭패를 본 집들도 있다. 간수를 잘한 집은 배추 포기당 500원씩 받고 팔았다는데, 요 며칠은 시세가 도로 좀 싸졌다고 한다. 우리는 김장밭을 헐값으로 첫 바탕에 팔았다. 갑자기 으스스 추워져야 김장 시세가 뛰는 법인데 올 김장은 별로지 싶다. 내일도 영하 7도까지 내려간다고 한다.

🌸 1988년 1월 16일 맑음

88올림픽을 무난히 치르기 위해서라도 온 국민이 단합해야 할 판국인데 이런저런 불행한 사건들이 연달아 터지고 있는 것이다. 지난 12월에는 150명을 태운 대한항공 여객기가 폭파되어 물속으로 수장되었다. 일본인으로 가장한 70세의 남자 김승일이라는 자와 북의 외교관의 딸이라는 가칭 마유미 김현희 등의 공작원이 범인으로 밝혀졌다. 김승일이라는 자는 독극물이 든 담배를 피워 즉사하고 김현희는 다행으로 구조되어 북의 만행을 증명하게 되었다. 지성, 교양, 미모를 두루 갖춘 젊은 여인 김현희는 북에서 듣던 것과 달리 자유세계의 실상을 접하고는 고인이 된 사람들과 그 유가족들에게 사죄를 하는 뜻에서 마다하던 기자회견을 갖고 참회의 눈물을 흘렸다.

또한 6세 유치원생 원혜준 양을 유괴해 살해한 일, 대학생 박종철 군이 고문을 받다가 사망한 일, 이십대의 2인조 강도가 총검을 들고 도난 사건을 저지른 일, 십대 강도 여덟 명이 흉기로 사람을 위협해 금품을 탈취했다는 소리, 경기도 화성에서는 18세 소녀를 살해한 17세 소년을 잡아 수사하는 도중 경관이 무자비한 구타를 가해 생명이 경각에 달려 있다는 소식 등 끔찍한 사건들을 들을 때마다 마치 인명이 곤충만도 못한 생각이 든다. 사람이 사람을 해치는 끔찍한 일을 생각하면 소름이 쫙 끼친다.

🌸 1988년 3월 11일 비

누구인지 얼굴은 모르지만 국민학교 선배 되는 사람이 관절염으로 전신이 굳어 누운 자리에서 식구의 수발을 받으며 움직이지도 못하고 수명을 이어간다는 말을 풍문으로 들은 적이 있다. 그는 일그러진 손가락 사이에다 펜을 끼워 글을 쓰고 펜팔을 하여 기독교 신자인 한 아가씨와 결혼해 산다는 것이다. 그런데 오늘 그에게서 서신이 도착했다. 어느덧 그의 분신인 딸이 신평여고 2학년이 되었다면서 나의 딸과 친하게 지냈으면 한다는 내용이었다. 그리고 그와 나도 서로 불행한 처지이니 알고 지내면서 위로하면 좋지 않겠느냐는 말이다. 굵은 사인펜으로 써 내려간 글씨가 또박또박 훌륭했다. 그는 육체적으로는 보통 사람들보다 불행할지 몰라도 정신적으로는 아무런 장애가 없는 사람이라는 생각이 든다. 훌륭한 부인과 귀여운 딸까지 두었으니 말이다. 내 딸은 이미 졸업을 한 처지라 서로 왕래를 하기가 쉽지 않을 것 같아서 전화를 걸었다. 그런데 전화기 너머에서 들려오는 목소리가 너무 작았다. 나 역시 귀가 예전 같지 않아서 잘 알아듣지 못하자 그가 누군가를 부르는 소리가 들렸다. 아마도 자기 부인을 부르는 듯했다. 전화를 받은 상대편이 다시 내 전화번호를 물었다. 그의 곁에 하느님의 축복이 늘 함께하시기를 빈다.

🌸 1988년 4월 3일 흐림

오늘따라 성당 종소리가 내 가슴에 깊이 스며든다. 하느님의 아들이신 예수님께서 스스로 십자가에 못 박혀 고난의 피를 흘리신 뒤 부활하신 날이다. 미사의 형식도 모르는 나는 부족한 이 몸으로 진심을 다해 기도를 올릴 뿐이다. 나에게 영원한 소원은 오직 내 생명보다 귀중한 딸이 건강하고 잘되는 것이다.

🌸 1988년 10월 2일 한두 차례 비

지난 9월 17일 개막 이후 16일 동안 지구촌 사람들의 몸과 마음이 하나가 되어 화합의 대제전을 벌였던 88올림픽이 막을 내렸다. 오늘도 잠실 운동장에는 오색 폭죽이 하늘을 수놓았고 사람들의 환희와 환호성이 가슴에서 가슴으로 전해졌다. 폐막식과 함께 서서히 밤이 찾아오고 시가는 조용해졌다. 잠자리에 든 내 마음마저 허전해진 것 같았다.

올림픽을 무사히 마치는 지금 생각해보면 전두환 전 대통령과 영부인

이순자 여사 부부는 어쩌다가 역사에 씻지 못할 오점을 남겼을까 하는 것
이다. 그 생각을 할 때면 더없이 아쉽고 찜찜하다. 조용히 끝마무리를 했
다면 얼마나 좋았을까.

🌸 1988년 10월 30일 맑음

일은 나의 요동치는 몸과 건강을 잠시나마 잠재워준다. 올케가 대충 거
둔 곡식을 안뜰에다 갖다놓으면 나는 힘겨움을 잊고 녹두, 파, 콩, 조 등을
깨끗이 부벼 곡식 그릇에 가지런히 담는다. 그러면 올케의 일도 줄어들고
나 역시 지루한 시간을 메우고 잠시나마 아픈 공상을 잊는다.

🌸 1988년 12월 10일 눈

그동안 눈이 오긴 했어도 금세 녹아버려서 아쉬웠는데 오늘은 첫새벽부
터 들과 나무에 탐스러운 눈이 사뿐사뿐 내려앉았다. 온 누리에 목화꽃이
활짝 피어난 것 같았다. 작년에는 올케가 산에서 아카시아 나무를 해다가
땔감으로 땠기 때문에 올케의 고생 덕에 겨울을 따뜻하게 보냈다. 그 바람
에 거추장스러웠던 헌 옷가지들을 모두 아궁이로 쓸어넣었더니 금년에는
아직 겨울이 초입인데도 방이 추워서 자라 몸처럼 자꾸 웅크려든다. 할 일
도 딱히 없는 사람이 이불 덮고 누워 있으면 되지, 뭐가 걱정이냐고 말할
사람도 있을지 모른다. 하지만 방 안에 우두커니 앉아 있는 일이 말처럼

그리 쉽지만은 않다. 싫증 나고 답답한 것은 물론이고 관절마다 굳어오는 고통스런 느낌이란 이루 말할 수가 없다. 그래도 저녁에는 텔레비전이 나오니 좀 낫다.

요즘은 질녀들이 학교에 가는 시간에 맞춰 7시 반에 아침을 먹는다. 이불 속에서 빠져나와 몇 가지 옷을 걸쳐 입은 뒤 덜덜 떨며 몇 숟가락을 떠넣고 나도 날이 채 밝지 않는다. 하지만 바로 자리에 눕지 않고 뉴스만은 꼭 듣는다. 양치질을 대충 한 뒤 머리를 빗으로 긁어내리고 이불을 덮어쓰고 앉아 라디오 뉴스를 듣는다. 그렇게 소화를 좀 시키고 누워야 배앓이를 않기 때문이다. 아침 10시쯤 되면 이불을 개고 방과 마루를 닦은 뒤 세수한 물에 걸레와 요강을 깨끗이 헹구어낸다. 그리고 방에 들어와 기도서와 성서 앞에서 마음을 내려놓는다. 심호흡을 한번 하고 나서 기도를 드리면 마음이 다소 풀리는 것이다.

🌹 1988년 12월 25일 맑음

명절이든 크리스마스든 좀 특별한 날을 맞이할 때면 언제나 마음이 허전하고 을씨년스러운 게 유난히 외로워진다. 옥이에게서 카드가 왔다. 엄마의 안부를 묻는 내용, 그리고 학원 기숙사가 잠시 문을 닫는데 성탄절은 지내고 집에 오겠다는 내용이었다. 나는 기숙사가 문을 닫는다는 말에 마음이 편지 않았는데, 잠시 후 바깥에서 올케에게 인사를 하는 옥의 목소리가 들린다. 귀가 번쩍 뜨여 밖으로 나갔더니 옥이가 "엄마, 나 왔어" 한다. "왜…… 성탄절 지나서 온다더니? 기숙사가 문을 닫는다니 걱정이네……"라는 나의 말에 옥은 3주간만 닫는 것이라고 대답을 한다. 나는 한숨을 내쉬며 다행이라고 말했다. 그 말에 또 옥은 "엄마는, 별걸 다 걱정을 해"라고 한다. "얘, 좀 전에 상윤 언니가 너 왔느냐고 전화를 해왔는데, 네가 교회에 오면 만날 거라고 하던데……" 그 말에 옥은 들고 온 짐만 마루에 던져놓고 뒤돌아 교회로 향해 달려간다.

옥은 제 이종이 입던 옷을 물려 입는데, 지난해까지만 해도 옷을 입으면 허수아비처럼 껑충하던 것이 이제는 제법 옷이 잘 맞는다. 그사이 키도 크고 몸도 자란 모양이다. 나는 너무 기쁘고 대견해서 옥에게 "얘, 너 컸나 보다"라고 말하며 끌어안고 등을 두드려주었다. 옥이 건강하기만 하다면 나는 천하에 두려울 것도 무서울 것도 없을 것만 같다. 옥은 "엄마, 내가 크는 것이 그렇게도 좋아?" 하며 내 허리를 덥석 잡고 방 안을 한 바퀴 돈다.

교회에서 돌아온 옥은 "엄마, 나 당진 독서실에서 매일 천 원씩 내고 공부하려고 자리 맡아놓고 왔어. 이제는 놀 새가 없어요" 한다. 나는 돈이 드는 일을 나에게 상의도 없이 저 혼자 결정했나 싶었는데, 생각해보니 집에 있어도 방은 춥고 나 역시 불편해 독서실로 간 것이 오히려 다행한 일 같았다.

전에는 비가 오고 나면 으레 매서운 추위가 오는 것이 상례였기에 이 겨울도 기상 예보에서 내일은 비나 눈이 온다고 하면 나는 추워질 거라는 생각에 버릇처럼 머리를 감고 옷을 빨곤 한다. 그런데 요즘은 이상하게 비가 온 다음날에도 날씨가 상큼하고 봄날처럼 포근할 때가 많다. 마치 앙상한 나뭇가지에 새 움이라도 틀 것만 같은 날씨이다. 내가 하는 일이란 늘 자고 먹고 하는 것의 연속인지라 어쩌다가 날씨라도 좋으면 이런저런 호기심이 일면서 동심으로 돌아가는 듯한 기분이다.

🌸 1989년 1월 24일 흐림

정부에서 전국의 장애인 등록제를 실시하여 복지 정책을 급속히 추진한다는 반가운 소식이다. 나 자신은 이미 황혼기에 이르렀으나 후대를 위해서는 퍽이나 다행한 일이라 생각하니 마음이 뿌듯하다. 허무한 내 젊음, 장애인이라는 이유로 죄인 아닌 죄인으로 그늘에서 숨죽이고 살아온 삶이다. 물론 내가 이렇게 황혼에 접어들기 전에 당국이나 주위에서 좀 더 세심한 배려가 있었다면 어땠을까 하는 생각에 안타깝기도 하다. 라디오 프로그램 〈내일은 푸른 하늘〉 시간에는 장애인들의 취업을 적극 알선하고 도와주려 한다. 더구나 공무원이나 사무원도 실력만 있다면 장애인들이 얼마든지 취업할 수 있다는 이야기를 들을 때, 나는 당국의 호의에 감사하는 마음이 들었다.

내가 누구에게나 늘 하는 잔소리 중 하나는 인간에게는 한계가 없다는 것이다. 장애인을 보는 사람들의 멸시 어린 시선이 두려워 늪 속에 숨어 지내던 고난의 세월이 내게도 있었다. 하지만 나는 어렵지만 그 시간을 헤치고 자활의 길을 택했다. 나보다 더 젊은 사람들이라면 나보다 더 떳떳하게 자신감을 가질 수 있을 것이다. 웃고 싶을 때 웃고, 울고 싶을 때 울자. 그 누가 참견을 할 것인가. 아, 나도 다시 한 번 웃고 싶어진다.

❀ 1989년 4월 1일 맑음

부활주일인데 미사에 참례치도 못하고 예물도 바치지 못하는 나는 한없이 죄스러운 마음이다. 그러나 내 기분은 왠지 충만하다. 천주님의 딸인 것이 장한 생각이 든다. 기도라도 잘 할 수 있다면 얼마나 좋을까. 진심으로 천주님께 간구하여, 내 딸 옥이 구원받고 건강하다면 얼마나 좋을까. 허무한 내 생애 어떠한 미련도 없겠지만, 단지 저 어린 딸을 남겨두고 나 혼자 먼저 가게 된다면 쓰라린 여운이 남을 것 같다.

❀ 1989년 4월 4일 맑음

어제 옥이 보고파서 서신을 했는데 오늘 옥으로부터 전화가 왔다. 내일, 즉 5일이 식목일이라 학원도 휴업을 하니 병원에 들를 겸 집에 온다고 병원에 전화를 해보라는 것이다. 그런데 저녁에 온다던 옥이 밤 10시가 넘어도 도착하지 않아 마음이 조마조마했다. 인신매매니 뭐니 불안한 생각이 잠깐 뇌리를 스치기도 했다. 딸 가진 부모라면 누구나 그럴 것이다. 11시가 되어서야 옥이 도착했다. 학원에서 조금 늦게 출발했다는 것이다. 무엇보다도 옥은 진실한 기독교 신자가 되어 나는 안심이다. 요즘은 소학생 주일학교 교사가 되려는 실습 중이다. 옥을 바라보는 내 마음이 오랜만에 기뻤다.

🌸 1989년 4월 28일 맑음

햇살이 병실 창문을 청명하게 비추고 있다. 밝디밝은 햇살이지만 힘없이 비실대는 내 육신에게는 주검의 늪으로 어서 오라는 손짓과 같이 느껴진다. 맑은 태양빛을 힘없이 바라보는 육신의 고통에 이어 마음의 서글픔이 궂은비처럼 서서히 밀려온다.

엊그제 26일 큰 질녀가 집에 왔기에 병원에 데려다달라고 하여 왔다. 입원한 지 3일이 되는 오늘 아침도 여전히 속이 쓰리다. 응급실에 앉아 있는데 오십대쯤 되어 보이는 한 부인이 내 몰골을 보더니 안쓰럽다는 듯이 말을 건네는데, 마치 아기를 달래는 엄마의 말을 듣는 듯한 기분이 들면서 눈물이 펑펑 쏟아졌다. 응급실로 오신 내과 선생님이 "보호자가 없어서 입원을 못하겠네요"라고 하시는데 나는 "안 돼요. 저 혼자 화장실에 갈 수 있어요"라며 입원시켜주실 것을 부탁했다. 내 일거일동이 간호사나 병실 주위 사람들에게는 신기한지 세심히 질문을 해오는 사람들이 많다. 나도 어차피 사람들의 눈길을 이제는 순순히 받아들인다.

🌸 1989년 4월 29일 맑음

위에 대한 특수 검사를 하기 위하여 어제 낮 12시부터 아침까지 금식을 했다. 검사를 받기 30분 전에 주사를 한 대 맞고 간호원 등에 업혀 엑스레이실로 내려갔다. 엑스레이 촬영이 끝나자 촬영사가 "보호자 없어요?" 하고 묻는다. "네, 없어요"라는 나의 대답에 촬영사는 "보호자도 없이 우리 직원들보고 어떻게 하라는 거냐" 투덜거리다가 나를 번쩍 안아 층계 위로 데려다준다. 나 대신 수녀님께서 감사의 인사를 한다. 점심이 지나서 조카사위와 질녀가 다녀가고 거산 큰 자매가 와서 돈을 좀 주고 갔다.

화상으로 입원했다가 퇴원을 하는 한 아주머니가 빵, 음료수, 우유 등을 사양하는 나에게 주고 가셨다. 그리고 아주머니는 라디오 밧데리를 사라고 1,000원을 손에 쥐여주고 가시는데 눈물이 핑 돌았다.

🌸 1989년 4월 30일 맑음

병원 식사가 우선 밥이 부드럽고 끼니때마다 바뀌는 부식이 내 식성에 제법 맞아서 그런지 다소 몸의 원기가 회복된 듯하다. 관절과 배는 여전히 부어 있어서 당기는 느낌이다.

일요일인 오늘 간호원이 들어와서 하는 말이 "화장실 다니기 불편하신데 곁의 방으로 옮겨드릴까요?" 한다. 다정한 한마디에 도리어 황송한 나머지 나는 송구해서, "뭘요"라고 사양했다. 사실 화장실을 가려면 힘이 들긴 한다. 병실 문 밖을 수없이 주시하다가 복도에 인적이 드물 때 나가는 식으로 하기 때문이다. 매일 첫새벽에 사람들의 눈을 피해 양치질과 세수를 하고 저녁에는 불편해서 양치질을 못한다. 빨래, 머리 감기, 발 닦기 등은 너무 불편해서 잘 엄두를 못 낸다.

그러나 병동 생활은 날로 익숙해간다. '떠벌이'라는 별명의 아주머니의 구수한 수선에 이끌려 병실을 오가며 환담을 나누는 재미도 싫지는 않다. 혼자 병실에 있으면 잠자는 것밖에 할 게 없는데, 처음에는 서먹하던 병원 사람들과도 이제는 친근감이 든다.

다른 병실에 한 아가씨가 입원을 했는데 허약한 딸 때문에 마음 아파하는 그 어머니의 심정을 십분 이해할 것 같았다. 그 어머니를 바라보며 내 어머니 생각이 나서 한동안 마음이 괴로웠다. 나는 그 아가씨가 안쓰럽게 느껴져 나 같은 사람이라도 조그마한 힘이 되어줄 수 있을까 싶어 어제 낮에는 그 병실을 노크하였다. 그런데 그 아가씨가 나에게 다가와 두 손을 펼치며 하는 말이 이렇게 두 손이 있어도 어머니에게 도움을 드리기는 고사하고 어리광만 부리며 힘드시게 해드렸다며 반성을 하는 것이었다. "아

줌마는 손이 없으셔도 매사를 스스로 하시는데 말이에요……"라는 어진
말까지 덧붙였다.

🌸 1989년 5월 1일 맑음

새벽에 걸레와 속옷 등을 화장실 세면대에서 빨아 짜려고 하다가 화장
실 바닥에 그만 넘어지고 말았다. 머리가 바닥에 부딪히는 순간 깨질 듯이
아픈 통증과 함께 정신을 가다듬기 힘들었다. 옷을 빨려다가 옷 한 벌 버
리고 정수리에는 주먹만 한 혹이 나오고 온몸 여기저기 쑤시지 않는 곳이
없다. 침대에 누워 통증을 이기려고 잠을 잤을 뿐이다. 그래도 나아질 기
미가 안 보여 회진 시간에 주치의에게 말했더니 알겠다고 하신다. 몇 끼를
물로 목만 적시니 다리가 후들거리는데 아가씨의 어머니가 나보고 자기
방으로 가자고 한다. 순순히 따라 들어갔더니 삼계탕과 불고기를 시켜놓
고 나보고 먹으라고 하는 것이다. 보잘것없는 나를 이토록 후대해주는 모
녀의 마음에 진심으로 감사했다.

🌸 1989년 5월 2일 맑음

내 병은 십이지장 염증이라는 진단이 나왔다. 오늘부터 매일 주사 한
대와 식전, 식후로 약을 먹는다. 질녀가 라디오도 가져다주고 우유도 사
다주었다. 학교에 오가며 병실에 들러 소변기도 부셔다주는 귀여운 질녀

들이다. 이질부는 속옷과 수건 등을 가져다주고 깨죽도 해왔다. 빈손으로 와주는 것만도 고마운데 이렇게 마음을 써주니 황송하다. 손자뻘인 아기가 약고 귀여워 안아주었는데 두서너 주일이 지나서도 잊지 않고 나를 알아본다.

각 병실에서 환자들이 자주 찾아와 나를 보고 안쓰러워한다. 그러고는 꼭 어쩌다 그랬느냐, 어떻게 다쳤느냐, 보호자도 없이 병원에서 어찌 지내느냐 꼬치꼬치 묻는다. 구경거리가 되는 것이 기분 좋을 리는 없지만, 그래도 인간의 본성은 원래 착한 것이라 생각하고, 그 사람들을 미워하기보다는 지루한 병실의 침묵을 깨워주니 오히려 즐거운 시간으로 흘려보낸다.

❀ 1989년 5월 4일 맑음

나는 남의 이목이 두려워서 언제나 사람들이 아직 일어나기 전인 새벽에 비닐봉지에 세면도구를 담아 들고 화장실로 간다. 온전한 왼발 한쪽으로 뛰어다니니까, 안 그래도 조용한 새벽녘에 유난히 신발 소리가 짝짝 크게 들리고 거기에 비닐봉지 바스락거리는 소리까지 보태지곤 한다. 그런데 병실 안에서 그 소리를 들은 사람들은 새벽마다 무슨 이상한 소리가 난다며 무서워하고 있었다는 것이다. 궁금하지만 복도를 내다보지도 못하고, 병원에 달걀귀신이 있는 것은 아닌가 생각했다는 것을 오늘 한 아주머니의 말을 통해 알았다. 나를 가리키며 "알고 보니 이 양반이었구만!" 하는 아주머니의 말에 사람들이 허리를 잡고 웃는데, 나도 모르는 사이에 달 걀귀신으로 의심받았던 나는 마음이 아팠다.

🌸 1989년 5월 6일 흐림

간호원과 수녀님께서 꽃병에다가 꽃을 꽂아 내 침상 머리맡에 놓아주기에 웬 꽃이냐고 물으니 "곧 어버이날이잖아요" 하신다. "그런데 저는 꽃을 언제나 잘 키우지 못하고 죽여요" 하자 수녀님이 "네, 꽃도 생명이 다하면 새로운 생명에게 자리를 내주고 그렇게 되는 거지요" 하신다. 활짝 웃으시는 수녀님 모습이 꽃보다 더 환했다.

🌸 1989년 5월 8일 흐림

아침식사를 하고 좀 있으니 막내 질녀가 학교에 가던 도중에 병원에 들러 카네이션을 가슴에 달아주는 것이다. 가방에서 참외 두 개를 꺼내놓고 급히 걸음을 돌려 학교로 달려가는 질녀의 갸륵한 마음에 나는 도리어 그 아이에게 감사한 마음이 들었다. 참외 하나는 평소 신세를 많이 지는 식당 아주머니께 드렸다.

회진하러 들어온 주치의에게 "선생님, 〈사랑이 꽃 피는 나무〉에 나오는 탤런트 최재성 닮으셨어요" 하자 "기분은 좋네요" 하며 웃는다.

내가 입원했다는 말을 듣고 3일에 황급히 다녀갔던 옥이 13일부터 다시
와 있으면서 내 곁을 지킨다. 내 평생에 성당이라는 곳을 못 가본 나는 오
늘 큰 용기를 내서 성당에 가자고 했다. 성당 위치를 보고 온 옥이 나를 업
고 차도를 지나 골목으로 들어가 오르막길을 올라가는데 땀을 뻘뻘 흘리
면서 얼굴이 홍당무가 되어가는 것이다. 나는 너무 안쓰러워서 "애, 나 때
문에 괜한 고생을 하는구나" 하자 "엄마, 아무 말 하지 마. 새벽기도 한다
고 금식을 해서 그래요" 한다.

성당 넓은 뜰로 들어서자 바닥에는 잔잔한 자갈이 깔려 있고 뜰 곁에는
몇십 년이나 자리를 지키며 성당의 많은 사연을 담고 있을 나무들이 서 있
다. 옥의 등에 업혀 뜰 계단을 올라 좁은 문으로 들어서니 삼면이 돌로 짜
인 굴 입구에 성모상이 자비한 모습으로 모셔져 있다. 그 앞에는 촛불이
켜져 있었다. 성당 주위는 이름 모를 넝쿨들로 뒤덮여 있었다. 내 마음을
헤아렸는지 옥이 "엄마, 우리 기도하고 들어가자" 한다. 성모상 앞에 잠시
서 있다가 옥의 등에 업혀 유리로 된 문을 열고 성당 안으로 들어갔다.

8시 미사인 줄 알고 갔는데 7시 반 미사라고 한다. 성당 안에는 사람이
한 20명밖에 없었다. 조용하고 엄숙한 가운데 미사는 끝났다. 처음에는 신
부님이신 줄 몰랐는데, 검은 예복을 입으신 삼십대 남자 분이 우리 곁으로
오시며 "성당에 처음 오셨어요?" 하고 물으신다. 신부님 말씀인 즉 "미사

나는 다니고 싶다. 왜 못 다닐까. 누가 잡는 것도 아닌데. 밭두렁, 논두렁을 밟고 발바닥에 흙을 묻혀보고 싶다. 뭇 사람들의 야릇한 시선이 내 몸을 따갑게 파고든다 해도 나는 우중충한 그늘보다 환한 세상을 보고 싶다. 가슴에 꽉 막힌 응어리를 환한 빛, 환한 허공에 풀어보고프다.

가 끝날 때 일어나지 않기에 처음 온 분인 줄 알았지요" 하신다. 그리고 신부님은 신앙에 대한 여러 교리와 묵주기도법을 가르쳐주셨다. 옥은 "엄마는 성모병원 110호에 계시는데 돌아오는 월요일에 퇴원하세요. 우리 엄마는 글도 쓸 수 있어요"라고 이야기한다. 신부님은 신기하신 듯 나를 쳐다본다. 오래된 친구처럼 나눈 신부님과의 정담이 내 기억에 영원히 남아 있을 것 같다.

성당 문을 나서니 어둠이 완전히 세상을 덮어버렸다. 옥과 나는 아쉬운 마음을 접고 다시 병원으로 돌아왔다. 2층으로 올라오는 계단에서 수녀님과 마주쳐 성당에 다녀온다고 이야기하자 수녀님이 무척이나 기뻐하신다.

❀ 1989년 5월 21일 맑음

엊저녁부터 간호원과 직원들이 얼굴에 환한 웃음꽃을 피우며 내일 야유

312

회를 간다고 좋아하는 것이다. 오늘은 아침 일찍부터 떠들썩하더니 병실마다 간호원들이 재잘대며 까르르 웃는 소리가 들린다. 병실에 누운 나도 방긋 웃음이 나온다. 그리고 나도 저런 시절이 있었는데…… 하고 생각한다. 바로 어제 일 같건만 이제는 모두 과거의 이야기다. 꿈만 같던 지난 시절, 내 짧았던 청춘이 마냥 그리워진다. 간호원들이 자리를 비우자 수녀님 두 분이 분주해지셨다. 외부에서 오는 전화는 여전히 울려대고……. 그래서 나는 옥이보고 전화받는 일이라도 좀 도와드리라고 했다.

🌸 1989년 5월 22일 맑음

입원한 지 4주 만에 퇴원을 하는데 수녀님 두 분을 뵙지 못한 채 간호원에게만 감사의 뜻을 전해달라고 이야기하고 왔다. 그동안 신세를 많이 졌던 식당 아주머니는 독실한 가톨릭 신자인데, 내 일기를 들춰보더니 어찌

나 우는지……. 내 외로운 처지에 공감이 간다는 것이다. 퇴원하는 나에게 약소하지만 받으라며 수건, 옷, 돈 등을 챙겨주신다. 퇴원 신청을 하는데 원무과에서 너무 바빠 오후에나 접수가 된다고 하더니 11시경에 퇴원 수속이 마무리되었다. 병원에서 쓰던 치약이 나오지 않아 옥이 휴지통에 버린 것을 내가 다시 짐 속에 슬쩍 넣어가지고 왔는데, 집에 와 치약을 본 옥이 "아이고, 우리 엄마 자린고비" 하고 웃는다. 나는 "왜…… 가위로 잘라서 마저 짜내면 열 번은 더 쓸 수 있는데" 했다.

❀ 1989년 6월 2일 맑음

오늘은 당진 성모병원에서 많은 위안과 도움을 주셨던 두 분 수녀님께 글월을 썼다. 그리고 뒤뜰 딸기밭의 풀을 뽑다가 제법 붉게 익어가는 딸기를 보니 옥이 생각이 나서 '얄미운 것, 옥이가 와 있을 때는 익지 않더니……' 하고 속으로 중얼거렸다.

❀ 1989년 6월 14일 비

일기예보에서는 오후부터 비가 온다고 하더니 첫새벽부터 비가 와서 농민들을 당황하게 한다. 하지 후에 비가 오면 마늘이 벌마늘이 되고 또 괴어놓은 마늘이 비를 맞으면 대공이 썩을 뿐만 아니라 마늘의 품질이 떨어져 상품 가치를 잃고, 엮을 수도 없기 때문에, 집집마다 비를 맞으면서 마

314

늘을 저장하느라고 애를 먹는다. 게다가 하지 전에 마늘을 모두 캐느라고 일손이 달려서 쩔쩔맨다. 고등학교만 졸업하면 누구나 도시로 나가고 오십, 육십 먹은 사람들이 농사일에 매달리니 그럴 만도 하다. 우리는 그나마 가까스로 마늘이 젖지 않게 비 막음을 해놓은 모양이다. 참 날씨도 요상하지, 가물 때는 그렇게 가물더니, 비가 좀 나누어서 오면 오죽이나 좋을까.

🌸 1989년 6월 16일 흐림

요즘은 시대가 많이 변해서 여자들도 아내나 며느리가 아닌 한 여자로서 당당하게 자기 생각을 밝히고 뱃심도 두둑하게 행동하는 것 같다. 큰 질녀가 임신을 했는데 먹고 싶은 것이 있으면 당당하고 쾌활하게 밝히고 먹을 수 있는 자유스러운 모습이 부럽다.

집 안마당에는 양파가 널려 있고 주위로는 마늘을 빽빽이 널어놓았다. 하늘은 구름이 이리저리 밀려가면서 비라도 한 줄금 올 것 같은 개운치 않은 날이다. 때때로 해가 나오면 복실이는 더워서 혀를 길게 내밀고 헉헉거리다 멍멍 짖다가 깽깽거린다.

방과 마루 등을 청소하고 나니 잠이 쏟아지기에 졸음도 피할 겸 큰 질녀에게 전화를 했다. "너, 앵두 먹고 싶지?" 하고 약을 올리니까 "오늘은 나 갈 수가 없고, 내일 갈게요, 고모. 앵두 다 따 먹으면 나 몰라, 고모, 꼭 지

켜, 못 따 먹게, 고모가 말려요" 한다. "오거든 양파도 좀 가져가" 하자
"응, 밭에 가서 감자도 캐다가 쪄 먹을 거예요. 내일 당진 가서 목욕하고
신랑이랑 갈게요" 한다. 행복하기를, 모쪼록 행복하기를.

🌸 1989년 7월 7일 맑음

오늘은 옥이가 서울에서 첫 출근을 하는 날이다. 아무쪼록 직장 상사의
눈에 예쁘게 보이고 동료 간에 우애가 깊기를 비는 마음이다. 그리고 옥
아, 제발 아프지 말아야 한다. 건강을 빈다.

🌸 1989년 7월 10일 흐림

우리 집은 수박과 마늘을 다 팔았다. 올해는 마늘과 수박 금이 좋다. 이
번 주에는 하루 걸러 비가 온다는 일기예보를 듣고 비를 맞으면 콩에 싹이
날까 봐 덜 마른 콩을 뽑아다 따서 뜰에 콩이 잔뜩 쌓이다시피 한다.

무더운 날씨에도 내 쓰린 속은 여전하다. 가뭄에 긴 먼지도 장맛비로 인
해 말끔히 씻기는데 내 속은 왜 이리 아플까.

🌸 1989년 7월 13일 맑음

이질이 오토바이에다가 헌 짤순이를 싣고 왔다. 첫돌이 지난 제 딸아이
도 앞에 앉히고 왔는데, 제 아빠 앞에 앉아서 손잡이를 잡고 오는 모습이

퍽 깜찍했다. 내 생전에는 세탁기 구경을 못하는 줄 알았더니 이질 덕에 빨래가 훨씬 수월해지게 생겼다. 막내 질녀는 신이 나서 제 옷을 빨아 짤순이에 돌려 짜낸다. 물기가 흥건한 빨래를 며칠씩 줄에 널어놓지 않아도 되고 간단히 마른다니, 비가 올 때나 겨울에 특히 좋을 것 같다.

❀ 1989년 11월 19일 맑음

초겨울 날씨가 영하로 하강하자 집집마다 손가락을 호호 불며 마늘을 심느라고 바쁘게 움직인다. 나는 몇 달 만에 펜대를 잡는다. 그동안 일기를 쓰지 못했다는 것은 내 몸이 얼마나 아팠는지를 말해준다. 허약한 몸에 병원 약을 몇 개월 장복하니 병이 치료되기는 고사하고 속이 받아들이지를 못하고 약으로 인한 부작용만 생긴 것 같다.

❀ 1989년 12월 8일 맑음

햇빛이 나니까 썰렁한 방보다 비닐하우스 안이 더 따뜻해 질녀와 함께 하우스 안에 앉아 있는데 뜻밖의 손님이 왔다. 천주교 신자라고 하는 그 부인은 지난여름 성모병원에 입원한 나를 보고 밤새 울었다고 한다. 청상으로 수절하며 유복자를 키워 유학을 보내고 지금은 외로이 살고 있다는 부인이었다. 나보다 두어 살 위이기에 형님이라고 불렀다. 다른 성도 두 분과 동행을 했는데 세 부인은 일금과 귤, 빵, 의류, 양말, 책 등을 선물로 주고 가셨다. 천주님과 성도들의 따뜻한 배려 덕에 추위에 떨던 몸이 훈훈해지는 것 같았다.

❀ 1989년 12월 26일 맑음

자선냄비 모금의 종소리를 라디오에서 들을 때마다 내 마음이 훈훈해진다. 그 맑은 종소리 속에 사람들의 인정이 담겨 있는 것만 같다.

❀ 1990년 1월 22일 눈

신년 들어서는 처음으로 눈이 많이 왔고 제일 추운 날이다. 지난 16일에는 큰 질녀가 병원에서 아기를 낳았다. 진통을 겪는다는 소식을 듣고 이제나 저제나 아기가 나올까 초조히 기다리고 있던 중 딸을 낳았다는 전화가 왔다. 질녀가 무사히 순산했다는 소식에 나는 하느님께 감사했다. 질녀는 우리 집에 와서 산후 조리를 하게 되었다. 천사 같은 아기의 모습을 보면 마치 꿈길을 걷는 듯한 기분이다. 나는 질녀에게 내 경험에 비추어 이런저런 잔소리를 전해준다. 온 식구가 웃음기 어린 눈으로 아기를 지켜본다.

❀ 1990년 3월 24일 흐림

첫새벽에 전화벨이 울렸다. 막내 이모님이 임종하셨다는 비보였다. 요즘은 결혼식, 회갑연 등의 청첩장이 부쩍 많이 배달되어온다. 하지만 식장마다 일일이 참여하기는 여의치가 않아서 축의금만 미리미리 전해주는 곳이 많고, 친분이 두터운 집이나 친척 집은 직접 가는 쪽으로 한다. 오빠는 오늘 재종의 회갑연에 참석했다가 이모님의 영전을 뵙는다고 한다.

🌸 1990년 4월 27일 맑음

옥이가 전화할 것 같다는 예감이 들 때면 꼭 전화가 오는데, 그럴 때마다 옥이의 목소리는 약간 쉰 목소리다. 꼭 울고 난 목소리 같다. "얘, 너 어디 아프니?" 하고 물어도 옥은 아니라고 하면서 도리어 "엄마는 괜찮아?"라며 내 안부를 묻는다. 우리 모녀, 서로의 고통을 속이고 속는 척하는 것이다. 옥의 가라앉은 목소리를 들을 때마다 집 떠나 타지에서 고생하는 딸에게 든든한 엄마가 되어주지 못해 한없이 미안할 뿐이다. 해야 할 말은 늘 많은데 수화기를 들면 다 잊고 만다.

🌸 1990년 5월 8일 흐림

어버이날이라고 서울에서 조카와 질녀, 옥으로부터 안부 전화가 왔다. 셋째는 오빠가 좋아하는 정종, 올케와 나에게는 아이스크림을 사다주었다. 반면 슬픈 소식도 있어서 가슴이 아팠다. 외사촌이 회갑 전인데 농약을 먹고 병원에 입원했다고 한다. 자녀들을 낳아 키우고 출가시키느라고 힘겹게 살아온 외사촌 오빠는 어디 하나 나무랄 데가 없는 분이었다. 그런데 여든 고령의 모친 앞에서 무엇 때문에 자살을 기도했는지……. 입원실에 다녀온 오빠는 의사들 말이 살기 힘들 거라고 한다고 전한다.

🌸 1990년 7월 18일 비

장맛비로 수박이 결실이 나빠 수박 값이 급상승했다. 우리 집 수박 밭도 수확이 좋지 않다고 한다. 끝일 줄 모르는 장마에 호우로 수십 억 피해가 났다고 한다.

옥이가 교회에서 목사님의 설교를 상세히 메모해 주일마다 나에게 편지와 함께 보내주면서 꼭 읽어보라고 하는데, 옥의 정성이 갸륵해 메모지는 소중히 보관해두지만, 뭐든 읽으려고 하면 체력이 달려서 읽기가 쉽지 않다.

🌸 1990년 9월 4일 비

오늘 북한 측 대표 7명, 기자 50명, 수행원 33명 등 총 90명이 판문점을 넘어 임진각, 자유의 다리를 거쳐 숙소인 서울 인터콘티넨탈 호텔에 여장을 풀었다. 남북대표회의를 위해 온 것이다. 양측의 합의하에 판문점에서 서울까지 오는 북측 대표단의 모습을 텔레비전에서 보여주었다. 10년 만에 서울에서 재개되는 남북 대표단 회담이라고 한다. 사별한 어머니를 늘 그리워하는 나는 이산의 아픔이 어떤 것인지 조금 알 것 같다. 남북 회담이 어떤 결론이 날지는 모르겠지만 어찌되었든 이를 지켜보는 이산가족들은 마음이 많이 설렐 것이다.

❀ 1990년 9월 15일 맑음

날씨가 너무너무 맑다. 언제 호우가 지나갔느냐는 듯 가을 하늘은 더없이 드높고 청명하다.

10, 11, 12일 사흘 동안 시간당 77밀리미터의 집중 호우가 쏟아져 총 600밀리미터의 강우량을 기록했다고 한다. 이 호우로 행주대교가 파손되고 경기도 고양군의 가옥과 농경지, 가축 등이 침수되었다는데, 70년 만에 처음 겪는 재난이라고 한다. 인명 피해도 157명이나 되고 군, 관, 민이 하나로 뭉쳐 한강 제방을 복구한다. 침수 지역 청소 작업에만 13만 명이 동원되었다는 소식이다.

예전에 회사에 다닐 때 선배들의 말에 의하면 일제 때 한강 물이 넘쳐 영등포 일대가 사람 무릎까지 물이 찬 적도 있다고 한다. 이번 홍수는 거기에 비할 바도 아닌 것 같다. 이 엄청난 재난을 당한 사람들의 아픔이 남의 일 같지 않다.

❀ 1990년 11월 29일 맑음

겨울답지 않은 화창한 날씨 덕에 농작물이 대풍작이다. 올해 채소 값을 잘 받는다면 조카 결혼을 시켜줄 수 있을 것 같다고 한다. 오늘은 오빠의 62세 생신이라서 질녀들이 웃으며 케이크를 사가지고 와 오빠가 흐뭇해하신다.

❀ 1991년 1월 16일 맑음

조카 결혼식 70일을 남겨놓고 예물과 예식장 예약, 청첩 등 준비가 한창이다. 오늘은 결혼식에 쓸 술도 담근다고 한다. 양가가 그리 넉넉지 않은 살림이라 예식을 치를 때까지 고심이 클 것이다.

❀ 1991년 1월 31일 맑음

마음의 문을 열지 말고 가슴을 꼭꼭 닫자. 그러면 차라리 아픈 것도 생각나지 않으리라. 미련 두지 말고 그 모든 것 잊자 하면서도 또 딸을 향한 어쩔 수 없는 죄책감에 어느새 가슴에는 수없는 멍이 드리워진다.

❀ 1991년 2월 27일 비

나는 다니고 싶다. 왜 못 다닐까. 누가 잡는 것도 아닌데. 밭두렁, 논두렁을 밟고 발바닥에 흙을 묻혀보고 싶다. 바깥에는 처량한 빗줄기가 온 대지를 적셔서 진흙 수렁을 이루고 있지만 그 수렁, 그 진흙 속에 빠져 허우적거린다 해도 가고프다. 뭇 사람들의 야릇한 시선이 내 몸을 따갑게 파고든다 해도 나는 우중충한 그늘보다 환한 세상을 보고 싶다. 가슴에 꽉 막힌 응어리를 환한 빛, 환한 허공에 풀어보고프다. 나무 도막처럼 뒹굴면서 한없이 가다 멈추면 어느 처마 밑에서 거적을 두르고 웅크려 눈을 붙이고 싶다.

🌸 1991년 3월 15일 흐림

고향은 어머니 품속처럼 아늑하다. 고향의 품속처럼 아늑한 어머니. 나는 오늘도 어머니를 그리며 쓸쓸해한다. 어머니, 이 박복한 딸은 이제 누구를 의지하지요? 길 잃은 철새처럼 불초 여식이 되고 말았어요. 어머니, 한없이 울고파 펜대를 들지만 이 작은 면지에 아픔을 표현하는 글마저 제대로 쓰지를 못합니다. 어머니, 저를 잘 아시잖아요. 내가 할 몫은 기어코 해내는 성질을요. 흐리멍덩한 것은 딱 질색인 것을요. 불구의 몸이라도 혼자 힘으로 뭐든 해내려고 하는 성질을요. 바깥에는 날씨가 흐려요. 또 비가 오려나 봐요. 마음은 더욱 서글퍼요. 쓸쓸한 가슴 부여안고 어찌해야 좋을지 모르겠어요. 만물이 소생하는 봄, 모두들 노래하는데, 내게는 고향이 없는 것 같아요.

🌸 1991년 3월 24일 맑음

며칠간 잔치 음식을 장만하느라고 떠들썩했다. 드디어 조카의 혼인날. 나는 만 원 한 장을 기도서에다 넣고 한 쌍의 부부의 탄생을 축복해주시라고 기도한 뒤 조카에게 주는데, 조카는 극구 사양한다. 그러다가 마지못해 받으며 하는 말 "고모, 신혼여행 다녀올 때 선물 사다드릴게요" 한다. 나는 선물은 그만두라고, 결혼해서 부디 행복하게 살아준다면 족하고 감사할 뿐이라고 이야기했다. 조카는 "여행 갈 때 고모 뵙고 갈게요"라는 말을 남기고 결혼식장으로 향한다.

아니나 다를까 예식을 마치고 집에 들른 조카와 질부…… 그리고 내게 내미는 메모 한 장. "고모님! 그동안 기도해주셔서 고맙습니다. 오늘 날씨가 고모님 덕분에 정말 좋은 것 같아요. 저희들 앞으로 열심히 행복하게 살겠습니다. 고모님도 건강하시고 오래오래 평안하세요. 문상, 성숙 올림." 내외가 이 못난 나를 고모로 대접해주는 것이 눈물겹게 고마웠다.

✿ 1991년 4월 8일 맑음

어머니 살아 계실 때 육성을 녹음해두었던 테이프를 꺼내 카세트에 끼웠는데 소리가 나오지를 않는다. 어쩌다가 지워졌는지 심히 안타까웠다. 어머니의 목소리만은 언제든 들을 수 있다는 생각에 마음이 든든했는데…… 이게 웬 날벼락인가. 이제 목소리마저 영원히 들을 수 없다니 어머니가 아주 먼 곳으로 영원히 가버리신 것처럼 보고 싶고 그리워진다.

✿ 1991년 5월 22일 맑음

오늘은 셋째 질녀의 스무 번째 생일이다. 홀로 서서 세상을 개척할 수 있다는 성년이 된 것이다. 너무도 착한 질녀. 황혼의 늙은 나보다도 사려가 깊고 인정이 많아서, 때로는 마치 내가 어린아이 같고 질녀가 어머니나 언니처럼 포근하게 느껴지기도 한다. 내게 쏟아주는 정성에 늘 고마운 마음인데 나는 받기만 하고 1년에 한 번인 생일에도 제대로 베풀지 못하니 마음에 걸린다.

❀ 1991년 6월 15일 맑음

요즘은 예전보다 더욱 농촌에 일손이 달린다. 근래에 없던 지방자치제 선거로 인해 과열 선거 운동 열풍이 불면서 형편이 더더욱 나빠졌다. 게다가 마늘 경작이 너무 많이 되어서 상인들이 밭떼기로는 사지 않는 바람에, 집집마다 외지에 나가 사는 자손들까지 불러들여 마늘 캐기에 여념이 없다. 그렇게 마늘을 캔다 해도 엮어 말릴 일도 큰 문제다. 이곳저곳에 공장이 많이 세워져서 농촌 주부들도 월수입이 짭짤하니까 애써 농사를 지으려 하지 않는다. 저 많은 농토를 누가 다 경작할는지…….

❀ 1991년 8월 3일 흐림

우리 5남매는 1년 중 단 한 번 견우와 직녀처럼 어머니 제삿날에 모인다. 각 직장마다 여름휴가철이라 버스 좌석권은 고사하고 입석도 못 구해서 조카는 열차를 타고 오고 동생은 수원에서 35,000원 하는 버스를 타고 왔다고 한다. 여름밤 날벌레들에 물리면서도 모여 앉아 정겨운 밤을 보내며 제를 올리고, 두 자매는 음식을 좀 꾸려주면 그 밤에 차에 몸을 싣고 집으로 향한다. 동생과 작은올케는 집이 서울이라 밤을 지내고 간다. 그중 제상에 올린 음식과 먹고 난 뒤의 상을 치우는 것은 큰올케의 몫이다. 맏며느리로 시집 온 올케는 온 가족이 즐겁게 먹는 대신 혼이 난다. 자매와 동생, 조카 등 다들 가버리고 나면 집이 텅 빈 것 같다. 일요일에 온다던 옥은 다시 연락이 와서 월요일 오후에 온다고 한다. 마당에서 숯불구이를 해 먹으니 옥이가 더 생각난다.

🌸 1991년 8월 27일 맑음

'자유'란 말뜻이 자유롭다. 생활의 속박을 당해보지 않은 사람은 자유의 소중함을 모를 것이다.

제2차 세계대전 당시 소련군에게 잡혀 모스크바 수용소에 있던 프랑스 군인 10명이 탈출을 시도하는데, 혹독한 추위와 내몽고의 얼음 바다, 히말라야의 눈사태에 이어 태양빛이 이글거리는 열사의 사막을 지나는 죽음의 고행 끝에 2명만이 살아남아 조국의 품에 안겼다는 이야기를 읽은 적이 있다. 조국에 도착하는 순간 그들이 외친 단어는 "아, 자유다!"라는 두 마디였다. 귀환의 기쁨 뒤에 졸도했다는 그들의 이야기를 읽으면서 나는 비로소 자유의 의미를 온몸으로 실감할 수 있었다.

그래 나도 자유의 몸으로 자유를 만끽하고 싶다. 하찮은 풀잎도 바람에 하늘거리며 자유롭게 생육하고 한여름의 매미는 나뭇가지에 붙어 싱싱한 계절을 마음껏 즐긴다. 풀잎과 매미가 부럽다. 왜 나는 자유를 누리지 못할까. 말리는 사람도 없고 잡는 사람도 없는데…….

꼬맹이들이 나에게 묻는다. "왜 손이 없어요?" 질문만 하는 게 아니라 남아 있는 손목과 다리를 유심히 쳐다본다. 어려서 어른들의 말을 잘 듣지 않아 하느님이 벌을 주셔서 그렇다고 하면서 싱겁게 웃지만, 속으로는 비통히 운다.

자유, 나에게 주어질 자유는 어디로 갔나. 자유가 그립다.

✿ 1991년 9월 6일 흐림

엊저녁에 막내 질녀가 볼펜을 색색으로 다섯 자루나 가져다주었다. 둥근 볼펜은 뚜껑을 머리에 끼워 쓰다 보면 자꾸 뚜껑이 벗겨져서 불편한데, 내가 먼저 갖다준 볼펜 두 자루를 버리지 않고 있다가 볼펜 심을 빼서 옮겨 쓰곤 하니 좋다. 편지와 일기를 하도 쓰다 보니 볼펜이 오래 가지를 않는다. 올케는 마을에서 전라도 마이산으로 관광을 떠났다.

✿ 1991년 10월 30일 흐림

어제는 심심한 마음을 달래며 썰렁한 구들에 몸을 담고 천장을 눈 친구하고 있는데 오토바이 소리가 붕 하고 뜰 앞에 멎는다. "등기요! 도장 주세요!"라는 우체부의 음성. 외국에서 온 것이라니 웬 편지인지 궁금했다. ABC를 읽을 줄 알아도 뜻은 모르기 때문에 눈뜬 장님이나 마찬가지인 나는 궁금한 마음에 급히 개봉했다.

성경이 작은아버지였다. 성경이 조모님의 글을 대필해줄 때 간단한 안부를 전했더니 격려의 글을 미국에서 보내오셨다. '백설 같이 흰 피부, 곱던 꽃잎'으로 표현하며 이어진 글에 감격했다. 성경이 작은아버지가 조모님께 보낸 편지는 나보다 하루 나중에 왔다. 성경이 조모께서 오늘 편지를 가지고 오신 것이다. 노인이라 청각도 약하시고 이해력이 무뎌지셔서 편지를 어린애에게 동화 이야기하듯 읽어드려야 한다. 때로는 길게 설명도 해드리고 답장을 써서 또 차근히 읽어드리면 무척 고마워하신다. 나 역시 머지 않아 언젠가는 성경이 조모님과 같이 될 것을 알기에 진심과 성심으로 편지를 써드린다.

🌸 1991년 12월 1일 맑음

뒷집으로 이사 온 집에서 이사 떡으로 왕팥을 삶아 얹은 시루떡을 푸짐히 가져왔다. 따라 온 종선 엄마가 하는 말이 "늘 텅 비워둔 집에 사람이 들어오니 적적하지 않고 좋으시겠어요" 한다. "네, 그래요" 하고 대답은 했지만 먼저 계시던 할머니 내외 분과도 32년이나 정이 들었다. 할머니는 팔순 연세에도 정정하고 눈치가 빨라서서 늘 나에게 여러모로 도움을 주셨다. 집은 친척에게 맡기고 아들 따라 가시는 할머니의 마음이 측은해 나 자신이 썰렁한 느낌이 들었다.

🌸 1991년 12월 8일 흐림

올케가 파마 약을 조금 얻어왔기에 앞머리만 조금 지지려고 했는데, 막내 질녀가 머리 전체를 자르고 지져준다며 만지다가 약이 부족해 머리가 덤불같이 되어버렸다. 막내는 마음이 내켜 일을 하면 시원스레 한다. 막내는 자기가 사정해서 내 머리를 지져놓고 "이제 난 고모 머리 안 해"라고 하고, 옆에 있던 셋째가 "아니야, 고모, 마음이 약해서 또 해줄 거야" 한다. 퉁명스러워도 수선스러운 막내와 셋째 다 착하다. 귀여운 것들……

🌸 1991년 12월 21일 맑음

질부가 산달이라고 조카가 저의 어머니를 빨리 와 있으라고 재촉을 한다. 초산인 제 처를 혼자 두고 출근하려니 불안한가 보다. "얘, 산기 있을 때 전화를 하면 되는데 무얼 그리 서둘러." 올케는 곧 아들 집에 올라갈 짐을 요모조모 꾸린다.

❀ 1991년 12월 23일 흐림

농협에서 배추를 포기당 100원씩 사들인다니 농사 지은 농민들의 소득이 허술하다. 농민을 위한다는 농협에서 김장 채소값을 너무 낮은 금으로 매겨놓으니 울며 겨자 먹기로 모두 헐값에 내놓았다. 날씨가 포근해 김장을 늦게 담그려던 서울 사람들은 배추가 없어 담지 못한다는데……. 우리는 올케가 조금 남겨두었던 배추를 사돈네가 김장을 못 담갔다고 해서 주기로 했다.

❀ 1991년 12월 24일 비

성탄절 전날인데 눈 대신 비가 내린다. 어제는 우리 부모님이 살아 계셨으면 분명 좋아하셨을 증손이 태어났다. 올케에게서 전화가 왔는데 "손녀야"라고 한다. "언니, 서운하지?"라고 묻자 "나는 괜찮은데 오빠가 그렇지……. 그래도 할 수 없지" 한다. 인력으로 못하는 일이니 어쩔 수가 없다. 아무튼 산모와 아기가 건강하다니 하느님의 축복이라 생각한다.

꿈속에서는 언제나 소녀

● 1992년 1월 10일 맑음

큰 질녀가 9일 밤 11시부터 진통을 하다가 10일 오전 2시에 분만을 했다고 한다. 체중이 4킬로그램이 넘는 아들이었다. 아기가 몸집이 커서 고생을 좀 했다고는 하는데 첫딸 다음으로 아들을 순산한 질녀가 정말 기특했다.

23세의 이질은 택시 운전을 하는데 몇 개월 만에 두 번이나 박치기를 당했다고 한다. 운전은 참 위험한 일인데, 콩나물 시루 같은 지하철이나 버스를 타지 않으려고 자가용 승용차를 가지고 나오는 사람들이 너무 많다. 그러다 보니 차도마다 차들이 걸음마를 하며 교통난이 자꾸 심각해진다.

● 1992년 1월 29일 흐림

속절없이 흘러가는 세월 무상하다. 92년도를 맞이한 날이 엊그제 같은

내가 하는 일이란 늘 자고 먹고 하는 것의 연속인지라
어쩌다가 날씨라도 좋으면 이런저런 호기심이 일면서
동심으로 돌아가는 듯한 기분이다.

데 어느새 1월이 눈 깜짝할 사이에 지나가는구나. 구정을 맞아 물가가 30퍼센트나 뛰었다고 한다.

두 질녀는 내 방에서 전기장판을 깔고 한두 번 자더니 아예 아침이면 저희들 방은 썰렁하다고 내 방으로 와서 화장을 하고 머리 손질을 하느라 방이 뒤죽박죽으로 난을 맞는다. 두 애들이 출근하면 나는 늘 그랬듯 머리카락을 쓸어담아 버린다. 셋이서 한 방을 쓰니 아이들 틈에서 새우잠을 자야하고 아침마다 아이들이 법석을 떨지만 그래도 방 안이 한결 포근하고 정이 깊고 다감해진다. 나에게 이런저런 비밀도 털어놓고 나를 존중해주는 질녀들이 더없이 고맙다.

🜉 1992년 2월 24일 맑음

나라 경제는 자꾸 휘청거린다고 하는데 올해는 선거가 네 번이나 된다. 정부에서는 돈 안 쓰는 선거를 하자고 캠페인을 하며 요란하게 떠들지만, 그 말이 과연 그대로 실천이 될지 염려스럽다. 우리나라를 경제 선진국이라고 하기도 어려운 것 같다. 우루과이라운드 수입 압력 앞에서 풍전등화처럼 위태롭고, 자유 수입품이 수출보다 득세를 하니 말이다.

🜉 1992년 3월 25일 맑음

제14대 국회의원 총선거가 끝났다. 당선된 사람들은 마음이 뿌듯하겠지만 탈락한 사람들은 낙심도 크고 부채도 부담이 클 것이다. 탤런트 이순재 씨와 코미디언 이주일 씨도 국회의원으로 당선되었다. 새 일꾼들이 모두 국정을 바르게 이끌어주기를 바랄 뿐이다.

◑ 1992년 4월 6일 흐림

4일은 장조카의 첫딸의 백일인데 장롱, 냉장고 등을 들여놓고 세 식구 눕기에도 비좁은 단칸 셋방이라서 밥을 해 먹기가 힘들다고 집으로 세 식구가 내려왔다. 식구끼리 먹는 밥이지만 그래도 수수팥떡, 백설기, 고기, 찬거리 등 이것저것 장만하는데, 물가 탓인지 기십만 원을 써도 상이 보잘 것없다. 아기의 고모들이 반지와 옷을 사주고 나는 내복이나 사 입히라고 돈으로 주었다. 손녀 백일을 차리느라고 환갑이 다 되어가는 올케가 고생 하는 것이 마음에 걸린다. 명절이나 제사 때나 올케의 수고를 볼 때마다 안쓰럽다. 나 자신이 죄송할 뿐이다.

◑ 1992년 5월 5일 맑음

4월 29일 로스앤젤레스에 있는 한인타운에서 흑인 폭동이 일어나 한인 상점들이 약탈과 방화를 당하는 대사건이 일어났다. 대부분 흑인 밀집 지 역에서 상점을 운영하는 한인들이었는데, 가게들마다 순식간에 아수라장 과 잿더미로 변해버렸다. 사건의 발단은 흑인 운전사를 백인 경찰 셋이 구타했는데 재판 결과 매를 맞은 흑인에게 유죄 판결이 내려진 데서 비롯되었다. 흑인들이 격분하여 들고일어난 것이다. 흑백 간의 인종 차별로 인한 갈등은 늘 시한폭탄 같은 일이라고 한다. 그런데 엉뚱하게도 한인들이 최악의 피해를 입었다. 총 5억 5천만 달러의 피해와 52명의 한인 사망자가 발생했다. 산타모니카 대학 학생인 열아홉 살의 이승재 군은 자경대와 함께 옥스퍼드 플라자를 지키다 사망했다니 더욱 안타까운 일이다. 부상자만 천여 명이다. 일본 상점과 중국 상점은 손끝 하나 건드리지 않았으면서 유독 한인 상점만 공격을 하다니, 약소국의 설움이란 이런 것인가. 한 흑인이 말하기를 한인들은 20∼30년간 흑인들을 상대로 돈을 많이 벌었는데 자기네 흑인들은 빈곤한 생활을 면치 못하고 있다고 한다. 이번에 한인타운의 피해가 극심한 것은 사건 당시 미국 정부에서 손을 빨리 쓰지 않고 늑장 대응을 해서 그렇다고 한다. 텔레비전에서는 로스앤젤레스 교포라는 중년 남자가 울먹이며 "우리는 정부에 많은 돈을 기부했는데……"라고 말하는 장면이 나왔다. 미국 대통령 부시는 한인타운 피해 응급 복구비로 우선 6억 달러를 내놓는다고 한다.

🌑 1992년 5월 19일 맑음

선인장에 5년 만에 꽃이 피었다. 그런데 단 하루 피었다가 금세 오므라들었다. 무슨 이유일까. 꽃이 핀 잎 속은 휑하니 뚫리고 꽃술은 은은한 황색, 꽃잎은 흰색이었다. 나는 꽃이 선인장의 우묵하게 들어간 골에서 피는 줄 알았더니, 꽃봉오리는 선인장의 솜털 속에 숨어 있었다.

5년 전에 딸아이가 밤콩만 한 선인장을 갖다주어 키우기 시작한 것이다. 때로는 귀찮아하면서도 딸에게 못다 한 정을 대신하는 마음으로 분갈이도 해주며 공을 들여 키웠다. 그런 내 마음을 알기라도 하는 듯 선인장이 꽃을 활짝 피운 것이 나는 너무나 신기했다.

🌑 1992년 6월 16일 맑음

나는 치아 전체가 상해 부서져 뿌리만 남도록 치과에 갈 수 없어 그냥 방치해두었다. 그러나 이번 기회에 딸애가 권하는 대로 치과 의사 앞에 앉아 진찰을 받은 결과 충치가 아닌 잇몸 염증이라고 한다.

🌑 1992년 8월 3일 맑음

하느님, 저는 기도를 심중히 올리지는 못합니다. 그러나 마음은 늘 하느님과 함께 있습니다. 저의 이런 마음의 소원을 언제 이루어주시려는지요. 제가 세상에서 단 한 사람 믿고 의지할 딸아이가 삶의 갈피를 잡지 못하고 방황하며 흔들리고 있습니다. 그 언젠가 주님께서 제게 이루어주신다 약속하신 그 일, 언제가 되는지요. 이 지루한 생의 고달픔, 생각하면 암담한 안개 속 같아 빛이 보이지 않습니다. 만약에 하늘마저 볼 수 없는 나였다

면 그 고통이 더했겠지요. 하느님, 사랑하는 제 딸, 꼭 제자리로 돌아오게
해주십시오.

🌑 1992년 8월 8일 맑음

나는 이부자리를 1년에 한 번밖에 안 빤다. 올해는 봄부터 무릎에 힘이 없
어서 수없이 망설이던 끝에 오늘 드디어 세탁을 하고 풀을 먹여 이불을 꿰
매기까지 하루해를 보냈다. 일단 하면 되는 것을 그렇게 망설이고 미루며
빨지 않아 늘 마음이 찝찝했다. 오늘 이불을 빨고 나니 마음이 홀가분하다.

이불을 빨고 있는데 성경이 조모님께서 외국에 있는 아들에게 보낼 편
지를 써달라고 하시기에 "다음에 해드릴게요. 지금은 빨래 때문에 쓸 수가
없어요"라고 말씀드렸다. 할머니께서는 생신이라 자녀들이 다녀갔다고 한
다. 그런데 외국에 사는 아들이 약을 보내주었는데 그게 없어졌다고 울먹
이신다. 나는 "할머니, 혹시 다른 곳에 두고 못 찾으신 건지 모르니 한번
찾아보세요" 했다. 할머니가 오후에 다시 오셔서는 말씀하시기를 그 약을
찾으셨다는 것이다. 그런데 괜히 애꿎은 식구들에게 화풀이를 해 미안하
다고 하신다.

🌑 1992년 8월 9일 맑음

제10호 태풍 제니스가 영동 지방, 서울 등에 약간의 피해를 주고 스쳐갔

다고 한다. 오늘은 그간 먼지와 못쓰는 상자들이 아무렇게나 쌓여 있던 헛
간을 치웠는데 좀 힘이 들었다. 그러고 나서 빨래를 하니 무릎을 움직일 수
가 없어서 올케보고 널어달라고 했다. 살기 위해 늘 바쁜 올케를 돕는다는
것, 즐겁다. 무릎 관절이 자꾸 퉁퉁 부어올라와 점심도 엎드려서 먹었다.

◉ 1992년 8월 12일 흐림

제25회 바르셀로나 올림픽을 마치고 귀국하는 선수단의 얼굴들이 무척
이나 자랑스럽다. 이번 올림픽은 화살 끝에 불을 붙여 쏴 성화를 점화한 개
막식이 이채로웠다. 선수들 모두 하나하나 훌륭하지만 강철 같은 인내로
쾌거를 올린 마라톤의 황영조 선수에게 축하의 박수를 보내고 싶다. 30도
를 웃도는 더위를 견디며 달려 2시간 13분 23초의 기록으로 해질 무렵 결
승선에 골인하였다.

온 국민이 귀국 선수단을 열광적으로 환영하며 퍼레이드를 벌이는데,
메달리스트들은 기자들의 플래시 세례를 받으며 손을 흔들어주지만, 메달
을 목에 걸지 못한 선수들은 여러 명이 차 한 대를 타고 그 뒤를 따라가는
것이다. 왠지 초라하고 안쓰러워 보였다. 비록 메달은 달지 못했지만 선수
촌에서 함께 합숙하며 각고의 노력은 다했을 텐데, 그들의 힘들었던 훈련
의 시간에 나는 위로를 보내고 싶다.

🌑 1992년 8월 13일 맑음

오늘은 기분이 참 좋다. 간밤에 좀 안 좋은 꿈을 꾸었는데 오히려 뜻밖에 사촌 오빠 내외가 오신 것이다. 늘 우리 집에 오시면 다정하게 대해주시는 인정이 고마웠다. 게다가 사촌 올케는 칠순 나이에 야학에서 글을 익혀 책도 보신다고 한다. 놀랍고도 반가웠다.

🌑 1992년 9월 4일 맑음

저녁 6시 반쯤 성경이 조모님께서 한 달간 서울에 계시다 내려오시는 것을 보고 "할머니, 이제 오세요?"라고 인사를 하는데, 청각이 어두우신 노인이라 듣지를 못하고 지나가시는가 했다. 그런데 할머니께서 봇짐에서 성경책을 꺼내주시며 "이거 미국 아들이 부쳐왔어" 하신다. "저 성경책 있는데요"라고 답하자 할머니는 "우리 아들이 옥이 엄마 전해주라고 했어" 하시며 내주시고 가신다. 톰슨 성경책이었다. 소중한 성경책을 보내주신 그분의 정성에 마음이 훈훈해졌다.

🌑 1992년 9월 30일 맑음

9월의 마지막 날, 옥이는 난생처음으로 남의 집 셋방이기는 하나 제 방을 갖게 되었다. 그저 편한 마음으로 살라고 말도 해주었고, 또 정말로 그렇게 살기를 바라는 마음이다. 그리고 그 방에 살면서 진짜 제 집을 사가

지고 이사하기를 간절히 주야로 기도하며 집 주인댁도 평안하기를 기도하
고 있다.

● 1992년 10월 15일 맑음

오늘은 내 딸 옥이의 스물세 번째 생일이다. 내가 해줄 수 있는 것이라
고는 마음으로 축복을 빌어주는 것뿐이다. 진정으로 건강하고 늘 하느님
의 축복이 가득하기를……. 그러나 왠지 나 자신이 쓸쓸해진다. 어미가 되
어 옥의 생일날 한 번도 미역국을 끓여주지 못했다.

● 1992년 10월 17일 맑음

뭐든 일에 몰두하다 보면 다소나마 지루함을 덜게 된다. 일거리를 두고는
참지 못하는 성미라 더 그렇기도 하다. 어제와 그제는 올케가 공장에서 스
펀지 조각을 가져왔기에 헌 천을 꿰매어 방석을 두 개 만들어 스펀지 조각
으로 그 속을 넣었다. 이틀 동안 바느질을 하고 나니 방 안이 난장판이 되어
있어서 오늘은 쓸 것, 못 쓸 것 구분해 정리를 했다. 올케가 일을 나가니 살
림살이가 더욱 밀리고 일감이 쌓인다. 빨래를 하고 방에 들어와 글을 쓴다.

● 1992년 10월 31일 맑음

오늘은 바쁜 하루였다. 바쁘다는 것은 그만큼 건강하다는 뜻이겠지. 어

제는 큰 자매보고 꽈리고추를 따다 팔아 용돈을 쓰라고 했다. 올케가 직장에 다니니까 고추와 깨를 제대로 건사할 사람이 없다. 게다가 밭에 널어놓은 깨가 물에 젖는 바람에 뒷집 아주머니와 자매가 말리느라고 애를 먹었다. 요즘에는 꽈리고추 시세가 한 관에 7,000원씩 나온다고 한다. 자매와 내가 모두 네 관 정도 딴 것 같다.

● 1992년 11월 20일 눈과 흐림

엄동설한이지만 집안 청소는 내 당번이니 생각하고 몸을 움직인다. 청소를 하고 속옷을 빠는데 빨래를 하다 보니 머리에 눈이 희끗 내려앉는다. 그리고 혹시 의사 선생님 말씀처럼 병원에서 차가 올까 기다려보는데 오후 4시 반까지 무소식이다. 10분 간격으로 전화를 걸어 다섯 번째에야 겨우 선생님과 통화가 되었다. "저, 선생님 제 병명이나 알고자 해서 여쭙습니다. 기관지염인가요, 혹 결핵인가요?" 선생님 말씀은 "좀 더 지켜봐야 경과를 알아요" 하면서 오늘 더 와보라고 하시지만 여건상 그럴 수가 없어서 못 갔다고 말씀드렸다. 그러자 선생님은 "그렇지 않아도 차를 보내려 했는데 오늘 환자가 많아 바빠서 경황이 없었어요" 하며 미안해하신다. 중환자도 아닌데 병원에서 구급차를 보내준다는 것이 큰 배려임을 나는 잘 안다. "선생님, 그럼 질녀 편에 약을 보내주세요" 하자 그러마라고 대답하신다.

● 1992년 12월 28일 흐리고 비

3일만 지나면 92년도 다 지나가는구나. 겨울답지 않게 비가 내려 날씨가 우중충하다. 나는 2개월 만에 볼펜을 들었다. 심상치 않은 기침과 끓어오르는 가래, 콧물 없이 코만 막히는 증세가 계속되어 병원 약, 약국 약 등을 먹고 모과와 대추를 넣어 삶은 물이 좋다며 큰 자매가 해다 주어 먹었으나 아직도 몸이 개운치 않다. 큰 질녀가 용돈으로 쓰라며 10만 원을 주었는데 부담이 되어 되돌려주려 했으나 사양을 한다. 질녀의 아들 돌 때 축의금으로 주어야겠다. 막내 질녀는 크리스마스라고 올케와 나의 내복을 사 왔다.

● 1993년 2월 16일 맑음

면 사회과 직원이 우리 집을 온다고 해 어제도 기다리다 단념했는데 오늘 아침에 또 전화를 걸어와 나보고 어디 가지 말라고 하는 것이다. 그런데 오후 4시 반까지 기다려도 오지 않아 영문도 모른 채 포기했는데, 5시가 넘어서 부면장과 직원이 대문으로 들어왔다. 두 사람은 사각형 선물 상자를 내 앞에 놓더니 방문턱에 앉아 있는 내 모습을 사진으로 찍는다. 14대 대통령 취임을 기념하는 선물로 당진군수가 보내는 것이라고 한다. 부면장은 급히 인사를 남기고 또 다른 곳으로 발길을 옮긴다. 선물은 수저 5벌 세트였다. 뜻밖의 선물이 나쁘지는 않았다. 전에는 아무리 선거를 해도 나 같은 사람은 찬물 한 모금 못 마셨는데, 장애인들만 특별히 선물을 보내주다니 세상이 조금 달라진 것 같다.

◉ 1993년 4월 27일 맑음

당진군민회관에서 장애인의 날 기념식 및 장애인 재활을 위한 행사를 하는 날이다. 어제 한마을에 사는 은하 엄마가 찾아와 식장에 같이 가자고 하는데, 거동을 할 수 없는 나로서는 꿈만 같은 일이다. 정부에서 장애인들을 적극 돕고 감싸주고 밀어주기로 나섰다니 더없이 감사하고 희망이 느껴진다. 장애가 있다고 천대하지 않고 안정된 삶과 직업을 보장해주는 사회가 되었으면 좋겠다.

◉ 1993년 6월 16일 수

자꾸 오래 살 수 없을 것만 같은 생각이 든다. 딸애나 여의고 편한 세상으로 가야 할 터인데, 자꾸 나쁜 생각만 든다. 오늘도 옥이와 통화를 하면서 "애, 너 시집갈 거니?"라고 묻자 "응, 시집가지" 한다. "언제?"라고 하는 나의 물음에 옥은 "응, 몇 해 있다가" 한다. 그 말에 나는 왠지 화가 나서 수화기를 탕 내려놓았다. 내 생전에 딸아이 시집가는 모습을 보고 갈 수 있을지 걱정스런 마음에 나는 차근차근 정리를 하는데 옥은 이런저런 이유로 자꾸만 미루고 또 미룬다. 옥의 짝을 지어주고 가야 마음이 깨끗할 터인데 걱정이다.

　장마철이라 대낮에도 개운치 않을뿐더러 유난히 파리가 집 안팎을 누빈다. 끈끈이 약을 먹고 죽은 파리들을 계속해서 쓸어대도 수없이 날아든다. 장마로 인해 벼락으로 곳곳에 피해를 입은 사람들이 많다. 질녀가 일하는 중학교 서무과에도 벼락으로 인해 무선 전화, 팩시밀리, 컴퓨터 등등이 고장이 났다고 한다. 아침에 동생의 댁한테서 전화가 왔다. "어제 그제 전화해도 안 돼서요" 한다. "응, 비가 많이 와서 그랬지." 양념을 사 먹는다고 하기에 왜 고추를 갖다 먹지 그러느냐고 하니까 바빠서 그렇단다. 그리고 가져왔어도 또 사 먹었을 거라고 한다. 내가 재차 "아니, 고춧가루를 밥 먹듯 하나" 묻자 동생 댁은 "아뇨, 가져오기가 죄송해서요"라고 한다. 그러고는 "형님이랑 아주버님 건강하시지요? 형님은 밭일 놔두시고 어떻게 직장에 나가세요?" 묻는다. "응, 지금 올케는 야근 하고 와서 주무셔. 오빠가 몸이 좀 좋아지셔서 밭일을 다 하시니까 올케가 직장에 나가지. 그렇지 않으면 못 다니지"라고 말해주었다.

　올해는 해 뜨는 날보다 비 오는 날이 더 많고 일기가 선선해 작물들이 냉해를 입어 거의 다 수확하기도 전에 병에 시달려 생육을 멈추는 바람에 농부들의 마음을 아프게 한다.

나는 자매 집에 와 있는데 알고 보니 15일이 형부 생일 겸 동네 사람들이 해마다 마을의 환경 정리를 위해 길가의 잡초를 뽑는 날이라고 한다. 요즘은 웬만한 길도 다 포장이 되어 별로 손댈 곳은 없지만 1년에 한 번씩 돌아가며 모여 마을을 정돈하고 어느 집에서 점심을 낸다는 것이다. 이번에는 자매 집에서 개를 한 마리 잡고 찬거리를 마련해 점심을 내기로 했다는 얘기다. 조갯살 찬이 맵지 않아 맛있게 먹었다.

지난 금요일에는 금융실명제 실시에 대해 뉴스 특보가 발표되었다. 처음에는 금융실명제가 무엇인가 싶어서 어리둥절했으나 나 같은 사람들에게는 별로 해당 사항이 없는 이야기처럼 들렸다.

🌑 1993년 10월 25일 맑음

몇 주일 건강에 좀 차도가 있어서 지난주에는 김장용 고추의 꼭지를 땄다. 전에는 고추씨까지 뺐는데 요즘은 꼭지만 따가지고 가루로 만든다. 고추 몸에서 점점이 흰 점을 먹은 부분을 떼어내며 꼭지를 따고 있자니 콧물이 줄줄 흐르고 재채기가 연거푸 터져나온다. 보통 사람이면 하루에 할 일을 나는 이틀에 걸쳐 한다.

셋째 질녀는 제 동생이 연인을 만나 데이트를 하고 다니자 심사가 편치 않은 듯하다. 넷째가 반코트를 사 온 즉시 입고 데이트를 하러 나갔다며 투덜거리고 신경질을 낸다. 나는 조카들 사이에서 이렇게 저렇게 엉킨 감정들을 풀어주곤 한다. 나도 저런 세월이 있었던가 하는 생각에 조금 쓸쓸해진다.

◉ 1994년 1월 20일 맑음

18일에 군 장애협회에서 소식지가 왔는데 신평면 장애지회 분회를 창립한다는 이야기였다. 소식을 보고 분회 회장과 통화를 하는데 "창립식 날 오시는 거죠? 차를 보내드릴게요" 한다. 장애가 심한 나, 한번 거동하려면 여러 사람들에게 피해를 주는 것이 부담스러워 갈등이 일었지만 그래도 차를 보내주었으면 하는 바람으로 그러마고 대답하고 기다렸다. 면 2층 회의실에서 식순을 간단히 마치고 식사를 하려는데 차멀미가 나 회장에게 멀미약을 부탁했다. 어느 자리건 나는 음식 나오는 것이 두렵다. 남들처럼 손으로 먹지 못하고 또 과일류를 먹으면 화장실 가는 불편함이 있기 때문이다. 식사가 끝날 무렵 회장이 내게 다가와 하는 말 "우리 아주머니 참 예쁘셨는데 정말 늙으셨네요" 한다. 다소는 자리를 뜨고 다소는 장소를 옮겨 장애인 모임의 계획을 세운다. 사무실에서도, 면 단위인 신평에서도 나같이 심한 장애인은 없다. 회장은 또 내게 "아주머니 종종 바람 쏘일 겸 나오세요" 한다. 나는 내심으로 고마워하며 이 자리에 나오기까지 갈등했지만 오기를 잘했다는 생각이 든다. 모두들 의견을 나누며 토론을 하는데 나를 업고 사무실을 오르내리던 남자 분이 나를 보면서 "참, 아주머니 글 쓰신 것 많으시다면서요. 그거 묵히면 무얼 해요. 재생시켜야죠" 하기에 나는 "글이라고 하기에는 쑥스러워요. 글자를 익힐 목적으로 일기를 쓴 거지요" 라고 답했다. "그리고 내 마음을 전달하기 위해 편지를 썼어요. 몸이 이렇다 보니 내 마음을 상대에게 제대로 전하기가 참 힘들더군요. 이제는 건강도 자꾸 안 좋아지고 두뇌도 예전 같지 않아서 잘 못 씁니다" 했다. 휠체어에 앉은 사십 대 후반의 남자가 내 말을 듣다가 "나도 글 많이 실려봤습니다만 아주머니 이야기를 들으니 앞으로는 더 노력을 해야겠습니다"라고 정중히 이야기한다. 여러모로 우리 면의 장애인 분회가 발전해나갔으면 좋겠다.

🌑 1994년 2월 13일 맑음

보드랍고 따뜻한 햇살이 창으로 들어와 내 양볼로 흐르는 눈물을 말려주며 속삭인다. "아줌마, 속 풀어요. 이 세상 누구나 다 말 못할 사정이 있어요. 나도요. 이렇게 마음껏 온 세상을 밝게 해주다가도 때로는 구름이 내 시야를 가로막으면 세상을 밝히지 못해 우중충한 날씨가 되지요"라며 이야기하는 것 같다.

안개비가 내리던 첫새벽에는 좀 걱정이었다. 혼사 날인데 날씨가 왜 이런가 걱정을 했더니만 질녀의 성격처럼 금세 또 활짝 갰다. 말썽을 꽤나 피우던 둘째가 드디어 한 아낙으로 변신하는 날, 흰 드레스를 입고 식장에 들어서는 둘째의 모습이 참 예쁘겠지 하고 생각해본다. 식구들은 모두 한복을 차려입었다. 셋째와 넷째가 옥이의 한복도 마련해주어 옥이도 한복을 차려입고 화장을 하니 퍽 예뻤다. 잔치라고 들여다보시는 동네 어른들께 떡과 과일로 간소하게 대접을 해드렸다. 보는 사람마다 이제는 "옥이도 시집을 가야지"라고 말을 하지만 옥이는 막무가내다. 과년한 딸을 가진 부모의 마음이 이해되고도 남는다.

이질의 권유로 나는 또 병원에 입원했다. 진단 결과 관절염, 신경통, 신경성 위염, 기관지염, 비염 등의 병명이 나왔다. 목이 붓고 기침 가래가 끊이지 않아 고통스럽다. 오늘은 몇 달 만에 볼펜을 드니 기쁘다. 링겔을 매일 맞으니 소변이 잦아지는데 딸애가 없으면 화장실을 갈 수가 없어 견디기가 힘들다. 휠체어에 앉아 복도를 지나갈 때는 내 절단된 부분을 꼭꼭 가리고 다니지만 화장실에서는 어쩔 수 없이 절단된 팔과 다리가 사람들 눈에 뜨이게 된다. 그러면 안됐다는 듯 꼭 쯧쯧 혀를 차는 사람들이 있는데 그런 사람들에게 옥이는 항상 화를 낸다. 뾰족한 나의 삶……. 나는 그저 살고 싶은 것이다.

🌑 1994년 7월 8일 맑음

예년에 없던 무더위와 가뭄으로 농작물과 가축들이 죽어간다는 소식이다. 나는 병실에서 김일성이 죽었다는 급보를 들었다. 이 기회에 하루 빨리 통일이 될 수 있다면 얼마나 좋을까.

🌑 1994년 10월 16일 비

일요일은 집안 청소를 하루 쉬는 날이다. 질녀가 하루 종일 집에 있기 때문이다. 그런데 요즘 한창 연애 중인 질녀는 잔꾀가 좀 늘었다. 애인과 약속이 없으면 일요일이 꽤나 지루한가 보다. 이날 역시 청소를 하지 않고 방에서 이리저리 뒹굴다가 무슨 전화를 받고는 후다닥 뛰어나간다. 3시쯤 나간 질녀는 4시쯤 전화를 해서 온양에 가려고 했는데 길이 막혀서 못 간다며 친구들이랑 놀다 갈 테니 제 애인 식이한테서 전화가 오면 사유를 전해달라고 한다. 나는 질녀들의 애인에게서 전화가 오면 마치 내가 연애하는 기분이다. 그 흥미로움 때문에 일부러 전화를 가로챌 때도 있다. 그리고 놀려대는 재미가 심심치 않다.

결혼한 막내는 당진 숙소에서 일요일마다 제 집인 대전으로 가는데 오늘따라 신랑이 이곳으로 데려다주고 다시 대전에 간다고 저녁 7시쯤 도착했다. 그렇게 길을 되돌아가려면 퍽 피곤할 텐데 막내더러 버스를 타고 다니라고 해도 제 신랑이 데려다주어야 안심이 된다나……. 이렇듯 행복한 질녀들을 바라보는 나 역시 마음이 좋다.

🌑 1994년 11월 22일 맑음

막내 질녀의 22번째 생일인데, 대전 저의 집으로 내려가지 못하는 대신 질녀의 신랑이 근무를 마친 뒤 자가용을 타고 우리 집으로 꽃과 케이크를 사 들고 왔다. 큰 질녀 내외와 두 자녀 등이 오니 마치 큰 어른 생일 분위기처럼 집안이 떠들썩하다. 막내 질서는 토요일에 막내가 대전으로 가면 일요일 오후 늦게 데리고 와서 월요일 아침 6시경에 다시 대전으로 떠난다. 방에 불을 피워줘야 하니까 오빠는 은근히 귀찮아하는 눈치지만 주말마다 다녀가는 질서의 정성이 고맙다.

🌑 1994년 11월 28일 흐림

서산의료원에서 퇴원 후 지금까지 큰 질서가 약을 타다주어서 고맙기 그지없다. 큰 질서는 요즘 젊은이들과는 달리 효성이 지극하고 맡은 임무에 최선을 다한다. 이렇게 약을 타다주는 조카사위가 고맙지만 약을 받아먹는 나는 그저 민망할 따름이다. 하루는 지루한데 약을 타 먹는 날짜는 날개가 달린 듯 빨리 돌아온다. 질서처럼 믿음직한 아들이 있다면 하는 아쉬움도 가져본다.

🌑 1995년 1월 14일 흐림

둘째 질녀가 골반이 작아서 수술을 하고 어제 1시에 아기를 낳는다고 했는데 내내 소식이 없어 궁금해서 서울로 전화를 했더니 박사의 특진까지 받으며 출산을 했다고 한다. 혹 잘못되어 질서가 연락을 안 하나 내심 궁금했는데, 3.4킬로그램의 건강한 아들을 얻었다고 하니 축복을 빌 뿐이다. 우리 옥이도 결혼을 해서 아기를 낳았으면 하는 아쉬움도 든다.

🌑 1995년 3월 15일 맑음

전화벨이 따르릉 울려 수화기를 드니 둘째 질서다. 내가 낳은 자식 못지 않게 질녀나 질서 모두 사랑스럽다. 정을 주거니 받거니 쌓으니 그 또한 태산처럼 정감이 높아진다.

🌑 1995년 4월 13일 맑음

셋째가 퇴근을 해와 학교의 어느 아저씨 이야기를 하는데 그 얘기를 듣다 보면 내가 다 화가 난다. 그 말인즉 그 아저씨는 사우디에서 2천여 만 원을 벌어 꼬박 집으로 송금을 했는데 부친이 다 털어 없애고 현재도 그 부친이 아들 이름으로 돈을 꾸어 술값으로 탕진하면서 아들더러 갚으라고 한다는 것이다. 또 밭작물을 가꾸면 헐값에 팔아먹어버린다니…… 안타까운 노릇이다.

● 1995년 4월 27일 맑음

제14회 '장애인의 날'이자 제4회 군 장애인 재활증진대회 날이라 면 분회장의 특별한 권고로 힘겹게 행사에 참석했다. 여러 사람의 도움과 부축을 받으니 송구스러웠다. 반면 뜻깊은 모임에 대한 감회가 깊었다. 군 지회를 4년간 이끌어준 지회장님 이하 모두의 노고에 감사와 치하를 드린다.

행사가 모두 끝난 뒤 자리를 뜨려 하는데 휠체어에 앉은 삼십대 남자 분이 미소 띤 얼굴로 다가와 대화를 시작한다. "실례지만 이런 말씀 드려도 괜찮을지요. 교통사고신지요? 의족을 안 하세요?" 하여 나는 "네, 못 해요"라고 답한다. 우리는 초면의 어색함보다는 구면처럼 정감 있게 대화를 나누었다. 그분은 나를 보며 또 이야기하기를 "말씀 많이 들어 알고 있어요. 저 아는 사람이 인쇄업을 하는데 아주머니 글 한번 실리게 해드릴까요?" 한다. 나는 "아니요. 일기는 가정사가 많이 나와 있어서요"라고 대답하기는 했지만 사실은 내 글에 자신이 없기 때문에 사양하는 것이다. 만약에 내가 쓴 글이 세상 사람들 앞에 공개된다 해도 두렵다. 나의 생활을 있는 그대로 쓴 것이기에 더욱 그렇다.

꿈속의 나는 언제나 소녀다. 나는 꿈에서나마 달콤한 행복을 맛본다. 그런 내 꿈은 파노라마처럼 이어지고 계속된다. 강물처럼 흘러간 과거가 그리움이 되고 추억이 되어 나를 위로한다.

● 1995년 5월 1일 흐림

　장애인의 날 기념행사에서 휠체어를 받고도 감사하다는 말을 전하지 못한 나는 신임 지회장님 댁에 축하 인사도 전할 겸 전화를 넣었다. 사모님인 듯한 분이 전화를 받으시기에 지회장님 계시냐고 물으니 안 계시다면서 밤 12시에도 들어오고 대중이 없으시다고 한다. "어떤 일을 하시는데요?" 하고 내가 물으니 "장애인 사무실에 주로 계세요" 하신다. 나는 속으로 당진군 장애인들을 위해 그토록 수고하는 분들이 있으니 내일이 그리 어둡지는 않을 것이라고 생각했다.

● 1995년 5월 8일 맑음

　어버이날. 큰 질녀가 쇠고기를 사 오고 막내가 몸보신할 수 있는 음식을 사 먹으라고 돈을 부쳤다고 하며 셋째가 데이트를 하고 귀가하는 길에 카네이션 세 송이를 사 왔다. 오빠 내외와 나 모두 거추장스러워서 달지 않고 꽃은 물컵에 담겨 숨쉬고 있다. 왜 꽃을 사 왔느냐고, 꽃 살 돈으로 생선을 사 찬을 했으면 더 좋지 않았느냐고 꾸중을 하자 질녀 왈 "우리 엄마 공장에 달고 가 뽐내시라고 그랬지" 한다. 선선하게 떠들어대는 질녀의 쾌활함이 좋고 그 효심이 고맙다. 동시에 셋째의 생일이라 미역국도 끓여 먹었다. 내년에는 결혼할 터, 집에서의 마지막 생일일지 모르는데, 나는 "선물 못해줘서 어쩌니"라는 말뿐이다. 대신에 질녀의 방바닥 장판을 수세미로 박박 닦아 깨끗이 윤을 내고 이것저것 정돈을 해주었다. 퇴근한 질녀에게 "고모가 생일 선물 못하는 대신 청소로 대신 성의를 표했어"라고 이야기했다.

🌑 1995년 5월 9일 맑음

마른 천지에 건조한 서풍이 휘몰아쳐 뜰에는 먼지가 자욱하고 뒤숭숭해 현관을 열 수가 없다. 오후에 뒷집 아주머니께서 토마토를 설탕에 재워가지고 오셔서 오빠 방에다 갖다주시고 나머지는 나를 갖다주셔서 맛있게 먹고 감사하다는 인사를 드렸다. 왜 아저씨를 드리지 않고 가져오셨느냐고 하니까 "주고 싶어서 왔지" 하시는 아주머니. 내 어머니처럼 따뜻한 정감이 느껴진다. 늘 받기만 하는 호의, 진심으로 감사하다.

🌑 1995년 5월 22일 맑음

오빠의 뒤통수를 보자 가슴이 아려왔다. 머리카락이 많이 빠져서 맨살이 드러나 있고 그나마 듬성듬성 남은 머리카락도 어느새 다 하얗게 셌다. 오빠와 나는 딱 10년 차이이니, 나의 10년 뒤는 과연 어떨지, 생각하면 서글퍼진다. 새삼 세월이 무상하고 허무함을 느낀다. 이러쿵저러쿵해도 한번 왔다가 사라질 수밖에 없는 목숨, 무엇 때문에 아등바등하며 살았는지 싶다.

처음으로 비디오라는 걸 봤다. 셋째는 고모를 위해 산 비디오라고 하면서 제 자매들에게 전화를 돌려 고모 보여드리게 결혼식 때 찍은 필름을 죄다 가져오라고 말한다. 질녀의 어진 심성이 참으로 갸륵하다. 하지만 비디오도 테이프를 빌려다 봐야 하는 것이니 우리 같은 서민들에게는 그다지 필요치 않은 존재 같다.

셋째의 애인이 셋째와 해변으로 놀러 간다고 집에 와서 자고 가도 되느냐고 해 허락을 받았다. 셋째는 애인에게 저녁을 지어 먹인다고 거산으로 급히 장을 보러 다녀왔다. 셋째가 하는 말이 "언니가 집에 와서 형부에게 먹을 것을 해주려고 하는 이유를 이제 알 것 같아……. 그 사람이 오면 흉이나 안 봐야 할 텐데……. 잘 해 먹이고 싶어" 한다. 그런데 우왕좌왕 마음만 급하고 찬이 잘 만들어지지 않는 모양이다. "이럴 줄 알았으면 진작 찬 만드는 법을 배워둘걸……." 그래, 사랑하는 사람에게 잘해주고 싶은 심정은 누구에게나 동일한 것이다. 언니는 제 형부만 안다고 제 언니를 나무라던 셋째인데 이제는 제 애인을 더욱 챙긴다. 서로 위하고 사랑하는 모습 참 아름답고 사랑스러웠다. 반면 젊음이 부럽고 시샘이 난다.

● 1995년 8월 17일 맑음

휴가를 맞은 조카 내외가 두 딸을 데리고 왔다. 백일을 맞은 아기가 방글방글 웃는 모습이 너무 귀엽고 더구나 조카 어릴 때 모습과 찍어놓은 듯 닮은 것이 너무 신기해 인상에 깊이 남는다. 가고 난 뒤에도 한참 동안 보고 싶어서 시야에 아른거린다. 조카들이 왔을 때는 집안이 부산했는데 휴가가 끝나고 나니 다시 썰렁한 게 쓸쓸하다. 이웃에도 노인들만 사니까 휴가철이 되면 객지에 사는 자녀들이 찾아와 집집마다 앞마당과 뜰에 주차한 자가용이 줄을 이룬다. 그리고 아이들 떠드는 소리, 우는 소리가 동네를 떠들썩하게 울린다.

● 1995년 9월 4일 맑음

조카들이 이런저런 일에 참견을 하며 나를 들여다볼 때, 나는 살아 있음을 느낀다. 큰 질서는 체구는 그다지 크지 않으나 어른을 깍듯이 대하며 예의가 바르다. 수시로 나에게 "고모님, 약 떨어지셨으면 타다드릴게요"라고 말할 때마다 미안하고 고맙다.

● 1995년 9월 8일 맑음

발틀 미싱만 써보던 나는 손틀이 좀 불편했다. 하지만 미싱은 내게 꼭 필요한 것이기에 전기로 돌리는 장치를 알아보니 8만 원이라고 한다. 셋째 질녀가 보너스 탄 돈 5만 원을 주며 기왕에 고치는 것 자유롭게 쓸 수 있도록 고치라고 한다. 미싱 고치는 집으로 전화를 하니까 받지 않는다. 합덕 시장에 가는 길에 올케더러 가보라고 했더니 그 기사가 없었다고 한다.

올 추석에는 수해로 농산물이 많이 유실돼 밤, 대추, 사과 등 햇과일의 값이 폭등을 했다. 배추도 포기당 3,000원에서 5,000원으로 예년에 없던 금값이다.

🌑 1995년 10월 4일 맑음

드디어 미싱을 전기로 돌아가게 고쳐 소원을 풀었나 보다 했더니, 이 역시 발틀만 못한 것이다. 발틀은 내 맘대로 조정하기가 쉬운데 비해 전기 장치를 한 미싱은 너무 급하게 돌아가 바느질하기가 불편하다. 그런데 미싱을 고쳐주고 가던 기사가 운전 부주의로 밭의 배추 예닐곱 포기를 쓸고 가서 못쓰게 됐다고 올케가 걱정을 한다.

🌑 1995년 10월 27일 맑음

이웃의 할머니 한 분은 아들 삼형제가 있는데 둘째는 외국에서 살고 막내는 서울에 있고 현재는 큰아들 집에 함께 사신다. 할머니는 며느리와 고부 갈등이 심해서 속이 상하실 때마다 자주 나에게 오셔서 "아주 속이 부글부글 끓어서 가슴에 병이 되어 벌떡증이 나는구먼!" 하시며 속마음을 털어놓곤 하신다. 할머니는 말씀 틈틈이 "나 자꾸 몸이 아파서 막내아들 다시는 못 볼 것 같으니까 전화 좀 해주오" 하시거나 "미국에 사는 아들에게 편지로 내 속상한 맘을 좀 써주오"라며 늘 나에게 부탁을 하셔서, 전화도 넣어드리고 편지도 써드리지만, 귀가 어두우신 할머니는 전화를 걸어드려도 듣지 못하시고 편지를 써 읽어드려도 그 사연을 다 소화하지 못하신 채 "무슨 말을 썼나?"라고 재차 물으신다. 그런 할머니의 모습에서 나는 마치 내 미래의 모습을 보는 것 같아 이따금씩 서글픈 마음이 든다.

🌑 1996년 1월 23일 맑음

정월 초마다 고추씨 아기를 틔우려고 고심을 한다. 고추 모를 밭에 파종하기까지는 많은 과정을 거쳐야 하는데, 이집 저집에서 우리에게 부탁을 한다. 광민이 엄마는 해마다 씨눈 틔우기, 모종 키워 이식하기까지 해달라고 한다. 내가 관리를 섬세히 한다며 부탁을 하는데, 나 역시 고추씨 아기가 틀 3~4일 과정에서 온도계 없이 조절하는 일이 어려워 마음이 조마조마하고 혹시나 망치면 어쩌나 불안하다. 그러다가 드디어 싹이 트는 것을 봐야 마음이 놓이는 것이다. 올해는 몇 집 것을 함께 하느라고 여러 갈래로 나누어두었다. 게다가 혼인 술도 잘 빚어질지 걱정을 하고 있었는데 술도 순조롭게 끓는다.

올해는 고추씨 아기 틔우는 일을 실패했다. 세 집 것을 맡아놓았는데, 원숭이도 나무에서 떨어진다는 속담처럼 나 역시 해마다 잘하던 일을 올해 망치고 말았다. 뒷집 아주머니는 종묘 집에서 아기를 틔워 온다고 한다. 고추씨 다섯 봉지, 5만 원을 그냥 버렸다. 다시는 싹 틔우는 일을 부탁받지 말아야겠다고 생각한다.

● 1996년 2월 10일 맑음

나는 상식이 별로인데 질녀들은 집안에 피치 못할 일이 있으면 전화로 내게 상담을 한다. 그런 질녀들이 참 고맙고, 그래서 내가 아는 선에서는 최선을 다해 답변을 해준다. 오늘도 막내는 중풍을 맞아 몸을 못 쓰시는 시모를 모시고 사는데, 누워서 대소변을 보시는 시어머니께서 다리를 삐끗하셨다고 하면서 어떻게 해야 하느냐고 묻는다. 그리고 어머니께서 밥알도 못 넘기시고 숨이 차 하신다고 한다. 하여 죽물을 조금씩 떠넣어드리고 방을 비우지 말라 했다. 사람이 세상을 떠나기가 그리 쉬운 일이 아니지만, 맥없이 숨을 거두는 일도 있기 때문이다.

● 1996년 3월 7일 맑음

아침에 잠에서 깨자마자 셋째 곁으로 다가가 안아주었다. 나는 잠깐 눈물이 핑 돌았다. 26년간 생사고락을 같이하며 슬프거나 아프거나 많은 위안을 주던 셋째 질녀가 오늘로 내 품을 훌훌 떠난다는 생각에 나는 외로워진다. 결혼식은 10일이지만 오늘부터 마사지를 하러 천안에 갔다가 온양에 머문다고 한다. 내 수족 이상으로 나에게 힘이 되어주던 셋째를 언제나내 곁에서 볼 수 있으면 좋겠지만, 더욱 행복한 삶을 일구기 위해 짝을 찾아 보금자리를 꾸리는 질녀가 부디 행복하게 살아주기를 바란다.

● 1996년 3월 10일 맑음

오늘은 셋째 질녀가 시집가는 날이다. 며칠 동안 잔치 음식을 만드느라고 마을 사람들이 와서 도와주었다. 무릇 잔치란 풍족한 음식과 사람이 어울려야 맛이 난다. 일을 도와주러 온 사람들이 북적거리고, 손자뻘 되는 꼬마들이 이리저리 우르르 몰려 뛰어다니고 온 집안이 떠들썩했다. 장만한 음식을 차에 싣고 천안 예식장으로 떠나고 난 뒤 외사촌댁과 사촌동생이 집으로 왔는데, 대접할 만한 음식이 별로 남아 있지 않아 미안했다. 셋째는 자신의 예식장 식당비와 음식 차리는 비용을 모두 본인이 부담했다. 덕분에 마을 사람들한테서 음식을 잘 차려 고맙다는 소리를 들었다. 부엌을 대충 치우고 뒷집 할머니와 요에 넣을 솜을 타 결혼 이불 등을 꿰매어 보내고 나니 마음이 가볍다. 결혼식이 모두 끝난 뒤에 음식이 많이 남아 이웃들께 골고루 돌려드렸다고 한다.

● 1996년 5월 8일 맑음

해마다 5월 8일 어버이날만 되면 나는 가슴이 뭉클해진다. 어머니가 그리워진다. 살아 계실 때 불효했던 나, 후회막급이다. 내 딸을 보면서 어머니 생각이 더욱 깊어만 간다. 딸에게 어머니 몫을 제대로 못해준 나는 딸을 생각할 때마다 자꾸만 가슴에 멍이 든다. 나는 부모에게도 자식에게도 내 도리를 못했다.

● 1996년 6월 26일 맑음

꿈속의 나는 언제나 소녀다. 나는 꿈에서나마 달콤한 행복을 맛본다. 그런 내 꿈은 파노라마처럼 이어지고 계속된다. 강물처럼 흘러간 과거가 그리움이 되고 추억이 되어 나를 위로한다.

● 1996년 7월 3일 흐림

며칠 전에 거실 벽지를 새로 바르고 주방에는 싱크대를 새것으로 놨다. 새 벽지, 새 싱크대 덕에 집안이 훤하고 밝다. 그동안 내 일기장들을 헌 궤짝에 보관하고 있었는데 마침 싱크대를 내놓게 되어 단칸으로 된 싱크대에 보관하면 좋겠다는 생각이 들었다. 그래서 새 싱크대를 설치하러 오는 기사에게 전화로 잠금 장치를 부탁했더니 고맙게도 잠금 장치를 사가지고 왔다면서 달아주어 흡족했다.

🌑 1996년 7월 4일 흐리고 비

올케는 새 싱크대를 주방에 들여놓고 지난 저녁에도 밤늦게까지 그릇을 정리하느라고 달그락거리고 오늘 아침에도 여전히 그릇을 정리하느라고 의자를 끌어다놓고 오르락내리락 한다. 방에 누워 올케가 살림살이 정리하는 것을 보고 있자니 재미있게 보이고 부럽다. 큰 부자는 아니지만 자식들 키워 출가시켜 잘사는 것 보고, 늘그막에 손수 살림살이 하는 재미도 큰 보람처럼 생각된다. 나는 질녀들에게 전화를 걸어 집에 벽지를 새로 바르고 싱크대도 새로 놓았으니 보러 오라고 소식을 알렸다. 주말에 질녀들이 찾아오는 것이 내게는 낙이고 보람이다.

🌑 1996년 8월 19일 맑음

오빠 내외는 여름내 실파를 애써 가꾸었는데 가뭄 탓에 제대로 성장을 못해 내다 팔기가 힘들다고 큰 걱정을 한다. 지하수를 매일 주기는 해도 비를 맞고 자라는 것과는 천양지차다. 그나마 40만 원을 받은 것으로 만족할 수밖에 없었다.

🌑 1996년 8월 26일 비

금비가 내린다. 금비가 내린다. 그 얼마나 목마르게 기다렸던 비인가. '하느님, 단비를 내려주셔서 감사합니다.' 마음속으로 수없이 뇌까렸다.

"자유"란 말뜻이 자유롭다. 생활의 속박을 당해보지 않은 사람은 자유의 소중함을 모를 것이다. 자유, 나에게 주어질 자유는 어디로 갔나. 자유가 그립다.

김장 배추와 무도 같게 되었다. 당진 큰 질녀가 온다고 해 옥수수를 따놓고 일부는 쪘다. 어디 볼일이 있어 나간 질서가 돌아오는 대로 함께 온다고 했는데, 밤 9시가 다 되도록 감감무소식이다. 기다리다 지친 올케는 찐 옥수수를 그릇째 내 방으로 들고 들어와 함께 먹는데, 한참 지난 뒤 밖에서 사람 소리가 났다. 거실로 나가보니 질녀였다. 찐 옥수수가 딱 두 자루 남았는데, 그제야 질녀 내외가 도착한 것이다. 그래도 두 사람은 맛있다고 먹는다. 매일같이 보는 얼굴이지만 조카들이 집에 오면 왜 그리도 반가운지.

● 1996년 9월 3일 맑음

　서울 동생이 산소에 벌초를 하겠다며 제초기를 사 왔는데 27만 원을 주었다고 한다. 논둑과 밭둑의 풀을 깎을 때도 쓰라고 하지만, 대개는 제초제를 뿌리기 때문에 별로 제초기를 쓸 일이 없다. 월급쟁이 살림에 목돈을 들여 제초기를 사 와 고맙기는 하지만 동생을 생각하면 한없이 안쓰럽다. 과자도 커다란 비닐봉지로 두 봉지나 사 와 하나를 내 방에 들여놓은 뒤 자매 집으로 향했다. 누나 집에 들렀다가 상경한다고 한다. 나는 누나가 되어서 동생에게 밥 한 그릇 못 해 먹이는 못난 누나다. 그저 올케에게 "언니, 동생은 감자국을 좋아하는데…… 호박 나물이랑 콩밥도 좋아하는데……" 하고 말할 뿐이다. 오빠는 동생에게 고추 15근과 참깨, 된장 등을 싸주었다.

● 1996년 11월 4일 흐림

나는 내 나이를 정상으로 찾고 싶었다. 출생신고가 잘못되어 12년이나 줄어든 나이를 정상으로 고치려고 옥이에게 법무사에 가서 절차와 들어가는 비용을 알아보라고 한 바, 서류 작성하는 데만 15만 원가량 든다고 한다. 법원에서 또 추가 비용이 들어갈지도 모를 일이다. 복음의원에 전화를 걸어 혹시 연령 감정을 할 수 있느냐고 문의했더니 대학병원에 가야 한다는 대답이다. 병원에 가려면 차를 타고 움직여야 하기에 119에 전화로 사정을 말했더니 흔쾌히 응해준다. 119 직원은 전화로 내 목소리를 듣고는 나이 같지 않게 젊다고 말한다. 옥이가 더 알아보니 대학병원이 아닌 당진 종합병원에서도 연령 감정을 해준다고 하여 일단 안심이 되었다.

● 1996년 11월 24일 맑음

전에는 노인들이 사탕을 즐겨 드시는 것을 볼 때마다 "뼈에도 도움이 안 되는 단 것을 왜 드셔요"라고 묻곤 했는데, 요즘에는 나도 사탕을 자주 먹는다. 저마다 늙으면 단 것을 찾게 되는가 보다. 이제는 나 역시 '할머니'라는 명칭을 어쩔 수 없이 받아들이게 된 것이다. 게다가 두툼한 내복을 입어도 냉기를 견디기가 힘들다.

여태까지 전화기가 거실에 있어서 식구들이 전화 통화하는 내용으로 오가는 새로운 소식들을 알곤 했는데, 둘째 질녀가 무선 전화기를 가져와서 안방에 놓으니까 조금은 답답해졌다.

● 1996년 12월 3일 맑음

119 차를 타고 보건소에 갔다. 자꾸만 119 대원께 폐를 끼쳐 송구스러웠다. 보건소 의사의 말이 "이가 다 부서져서……"라고만 할 뿐 치료를 할 필요가 없다고 한다. 그럼 반도 남지 않은 이라도 씌워달라고 했더니 못한다고 한다. 어렵게 보건소의 문을 두드렸으나 허탕을 친 나는 그저 허탈한 심정이다. 사는 동안은 계속해서 이 통증을 견뎌야 한다는 말인가.

● 1996년 12월 5일 눈

폭풍이 몰아치는 매운 날씨다. 눈은 양념처럼 심심하게 날린다. 지난 저녁에 쇠고기국을 먹는데 고깃점이 잇몸에 끼이자 그야말로 잇몸 전체가 떨어져나가는 듯한 통증이 느껴졌다. 밤새도록 이의 통증 때문에 잠을 잘 수가 없었다. 날로 더해가는 통증이 혹 염증이나 아닌지 걱정스러워 거산 사는 이질에게 전화로 물으니 "치과에 가보세요, 이모. 치과에서 엑스레이를 찍으면 원인을 알아요"라고 해 나는 119에 전화로 도움을 청했다.

치과가 2층이라서 119 직원이 나를 업고 치과에 올라가느라고 고생을 했다. 그런데 치과 의사도 보건소와 같은 말을 한다. "그럼 어떻게 해요? 아파서……" 의사는 "정 아플 때는 진통제를 드세요"라는 대답이다. 그래도 아프면 이를 뽑는 수밖에 없다고 한다. 하지만 멀쩡한 이를 뽑기도 너무 아깝다.

● 1996년 12월 19일 맑음

옥이에게 삐삐를 쳐서 푸른병원으로 나오라고 한 뒤, 당진에 볼일이 있어 나가는 석이 부친의 차를 얻어 타고 병원으로 향했다. 옥이가 병원에 나와 기다릴 줄 알고 귤, 사과, 배추 등등을 가지고 갔는데 결국은 옥이를 만나지 못해 그냥 가지고 왔다. 내 나이를 정상으로 찾고자 열망하는 내 심중은 누구도 아랑곳 않고, 모두들 다 늙어서 왜 나이를 고치느냐는 한결같은 말투다. 나 혼자 마음은 급하나 실천은 너무나 힘들고 어렵고 아득히 멀기만 하다. 수없이 망설이다 결정한 일, 나 스스로 처리를 못하니 그저 안타깝다. 이 저녁에도 밤잠을 못 이루고 백지에 내 마음을 하소연할 뿐이다.

딸애는 결국 건국대 병원에 연령 감정 절차를 문의했더니 원무과에서 알아보고 전화해준다고 했다며, 나보고 전화를 기다리라는 것이다. 얼마 안 있어 기다리던 전화가 왔는데, 내용인즉 치과에서 나이 감정 검진을 한다면서 전화번호를 알려줄 터이니 적으라고 한다. 손이 없는 나는 급할 때는 왜 그리 더듬거리는지…… 메모지와 볼펜 등을 꺼내 엎드려 적으려 하니 여간 불편한 게 아니다. 나는 전화기의 상대방에게 "의수가 없는 장애인이라 힘이 들어요. 좀 차근히 불러주세요"라고 말했다. 그러자 다른 사람을 시키라고 하는 상대에게 나는 "이 집에는 늙은이들만 살아요"라고 대답한다. 나는 다시 딸애에게 전화를 걸어 건대 치과 번호를 가르쳐주며 통화해보라고 일러두었다.

🌑 1996년 12월 23일 맑음

충주 건대병원 치과로 연령 감정을 하러 가는 날, 차를 빌려서 가야겠다고 하니 딸애는 전도사님이 차로 데려다준다고 했다는 반가운 소식을 전한다. 아침 8시까지 집으로 오시겠다는 약속을 받고 멀미약을 먹은 뒤 준비를 차리고 기다리는데 11시가 넘어도 차가 오지 않아 전도사 댁으로 전화를 했더니 7시 40분에 벌써 출발하셨다고 한다. 그럼 나와 약속 시간을 맞추려고 출타한 게 분명한데 어찌된 일이람……. 궁금해하고 있는데 차 소리와 함께 "엄마!" 하며 딸애가 뛰어 들어온다.

딸애를 보는 순간 나는 다시 무덤덤한 기분이 되어 차에 오른다. 왜 늦었느냐고 화를 내기조차 힘들 정도로 나는 기운이 빠졌다. 전도사 왈 차가 너무 더러워서 세차하는 데 시간을 빼앗기는 바람에 늦었다며, 전화를 미리 하지 못해 죄송하다고 한다. 나는 차에서 또 멀미가 나 몹시 괴로웠다.

병원에 도착해 전도사는 진료가 끝나면 다시 오겠다며 볼일을 보러 나갔다. 그런데 알아보니 치과는 좀 떨어진 곳에 있다고 한다. 딸애가 다시 뒤쫓아 나가보았지만 전도사는 이미 떠난 뒤였다. 딸과 나는 다시 택시를 타고 치과 병동으로 이동해 연령 감정을 받는데, 치아의 본을 뜨고 이를 하나씩 검사하며 메모하더니, 2층으로 올라가서 엑스레이를 찍으라고 한다. 치과에는 휠체어가 없어서 딸애가 소지품 가방, 구럭 같은 잠바, 외래 진료 차트 등을 가지고 나를 등에 업고 돌아다니느라고 무척 애를 먹었다. 내 혈육이 아니면 못할 일일 것이다. 연령 감정하는 데에 호적등본과 주민등록등본, 사진 등이 더 필요하다고 해 오는 길에 합덕에서 사진을 찍었다.

어둠이 질 무렵 집에 도착하니 올케가 저녁 준비를 해놓고 기다렸다. 저녁을 대접하니 전도사에게 좀 덜 미안했다. 전도사가 김치가 참 맛있다고 하자 올케는 김치를 통에 담아 전도사를 드린다. 올케의 배려가 고맙고 감사했다.

내 나이를 되찾으려고 수없이 갈등하고 고심했던 결심을 실행에 옮기니 후련하고 흡족하다. 아직도 법적인 절차들이 남아 있지만 그런 것은 딸애의 손을 빌릴 것이다. 병원비와 법무사비 등 합쳐서 32만 원이 들었다. 앞으로는 얼마가 더 들지, 목돈이 나에게는 너무 벅차다.

🌑 1997년 1월 14일 흐림

옥이 어제 면에서 생활보호대상 장애인 증명서를 떼다 법원에 제출했는데 또 오늘은 법무사에서 내가 독립하지 않았기 때문에 아버지 제적등본, 호적등본, 보증인 두 명의 인감증명을 해오라고 한다는 것이다. 나이를 고친다는 게 이렇게 복잡할 줄은 미처 몰랐다. 옥은 도도한 법무사에게 부탁하기 싫어서 당진 시내를 지나다가 다른 법무사 집에 들어갔더니, 할아버지인데 친절하시고 소상히 알려주어서 좋았다고 그런다.

● 1997년 1월 17일 흐림

나이 고치는 데 보증인 두 사람의 인감증명이 필요하다고 해서 나는 뒷집 아주머니 내외를 생각했다. 마침 아주머니께서 오셨기에 어려운 부탁을 드렸는데, 나중에 곰곰이 생각해보니 아주머니도 아저씨께서 허락하시지 않으면 할 수 없는 일인데, 괜한 번거로움을 드렸나 싶었다. 그래서 다음날 다시 전화를 넣으니 아저씨께서 받으시며 인감증명을 떼어주시겠다고 쾌히 승낙을 하신다. 칠순이 지난 두 양주께서 아침 일찍 십 리나 되는 면사무소를 다녀오셔서 내게 인감증명을 내미시는데, 동기간 이상으로 베풀어주신 은혜에 고개 숙여 감사를 드리고 싶은 심정이다. 게다가 아저씨께 돈을 드리니 "증명 떼는 데 몇 푼이나 든다고……" 하시며 사양하신다. 이렇듯 고맙게 도와주시는 이웃이 있기에 내가 오늘까지 존재하는 것이다. 법무사에서는 말하기를 서류상에서 한 글자라도 틀리면 법원에서 퇴짜를 맞는다고 한다.

● 1997년 2월 7일 맑음

단조로운 마음으로 시간을 보내고 있는데 우체부가 "도장 좀 주세요" 하고 부른다. 우체부가 건네주는 편지를 받아보니 내용인즉 '연령 정정 요청을 기각한다'는 법원의 통지였다. 순간 그간의 기대가 와르르 무너지면서 더불어 허무했다. 내 나이를 되찾으려고 여러 사람의 도움을 받고 돈을 들여가면서 많은 서류를 준비하고 발품을 팔았는데…… 이렇게 간단한 통지서 하나로 끝나다니 몹시 허무했다. 가깝고도 먼 것이 법이라는 말, 그냥 있는 게 아닌가 보다.

● 1997년 2월 13일 맑음

올케는 오전에 전화를 두어 차례 받고는 현관을 나서더니 오후 2시가 되도록 점심 먹으러 돌아오지 않는 것이다. 뒷집 아저씨가 오셔서 "요즘 잠도 제대로 못 주무시겠어요." 아주머니로부터 연령 고치는 것 기각됐다는 이야기를 들으시고 안됐다는 말씀이시다. 그리고 아저씨께서는 "우리 할멈은 저 너머로 윷 놀러 갔는지 집에 없네"라고 하시며 우리 올케도 함께 간 것 같다고 하신다. 2시가 넘어서 올케가 들어오기에 어디 다녀오느냐고 묻자 올케는 건넛집에서 누구누구랑 윷놀이 하다 떡국을 먹는데 "나는 집에서 먹으려고 왔지" 한다. 그리고는 점심을 먹자마자 또 집을 나선다.

정초가 되니 가구마다 장만한 음식을 돌아가며 나누어 먹을 겸 심심풀이 삼아 이웃끼리 모여 윷놀이를 즐기는 것이다. 모두 모여 즐기는 반면 나는 뒷전에서 한적한 마음으로 쓸쓸함을 헤인다. 안방에는 조카들이 귀향할 때나 상경할 때나 안부를 알리는 전화를 걸어와 전화기에 불이 나지만 내가 위안을 삼을 수 있는 전화는 많지 않다. 이런저런 생각 끝에 나에게 남는 것은 깊은 상처뿐이다.

나의 든든한 동반자

1997년 3월 26일 맑음

조선일보를 보니 미국에서는 98세 되신 보통 할머니의 회고록이 화제라고 한다. 캔자스에 사는 제시 리 브라운 포보 할머니가 그 주인공이다. 어느덧 스물다섯 권으로 쌓여가는 내 일기장도 언젠가는 이렇게 세상 사람들에게 보여질 수 있을까. 바다 건너 미국 할머니의 이야기지만 왠지 할머니가 글로 자신의 생활을 기록했다는 것이 나와 닮은 것처럼 느껴져 신문 기사를 오려둔다.

"고생 끝의 성공도, 그렇다고 특별한 반전도 없다. 불행만의 연속이냐면 그렇지도 않다. 우리 주변에서 너무나 흔히 볼 수 있는, 그래서 보통 사람들에겐 더욱 '나의 일'같이 느껴지는 한 '보통 할머니'의 인생 98년이 어느 날 미국 출판업계의 주목을 받았다. 미 타임워너그룹 산하 워너 출판사는

미 캔자스 주에 사는 한 평범한 할머니의 회고록 출판권을 최근 100만 달러(약 8억 5천만 원)에 계약했다.

어느 날 갑자기 작가가 된 할머니는 인구 6만여 명의 맨해튼이라는 한적한 마을에 사는 올해 98세의 제시 리 브라운 포보. 포보 할머니의 인생은 어느 구석에서도 화려함이나 성공, 횡재 같은 것을 찾기 힘들다. 촌동네에서 태어나 20세에 결혼해 8남매를 낳고, 결혼 20여 년 만에 알콜 중독에 걸린 남편과 이혼한 뒤 세탁소 점원과 간호조무사 등으로 어렵게 지내기를 40여 년. 포보 할머니의 유일한 보람은 그나마 자식들이 큰 속 썩이지 않고 잘 자라준 것. 기중기, 중장비 기사 등 어엿한 직업을 얻고 화목한 가정들을 꾸려가기 시작했고 서로 모시겠다며 효성을 다했다. 14명의 손자 손녀를 보며 아기자기한 인생살이의 기쁨을 느낄 무렵, 할머니는 다섯 남매를 먼저 저세상으로 보내야 했다. 인생에 짓눌려 살아온 80년.

20여 년 전 은퇴 후 성인교육센터에 다니기 시작하면서 포보 할머니는 한 많았던 자신의 일생을 기록하기 시작했다. 그저 손자손녀들에게 가족사로 남겨줄 요량이었다. 이 회고록이 일약 세간의 관심을 끌게 된 것은 이달 초 월스트리트저널 1면에 그녀의 인생 역정이 소개되면서부터. 교육센터의 선생님이 신문사에 그 같은 사연을 기삿거리로 전해준 것이다. 신문에 보도되자 포보 할머니 집에는 유수의 출판사와 TV 방송국 등 언론에서 전화가 쇄도했다. 특히 CBS TV 시사프로그램 〈60미니츠〉가 올가을 책 출간에 앞서 그녀의 일대기를 방영할 예정이라는 사실이 알려지면서 출판가에선 치열한 경쟁이 일기 시작했다. 최근 나이 든 보통 사람들의 삶 이야기가 독자들의 인기를 끌고 있는 데다 포보 할머니의 책은 신문, 방송들의 대대적 광고 덕분에 성공이 보장돼 있기 때문이다. 결국 〈제시 리 브라운의 출생에서 80세까지 인생〉이라는 208쪽 회고록 출판권은 이달 중순 뉴욕 맨해튼에서 100만 달러에 팔렸다. 투박한 문체에 문법상 오류투성이지만 출판사 측은 한 구절도 고치지 않고 그대로 출간할 계획이다. 가공되지 않은 진솔한 삶의 증언 그 자체가 더 많은 감흥을 불러일으킬 것이라는 판단에 따른 것이다. 이같은 경사 소식이 전해지자 캔자스 맨해튼에선 지난주 '포보 할머니의 날'을 정해 기쁨을 나누기도 했다. 무엇보다 98년 평생 고생 끝에 처음 큰 돈을 벌게 된 것을 축하했다. 하지만 같은 마을 같은 집에서 세탁기도 없이 74년을 살아온 그녀는 출판료의 대부분을 교회와 노약자 지원시설에 헌금할 것으로 알려졌다." (뉴욕 류희영 기자)

🌀 1997년 8월 6일 맑음

오늘도 잠자리에서 눈을 뜨자마자 텔레비전 뉴스를 켰다. 아연할 뉴스를 접하매 마음이 침울하고 안타깝다. 우리 시간으로 새벽 1시에 대한항공 여객기가 괌에서 추락해 불에 타고 있다는 비보였다. 불행하게 사고를 당한 당사자들에게 애도를 금할 길이 없다. 희생자 200여 명 중 20여 명은 외국인이라고 한다. 그래도 다행인 것은 구사일생으로 살아남은 사람이 28명 있다는 것이다.

몇 달간 계속되는 가뭄으로 인해 정부 자금으로 지하수를 뽑아 온 마을 전체가 며칠 전부터 밭에 물을 주게 되었다. 그전에는 집집마다 가정용 지하수를 사용하다가 한 3일 전부터 대동 지하수로 물을 주었다. 배추는 모를 부어 이식해 심었으나 무는 그러지 못해 흉작이 될 듯하다. 하지만 지하수는 아무래도 하늘에서 내리는 빗물만 못한데, 모처럼 오늘 아침부터 단비가 촉촉이 내리다 오후부터 비다운 비가 쏟아진다. 그런데 또 난데없이 태풍이 온다는 기상예보라 걱정이다. 김장 채소 등등에는 약비가 되겠지만 다 된 과일이나 벼는 혹시라도 다치지 않을까 염려스럽다. 비가 안 와도 걱정, 많이 와도 걱정이다.

나는 텔레비전이 없었더라면 세상을 볼 수 없는 암흑 속에서 세월을 보냈을 텐데, 문명의 발전 덕에 텔레비전 화면을 통해 철조망으로 가로막힌 이북 금강산 일만이천 봉 절경을 보게 된다. 시야에 들어오는 명산의 절묘한 모습에 황홀한 감탄사를 연발한다. 백두산 천지는 화산이 터져 용암이 굳어 생긴 연못이라고 한다. 텔레비전 화면으로 지구 곳곳을 눈요기할 때마다 깊은 잠에서 깨어나는 듯한 기분이다.

1997년 12월 19일 맑음

국민들의 선택의 결과 야당 후보였던 김대중 씨가 대통령에 당선되었다. 선거 전에는 과연 쓰러져가는 나라 경제를 누가 일으켜세울 것인가 두렵고 초조했는데, 막상 대통령이 뽑히고 나니 경제 위기를 곧 극복할 수 있을 것 같은 기대감이 생긴다. 자고 일어나면 석유값이 껑충껑충 뛰고 물가가 오르니 서민들의 의식주가 큰 걱정이다.

1997년 12월 27일 흐림

옥이가 서울에 있을 때는 내 곁에 있는 것처럼 든든하더니 거리가 곱이 먼 대구로 가니까 허전하고 보고파 못 견디겠다. 옆구리가 시리고 아리다. 옥아, 서울은 당일치기로 오갈 수 있어서 마음이 든든했는데 대구는 시간도 전화비도 곱이 드는구나. 핏줄이란 참 든든한 거야. 셋째 외사촌이 곧 산달이 되니까 제 자매들이 출산 준비를 다들 해주는구나. 서로 오가는 정이 대단하다. 옥아, 이 엄마는 참 부럽다. 네 외사촌들이 서로 오가며 정을 나누는 것이. 너는 누가 그렇게 해주나 걱정이다. 옥아, 만약에 김군과 결혼해 산다면 김군의 형제들과 의좋게 지내서 남부럽지 않게 살아야 한다.

집안에 자손이 번창해 대성해야 옥 너도 스스로 외롭지 않은 거야.

지난밤에는 설날에 안 하던 감주를 안치더니 오늘 아침에도 엊저녁의 밥이 있는데 올케가 새로 밥을 짓는 것이다. 쇠고깃국을 끓이고 돼지고기도 볶고 아침 식사에 정성을 들이는 것이 꼭 누가 오나 예감이 드는데, 알고 보니 셋째가 아기 낳은 것을 축하하려고 막내 질녀 내외가 셋째네서 자고 다같이 우리 집으로 와 아침을 먹기로 했다고 한다. 낮에는 앞집, 뒷집 아낙들이 모이니까 방 안이 훈훈하다. IMF 위기라 해도 농촌인 우리 고장은 여전히 넉넉한 인심이 넘친다. 이웃끼리 오가며 나누어 먹는 미덕이 변함 없다. 조카 사위들이 모두 승용차를 운전하므로 우리 집은 술 대신 감주를 즐겨 먹는다.

아기를 낳은 후에도 직장에 출근하는 셋째 질녀의 아기를 우리 집에서 키우기로 했다. 아기뿐만 아니라 온양에서 출퇴근하려면 차비도 들거니와 아기를 늘 볼 수 없다고, 셋째는 아예 우리 집에서 지내며 출근한다고 어제 생활용품들을 싣고 왔다. 즉 셋째는 남편과 주말 부부로 지내게 된 것이다. 아기는 분유 먹을 시간이 되면 꼭 으앙으앙 울고 식성이 좋아서 분유를 남기는 일도 없다. 엄마로서는 초년생인 셋째는 아기가 울면 어디가 아파서 그런가 하고 마음이 불안했는데, 우리 집에 오니까 마음이 놓인다고 한다. "박사 고모가 있지, 엄마가 든든히 버팀목이 되어주지" 하며 만족해한다. 셋째는 아기가 울면 안아주려고 하지만 나는 안아주지 못하게 말린다. 버릇을 잘못 들이면 우선 내가 힘이 드니까. 셋째는 "고모, 우리 아기 때문에 심심하지 않지? 우리 아기는 맨 할머니들만 계신 집에서 자라서 '엄마' 소리보다 '할머니'라는 말을 먼저 하겠네"라고 그런다. 나는 아기를 구식도 신세대식도 아닌 중간으로 키우려고 한다.

1998년 2월 20일 비

셋째가 봉급을 타서 올케를 10만 원을 주고 나를 5만 원을 주는데 받지 않았다. 내 생일 때 준다고 네 질녀들이 달마다 5만 원씩 적금을 붓는다는 말을 들은 뒤로 질녀들이 따로 주는 돈을 받기가 미안하다. 밤잠을 제대로 못 자며 아기를 돌보는 것이 힘들기는 해도 아기가 마냥 귀엽기만 하다. 아기는 오뉴월 오이 크듯 무럭무럭 잘 자란다. 사랑하는 조카들이 나를 생각해줌이 고맙다.

1998년 3월 13일 맑음

미장원에 자주 못 가는 나는 늘 장발족에다 덤불 머리다. 게다가 몇 년 전부터는 서리를 맞은 듯 머리가 하얗게 셌다. 비록 기술은 없지만 그래도 올케가 쑥덕쑥덕 잘라주고 나면 그런대로 머리가 시원하고 가볍다. 오늘도 오랜만에 안마당 양지 쪽에 웅크리고 앉아 올케가 머리를 잘라주었다. 옷자락에 묻은 머리카락을 훌훌 털어내면서 겨우내 묵어 있던 밭을 바라보니 새싹들이 오순도순 봄빛을 쪼이고 있다. 모처럼 밖에 나와 완연한 봄이 왔음을 실감하자 기분이 상큼해졌다. 칫솔에 염색약을 묻혀 까맣게 물을 들이고 나니 한결 깔끔하다.

📓 1998년 3월 30일 맑음

김군의 집에 다녀온 옥이 문간에서 인사를 하고 방에서도 김군의 부모님께 절을 안 했다는 말을 듣고 나는 어이가 없었다. 나이만 먹었지 옥은 여전히 철부지다. 김군의 집은 대구가 아닌 창원이라고 한다.

📓 1998년 4월 10일 흐림

올해 봄은 비가 자주 온다. 옥은 자취방 문을 잠그지 않고 외출했다 돌아와보니 18K 금반지와 목걸이 등을 누가 훔쳐갔다고 한다. 그 말을 듣는 순간 나는 속이 상했다. 몇십만 원을 벌려면 얼마나 힘이 드는데……. 대수롭지 않게 듣는 옥이지만 아마도 옥의 심정도 아프겠지 하는 생각 때문에 나는 더 이상 말을 잇지 않았다. 옥은 내일 토요일에 김군과 함께 집으로 인사를 하러 온다고 한다.

셋째가 며칠 동안 비디오 카메라 사용법을 익히더니 드디어 우리의 모습과 음성을 담은 것을 보니 참으로 신기하다. 내 육성이 짜랑짜랑하게 비디오 카메라에서 나오고, 재롱 부리는 아기의 모습도 예쁘게 카메라에 담겼다.

옥이가 전화를 했는데 마침 방에 사람들이 있어서 하고 싶은 말을 못한 탓에 저녁에 하라고 했건만, 옥은 전화를 하지 않는다. 옥이가 보고프다. 내 몸이 아플 때면 옥이와의 대화가 이번이 마지막이라는 생각이 들어 이것저것 옥에게 물려줄 것들을 정리하게 된다. 나 없으면 옥이가 내 소중한 그것들을 챙기지 못할까 두렵다. 가진 것은 없어도 옥이를 위해 정리해줄 것들이 있는데, 이렇게 자꾸 아프니 어떡하나.

장마철이라 날씨가 깔끔치 않은 게, 후텁지근하고 몸이 끈끈하다. 더구나 아기를 봐주느라 안고 있으면 한겨울에 화롯불을 품고 있는 것처럼 후끈후끈하고 온몸이 땀으로 범벅이 된다. 아기를 보행기에 앉히면 온 집안을 휘젓고 다닌다. 날이 갈수록 아기에게 정이 간다. 요즘은 자두, 감자,

토마토 등등으로 이유식을 해주면 참 잘 받아먹는다.

올케는 완두콩이 지천이라며 완두콩을 넣고 밀개떡을 쪘다. 구수한 게 맛있어서 달게 먹었다. 우리 집에서는 밭에서 나오는 작물이면 무엇이든 흔하게 먹는데, 그럴 때마다 멀리 있는 옥에게 주지도 못하니 늘 안타까운 생각뿐이다.

🌥 1998년 7월 14일 비

식구들이 쪽파를 심는다고 밭에 나간 사이에 갑자기 소나기가 쏟아졌다. 아기를 방 안에 들여다놓고 문을 닫은 뒤, 빨래를 걷고 뒤란의 장독대를 덮고 콩을 들여다놓느라 안마당과 뒤뜰을 왔다 갔다 하자니 보통 사람보다 시간이 곱이 걸린다. 아기를 거실에 두고 밖에 나가면 위험한 것들이 곳곳에 있는 고로 방에다 들여다놨더니, 아기는 죽겠다고 으앙으앙 울어대는 것이다. 난생처음 애처롭게 우는 것 같다. 방에 들어가 안고 얼러도 어쩌나 서럽게 우는지 한참 후에야 울음을 그친다. 우는 아기를 앉아 달래고 눅눅한 빨래를 거실 건조대에 펼쳐 널고 나니 온몸은 땀으로 목욕을 하고 다리가 욱신거린다.

아는 길도 물어가라는 말이 실감이 된다. 16일이 아기 예방접종 날인데 어떤 아기가 백신을 접종하고 죽었다는 뉴스를 듣고 접종을 망설이다가 보건소에 전화를 했다. 아기가 설사를 하는데 접종을 할 수 있겠느냐고 묻자 답인즉 접종은 좀 늦어도 괜찮으니까 빨리 소아과에 가서 치료를 받으라고 권한다. 질녀에게 이 말을 전하자 병원에 갈 준비를 해달라고 한다. 나는 급하게 아기 옷을 갈아입히고 기저귀도 갈아주었다. 다행히도 얼굴은 미리 씻겨놔서 다급함을 덜었다.

🌰 1998년 7월 23일 맑음

지난주에 아기의 비씨지 접종을 못했는데 보건소에서는 매주 목요일만 하는지라 오늘 접종을 받게 하려고 며칠 전부터 아기의 간식이나 이유식을 끊었다. 그런데 첫새벽부터 셋째가 아기의 얼굴에 붉은 반점이 생겼다고 와서 보라고 부르는 것이다. 하여 셋째는 출근도 미루고 아기를 데리고 소아과에 갔는데 땀띠라고 하더라는 것이다. 셋째가 병원에서 제 자매 집으로 아기를 데리고 가 나는 잠시 한가로워졌다.

🌰 1998년 8월 2일 맑음

아기는 몸이 호전되니까 전같이 잘 노는데, 이종이 제 장난감을 가지고 노는 것을 시샘해 어젯밤에도 11시까지 잠을 안 자고 시샘으로 틈만 나면 장난감을 가지고 논다. 휴가를 받은 셋째는 나보고 제 집으로 가자고 하지만 나는 사양한다. 해수욕장에서 돌아온 셋째는 저녁을 먹고 부식거리를 챙겨 가면서 "우리가 빨리 돌아가는 것이 도와드리는 것"이라면서 발길을 재촉한다. 나는 오랜만에 한가로이 휴식을 취하게 되었다. 둘째의 아들은 어찌나 수선스러운지 집안에 있는 물건들을 죄다 끄집어낸다. 그 개구쟁이도 제 이모네와 피서를 갔기에 이 저녁은 너무도 조용하다.

⌒ 1998년 9월 25일 흐림

경제가 어렵다고는 하나 보험금을 타기 위해 자식이 먹을 음료수에 농약을 타는 아버지나 자식의 손가락을 자르는 아버지가 있다는 경악스러운 뉴스를 접할 때면, 심장이 멎는 듯하다. 나 자신을 위해 살기보다 언제나 자식을 위해 살려고 애쓰는 것이 부모이거늘 어찌 되어가는 세상인지 모르겠다.

아기를 방으로 데리고 가려고 화장실 문 앞에 엎드려 있는 아기를 부르자, 올 생각을 않고 도리어 "함미, 함미" 하며 나를 애절히 부른다. 가봤더니 파리가 있다고 알려주는 것이다. 평소에 파리를 보면 아기보고 "파리 잡자" 하며 손목으로 잡는 시늉을 하곤 했었는데, 오늘 파리가 있다고 나에게 알려주는 아기를 보니 너무 귀엽고 예뻐서 꼭 안아주었다.

⌒ 1998년 9월 29일 비

따르릉 울리는 전화벨 소리에 기도를 멈추고 수화기를 들자 낯모르는 중년 남자의 목소리다. "저 은행장인데요. 아무개 씨가 서울로 노조에 동참하러 갔는데, 연락이 오면 빨리 돌아와 업무 수행하라고 해주세요. 그렇지 않으면 정부에서 해고시킨다고 합니다."

조흥, 상업 등등 9개 은행 노조원들이 서울 명동성당으로 총집합해 전면 파업에 들어간다는 소식이었는데, 셋째 질서와 넷째 질녀 내외 등이 은행에 종사하다 보니 제삼자인 나도 불안한 시국에 우울한 기분이다. 부부가 은행에 종사하는 집은 둘 중 한 사람은 퇴직 압력을 받는다고 한다. 날이 갈수록 각계 직업에서 실직자가 속출하니 가정 파탄, 자살, 강도 등등이 걷잡을 수 없이 득세다. 이 경제난이 언제까지 갈지 눈앞이 아득하다.

🐚 1998년 10월 2일 맑음

셋째는 수학여행에 동행한 김서기에게 예쁘고 좋은 수건으로 사다달라고 부탁했다면서 "옥이 언니 주라"고 내게 수건을 내민다. 미안한 마음에 "싫어, 너 가져"라며 도로 내밀지만 셋째는 저도 있다면서 나를 준다. 그리고 질녀와 아기를 데리러 온 셋째 질서는 참기름 세트를 가지고 와 한 병은 올케를 주고 나머지는 나를 주면서 역시 두었다가 옥에게 주라고 한다. 게다가 셋째는 명절 용돈으로 오빠와 올케 나에게 각각 5만 원을 주면서 "고모, 항상 미안해요"라고 한다. 시가에도 시부모님과 시동생 등 용돈을 챙겨주면서, 세상에서 제일 못난 나를 제일로 생각해주는 셋째가 한없이 고맙다.

 1998년 10월 17일 흐림

나의 환갑이라고 축복해주는 형제들의 마음이 더없이 고맙다. 무엇보다 질녀 네 자매가 1년 동안 부은 적금 통장을 나의 환갑 위로금으로 내주는 데 눈시울이 뜨거워졌다. 아침에 셋째에게 10만 원을 내주며 아기 통장에 넣으라고 했더니 그 돈 그대로 다시 내 통장에 넣는 셋째다. 나의 질녀들이 부디 행복하기를 바랄 뿐이다.

 1998년 10월 26일 맑음

나는 월요일 아침이면 다급히 움직인다. 셋째 질서가 토요일이면 온양 아파트로 아기와 셋째를 데리고 갔다가 월요일 아침 6시에 다시 우리 집으로 처와 아기를 데려다주고 급히 직장이 있는 온양으로 되돌아간다. 나 역시 아기가 도착하기 전에 아기 봐줄 준비를 하고 기다려야 한다. 세수하고 잠자리를 치운 뒤 아기 손에 닿는 위험물 등을 치운다.

오늘은 뉴스를 듣다가 화장실을 다녀오는데 그사이 오전 6시 40분에 나오는 생활 정보를 미처 듣지를 못하고 중간부터 들었다. 오늘 '마른 비만'이라는 말을 처음으로 들었다. 뉴스에 나온 의사의 말을 듣고 보니 옥이가 아무래도 마른 비만인 게 분명했다. 얼마 전 옥이에게 입맛 돋는 약을 해주어 안심하고 있었는데, 새삼 또 걱정이 된다.

날씨가 영하 4~5도로 매우 쌀쌀하고 찬바람이 품속으로 파고든다. 북풍한설을 맞아 너나 할 것 없이 월동 준비에 여념이 없다. 팔순이 넘으신 뒷집 할머니는 삶의 의욕이 강하셨는데, 교통사고를 당하신 후로는 죽고 싶다는 말씀을 달고 사시기에, "할머니, 저 같은 사람도 사는데요" 하고 말씀드렸더니, "그야 그렇지, 나는 돌아다니기도 하니까"라고 하신다. 집 안에 갇혀 사는 나의 심중을 헤아리신다는 뜻이다.

KBS 제2방송에서 아침 8시 10분이면 인형들이 나오는 아기 프로그램을 하는데, 셋째의 아기들이 참 좋아해 비록 엉터리지만 해설을 해가며 보여주곤 한다. 셋째는 제 조카인 초등학교 1학년 아이에게 선물을 한다고 연두색 '뚜비'와 빨간색 '뽀'를 사 왔다. 그런데 조카는 노란색 '나나'를 더 좋아한다고 그런다. '나나'와 '뽀'가 여자라 인기가 많다는 말이다. 오늘 초등학교 1학년 손녀에게 인형들의 이름과 색깔, 성별을 확실하게 배웠다.

사돈 될 내외가 창원에서 새벽에 출발해 10시경에 우리 집에 도착했다. 김군과 옥은 교회로 가고 사돈 내외만 오셨는데, 내외 모두 오십대라 젊고

활달해 시원하게 말씀들을 하신다. 바깥사돈은 9남매, 안사돈은 8남매라고 한다. 자손이 번창한 집이고 살림도 윤택하여 옥이를 며느리로 맞으면 예쁜 옷도 해 입히며 호강을 시키겠다는 말씀이다. 혼수도 크게 신경 쓰지 말라고 하시니 나는 가슴이 찡하고 말문이 막힌다. 우리에게는 정말 넘치는 집이다. 안사돈의 말이 저희 3남매끼리 똘똘 뭉쳐 의좋게 살고 건강하게 아기나 잘 낳으면 복덩이로 알겠다고 한다. 결혼 날짜를 3월로 잡자고 하니 사돈께서 의향껏 하라고 하신다. 그렇게 원하던 결혼을 시킨다는데 난 그저 멍할 뿐이다.

한편 사돈은 내게 궁금한 것이 무척이나 많은 성싶다. "화장실은 다니기 힘들지 않으세요?"라는 물음에 "네, 도둑질만 빼고 다 할 수 있습니다"라고 대답하자 사돈 내외 소리 내 웃는다. 옥이에게 당부할 말은 많았으나 시간이 없어 몇 마디 급하게 일러줄 뿐이다. 사돈께 식사 대접을 하느라 올케가 애를 쓰셨다.

🐚 1999년 1월 26일 맑음

봄 날씨처럼 푸근하다. 옥이가 출가를 못해 안달을 하던 나였건만 옥이가 결혼 전인 오늘 창원 동사무소에 혼인신고를 했다는 말을 듣자 기쁘기보다 괜히 멍하고 얼떨떨하다. 부자유한 몸인지라 딸의 혼숫감을 스스로 못해주니 답답하다. 엄마가 되어 그저 지켜볼 뿐이다.

옥은 만 29년 만에 내 호적에서 이적된 것이다. 비로소 한 남자의 아내자가 되는 것이다. 명절 때마다 객지에서 외로이 지내고 집에 내려오면 객식구처럼 쓸쓸해하던 세월을 뒤로하고 평생을 해로할 김군과 그 가족들과 명절을 보내게 된다. 어쩐지 내 마음이 편하다. "엄마, 집에는 3월 초에 갈게요. 시어머니께서 백화점에서 옷을 사주셨어요" 하는 옥, 혹여 실수를 안 할까 염려도 되지만 예쁨받았으면 하는 바람이다.

딸아이의 결혼식을 하루 앞둔 나는 이웃 사람들에게 잔치 음식을 대접하지 못하는 게 서운해서 딸기, 참외, 쑥 송편, 감주 등을 준비해놓고 들여다보는 분들에게 대접했다. 더욱 미안하게도 동창회장 등 몇몇 분들이 찾아와 축의금을 주고 가셨다. 반쪽의 내 모습으로 건강한 그들을 대하는 심정은 착잡했지만 그래도 어린 시절의 동창들을 만나는 내 마음은 한없이 반가웠다. 모두들 딸을 여의고 사위를 맞는 소감을 묻는다. 오늘 나를 찾아준 이웃들 모두에게 진심으로 감사하는 바이다.

보통 날과 달리 유난히 햇살이 온 누리를 밝고 맑게 비추는 듯해 감격스런 날이었다. 오늘 결혼하는 우리 딸이 하늘과 땅의 축복을 받으며 살 수 있게 해달라고 빌고 또 빌었다. 나 자신이 명색이 어미이면서도 결혼식에 참석을 못하지만, 분명 건강하고 예쁜 모습으로 식장으로 향할 딸애의 모습이 눈에 선하다. 모두들 엄마가 딸의 결혼식에 못 가서 어떡하냐고 말들 하지만 나는 마음을 비우니 괜찮다. 딸애의 결혼식을 무난히 치루고 식구들이 밤 11시경 도착하니 비로소 안도감이 들었다. 이렇게 식을 올리면 되는 것을…… 하고 마음이 가벼워졌다. 그리고 하느님께 감사드렸다. 뜻밖에도 이웃에서 몇 집을 제외하고 모두 와주셔서 더없이 감사했다. 그런데 옥이가 야위었더라는 말을 들으니 마음이 아리다. 건강하게 잘 살아줘야 할 텐데 걱정이다. 사람은 욕심이 끝이 없는가 싶다. 시집 보내기를 소원했는데, 그 소원이 이뤄지자 또 장래를 걱정한다.

⊙ 1999년 5월 25일 흐림

셋째는 퇴근하면서 꽃바구니를 안고 들어와 싱글벙글 웃는다. 천하를 얻은 듯 행복감에 젖어 있는 얼굴이다. 우리 셋, 오빠 내외와 나는 그런 질녀를 보면서 "미쳤다, 쌀을 사면 몇 달을 먹을걸, 고기를 사면 몇 근을 사먹지" 등등의 말을 했지만, 나는 내심으로 질녀가 제 남편에게 생일 선물로 꽃다발을 받고 흐뭇해하는 모습이 예뻤다. 생에 있어서 젊음도 한때이기 때문이다.

당진 뉴스 신문에 내 소개가 나온 것을 셋째가 갖다준다. 뉴스 담당자에게 전화를 하니까 내 기사를 쓴 담당자의 말 "글이 어떠했어요?" 하고 묻는데 "저는 글에 대해 잘 몰라서……"라고만 답한 것이 미안하다. 잘 보았다고 칭찬이라도 해주었어야 하는데.

기자에게 내준 일기장 때문에 불안했는데 신문 기사와 함께 일기장이 내 품으로 돌아와서 난 수년간 떨어져 있던 자식을 만난 듯 반갑고 안심이 되었다. 나는 나이답지 않게 기자에게 채신 없이 처신했는데 기사에는 의젓하게 나온 것 같다. 특히 반가운 것은 내 기사를 읽고 모 여인이 전화를 걸어온 것이다. 적적한 나와 정담을 나누고 싶다는 말과 더불어 찾아오겠다는 아름다운 뜻을 비쳤다. 먼 길을 마다않고 찾아온 여인과 마치 구면처럼 장시간 대화를 나누었다. 거주지가 순성이라는 것 외에는 전혀 아는 바가 없지만 전혀 낯설지 않

아 이런저런 속 이야기까지 했다. 그의 인간미가 아름답게 느껴진다.

1999년 8월 7일 흐림

두 가마는 나올 것 같았던 참깨가 태풍 탓에 몇 말도 안 될 것 같은데 그 나마도 수확할 손길이 부족해 걱정이다. 그런데 또 태풍이 온다는 소식에 다가 하늘에 구름이 꽉 찬 게 금방이라도 비가 쏟아질 것만 같아 올케는 끼니를 거르면서 깨를 거둔다. 올케는 산후 조리 하는 셋째 질녀 뒷바라지 하랴 깨를 거두랴 정신이 없다. 나는 조금이라도 도울까 싶어 아기 목욕시 키는 것을 거들고, 아우를 봐 시샘하는 두 살배기를 목욕시키고 아기와 산 모의 빨래를 하고 나니 땀이 난다. 아우를 본 첫애는 너무 영리해서 못하 는 말이 없다. 셋째는 제 딸이 말도 잘하고 영리한 것이 고모의 덕이라고 고마워하니까 나 또한 보람이 있다. 서울 조카가 휴가차 집에 온다고 하는 데 소식이 없기에 나는 전화를 걸어 조카에게 집에 오려면 일찍 와서 엄마 를 도와 깨를 베라고 했다.

1999년 8월 14일 맑음

기증인 '장희선'이라는 이름으로 〈좋은생각〉이라는 책이 배달되어 왔다. 어디에 사는 어떤 사람인지 궁금하고 고마웠다. 몇 페이지 읽어보니 책 내 용인즉 제목 그대로이다. 사람들이 저마다 자기 생각을 꾸밈없이 표현해놓은 글들이었다. 나의 존재를 헤아려준 한 사람의 마음이 백만대군처럼 든든하다.

옥은 이 찜통더위에 이사를 준비 중이다. 임신 중인 몸으로 이삿짐을 꾸리느라 고생이 많을 것이다. 안 그래도 왜소한 딸의 몸, 퍽 힘이 들 텐데……

1999년 8월 24일 소나기

셋째가 두 딸 때문에 직장에 사표를 내고 남편이 근무하는 온양으로 간다고 하기에 큰 아기와 정이 들었던 나는 무척 서운하고 낙심해 있었는데, 직장에 더 다니기로 다시 결정했다고 이야기한다. 그러면서 두 아기를 같이 봐주었으면 부탁을 한다. "고모님, 고생이 많으시지요." 질서의 말이다. 혼자 살기가 진저리가 난다던 질서가 처를 직장에 더 다니게 하기로 결정한 것은 질서 바로 밑의 동생이 공무원 시험을 준비 중인데 학원비 등등 이것저것 뒷바라지하려면 아무래도 생활비가 더 들기 때문이란다. 두 아기를 과연 어떻게 봐줄 수 있을지 걱정이 앞서긴 하지만, 조카들이 나를 인정해준다는 것은 행복한 일이다. 조카들은 나를 장애인으로 생각하지 않는다. 지극히 평범한 한 사람이고, 질녀들에게 도움을 주는 고모로 생각한다. 두 아이를 맡긴 셋째는 "이제 빨래나 집 청소는 내가 일찍 일어나서 할게요"라고 한다. 내가 조금 더 건강했더라면 큰애 때부터 육아일기를 써서 셋째에게 주었을 텐데 하는 아쉬움이 든다.

* 1999년 8월 29일 소나기

갓난아기를 보살피면 큰애가 질투를 해 젖병을 물고 늘어지면서 저하고만 놀아달라고 떼를 쓰고, 낮잠을 잘 때도 나의 품에 안겨 자려 든다. 어제는 토요일이라 일찍 퇴근을 한 셋째가 무거운 짐보따리를 들고 들어오기에 무언가 했더니 내 딸 옥에게 줄 아기용품이라고 한다. 나는 반가운 반면 무거운 짐을 지운 기분이었다. 셋째는 "고모가 우리 아기를 훌륭히 키워주시는데 언니에게 내가 이쯤을 못해줄까……. 나는 고모에게 빚진 것 갚는 마음이라 기분이 이리 좋을 수가 없어"라고 한다. 지난 저녁에는 내 딸에게 전화해 "언니, 고모 고생시켜서 미안해"라고 했던 셋째다.

* 1999년 9월 12일 흐림

나에게 〈좋은생각〉을 보내준 이가 보건지소에 근무하는 간호사임을 알았다. 서글서글한 인상의 그는 한 가정의 주부이면서 간호사로서도 임무를 충실히 하며 인정이 넘치는 사람이다. 그에게 고맙다는 인사를 제대로 못해 더더욱 미안하고 송구했는데 오랜만에 감사하다는 말을 할 수 있었다.

* 1999년 9월 27일 맑음

셋째는 "고모, 내가 고모한테 아이들 맡긴 걸 알면 사람들이 나를 무진장 욕할 거야"라고 한다. 나는 "애, 그렇지 않아. 내가 도움이 될 수 있다는

것에 대해 나는 감사하고 자신감이 생겨. 내가 살아 있음을 실감해 큰 보
람으로 아는데. 그리고 아기들 자라는 모습 보면서 흐뭇하고 나 또한 활력
이 넘치는 기분인걸" 하고 대답한다.

큰애는 둥근 얼굴에 이마가 예뻐서 머리를 잠매든지 머리핀을 꽂으면
예쁜데, 머리를 매주도록 가만있지를 않는다. 그리고 머리카락이 미끄러
워서 머리핀이 금세 빠진다. 며칠 전에는 제 이모가 미장원에 데리고 가서
머리를 지졌는데 퍽 예쁘다. 몇 달 있어야 두 돌이 되는 큰애는 아무나 보
고 이모, 삼촌 등등 존칭을 하며 잘 따르고 노래도 잘해 사람들에게 귀여
움을 받는다.

🕮 1999년 10월 9일 맑음

일본은 장애인 야시로 씨가 장관이 되어 사회복지에 큰 변화가 있을 전
망이라는 뉴스를 보았다. 부럽다. 기왕이면 우리나라도 장애인들에게 보
다 희망 찬 내일이 보장되었으면 한다.

딸애는 이달 말에 아기를 낳을 예정인데 태아가 거꾸로 들어앉았다고
수술을 해야 한다는 말을 들으니 마음이 혼란하고 불안하다. 멀리 있는 딸
애 걱정에 잠을 이룰 수가 없다. 하지만 내가 걱정한다고 될 일도 아니고
하느님께 기도하고 기도할 뿐이다. 딸애가 건강치 못한 것이 모두 내 탓인
것만 같아 가슴을 치며 통곡한다.

딸애가 오늘 10시에 제왕절개로 아기를 낳는다는 소식에 나는 초조하게 기도하며 시간을 재고 있다. 그런데 11시가 지났는데도 소식이 없다. 이런 저런 생각으로 시간을 재며 기다리는 마음 안타깝다. 두근거리는 가슴으로 기다리는 와중에 둘째, 셋째 질녀가 전화를 해 물어주니 고맙다. 혼자서 지루하게 기다리는 것보다 든든하다.

늦깎이로 엄마가 되는 길도 험난했지만 할머니가 되는 길도 힘들고 어렵다. 지난 저녁 딸애는 "엄마, 제왕절개하는 것이 몸 약한 나에게는 더 좋대. 수술도 간단하대"라며 나를 위로했었다.

정오가 지나도록 무소식에 안달이 나서 나는 핸드폰으로 연락을 했다. 사위가 전화를 받는데 "네, 어머님이세요. 10시에 아들을 낳았어요"라고 한다. "그런데 왜 연락을 안 주었어?" "네, 죄송해요. 경황이 없어서요." "우선 축하해, 사돈께도 축하드린다고 전해주게나. 산모는?" "네, 깨어났다 잠들었다 하는 중이에요." "아기는 큰가?" "아니요, 좀 작은 편이에요." 약하디약한 내 딸이 큰일을 해냈다는 생각에 장하고 대견했다. 잠시 후에 사위가 다시 전화를 걸어와 안사돈을 바꿔준다. "방금 산모가 깨어나서 병동으로 옮겨왔어요. 전화를 드리려고 했는데 먼저 전화를 주셨어요"라며 인사를 하신다. 조카딸들이 소식을 듣고 축하한다는 말을 전해온다. 내 딸은 엄마가 되고 나는 할머니가 되었다. 아가야 건강하게 무럭무럭 잘 자라다오.

딸애는 "아기 낳고 어떻게 시부모님이 해주시는 밥을 먹어, 어려워서……"라며 걱정을 했었는데, 시누이와 시동생 등이 아기를 예뻐해주고 시부모님께서도 잘해주셔서 좋다고 이야기한다. 나는 "그거 봐, 아기를 네가 낳았지만 네 자식만은 아니야. 김씨네 일가의 장손이니까 어른들께서 하시는 말씀에 만사를 따라야 해"라고 일러주었다. 나는 딸애의 말을 존중하기보다는 어른들 말씀을 따르라고 충고한다. 혹여 어른들 말을 소홀히 할까 염려도 되고 순종하는 며느리로 잘 살기를 바라는 마음에서다. 산후조리를 시부모님께서 다 해주셨다는 말에 진심으로 감사드렸다.

내 딸이 아기를 낳았다는 말을 듣고 이웃에서도 모두들 잘했다며 내 일처럼 기뻐해준다. 이웃 할머니께서는 "시집도 안 간다고 막무가내더니 어떻게 아기를 낳았어"라며 웃으신다.

바로 40년 전 오늘은 나의 꽃다운 젊음이 철마에 꺾여 마지막 뒤안길로 갔던 날이다. 하늘도 땅도 무너진 듯 피눈물을 토해내던 나, 이런 운명으로 40년을 살아왔음이 새삼 쓸쓸하고 한스럽다. 새삼스레 내 인체가 안쓰럽다. 살과 가슴에 피멍을 안고 생의 한 페이지를 그려온 내 역사, 그 누가 함께 울어주었던가. 바로 이 백지가 생사고락을 함께하며 나의 역사를 지켜본 장본인이다. 말없이 나의 하소연을 받아준 일기장이 나의 동반자이다.

잠을 깨 창문을 열고 밖을 내다보니 장독대 위에 눈이 소복하게 쌓인 것이 3~4센티미터는 되는 듯하다. 올겨울 들어 처음으로 많은 눈이 내렸다. 창문의 성에를 닦으려고 해도 꽁꽁 얼어 잘 닦이지 않는 게 날이 몹시 추운 모양이다. 딸애가 오면 주려고 고구마를 박스에 담아 열기 없는 냉방에 두었는데 혹시라도 얼까 봐 고구마 박스 언저리를 덮고 다독거린다. 고구마 박스를 어린 딸애를 보살피듯 하는 나의 이런 마음을 자식은 알까.

세상 속으로

🌸 2000년 1월 29일 흐림

오늘은 내 외손자가 백일을 맞이하는 날이다. 외할머니가 되어서 선물도 못해주어 서운하고 미안하다. 세월은 참 빠르다. '어느새'라는 말이 절로 나온다. 딸애가 시집간 게 엊그제 같은데 이제 아기 엄마가 되었다. 아기가 보고프다. 아기의 성장하는 모습, 변모해가는 모습, 귀여운 재롱 등을 눈에 그려본다. 단숨에 달려가 보고프다. 백일을 맞은 아가야, 보다 건강하게 잘 자라거라.

🌸 2000년 4월 12일 맑음

두 아기와 놀아주면서 청소를 거의 끝마치는데 아우님이 방문을 하였다. 영길 엄마인 그 여인은 나보고 형님 동생으로 지내자고 하며 말을 놓으라고 한다. 그래서 '댁' '집'이라는 명칭 대신 아우님이라고 부르니 편안하고 친 살붙이 같은 느낌이다. 아우님이 고구마를 따끈따끈하게 쪄서 도시락에 담아가지고 와 먹으라고 준다. 고구마처럼 따끈따끈한 그 정성과 마음에 이끌린다. 나에게는 과분하게 친절하고 다정다감히 대해주는 그는 외모만큼이나 마음씨가 곱다. '순성 사랑회' 모임 회원이라 어려운 처지의 사람을 돕기도 하는 자원봉사를 한다는 아우님은 내가 출타할 일이 있으면 언제든 불러달라고 한다. 하지만 미안해서 그럴 수 없을 것 같다. 그리고 모임에서 다달이 현금 2만 원을 지원한다며 내게 내놓는다. 나는 사랑회 모임 회원들께 감사하다는 말을 전해달라는 인사를 전하는 게 고작이다. 그와 나는 많은 대화를 나누면서 정이 깊어갔다.

🎋 2000년 5월 9일 흐림

큰아기는 분유를 식탁에 쏟아놓고 두 손으로 모래사장에서 모래 다루듯 하는가 하면 옷장 속을 끄집어내 난장판을 만들기도 하고 온종일 내 뒤를 졸졸 따라다니기도 한다. 두 아기 뒤치다꺼리를 하다 보면 어느새 몸이 노곤해진다.

어제 아우님이 "딸한테 전화가 왔어요?"라고 묻는데 낯이 뜨거웠다. 오늘 오후 2시에 사위가 전화로 안부를 묻는다. 가 뵙지 못해 죄송하다는 말이 끝나기도 전에 나는 "부모님께는 뵙고 인사드렸는가?" 물었다. 사위

"네"라고 대답한다. "어버이날을 옥이가 잊었을까 걱정을 했었는데……"
"그럴 리가 있을라구요." 그제야 비로소 후 하고 한숨을 돌린다. 잠시 후
딸애가 전화로 "엄마, 어제 전화를 못해서 미안해요" 한다. "미안한 것 알
면 됐다. 이삿짐 몇 번씩 싸느라고 힘들겠구나. 이사하려면 돈이 들 터인
데?" "교회 사람들이 도와주니까 덜 들고 괜찮아요. 이제 이사 간 집에서
오래 살 거예요." 통화를 하고 나니 한결 마음이 놓인다.

🎵 2000년 6월 10일 소나기

두 아기를 12시에 잠을 재우고 점심을 먹은 뒤 싱크대를 정리하려는데
작은 아기가 잠에서 깨어 품에 안고 있었다. 조금 있자니 아우님이 머리
파마하러 가는데 같이 가려고 왔다면서 기다린다. 바쁜 사람을 기다리게
할 수 없어서 밭에 있는 올케에게 아기를 맡기고 아우님이 이끄는 대로 따
라 나섰다.

순성 미장원 미용사와 동석한 이들이 병들고 흉한 몸에 반백인 나에게
참 곱다며 칭찬을 해주고 한없이 친절히 대해주니까 몸 둘 바를 모르겠다.
상대를 칭찬하고 높여주는 말은 늘 감사하고 기분이 좋다. 미용사 말이
"두상이 둥글고 예뻐서 커트하니까 예뻐요. 파마 하지 마세요"라고 한
다. "그냥 지져주세요. 머리 만지기 불편해서 그래요" 하자 "한 달에 한 번
씩 오세요. 그냥 깎아드릴게요"라는 대답이다. 그러면 머리 염색을 해야겠

다는 말에 미용사는 "염색하지 마세요. 머릿결 나빠지고 눈에도 안 좋아요. 그리고 흰머리도 매력 있으세요"라는 대답이다. 요금을 주자 극구 사양하고, 친절히 머리를 빗어주면서 머리에 바르는 것이라고 샘플도 준다.

아우님은 집에 데려다주면서 건강 세미나에 함께 가자고 권한다. 비용은 교회에서 부담하니 걱정 말고 8일간 강의를 듣자고 한다. 식이요법으로 병을 치료하는 것을 가르쳐준다고 한다.

나, 세상 속으로 들어가는 것이 두렵다. 그냥 이대로 살겠다고 하자 "그냥 사는 게 얼마나 힘이 드는데요……" 하는 아우님이다.

🌿 2000년 6월 15일 맑음

대통령이 이북을 방문해 김정일과 상면하는 등 뉴스와 신문마다 대서특필하는 것이다. 마치 곧 통일이 이루어질 것 같은 착각마저 들게 한다. 그 누구보다 이산가족들의 마음이 한껏 부풀어 있을 것이다.

큰아기가 눈병을 일주일 앓고 끝나자 온 식구들이 약속이나 한 듯이 돌아가며 눈병에 걸려 고역을 치른다. 눈이 심히 충혈되고 눈꺼풀이 붓고 모래주머니가 눈알을 뒹구는 느낌이 들어, 대통령이 삼팔선을 넘는 중계방송도 보지 못하고 암흑을 헤매는 듯했다.

눈병이 이웃 사람들에게 전염될까 봐 오지 못하게 금지령을 내렸는데 이웃과 며칠 단절되니까 답답하고 고적하다.

7월 1일부로 전국의 시외전화 국번을 군 단위로 쓰던 것을 도별로 통일해 간단히 쓴다고 하니 참 잘됐다 싶었다. 복잡한 것이 불편한 나 같은 늙은이에게는 더없이 좋은 일이다.

🦗 2000년 8월 3일 맑음

7월 말일에 딸애가 집에 왔다. 순성 보건소에 나를 데리고 연 사흘째 치과에 들렀다가 오늘 저의 집으로 갔다. 아무것도 못 해 먹이고 나의 자매 집이 편해서 한 번 데리고 다녀왔다. 자매는 나도 며칠 묵었다 가라고 하는데 자매도 다리가 아파 조석 해 먹는 것도 퍽 힘들어한다. 딸애는 오기 전에 나의 몸 치수를 묻더니 개량 한복을 모시로 20여 만 원을 주고 해 왔다. 제 딴에는 어미를 위한답시고 환갑 때 못 해준 것 대신 해주는 것이라지만 그런 돈이면 제 보약이나 해 먹지 싶어서 속이 몹시 상하고 돈이 아까웠다. 외손자는 생후 9개월인데 체구는 작아도 예쁜 짓을 다 한다. 내 자식이 병원에 데리고 가면 병원 문턱 등등 꼭 딸 내외가 업고 다녀도 별 부담이 없고 마음이 가볍다.

🦗 2000년 8월 13일 맑음

딸애가 다녀간 지 일주일이 되었는데 아득히 멀어져간 모습을 머릿속에 그려보며 1년 뒤를 어떻게 기다리지 하는 마음이다. 어린 손자의 앙증맞은 모습이 자꾸 눈에 밟힌다. 딸애가 너무 멀리 사는 것을 생각하면 자꾸 눈물이 앞을 가린다.

🌿 2000년 8월 15일 맑음

이번 광복절 날은 전 세계가 우리나라를 지켜본다. 남과 북 이산가족이 100명씩 북에서 남으로, 남에서 북으로 가 가족 상봉을 한다는 것이다. 우리는 형제자매가 가까운 데 붙어 사는지라 말다툼을 하기도 하지만, 남과 북에 떨어져 사는 이산민들은 50년 만에 만나 서로 부둥켜 안고 통곡으로 몸부림친다. 그 모습을 텔레비전으로 지켜볼 때 가슴이 찡하다. 딸애가 창원, 그 먼 데로 시집을 가 자꾸 그리운 나는 남북으로 갈라진 이산민들의 아픔을 헤아리고도 남을 것 같다.

🌿 2000년 9월 10일 맑음

추석을 맞아 모두들 고향으로 귀향한다. 각자 직업에 따라 흩어져 살다 명절을 쇠기 위해 부모 형제의 품으로 모여드는 것이다. 질녀들은 시가로 가고 조카는 집으로 내려왔다.

나에게도 오빠 내외와 조카 식구가 있는데 왜 이리 허전한지 모르겠다. 나를 엄마라고 부를 그 아이가 곁에 없어서일까. 늙으면 어린애가 된다는 말이 옳은 것 같다. 특히 명절 때면 아버지 어머니를 수없이 외쳐 부르며 마음으로 운다.

오후 들어 대지에 어둠이 깔릴 무렵 컴컴한 방 한구석에 엎드려 있는데 밖에서 반가운 음성이 들려 귀가 번쩍 뜨인다. "왜 어두운 데 계세요?" 아우님이다. 방 안으로 들어서는 아우님을 반갑게 맞고 내 외로운 심정을 하소연했다. 사랑회 회원 집 네 집을 거쳐 우리 집에 오는 길이라고 한다. 오늘도 아우님은 우리 나란히 하느님 나라 함께 가자고 사정을 한다. 늘 봐도 가식 없는 다정한 마음과 자세에 이끌린다. 그의 고운 심성을 널리 알리고 싶은 생각이 든다.

🎵 2000년 10월 13일 맑음

김 대통령이 노벨평화상 수상자가 되었다는 뉴스 특보다. 우리나라에서는 처음 받는 상이라고 한다. 시상식은 12월에 있다고 한다.

🎵 2000년 11월 5일 맑음

오늘 서울 둘째 질녀는 사정으로 못 오고 4남매가 다 모여 오빠의 72번째 생신을 맞이했다. 올케가 무릎 통증으로 보행이 어려워 질부가 장을 봐가지고 와 음식을 하고 오빠의 코트도 사 왔다고 한다. 아침 식사를 마친 식구들은 어른 아이 합동으로 서해대교로 구경을 갔다. 11월 1일 개통한 서해대교의 보행 출입이 오늘까지라고 한다. 나는 집에서 한가로이 기도를 올렸다. 오빠 한 사람의 자손이 20명으로 늘어난 것이 큰 축복이다.

아침에 신나게 서해대교로 몰려갔던 식구들이 두 시간쯤 지나 각자가 몇 분 사이를 두고 집으로 돌아오는데 사람마다 축 늘어져 있다. 도로에 차들이 막히고 사람도 많아 서로를 놓쳐 흩어져 왔다는 것이다. 회는 고사하고 점심을 굶어서 배가 고프다고 한다.

🐟 2000년 12월 9일 맑음

간밤에 오빠가 귀가가 늦는다고 올케가 몹시 걱정을 하던 중 밖에서 발소리가 나더니만 아니나 다를까 오빠가 그야말로 흙탕물을 뒤집어쓰고 흠뻑 젖어서 몸을 제대로 가누지도 못한 채 들어오는 것이다. 술에 취한 상태로 밤길에 자전거를 타고 오는데 대형 화물차가 갑자기 헤드라이트를 확 비추었고, 순간 수로 또랑으로 나동그라져 허우적대다 힘겹게 기어 나왔다고 한다. 첫새벽에 자전거를 찾으러 간 오빠가 빈손으로 돌아오자 셋째가 출근하는 길에 사고 지점을 샅샅이 살펴 분실한 자전거를 찾아냈다. 오빠 역시 다친 곳이 없어 다행이었다.

올해는 마을 곳곳의 밭에 배추가 흔하게 널려 있다. 거두지도 않고 내버려둔 배추들, 도시의 없는 사람들에게 주었으면 하는 안타까움이 든다.

주희, 재희 두 아이는 어른들이 하는 말과 행동을 그대로 따라 하기 때문에 말이나 몸짓 등이 퍽이나 조심스럽다. 두 아기가 젖병을 입에 물고 내 몸에 의지해 우유를 먹을 때면 한없이 사랑스럽다.

🐛 2000년 12월 11일 맑음

딸애는 남편 회사 주택으로 이사를 하는데, 이번에 들어가도 5년밖에 못 산다고 한다. 이사를 한번 하려면 도배며 이삿짐센터 비용이며 돈 백만 원은 기본으로 들어가는 것 같다. 이사한 집이 영원히 내 집이 된다면 좋으련만. 5년 뒤에 또 다른 집을 구해 나가야 하는 딸애가 안쓰러워 죽겠다.

🐛 2000년 12월 24일 맑음

밤에는 보통 세 시간을 자면 끝이다. 늘 그렇게 밤잠을 설치는 나이다. 아침에 창문을 열었더니 발자국이 날 정도로 눈이 조금 내렸다. 화이트 크리스마스가 되려는 모양이다. 그런데 아침에 일어나니 몸이 뻣뻣하였다. 어제 콩을 가려서인가 보다고 생각하였다.

어제 정오가 넘어서 올케가 종콩을 가지고 들어와 가리는데, 두 아기는 다행히 낮잠을 자는 고로 올케와 함께 콩을 가려낼 수 있었다. 한창 일을 하고 있는데 건넛집 할머니, 뒷집 할머니 등이 오셔서 네 명이 콩을 서너 말이나 가렸다. 전에는 콩을 도리깨질해 장에 내다 팔았는데 요즘은 농사지은 것을 장에 내다 팔아봤자 몇 푼 못 받는다. 사람 품삯도 못 건진다.

날씨가 싸늘하게 춥다. 눈이 어제보다 곱은 온 것 같다. 조용한 크리스마스가 되려는가 하는데 서울 모처에서는 주택은행 노조원들이 농성 중이라고 한다. 셋째 질서와 막내 질서 모두 은행원이라 신경이 쓰인다.

딸애가 집에 온다고 하기에 올케와 셋째와 아기들이 좋아하는 마른오징어를 사오라고 했는데 외손자가 감기가 들어 집에 못 오게 되었다며 마른오징어 한 축, 김 등을 사서 택배로 부치면서 돈 20만 원도 함께 보냈다. 고맙기는 하지만 가슴이 찡하고 아려온다. 봉급 타서 이사하느라고 이래저래 돈을 썼을 텐데, 머리 염색약까지 사서 보냈으니 다 합쳐 한 30만 원은 또 썼을 것 같다. 저희가 잘살면서 나를 돌봐준다면 기꺼우련만, 사정이 어떤지 아니까 왠지 마음이 아프다.

전기 프라이팬으로 내 방에서 올케와 오빠와 함께 부침개를 해먹고 있는데 딸애가 전화를 했다. "엄마, 여기 눈이 펄펄 내려요. 10년에 한 번 내릴까 말까 한 눈이라는데, 엄마 눈이 와서 어린애 데리고 밖에 나가 사진 찍으려고 해요." 눈을 보며 퍽 기뻐하는 모습이다. 텔레비전을 보니 부산

에 49년 만에 폭설이 내렸다고 한다. 좀처럼 눈이 오지 않는 곳이기 때문에 월동 준비가 없다가 폭설을 맞아 교통 대혼란이 빚어졌다는 것이다. 차가 도로에 멈추어 오도가도 못하는 광경이다. 우리 집 주위도 눈이 쌓이고 쌓여서 태산을 이루고 있다.

🌸 2001년 1월 15일 맑음

영하 18도. 15년 만의 혹한이라고 한다. 연 6일째 한파다.

🌸 2001년 2월 9일 맑음

큰 아이 주희를 유아원에 입학을 시켜 이틀을 보냈는데 사흘째 되는 오늘 간다, 안 간다 갈등을 하더니 결국 올케가 옷을 갈아입히고 유아원 가방을 들려 큰길 도로까지 데리고 가서 차를 태워 보내고 왔다. 집에 돌아온 주희의 말이 "유아원에서 우는데 빵과 우유를 주어서 울지 않았어" 한다. 첫 주일만 12시까지 교육하고 다음 주일은 오전 9시에 시작해 오후 3시에 교육을 마친다고 하며, 일주일은 간식만 주고 다음 주일부터는 점심도 먹인다고 한다. 화첩, 칫솔, 치약, 손수건, 크레용 등등을 유아원에 갖다놓는다는 셋째의 말이다. 그런데 주희는 유아원에서 돌아오는 순간부터 유아원에 안 간다고 징징대더니 밤에 잠도 제대로 못 자고 불안해한다. 큰 질녀는 내년에 보내라고 하는데, 막내 질녀는 다섯 살 먹은 딸을 유아원에 보낼 때도 주희와 같은 현상을 보였다고, 한 열흘 울며 떼를 쓰더니 나중에는 으레 가려니 하고 잘 가더라는 말이다. 셋째는 제 동생의 말을 듣고 주희를 계속 유아원에 보내겠다고 한다.

🐾 2001년 4월 16일 맑음

네덜란드에서는 안락사를 법으로 허용했다는 뉴스를 듣는 순간 나는 나 역시 그런 제도하에 편안히 눈을 감는다면 얼마나 좋을까, 우리나라도 안락사를 법으로 허용한다면 얼마나 좋을까 생각했다.

🐾 2001년 5월 19일 맑음

장난꾸러기 두 아이와 다툼을 하다 보면 나는 지쳐 녹초가 되고 집안은 난장판이 되어 청소를 하게 된다. 이런 나를 셋째가 알아주어서 고맙다. 하지만 제아무리 미운 짓을 해도 너무 귀여워 하니까 두 아이가 병중인 내 무릎에 앉으려고 서로 싸운다. 고마운 것은 두 아이가 밥 한 그릇 뚝딱, 우유 한 그릇 뚝딱 무엇이든 잘 먹고 소화해 살이 실하게 찐 것이다. 건강하게 자라는 아이들을 볼 때 한없이 고맙고 큰 보람을 느낀다.

🐾 2001년 5월 21일 맑음

치과 문앞으로 다가서자 간호사가 재빨리 나를 부축해주었다. 치료를 마치고 탁자에 앉아 있는데 일흔은 되어 보이는 곱상한 할머니가 나에게 어쩌다가 그리 되었느냐고 묻는다. 나는 "네, 아마도 하느님께서 이렇게 살라고 주신 몸인가 봅니다"라고 대답하고 만다. 치과에서 내려오며 간호사에게 혼자 갈 수 있으니 내려오지 말라고 해도 그러다 떨어지면 어떡하시냐고 계단을 다 내려다주고 들어간다. 그 할머니는 내가 어떻게 내려가나 궁금증이 일었는지 위에서 내가 내려가는 모습을 지켜보는 것이다. 어쩌다가 나는 사람들의 시선을 모으는 대상이 되었을까. 나를 보면 사람들은 저마다 각색으로 평가하며 안됐다는 표정을 짓는다. 나는 표면으로는 누구에게나 빙긋이 하하 웃지만 내면으로는 마음이 흐려진다.

🌸 2001년 7월 31일 맑음

딸애는 집에 오자마자 곧바로 점심을 먹고는 각종 약과 요플레, 화장지 등을 가지고 나와 함께 독암 동생네 집으로 향했다. 옥은 처음으로 가는 이모 집인 것이다. 나는 모처럼 동생 얼굴을 보자 가슴이 뭉클한 게 아프다. 동생은 보약을 먹어 살이 쪘다고 하는데 얼굴이 모나게 퉁퉁 부어 있다. 동생은 우리에게 행당 섬에 가보라고 하며 가는 길을 사위에게 가르쳐주었다.

행당 섬에 도착하니 텔레비전에서 보던 것보다 훨씬 좋아 보였다. 주차장에는 자동차들이 초만원을 이루고 휴게실 안 역시 사람들로 북적이고 시설도 깨끗이 정돈되어 있었다. 이곳저곳에서 사람들이 어린 자녀들을 데리고 포즈를 취하며 사진 찍는 데 여념이 없다. 딸애는 화장실을 다녀온다고 하더니 어디선가 휠체어를 빌려왔다. 우리도 여기저기 옮겨 다니며 사진을 많이 찍었다. 딸애 덕에 구경을 많이 했다. 그런데 들어간 길로 되돌아오지 못하고 평택으로 건너갔다가 삽교천으로 돌아왔다. 그리고 큰 자매 집에 들러 하룻밤을 잤다. 큰 자매 역시 척추 고장으로 왼쪽 허리와 다리 등이 아파 보행이 힘들다. 그런 몸으로 해주는 밥 얻어먹기 애석하고 가슴이 아팠다.

🌢 2001년 9월 2일 맑음

사랑회에서 서울에 데리고 간다기에 몸은 흉체일 망정 머리라도 깔끔하게 하려고 파마를 했는데 왠지 머리카락이 뻣뻣한 게 밤송이 같고 고슴도치 같다. 파마삯 2만 원, 염색 7천 원, 왕복 택시비 8천 원 등 투자를 했는데 머리를 망쳤다. 육십 평생 처음으로 파마가 우스꽝스러웠다. 빗질도 제대로 할 수 없는 머리, 속이 상했다.

🌢 2001년 9월 9일 맑음

나는 장애인이 된 후 처음으로 관광을 가게 되어 초등학교 때 소풍을 가는 것처럼 마음이 설레 손가방에 수첩과 볼펜 등 준비물을 챙겨 넣어두었다. 그 모습을 본 주희는 "꼬마이(고모할머니) 수첩 여기 있네, 내가 가질 거야"라며 웃는다. "할머니가 서울 갈 때 가져가려는 것인데"라고 하자 저도 따라가겠다며 제 수첩과 연필을 내 수첩에다 끼워놓고 치약, 칫솔 등을 챙겨서 내 가방에 넣는다. 나는 주희에게 매일 동화책을 몇 권씩 읽어주면서 늘 하는 말이 사람은 공부를 해야 한다는 것이다. 그래서 그런지 주희와 재희는 늘 책을 가까이 하니 참 대견하다. 그리고 내가 항상 메모지와 볼펜을 휴대하는 것을 보아온 두 아이는 도화지나 종이만 보면 그림을 그린다고 흉내를 내는가 하면 수첩을 들고 집안에서 오가며 연필로 낙서를 한다.

🌼 2001년 9월 11일 맑음

미국의 심장부인 워싱턴과 뉴욕에서 괴한들에게 납치된 여객기 4대가 건물에 충돌해 폭발하는 일이 벌어졌다. 화염에 휩싸인 건물과 그 잔해로 아수라장이 된 현장을 텔레비전 화면에서 온종일 보여주고, 전 세계가 아연하여 그 장면을 바라본다. 어린애인 주희도 그 모습을 보며 두려워하고 의아해한다. 어떤 연유인지 주희에게 이렇게 저렇게 설명을 해주지만 참으로 알 수 없는 사건이다.

🌼 2001년 9월 18일 맑음

오늘의 관광은 내게 큰 행운이다. 40여 년 만의 외출이기 때문이다. 가야 하나 말아야 하나 수없이 갈등을 했지만 그래도 설레는 마음으로 길을 나섰다. 오전 8시 면사무소 앞에서 출발이라고 하여 7시 40분에 택시를 불렀는데 감감 무소식이다. 시간은 촉박하여 안달하던 차에 셋째가 우리 집 앞으로 지나는 트럭을 세우고 사정을 말하니 흔쾌히 면사무소 앞까지 태워다주었다. 관광버스 두 대에 나눠 탄 사람들은 모두 60~70대의 노령이었다. 다만 그중 장애인은 나 하나였다.

정오가 거의 다 되어 청와대에 다다르자 각지에서 온 관광버스가 주차장에 만원을 이루고 있다. 여러 관문을 통해 청와대 안으로 안내되었다. 우리 군 출신으로 행정을 보신다는 분으로부터 청와대 살림 등 이모저모에 대한 말씀을 들은 뒤, 멋진 경찰관이 나타나 내가 탄 휠체어를 밀면서 청와대 뜰 내부 이곳저곳으로 안내를 해주었다. 대통령의 처소로만 알던 그 푸른 기와집이 대통령의 업무실이라 한다. 외국 손님이 머문다는 귀빈실, 녹지대, 산책로 등이 인상 깊었다. 인왕산과 북악산을 등지고 있는 청와대는 대지가 7,500평이라고 하는데 전경이 너무도 깨끗하고 바람이 시원했다. 청와대 내부의 차도를 승용차들이 쌩쌩 질주하기에 외부에서 들어온 차냐고 물으니 이곳에서 근무하는 요원들이라고 한다. 그리고 단체로 사진 촬영을 하였는데, 그 이상은 카메라가 허용되지 않는다고 한다.

국회의사당을 답사한 뒤 국회 회의당에서 점심 식사를 했다. 이어서 방송국을 들렀는데 방송국 역시 관광객으로 초만원이었다. 방송국은 5층까지 있는데 계단으로 올라가야 한다고 해 나는 1층에 남아 있겠다고 하자 어느 오십대 남자 분이 말하기를 "여기까지 오셨는데 그냥 가세요?" 하면서 "우리 교대로 업고 가요"라고 제안을 해 못 이기는 척 업혔다. 몇몇 남자 분들이 나를 방송국 5층까지 업고 올라갔다 내려오느라 진땀을 뺐다. 뉴스에서는 어디 어느 곳에 장애인 시설이 안 되어 있다고 자주 지적하는데, 방송국은 아직도 장애인이 답사를 할 수 없게 되어 있다니, 방송국에 왜냐고 묻고 싶은 답답한 심정이었다. 모처럼만의 꿈길 같은 관광에 다른 분들에게 짐처럼 누를 끼치게 되어 송구한 마음이다.

🍃 2001년 11월 12일 맑음

주희는 수시로 나에게 병원에 가고 안 가고를 묻고 살피니까 주희 몰래 병원에 갈 수가 없다. 내가 병원에 간다고 하면 주희는 제가 먼저 따라가겠다며 앞장을 선다.

오늘은 병원 대기실에서 성이 자매를 만났다. 우리 마을에서 떠난 후로 성이를 10여 년 만에 만나니 퍽 반가웠다. 성이 자매가 나에게 인사를 안 했다면 몰랐을 것이다. 성이는 내 딸의 안부를 물으며 "멀리 살아서 언니를 자주 못 보시겠네요"라고 한다. 나는 "설 때 온다고 해도 내가 못 오게 하는걸" 하고 대답한다. 성이는 신학 대학을 다니면서 전도사직을 맡고 있다고 하는데 아주 체격이 건강해 호감이 간다. 교회 봉고차로 나를 집까지 데려다주었다.

🐚 2002년 1월 12일 맑음

　오빠 방과 내 방을 연달아 들락거리고 온 집안을 휘젓고 다니면서 살림살이를 끄집어내 어지럽히는 주희와 재희. 셋째 질녀의 딸들인 두 아기가 왠지 미웁지도 싫지도 않다. 그저 귀엽고 그런 장난까지 모두 익살로만 보인다. 어쩌다가 두 아이가 집을 비우면 퍽이나 심심하고 말할 상대가 없어서 답답증이 인다. 주희는 어제도 오늘도 저의 집에서 "꼬마이!" 하고 전화를 한다. 주희는 물병에 물을 가득 담아다놓으면서 "할머니, 이 물로 약 먹어, 응?" 하며 나를 챙겨주고, "엄마, 아빠, 외할머니, 외할아버지는 여보당신이 있는데 꼬마이는 없으니 어떡하지? 할머니 내가 애인해줄게, 내가 애인해주니 좋지?" 하며 애교를 부린다. 주희, 재희와 나는 친구가 되어 서로 안고 뒹굴고 토닥거리며 한껏 웃으며 지낸다.

🐚 2002년 1월 18일 흐림

　지난 저녁에 셋째가 퇴근하면서 제 신랑이 붙여준 '호적정정용지'를 가지고 왔다. 행여나 하던 '대전지방법원서산지원 결정' 증서를 눈으로 확인하였다. "사건 본인의 출생년월일 1949. 10. 24.를 1937. 6. 23.으로 정정하는 것을 허가한다. 신청인의 호적정정 허가신청은 상당한 이유 있으므로 주문과 같이 결정한다. 2002. 1. 11. 판사 황병하." 그 아래에는 "호적법 제113조 제122조에 의하여 호적비속사건의 서가를 받은 날로부터 1개월 이내에 본

적지 시.구.읍.면사무소에 신고(신청)하여야 합니다"라고도 적혀 있다.

내 연령을 되찾기 위하여 사방으로 다니며 알아보고 애쓰던 지난날들의 수고가 비로소 보람을 얻고 기쁨으로 변하는 순간이다. 내 연령 정정을 위하여 옥이와 아우님, 질녀와 자매, 변호사 등 주위 사람들이 백방으로 애를 쓰며 수고를 아끼지 않았다. 수차례의 기각과 거절 끝에 얻은 결과라 그 기쁨이 더욱 크다. 셋째는 "고모, 변호사 사무실로 전화라도 해야죠. 감사하다는 인사를 해야지"라는 말을 잊지 않는다.

이제 결정서와 호적정정용지, 사진 등을 가지고 면에 가서 신청하는 일만 남았는데, 제부가 대신해주기로 했다. 자매와 병원에 앉아 있는데 제부가 대기실로 들어와 하는 말이 "새 주민등록증 내일 모레 나온대요"라고 한다. 올바른 호적을 가지고 살게 되었음이 그지없이 감사하고 흐뭇하다. 비록 황혼의 나이지만 대한민국의 한 사람으로 내 나이를 되찾은 것이다.

제부가 집까지 데려다준다고 하여 병원을 나서는데 장애인 한 분이 내게 다가와 알은체를 한다. 어디에 사시느냐고 물으니 신평 산다고 하며 "5~6년 전에 아주머니 댁에 가서 아주머니가 쓰신 수기도 봤는데요"라고 말한다. 그 사람의 말을 듣고 잠시 생각하니 비로소 몇 년 전 비닐하우스에 야채를 채종한다고 들렀던 그의 모습이 뇌리에 떠올랐다. 병원에 올 때마다 인사를 많이 받는 이유는 내 몸이 특이한 탓에 사람들의 기억 속에 남아 있기 때문이다.

현관문을 들어서자 주희와 재희가 "꼬마이! 꼬마이!" 하며 나를 부르고 재잘대며 성급한 동작으로 거실 쪽으로 데려간다. 미끄럼틀을 새로 놓은 것을 보라고 하더니 두 아이가 서로 엉켜 잽싸게 미끄럼틀을 타는가 하면, 방 안에는 의자 두 개가 딸린 플라스틱 책상이 새로 들어와 있다. 자전거도 있고 건넌방에는 책과 화첩, 크레용, 연필, 가위 등등이 수북하다. 막내 질녀가 새 아파트를 사가지고 이사 간다고 애지중지 모아온 손때 묻은 살림들을 우리 집으로 보내온 것이다. 늘어놓은 짐들에 정신이 얼떨떨해서 우선 옷을 갈아입고 정돈하고 쓸고 닦았다. 두 아이는 새로운 물건들을 퍽 좋아하며 흥미진진해한다. 주방에서는 올케가 김치, 양파, 고구마 등을 다 져넣고 부침개를 하고 뒷집 할머니가 오셔서 맛있게 잡수시는 곁에서 나도 부침개로 점심을 때웠다.

🐦 2002년 2월 2일 맑음

나는 추운 겨울에는 화장실 문턱에 걸터앉아 빨래를 하는데, 그럴 때면 주희는 "꼬마이 빨래 하는데 힘드니까 외할머니가 도와줘요"라며 올케에게 재촉을 한다. 그리고 꼬마이 준다고 외할머니에게 사과를 깎아달라고 해 내 방으로 가져다주더라는 올케의 말이다. 아직 어린 아이인데 철이 멀쩡히 들었다.

오늘은 빨래를 하는 사이 전화가 왔는데 주희가 받더니 "할머니 누가 전화를 해서 할머니 빨래 한다고 했지"라고 이야기한다. 전화를 한 사람이 여자인지 남자인지 물으니 주희는 "여자였어요" 하면서 "그런데 할머니 심심하니까 나 여기에 있을래요"라며 빨래하는 곁에 앉는다. 게다가 몇 년 전에 이질부가 사다준 치마를 입고 주희보고 할머니 옷 좋으냐고 물으니 주희는 한술 더 떠 "할머니 옷 예쁘다. 너무 예뻐서 공주님 같애"라고 하는 것이다. 나는 "요 귀여운 입으로 예쁜 말을 어찌 그리 쏙쏙 잘하누" 하고는 주희를 꼭 껴안아주었다.

🎵 2002년 2월 26일 맑음

오늘은 음력 대보름날이다. 지난 저녁에 오곡밥을 먹는데 밥이 질어서 그런대로 소화가 잘 되었다. 올케가 다른 생선보다 오징어를 좋아해 지난 겨울 내내 오징어를 데쳐도 먹고 무쳐도 먹고 오늘은 오징어 튀김을 해먹고 이웃에게까지 나누어 먹었다. 아들 내외를 서울에 두고 혼자 사시는 뒷집 할머니에게 오곡밥을 잡수시라고 하니까 거산을 간다고 하시면서 해질 무렵에 오셔서 식사를 하시는데 너무 소량을 드신다. 그렇게 드시고도 어떻게 기운을 내 다니시는지 용하다.

시골 인심이 도시보다 풍족하다. 겨울에 먹고 남은 김치, 무, 배추 등등을 여기저기서 가져가라고 한다. 딸애가 매운 김치를 혀가 아파 먹을 수가 없다고 하여 배추, 무를 이웃에서 가져가 맵지 않은 국김치나 담가주려고 하는데, 이것저것 챙겨놓으니 가져갈 짐이 퍽이나 많다. 그런데도 날씨가 이렇게 좋으니 냉이라도 캐놨다가 딸애 주었더라면 하는 아쉬움이 든다.

🌿 2002년 3월 2일 흐림

딸네 집은 아주 빈약하게 살 거라고 상상했던 것과 달라 다소 안심이 된다. 미싱이며 컴퓨터도 있고 방마다 오밀조밀 가구들이 놓여 있으며 가구에는 헐렁한 옷들이 차 있었다. 사위는 출근하고 손자는 놀이방에 보내놓고 딸과 함께 욕실에 들어앉아 따뜻한 물에 몸을 담그고 있으니 마음의 평안이 느껴진다. 딸애가 등을 밀어주고 머리를 감겨주는데 행복했다. 사돈 내외가 오셔서 인사를 나누었다. 몇 년 만의 재회 인사였다. 사위 등에 업혀서 계단을 오르고 내릴 때마다 미안해도 참고 견뎌야 했다. 저녁 7시에 청소년음악회를 가자고 하여 네 식구가 차를 타고 가는데 저녁으로 먹은 떡국이 차멀미가 나서 도중 하차하였다. 남쪽으로 내려온 김에 바다 구경이라도 했으면 싶었는데 멀미가 심해 걱정이다.

🌿 2002년 3월 3일 맑음

딸 내외는 새벽 예배에 가고 나는 딸애가 방바닥에 늘어놓은 옷을 개서 장 안에다 정리해놓았다. 집에서 가지고 간 무생채에 굴을 넣고 배추 겉절이를 만들고 달래, 버섯, 두부 등을 넣고 끓인 된장찌개로 아침 식사를 했다. 그런데 딸 내외와 나 모두 매운 것을 먹지 못해 음식이 모두 덤덤하다. 그런대로 우리 셋은 달래장을 맛있게 먹었다. 딸애는 교회 나가지, 양재 배우러 가지, 수영 배우러 가지, 살림하지, 아이 키우지…… 늘 바쁘다는 말이 이해가 간다. 창원 시내 한 곁으로 자리잡은 아파트의 베란다 문을 여니 서늘한 공기가 얼굴을 스쳐 향기로운 기분이 솔솔 솟는다. 딸애는 병원에 며칠 더 있다 가라고 한다. 반찬 만드는 것 가르쳐달라고……. 찬은 집에서 가져온 무생채, 겉절이 등에 돼지고기를 곁들여 먹는데 사위는 말이 없이 잘 먹어주어 고맙다. 삼십대 초반인 사위는 천진하기 이를 데 없다. 방이 더워서 덮지 않고 자는데 이틀 밤을 그런대로 잘 잤다.

🌸 2002년 3월 4일 맑음

살림이 어설픈 딸애는 "엄마, 가지 말고 오래 있어요"라고 몇 번이고 이야기를 한다. 오늘은 사위가 출근하는 시간을 맞춰서 6시에 아침을 먹었다. 딸애는 9시까지 잠을 자고 정각 9시에 아이를 놀이방에 보내고 수영장으로 갔고 나는 청소하고 집안 창문을 열어놓은 뒤 밝은 데서 일기를 쓴다. 상상하던 것과 달리 딸의 생활이 순탄하고 별 불평 없이 사는 모습을 보니 안심이 된다. 아기자기 여유롭고 느긋하게 사는 모습에서 행복감을 얻고 위로도 받는다. 딸애는 냉장고를 꽉 채워놓고 하는 말이 "찬거리가 준비되어 있어야 안심"이라고 한다. 성격이나 행동이 차분해 일을 설렁설

링 못하니 식구들 먹을 것 챙기다 보면 저는 제대로 먹지도 못한다. 알뜰 살뜰히 살아가는 딸이 대견도 하다. 기름병은 냉장고 벽에 묻는다고 비닐이나 신문지로 싸서 보관을 한다. 나도 반찬을 별로 만든 적이 없는데 딸애에게 반찬 만드는 걸 가르치고 있자니 모녀가 마주 앉아 소꿉놀이라도 하는 것 같다. 딸애는 제가 먹으려고 해놓은 한약 건강식을 끼니때마다 전자레인지에 데워주고 오늘은 장을 봐와 위에 좋다는 양배추 녹즙을 내서 마시라고 준다. 딸기에 토종꿀도 얹어서 주는데 배가 불러서 먹을 수가 없었다. 나는 늘 딸애에게 잘 먹이지 못한 게 한이었는데, 이렇게 건강식에 신경을 쓰며 사는 것을 보니 마음이 놓인다. 내 눈으로 딸이 사는 모습을 본 것 천만다행이고 흐뭇하다. 5시 반에 와이엠씨에이로 양재를 배우러 간 딸애를 기다리고 있다.

🌱 2002년 3월 5일 비

아침 식사 전에 녹즙 한 컵, 약 한 컵, 그리고 생전 처음으로 해삼 멍게라는 것을 딸이 초고추장에 찍어주었는데 비위에 맞지 않는 것을 꾹 참고 먹었다. 이 아침에도 사위는 출근, 딸은 수영장, 아이는 놀이방으로 갔다. 잠을 좀 자다가 일어나 겉절이 남은 것에 기름을 쳐서 밥을 비며 먹으려는 순간 띵똥 하고 벨이 울린다. 딸애의 이종 시누이라고 소개하는 이가 나를 보고 반갑다고 인사를 한다. 이곳 경상도 사람과의 만남이 사돈 다음으로 첫 대면인데, 사람이 인물이 곱고 상냥해 서먹함 없이 밝은 대화를 나누었다. 집으로 가는 이종 시누이에게 우리 집에서 가져온 고구마와 고기 등을 덜어주었다. 딸애는 이종 시누이에게 속에 든 말을 털어놓고 대화를 한다니 고맙다. 딸애가 백김치를 원해서 미나리, 대파, 양파, 실파 등을 넣고 배추 포기를 담갔는데 맛이 있을까 염려가 된다.

🐾 2002년 3월 6일 맑음

딸네 온 지도 여러 날 되어가는데, 딸과 사위 내외가 성심으로 잘해주기는 하지만 아무래도 생활환경이 다르니까 적응이 다소 어려운 게, 내 움막이 그리워진다. 병원이고 뭐고 다 취소하고 집으로 가고프다.

시집갈 때 목화솜으로 혼수 이불을 해준 게 있는데 솜과 껍데기가 안 맞는다고 불평을 하기에 이불 속을 뒤집어봤더니 솜과 껍데기를 찍어매지 않아 서로 겉돌다가 솜이 뭉쳐 있는 것이다. 뭉친 솜을 풀고 이불을 규격에 맞게 찍어맸더니 이불이 말끔했다. 또 다른 이불 한 채는 어쨌느냐고 물으니 남을 주었다고 하는 말에 속이 상했다. 그러나 나 아닌 다른 사람이 잘 덮어준다면 고마운 일이다.

도시는 씀씀이가 헤프다. 아무래도 보는 것이 많으니까 그런가 보다. 냉장고에 찬거리가 가득한데도 딸애는 수퍼마켓에 가더니 오이, 계란, 아이가 먹을 과일즙을 사 왔다.

🌱 2003년 4월 21일 맑음

딸애가 수술로 아기를 해산하는 날이라 이제나저제나 연락이 오기만을
애타게 기다렸다. 다섯 살배기 손자도 체중 미달로 태어났었는데 둘째인
손녀도 체중이 좀 모자란다고 하니 마음이 아프다. 해산간을 해줄 사람이
없어서 산후조리원으로 간다는데 비용이 일주일에 45만 원이라니 걱정스
럽다. 하지만 어쨌든 산모와 아기가 건강하기만을 기도할 뿐이다.

🌱 2005년 1월 1일 맑음

딸애는 겨울만이라도 저의 집에 와 있으라고 하는데, 따뜻할지는 몰라
도 아파트에서 생활하기가 내게는 영 불편하다. 더구나 오빠 내외가 집을
비울 때면 셋째 질녀의 두 딸이 학교와 어린이집에서 돌아와도 돌봐줄 사
람이 없어서 안 된다. 두 아이는 집에 아무도 없으면 무섭다고 벌벌 떨고,
작은 녀석은 내가 화장실만 가도 "할머니 어디 가요?" 하면서 꽁무니를 졸
졸 따라다닌다. 나라도 아기를 봐주어야 셋째가 직장을 다니기도 하지만,
그보다도 잔뜩 정이 들어버린 두 아이를 박절하게 떼어버릴 수가 없다.

🌱 2006년 3월 20일 맑음

어머니, 화창한 봄이 왔습니다. 한겨울에 봉해두었던 창문을 개봉하고
바깥을 내다보니 방 안에 갇혀 사는 저는 마음이 싱숭생숭하고 설렙니다.

426

새봄이 강산을 누비고 있으니 녹색 빛깔을 한 야생초들이 고개를 살포시 쳐들고 생동하고 있어요. 그런데 이 못난 딸은 육신은 늙었어도 마음의 시샘은 늘 한결같아요. 한낱 야생초도 장소를 가리지 아니하고 마음대로 제 생명을 키우는데 나는 그러지를 못해 서글퍼집니다. 어머니 계신 천국에도 따뜻한 봄은 왔겠지요. 어머니 살아생전에 불효했던 이 딸 가슴 아파 목 놓아 어머니를 불러봅니다. 그러나 어머니는 아무 대답이 없으시고 그저 제 울음만 메아리가 되어 돌아옵니다.

🍂 2006년 6월 9일 맑음

나는 나의 조금은 특별한 삶을 공개하고 싶은 마음이 들어 SBS 방송국 〈순간포착 세상에 이런 일이〉라는 프로그램 앞으로 편지를 보냈다. 실은 특별한 삶이라는 게 정말 특별한 게 아니라, 나의 경험으로 보아 실의의 나날 속에서도 극복하고자 하는 마음만 있다면 불가능할 게 없다는 것을 이야기하고 싶었기 때문이다. 내 의지와 상관없이 운명이라는 굴레를 뒤집어쓰고 피눈물을 토해내야 했지만, 그런 힘겨운 싸움을 거쳐 나는 생활의 지혜를 익히고 날마다 살아갈 이유를 찾게 되었기 때문이다.

🍂 2006년 6월 14일 비

9일에 보낸 편지에 대한 회답이 없어 기다리다 못해 전화를 하였더니 담당자의 말이 "이 프로그램은 도움받는 곳이 아닌데요" 한다. 나는 "그게 아니라 옛날의 저처럼 실의에 빠져 계신 분들에게 조금이라도 힘이 될까 해서 방송에 나가봤으면 합니다"라고 대답을 했다. 왜 방송에 출연하고 싶으냐고 재차 묻기에 "내 살아온 경험으로 보건대 사람에게는 불가능한 것이 없고 사람의 능력은 끝이 없다는 것을 알게 되었기 때문이지요"라고 이어서 대답했다. 내 얘기를 들은 담당자는 곧 다시 연락을 주겠다고 이야기한다.

🐾 2006년 7월 7일 맑음

한동안 연락이 없던 SBS 방송국 〈순간포착 세상에 이런 일이〉에서 어제 아침 전화가 왔다. 나는 밤새 잠을 못 이루고 일어나 아침 뉴스를 듣는 둥 마는 둥 하다가 6시 30분에 욕실로 가 땀내 날까 봐 찬물로 머리를 감고 몸을 씻었다. 그리고 방을 치우고 일기장을 정돈해놓고 초조하게 기다렸다. 오전에 온다던 사람들이 소식이 없어 궁금해하고 있는데 방송국에서 전화로 집 위치를 물었다. PD가 도착해 나에게 몇 마디 묻다가 핸드폰을 받더니 "다른 팀이 곧 오는데 할머니께서 지금 하시던 말씀 그대로 하시면 됩니다"라는 말을 남기고 다른 곳으로 이동한다. 다시 도착한 PD가 내 나이를 물어서 칠십이라고 하니까 "참 고우세요"라고 한다. 나는 방송만 보다가 PD라는 사람을 직접 대면하니 감격스러웠다. 사뿐사뿐 다정다감하게 질문을 하는데 두렵고

휠체어에 앉은 나는 시원하게 불어오는 맑은 공기에 멍든 가슴이 뻥 뚫
리는 것 같았다. 주변의 푸른 사물들이 하나하나 살아 움직이는 듯했
다. 그 순간 나 또한 살아 있다는 실감이 들고 나 자신을 잊었기에 행
복하였다.

부끄럽기보다는 행복했다. 일기 쓰는 모습도 촬영을 하는데 손목에 힘이 없어서 글씨 쓰는 손이 후들거리며 떨렸다. PD는 방송에 나온 소감을 말하라고 하면서 카메라를 보지 말고 자기를 보고 말을 하라고 자세를 바르게 해준다. 말주변이 없는 나, 다방면으로 말을 못하니 좀 미안하고 민망했다.

그리고 밖으로 나가 PD가 휠체어를 밀어주는데 길이 울퉁불퉁해 터덜거렸다. 휠체어에 앉은 나는 시원하게 불어오는 맑은 공기에 멍든 가슴이 뻥 뚫리는 것 같았다. 주변의 푸른 사물들이 하나하나 살아 움직이는 듯했다. 그 순간 나 또한 살아 있다는 실감이 들고 나 자신을 잊었기에 행복하였다. 나는 PD를 대하면서 또 세상을 익혔다. 아직 결혼 전이라는 PD는 지식이나 예절이 깍듯했으며, 차분하고 세심하게 요모조모 질문하는 모습이었다. 두서없는 응답이었지만 질문에 답하는 짧은 시간 동안 내 흉한 몸에 대해서는 잊고 평범한 사람이 된 것 같았다.

🌸 2006년 11월 24일 맑음

나의 사정으로 지난여름에 중단되었던 촬영을 다시 재개하기로 해 지난 저녁부터 촬영 준비를 대충 해놓고 기다렸다. 오빠 내외는 셋째가 출근하는 차를 타고 거산으로 갔다. 전북 남원 처가댁의 혼사에 참석하기 위해 오빠 내외가 출발하고 나니 집안이 한가로워서 건넌방부터 정돈하고 청소를 시작했다. 화장실 변기와 바닥까지 닦고 세수를 한 뒤 얼굴과 머리에

크림을 바르는데 머리는 그런대로 차분하지만 얼굴은 마치 가뭄에 갈라진 저수지 바닥 같다. 거울에 비친 얼굴을 보며 잠시 허탈하게 웃었다. 몸이 좋지 않아 입냄새가 날까 봐 평시보다 양치질도 심혈을 기울여 하고 옷도 갈아입고 광민이 엄마와 함께 한PD가 오기를 기다렸다.

밖에서 인기척이 나 문을 열어보니 거실 창문 밖 천장을 바르러 온 인부들이다. 한참 전부터 24일과 25일은 피해달라고 당부했건만 기어코 오늘 오고야 만 것이다. 그런대로 방송국 사람들은 밖에 일하는 분들에게 커피를 내다주는 모습과 거실 바닥을 걸레로 닦는 것 등을 자연스럽게 카메라에 담았다. 그런데 점심 식사를 대접하려고 올케가 반찬을 해놨는데 극구 사양하고 식당으로 가는 것이다. 폐가 될 일도 아닌데 촬영 외에는 폐를 끼치지 않으려고 삼가는 모습이 역력하다.

전날 주희, 재희 두 손녀더러 방송에 응해달라고 당부를 해서 학원에도 안 보내고 학교 수업이 끝나는 대로 셋째가 데리고 왔다. 학교에서 집으로 들어올 때 인사하는 모습을 카메라에 담는데 몇 번을 거듭 재현하였다. 주희, 재희에게 저녁을 챙겨주고 셋이 함께 밥을 먹는 모습도 촬영을 했다. 때마침 보건소 간호사가 지난번에 못 주고 간 영양제를 가지고 왔다며 들렀는데 내 혈압을 재보고는 80에 130으로 올랐다며, 이런 적은 없었다고, 긴장해 그런가 보다고, 그래도 무리하지 말라고 당부를 하고 간다. 온종일 신경 써 집중하며 내 모습을 카메라에 담는 PD에 비하면 나는 편한 것인데 무리라고 할 것도 없다. 오후 6시 PD는 서울로 가서 편집 작업을 한다고 하며 셋째보고 내일 두 아이들 데리고 촬영을 더 할 터이니 집에 가지 말고 있어달라고 부탁을 한다.

🎐 2006년 11월 25일 맑음

12시 무렵 PD가 도착해 방에서 나가는 내 모습과 두 손녀가 도로에서 내 휠체어를 밀고 가는 모습을 찍는다. 방죽 둑 근처까지 가는데 주희가 "아이고, 할머니 무서워, 물로 떨어지면 어떡해"라고 한다. 나는 "아니야, 휠체어가 왜 떨어져"라고 아이를 달랜다. PD는 질문에 간단하게 답해달라고 하지만 나는 또 말이 자꾸만 샛길로 빠지면서 꼬리에 꼬리를 문다. 아이고, 또 내가 푼수처럼 PD를 힘들게 하는구나…….

집으로 돌아와 일기를 어떻게 해서 썼으며, 어떤 심정이었는지, 일기를 안 썼다면 어떻게 되었을지 등등의 소감을 말하는데, 카메라를 보지 말고 PD 얼굴을 보라는 말을 자꾸 어기니 PD가 "제 얼굴이 못 생겨서 그러세요?" 하며 웃는다.

이런저런 상황과 동작들을 수없이 재현해 찍는 것을 보니 방에 앉아서 텔레비전으로 편히 보는 것과 그 제작과정이 다른 것을 알았고, 방송을 만드는 사람들의 수고로움에 감사하는 마음이 들었다. PD가 카메라를 연거푸 중지시키고 요렇게 저렇게 하라고 일러주어도 나는 여전히 진전이 없자 심각한 표정으로 한숨을 지을 때 나는 미안하고 안타까웠다. 수없이 필름을 갈아넣는 값만 해도 이만저만이 아니겠다. PD라는 직업이 똑똑한 사람들이 하는 것인 줄은 알았지만 그렇게까지 다방면으로 섬세한지는 몰랐다. 15분 보는 장면에 비해 정성과 수고가 많다. 밤 10시에 서울로 올라가면서 편집을 한다고 한다.

🌸 2006년 11월 30일 맑음

텔레비전 화면으로 나가는 나의 모습을 보는 시청자들의 평이 어떨지 가슴이 두근거리고 불안해진다. 8시 55분 방송 시간을 기다리고 있자니 몸이 달아오른다. 결국 시간이 되어 두근거리고 떨리는 마음을 안고 방송을 지켜보았다. 방송에 나간다는 사실을 친척들에게도 알리지 않았는데 다들 용케 보고는 조카들, 이질, 동생 등등 여러 곳에서 전화가 왔다. 심지어 당질녀들까지도 잘 봤다고 격려를 해준다. 그 격려에 나는 큰 힘이 되고 고마워서 눈시울이 뜨거워진다. 막내 질녀는 밤에 전화를 걸어와 "인터넷 보니까, 고모, 시청자들이 많은 용기를 얻었다며 칭찬을 했어요"라고 전한다.

세상의 따뜻한 사랑의 품을 다시 한 번 느끼는 순간이었다. 살아 있음이 감사하다.

보석도 깎고 다듬어야 빛이 난다고 했습니다.
지금 이 순간 절망에 빠진 분들이 계시다면,
생과 운명의 힘든 순간을 지나고 있는 분들이 계시다면,
용기를 가지시라고 말씀드리고 싶습니다.

저는 세상 밖을 잘 모릅니다. 그러나 텔레비전 뉴스로 세상사 돌아가는 소식을 접합니다. 계수나무 아래에서 하얀 토끼가 떡방아를 찧는다던 달나라에 사람이 다녀오는 요즘이니 사람의 능력이란 끝이 없는 모양입니다. 그런데 요즘의 우리 젊은이들을 보면 이렇게 끝이 없는 인간의 능력을 허비하고 있는 것 같아서 안타까울 때가 많습니다. 언젠가 실업난을 취재한 어느 방송 프로그램에서 사십대 남성에게 "왜 취업을 안 하십니까?" 하고 물으니까 그 사람이 말하기를 "취직해서 한 달 내내 힘들게 일해봤자 돈 백이 고작인데… 사실 아르바이트만 해도 몇 십만 원은 벌어요. 방세 내고, 나머지 담배 사고, 쌀이랑 라면 좀 사다 끼니 때우면, 눈치 볼 일 없이

435

편하고 좋습니다"라고 하는 것을 보았습니다.

　그 옛날의 우리나라는 너나없이 가난했습니다. 그런데 요즘 젊은 사람들에게 이런 이야기를 하면 잘 믿어지지 않는다는 표정들입니다. 마치 이 늙은이가 거짓말이라도 하는 것처럼 들린다는 표정을 짓는 사람들도 있지요. 하지만 정말 가난했습니다. 일제에서 해방된 뒤 얼마 안 가 6.25가 터졌고, 나라 곳곳은 순식간에 폐허가 되어버렸습니다.

땔감도 없고 누울 자리도 없던 생활, 초근목피로도 연명하기 힘들고 머리와 옷에는 이가 득시글거리던 생활……. 늘 배가 고프고, 공부를 하고 싶어도 마음대로 할 수가 없는 시절이었습니다. 그래서 6~70년대에는 독일 광부와 간호사로, 중동 근로자로 많은 사람들이 지원해 외화를 벌어들이며 나라 살림에 보탰습니다. 사랑하는 가족들과 떨어져 해외에서 흘린 그들의 구슬 같은 땀방울의 소중한 대가가 어쩌면 지금 우리나라인지도 모릅니다. 그런데 요즘 들어 청년 실업자는 점점 늘어나는데 공장에서는 일할 사람이 없어서 외국인 근로자들이 우리의 모자란 일손을 보충한다고 하니 마음이 아픈 일입니다.

일을 하고 싶어도 할 수 없는 저 같은 사람도 있으니까 하는 말입니다. 스물두 살 사고 이후 일흔이 다 되도록 저는 직업이란 걸 가질 수 없었습니다. 일을 하게 되면 우선 돈을 벌 수 있고, 스스로 얽매임 없이 좀 더 자유로이 살 수 있을 텐데……. 정부 보조금으로 생활을 이어가는 저는 한편으로는 민망하기도 하고 한편으로는 정부에 감사한 마음이 듭니다. 그리고 안 되는 줄 알면서도 혼자 힘으로 돈을 벌어봤으면 하는 생각이 늘 있습니다.

요즘 젊은이들에게 늘 해주고 싶은 말은 행복이란 멀리 있지 않다는 것입니다. 나 스스로의 노력에 달려 있고, 나 스스로 마음먹기에 달려 있습니다. 어떤 고난이 닥쳐도 꿋꿋이 인내하며 이겨낸다면 성공이란 놈도 잡을 수 있고 인생을 즐겁게 지낼 수 있습니다. 자기 마음속에 먼저 큰 사랑을 키우면 세상 앞에서 두려울 것 없이 당당해집니다. 이 늙은이의 경험으로 보건대, 참고 참고 또 참으면서 마음의 힘을 키우다 보면 세상 속에 섞여서도 냉엄하지만 동시에 포근하고 따뜻한 세상을 느낄 수 있습니다.

아무 짝에도 쓸모없을 것만 같던 이 몸이었습니다. 보는 사람마다 징그럽다면서 저를 피했습니다. 흉한 몸이 재수 없으니 제발 눈앞에서 사라져 달라고, 이 몸을 보니 음식이 넘어가지 않고 구역질이 날 지경이라고……

면전에 사람을 두고서 심한 말을 서슴지 않는 이들도 여럿 있었습니다. 사고가 나기 전에는 저 역시 꿈도 많고 인생에서 이루고 싶은 것도 많은 평범한 젊음이었습니다. 누구보다 부지런했고 열심도 있었습니다. 그랬던 제가 365일 방 안에 틀어박혀서 살아야 하다니…… 가슴이 숯검정처럼 까맣게 바싹바싹 타들어가는 날들이었습니다. 육신의 고통보다 더한 게 바로 마음의 고통임을 실감할 수 있는 날들이었습니다.

저를 처음 보는 사람들이 늘 묻는 것이 언제, 어쩌다가 이렇게 되었느냐는 것입니다. 생활은 어찌 하느냐는 물음에 오빠 내외와 함께 산다고 대답을 하면, 마치 제가 방바닥에 꼼짝 않고 누워 먹여주는 밥을 받아먹고 사는 줄로 압니다. 하지만 저는 식물인간이 아닙니다. "일곱 번 넘어지면 여덟 번 일어난다"고 했던가요. 왼쪽 팔과 다리를 잃었지만 제게는 오른쪽 손목과 오른쪽 다리가 남아 있습니다. 저를 아무것도 할 줄 아는 게 없는 사람쯤으로 넘겨짚었던 사람들은 상상도 못할 일이지만, 이 몸으로 세수도 하고 양치질도 하고 머리도 빗고 밥도 먹습니다. 바느질도 하고 십자수도 놓고 아이들도 여럿 키웠습니다. 무엇보다도 40년 전에 시작한 일기 쓰기를 오늘도 변함없이 이어가고 있습니다. 그리고 언젠가부터 조카 손녀들 사인펜으로 그림이라고 끼적이곤 했었는데, 얼마 전부터는 물감으로도 그리고 색연필로도 그립니다. 저는 이 땅에서의 운명이 다하는 그날까지 일기 쓰기와 그림 그리기를 쉬지 않고 이어갈 생각입니다. 맥없이 포기하려 했던 삶이었는데 하루하루 일기를 쓰고 그림을 그리다 보니, 그 고백이 오히려 위로가 되어서 이 생과 운명은 쉽사리 포기해버릴 게 아니라는 걸 알게 해주었습니다.

　보석도 깎고 다듬어야 빛이 난다고 했습니다. 지금 이 순간 절망에 빠진 분들이 계시다면, 생과 운명의 힘든 순간을 지나고 있는 분들이 계시다면, 용기를 가지시라고 말씀드리고 싶습니다. 아마 지구상에서 가장 못난이를 뽑는 대회가 있었다면 1등을 했을 게 분명한 이 늙은이가 여러분 모두 용기 백배하여 꿈을 향해, 내일을 향해 힘차게 전진하시기를 간절히 기원합니다.

2007년 여름
충남 당진에서
이한순(李漢順) 드림

내 마음에 꽃 한 송이 심고

1판 1쇄 찍음 2007년 8월 1일
1판 1쇄 펴냄 2007년 8월 10일

지은이 ┃ 이한순
펴낸이 ┃ 김정호
펴낸곳 ┃ 북스코프

기획 편집 ┃ 이현정 박민주
영업 제작 ┃ 양병희
홍보 관리 ┃ 박소영
디 자 인 ┃ 미담

출판등록 2006년 11월 23일(제2-4510호)
100-802 서울 중구 남대문로 5가 526 대우재단빌딩 8층
전화 02-6366-0513(편집) ┃ 02-6366-0514(주문)
팩스 02-6366-0515
전자우편 editor@acanet.co.kr

ISBN 978-89-959017-2-4 03810
Printed in Seoul, Korea.